Âgée d'une trentaine d'années, [...] ella est
une véritable star. Elle est l'auteur de [...] Secrets
d'Emma (2005), de *Samantha, bonne à rien faire*
(2007), de *Lexi Smart a la mémoire qui flanche* (2009)
et de *Très chère Sadie* (2010). Elle est également
reconnue dans le monde entier pour sa série-culte des
aventures de Becky — *Les confessions d'une accro du
shopping* (2002 ; 2004 ; 2009), *Becky à Manhattan*
(2003), *L'accro du shopping dit oui* (2004), *L'accro du
shopping a une sœur* (2006) et *L'accro du shopping
attend un bébé* (2008) — dont les deux premiers volets
ont été adaptés au cinéma en mai 2009. Tous ses
romans sont publiés par Belfond et repris chez Pocket.

**Retrouvez l'actualité de Sophie Kinsella sur
www.sophiekinsella.fr**

SAMANTHA
BONNE À RIEN FAIRE

SOPHIE KINSELLA

SAMANTHA
BONNE À RIEN FAIRE

*Traduit de l'anglais
par Daphné Bernard*

BELFOND

Titre original :
THE UNDOMESTIC GODDESS
publié par Bantam Press, a division of Transworld
Publishers, Londres.

Tous les personnages de ce roman sont fictifs,
et toute ressemblance avec des personnes réelles, vivantes ou mortes,
serait pure coïncidence.

Le papier de cet ouvrage est composé de fibres naturelles, renouvelables,
recyclables et fabriquées à partir de bois provenant de forêts plantées et
cultivées durablement pour la fabrication du papier.

place
des
éditeurs

© 2007, Belfond, un département de
ISBN : 978-2-266-18138-9

À Linda Evans

1

Êtes-vous stressée ?

Non. Pas du tout.

Je suis... débordée. Comme tout un tas de gens. C'est la vie. J'ai un bon job auquel je tiens et qui me plaît.

C'est vrai, parfois je suis un peu tendue. Ou sous pression. Mais, nom de Dieu, je suis avocate à Londres. Vous croyez que je me tourne les pouces ?

Bon sang, j'ai appuyé tellement fort en écrivant que j'ai transpercé la feuille. Tant pis. Passons à la question suivante.

Combien d'heures, en moyenne, passez-vous à votre bureau chaque jour ?

~~14~~

~~12~~

~~8~~

Ça dépend.

Faites-vous régulièrement de l'exercice ?

~~Je nage régulièrement~~

~~Je nage de temps en temps~~

J'ai l'intention de m'inscrire à la piscine. Quand j'aurai le temps. J'ai eu plein de boulot, ces derniers temps, c'est de la folie.

Buvez-vous huit verres d'eau par jour ?
~~Oui~~
~~Parfois~~
Non.

Je pose mon stylo et me racle la gorge. À l'autre bout de la pièce, Maya finit de classer ses petits pots de cire et ses vernis à ongles. Maya est mon esthéticienne pour la journée. Ses cheveux foncés sont ramenés en une grande natte éclaircie par une mèche blanche et une de ses narines est agrémentée d'un minuscule clou en argent.

— Des problèmes avec le questionnaire ? demande-t-elle d'une voix douce.

— Je vous ai dit que j'étais assez pressée, fais-je poliment. Je dois répondre à tout ?

— Nous avons besoin du maximum de renseignements pour évaluer vos besoins nutritionnels et esthétiques, m'assure-t-elle d'un ton apaisant mais implacable.

Je regarde ma montre. Dix heures moins le quart.

Je n'ai pas de temps à perdre. Vraiment pas. Mais c'est mon cadeau d'anniversaire et j'ai promis à Freya, ma meilleure amie, que je me ferais faire le soin qu'elle m'a offert dans ce spa.

Pour être plus précise, c'est l'année dernière que Freya m'a offert ce bon pour une « session de détente absolue ». On est copines depuis l'enfance, et elle n'arrête pas de m'engueuler parce que je travaille trop. Avec le bon, il y avait une carte qui disait : *Samantha, occupe-toi de toi !!!!*

C'était bien mon intention. Mais on a dû s'occuper de la restructuration du groupe des Pétroles Zincon, de la fusion de Zeus Minerais, et je n'ai pas eu un instant à moi depuis plus d'un an. Je suis avocate d'affaires, spécialisée dans la finance, chez Carter Spink. C'est la folie totale en ce moment, mais ça va sûrement se calmer. Il faut que je tienne encore au moins deux semaines.

Et puis quand cette année Freya m'a envoyé une nouvelle carte d'anniversaire, j'ai vu que mon bon ne serait bientôt plus valable. Et me voilà, le jour de mes vingt-neuf ans, assise sur un canapé, vêtue d'un peignoir blanc et d'une culotte en papier absolument surréaliste. Je dispose de ma demi-journée. Je n'ai pas une minute de plus.

Vous fumez ?

Non.

Vous buvez ?

Oui.

Faites-vous régulièrement la cuisine ?

À quoi ça rime ? En quoi la cuisine maison serait-elle meilleure qu'une autre ?

Je finis par écrire : *Je suis un régime nutritionnel varié.*

C'est la stricte vérité. Tout le monde sait que les Chinois vivent plus longtemps que nous – quoi de plus sain que leur cuisine ? Et puis la pizza, c'est méditerranéen. Et donc plus sain que la cuisine maison.

D'après vous, votre vie est-elle équilibrée ?

~~Oui~~

~~N~~

Oui.

— J'ai fini !

Je rends le questionnaire à Maya, qui parcourt mes réponses à la vitesse d'un escargot. Comme si on n'avait rien d'autre à faire. C'est peut-être son cas. Mais moi, je dois être au bureau à une heure.

— D'après vos réponses, déclare Maya en me regardant longuement, vous êtes vraiment très stressée.

Quoi ? D'où elle sort ça ? J'ai bien précisé que je n'étais *pas du tout* stressée.

— Mais pas du tout ! lui réponds-je avec un sourire particulièrement décontracté.

Elle ne semble pas convaincue.

— Vous êtes sûrement sous pression à votre travail.

— La tension me réussit.

C'est vrai. Je le sais depuis… Oh, depuis que ma mère me l'a dit, quand j'avais huit ans. « Samantha, la tension te réussit. » On est tous comme ça dans la famille. C'est un peu notre devise.

À part mon frère Peter. Depuis sa dépression nerveuse. Mais sinon on est tous comme ça.

J'adore mon boulot. J'adore dénicher la faille d'un contrat. Les négociations m'excitent, je jubile quand je trouve l'argument qui tue.

Parfois, j'ai l'impression qu'on me surcharge de travail, que je croule sous le poids des dossiers, que je dois tenir le coup malgré tout, même si je suis au bord de l'épuisement…

Mais tout le monde est comme ça. Ça n'a rien d'exceptionnel.

— Votre peau est affreusement déshydratée, constate Maya en secouant la tête.

Elle promène son doigt sur ma joue, s'arrête sur mon cou, l'air soucieux.

— Votre pouls est très rapide. Ce n'est pas sain. Êtes-vous plus particulièrement tendue en ce moment ?

— Non, mais j'ai beaucoup de travail. Ça va passer. Sinon je vais bien.

On peut passer à autre chose ?

— Parfait, dit Maya.

Elle appuie sur un bouton encastré dans le mur et un air de flûte de Pan emplit la pièce.

— Vous avez fait le bon choix, Samantha. Notre mission consiste à vous relaxer, à vous revitaliser et à vous détoxiquer.

— Merveilleux.

Je n'ai écouté que d'une oreille. Je viens de me rappeler que je dois téléphoner à David Elldridge au sujet du contrat pour le pétrole ukrainien. J'aurais dû le faire hier. Merde.

— Nous sommes là pour vous accueillir dans une oasis de tranquillité, loin de vos soucis quotidiens.

Maya appuie sur un autre bouton, et la lumière devient tamisée.

— Avant que nous commencions, avez-vous des questions à me poser ?

— Oui !

— Parfait ! dit-elle, rayonnante. C'est au sujet du soin d'aujourd'hui ou c'est plus général ?

Je me penche vers elle.

— J'aimerais envoyer un petit mail.

Son sourire se fige.

— Ce sera très rapide. J'en ai pour deux secondes…

— Allons, allons, vous êtes ici pour vous détendre. Pour vous occuper de vous. Pas pour envoyer des mails. C'est une obsession ! Une drogue ! Pire que l'alcool ou la caféine !

Non mais quelle gourde ! Je ne suis pas obsédée ! Je vérifie juste mes mails… toutes les cinq secondes.

Parce que le monde peut changer en trente secondes.

— Par ailleurs, Samantha, voyez-vous un ordinateur dans cette pièce ?

— Non.

En effet, j'inspecte docilement la cabine à peine éclairée et je n'y distingue pas l'ombre d'un ordinateur. Il n'y a que des affiches représentant diverses positions de yoga, un carillon et, sur le rebord de la fenêtre, une série de cristaux.

— C'est pourquoi nous demandons à nos clientes de laisser leur matériel électronique au vestiaire. Les téléphones sont interdits, tout comme les ordinateurs. Ici vous faites une sorte de retraite, vous fuyez le monde.

Je prends un air soumis.

— Compris !

Ce n'est pas le meilleur moment pour lui avouer que j'ai planqué mon Palm dans ma culotte en papier.

— Bien, commençons. Étendez-vous et prenez une serviette pour vous couvrir. Veuillez enlever votre montre.

— Mais j'en ai besoin !

— Encore une drogue ! s'exclame-t-elle avec des petits *tss-tss* réprobateurs. Tant que vous êtes ici, vous n'avez pas besoin de savoir l'heure qu'il est.

Elle se détourne et j'enlève ma montre à contre-cœur. Puis je réussis à m'allonger sans écraser mon Palm.

J'ai bien remarqué que les portables étaient interdits. Et puis j'ai abandonné mon dictaphone. Mais me séparer de mon Palm pendant trois heures, pas question ! S'il arrivait quelque chose au cabinet ? S'il y avait une urgence ?

D'ailleurs, ce n'est pas logique ! S'ils veulent qu'on se relaxe, ils n'ont qu'à autoriser les portables et les Palm. Quelle idée de les confisquer !

De toute façon, elle ne le verra jamais sous la serviette.

— Je commence par un massage des pieds, dit Maya en versant une sorte de lotion. Faites le vide dans votre tête.

Super obéissante, je fixe le plafond. Mon esprit se vide. Il est aussi transparent que… du verre…

Et Elldridge, dans tout ça ? J'aurais dû le rappeler. Il doit attendre ma réponse. Et s'il va cafter aux associés seniors ? S'il leur dit que je fais mal mon boulot ? Jamais ils ne me nommeront associée.

Je panique un peu. Je ne dois rien laisser au hasard.

— Allez… détendez-vous… votre tension baisse…

Et si je lui envoyais un tout petit mail ?

En cachette, je glisse ma main sous la serviette, je tâte mon Palm et le sors avec précaution de ma culotte. Maya continue à me masser, sans se rendre compte de rien.

— Votre corps s'alourdit… votre esprit se vide…

Je remonte l'appareil sur ma poitrine, j'écarte la serviette pour entrevoir l'écran. Dieu merci, il fait sombre dans la cabine. Je bouge le moins possible et je commence à taper d'un doigt.

— Voilà, relaxez-vous… Vous marchez sur une plage…

— Ouais, ouais…, dis-je en tapant mon message.

David, au sujet du contrat ZFN, j'ai revu les corrections. Nous devrions répondre…

— *Vous faites quoi, au juste ? s'exclame Maya, soudain en alerte.*

— Rien du tout ! dis-je en planquant mon Palm. Je me relaxe, c'est tout.

Maya contourne le lit et découvre la bosse formée par le Palm.

— Qu'est-ce que vous cachez là ?

— Rien !

Mais mon Palm bien-aimé choisit pile son moment pour émettre un petit bip. Et merde !

— Tiens, une voiture qui passe !

— Sa-man-tha ! Vous avez un appareil électronique sur vous ?

Si je n'avoue pas, elle va soulever ma serviette.

— J'envoyais un mail.

Je lui montre l'objet.

— Vous n'êtes qu'une accro du travail ! s'écrie-t-elle en m'arrachant l'appareil des mains. Les mails peuvent attendre ! Tout peut attendre ! Vous ne savez pas vous détendre ?

— Je ne suis pas accro au travail, je suis avocate financière ! Ce n'est pas du tout pareil !

— Vous ne vous en rendez même plus compte.

— Vous n'y comprenez rien ! On traite de grosses affaires, et je ne peux pas éteindre mon Palm comme ça. Surtout pas maintenant. Je suis… comment dire… sur le point d'être nommée associée.

À ces mots, mon estomac se noue. Devenir associée dans l'un des plus grands cabinets d'avocats du pays est le seul et unique but de ma vie.

— Ils vont prendre la décision demain. Si ça marche, je serai la plus jeune associée de l'histoire de ce cabinet. Vous voyez l'importance du truc ? Vous imaginez un peu…

— Il est toujours possible de tout laisser tomber pendant deux heures, m'interrompt Maya en posant sa main sur mon épaule. Vous êtes terriblement nerveuse, votre dos est tendu, votre cœur bat la chamade… vous êtes au bord du gouffre.

— Je vais très bien.

— Vous êtes un paquet de nerfs !

— Pas du tout.

— Il faut ralentir. Et vous êtes la seule à pouvoir le décider. Vous allez le faire ?

— Euh…

Je pousse un petit cri de surprise : je sens des vibrations dans ma culotte en papier.

Mon téléphone ! Je l'avais caché avec mon Palm. Je l'avais mis en mode vibreur pour qu'on ne puisse pas l'entendre.

— Qu'est-ce que c'est ? demande Maya en voyant trembler ma serviette.

Je n'ose pas avouer. Pas après le coup du Palm !

— Euh… dis-je en me raclant la gorge, c'est mon… sex toy.

— Quoi ? fait Maya, l'air éberluée.

Le téléphone recommence à vibrer dans ma culotte. Je dois répondre. C'est peut-être le bureau.

— Euh… vous savez, j'atteins un moment très intime, si vous voyez ce que je veux dire. Vous pourriez me laisser… seule ?

— Une seconde ! s'exclame Maya, méfiante. C'est votre portable ! Vous vous êtes arrangée pour le planquer sur vous !

Misère de misère ! Elle n'a pas l'air contente du tout.

— Écoutez-moi, dis-je d'un ton contrit, je sais que vous avez un règlement intérieur et je le comprends, mais j'ai vraiment besoin de mon portable.

Je le sors de sa cachette.

— *Éteignez-le !* hurle Maya si fort que j'en reste interloquée. Une bonne fois pour toutes, je vous demande de l'éteindre immédiatement.

Le vibreur se déclenche à nouveau. Je regarde qui m'appelle et j'ai un coup à l'estomac.

— C'est le bureau.

— Ils n'ont qu'à laisser un message. Ils peuvent attendre.

— Mais…

— Votre temps vous appartient, ajoute Maya en me prenant les mains. Votre temps est à vous.

Nom de Dieu, elle est bouchée ou quoi ? C'est presque à mourir de rire.

— Je suis quelqu'un d'important chez Carter Spink. Mon temps ne m'appartient pas.

Je prends l'appel et j'entends la voix furieuse d'un homme.

— Samantha ! Où êtes-vous, bon sang ?

J'ai un coup au cœur. C'est Ketterman, le boss du département Droit des sociétés. Il doit avoir un prénom, mais tout le monde l'appelle Ketterman. Il a les cheveux noirs, des yeux gris et perçants, et porte des lunettes à monture d'acier. Quand j'ai commencé au cabinet, il me faisait faire des cauchemars.

— Le contrat Fallons refait surface. Revenez au triple galop. Réunion à dix heures trente.

— J'arrive le plus vite possible.

Je coupe la communication et regarde Maya d'un air désabusé.

— Navrée.

Je ne suis pas accro à ma montre, mais je lui fais confiance. Vous en feriez autant si vos journées étaient découpées en tranches de six minutes. Toutes les six minutes de ma vie professionnelle, je dois facturer un client. Je reporte tout ça sur une feuille de présence informatisée et détaillée :

11 h 00-11 h 06 : étude de contrat pour le projet A.

11 h 06-11 h 12 : révision pour le client B.

11 h 12-11 h 18 : renseignements sur un point précis pour l'accord C.

Quand j'ai commencé à travailler pour Carter Spink, ça me faisait flipper d'avoir à noter tout ce que je faisais, à la minute près. Je me disais : « Si je ne fais rien pendant six minutes, qu'est-ce que je vais noter ? »

11 h 00-11 h 06 : ai bayé aux corneilles.

11 h 06-11 h 12 : ai rêvassé que je me cognais à George Clooney dans la rue.

11 h 12-11 h 18 : ai essayé de toucher mon nez avec ma langue.

Quand on est avocate chez Carter Spink, on ne flemmarde pas. Pas au prix que coûtent les six minutes ! En d'autres termes, si je me tourne les pouces pendant six minutes, je coûte cinquante livres au cabinet. Douze minutes, cent livres. Dix-huit minutes, cent cinquante livres.

En fait, on s'habitue à découper sa vie en petits segments. Et à travailler. Tout le temps.

2

Quand j'arrive au cabinet, Ketterman est posté à côté de ma table de travail, détaillant avec un air de profond dégoût l'amas de papiers et de dossiers.

C'est vrai que mon bureau est bordélique. À vrai dire… c'est un immonde dépotoir. Mais j'ai la ferme intention d'y mettre de l'ordre et de classer les vieux contrats qui jonchent le sol. Dès que j'en aurai le temps.

— Réunion dans dix minutes, annonce Ketterman en regardant sa montre. Vous me soumettrez le projet de plan de financement.

— Certainement, réponds-je en essayant de garder mon calme.

Ce type est déstabilisant et dégage des ondes inquiétantes. Aujourd'hui il m'apparaît encore plus menaçant, car il fait partie du jury. Demain, lui et treize autres associés seniors se réuniront pour désigner le ou la nouvel(le) associé(e). La semaine dernière, tous les candidats ont présenté au jury leurs idées et leurs projets pour améliorer la marche du cabinet. J'ignore si j'ai fait un tabac ou non. Je serai fixée demain.

— Le plan de financement est à votre disposition, dis-je, le sourire aux lèvres, en extirpant un classeur d'une pile de dossiers.

Ce n'est pas le bon.

Je le repose précipitamment.

— Il est sûrement quelque part, fais-je en fourrageant dans mes paperasses. Ah ! Le voici !

— Surtout ne rangez rien, vous risqueriez de trouver ce que vous cherchez !

Ketterman a une voix aiguë et sarcastique.

— Au moins, j'ai tout sous la main ! dis-je avec un petit rire qui ne déride pas mon boss.

Dans un geste de panique, je recule mon fauteuil, faisant dégringoler une pile d'articles et de vieux brouillons.

— Vous savez qu'en principe tous les soirs après six heures les bureaux doivent être impeccables, ajoute Ketterman d'un ton glacial. On devrait remettre cette vieille coutume à l'ordre du jour.

— Quelle bonne idée !

— Salut, Samantha !

La voix affable d'Arnold Saville résonne dans le couloir.

Arnold est mon associé senior préféré. Il est frisé comme un mouton et a les cheveux un peu plus longs qu'il n'est de mise pour un avocat. En matière de cravates, ses goûts sont flamboyants. Aujourd'hui il en porte une à impressions cachemire rouge vif, assortie à sa pochette. Rien que de voir son grand sourire, je me sens plus détendue.

Je suis certaine qu'il va appuyer ma candidature, tout comme je suis persuadée que Ketterman s'y opposera : je l'ai surpris en train de confier à quelqu'un que j'étais trop jeune pour devenir associée, qu'il n'y avait pas le feu au lac. Il va sans doute me faire poireauter encore cinq ans. Mais Arnold me défend toujours. Non conformiste, il se fiche du règlement. Pendant des années il a amené Stan, son labrador, au bureau. Il le gardait à ses pieds malgré les protestations du service sanitaire. Si quelqu'un peut détendre l'atmosphère lors d'une réunion délicate, c'est bien lui.

Il agite une feuille de papier.

— J'ai une lettre de recommandation à ton sujet signée du P-DG de Gleiman Brothers, rien que ça, ma chère. Et manuscrite.

J'ai la surprise de lire, écrits à la main sur papier vélin crème, quelques éloges flatteurs du genre : *... haute estime... très professionnelle...*

— J'imagine que tu lui as fait économiser quelques millions de livres, commente Arnold, les yeux pétillants de malice. Il ne s'y attendait pas et il est enchanté.

— Ah, oui ! dis-je en rougissant un peu. Ce n'était pas grand-chose. J'ai juste remarqué une anomalie dans son mode de financement.

— Tu lui as fait forte impression. Il te veut pour tous ses futurs contrats. Bravo, Samantha ! Bien joué !

— Euh... merci.

Je regarde Ketterman pour voir si, par le plus grand des hasards, il est impressionné. Mais il a toujours son air renfrogné.

— Vous vous occuperez aussi de ça, dit-il en balançant un dossier sur mon bureau. Il me faut un rapport circonstancié sous quarante-huit heures.

Oh, pauvre de moi ! Quand je soupèse l'épais dossier, j'ai le moral à zéro. Je vais devoir y passer des heures.

Ketterman se décharge sur moi des travaux fastidieux qu'il n'a pas envie de traiter. Une sale habitude qu'ont d'ailleurs tous les associés seniors. Même Arnold. La plupart du temps, ils ne me préviennent pas, se contentant de flanquer les dossiers sur mon bureau avec une note illisible et… à moi de me démerder !

— Vous y voyez une objection ? fait Ketterman en fronçant les sourcils.

— Mais pas du tout.

Ne suis-je pas la parfaite future associée pour qui rien n'est impossible ?

— Dans ce cas, je vous retrouve à la réunion !

Tandis qu'il s'éloigne, je consulte ma montre : dix heures vingt-deux. Il me reste huit minutes pour vérifier que le projet de contrat Fallons est en ordre. Fallons est une grosse multinationale de tourisme qui va acheter le groupe d'hôtels Smithleaf. Je parcours les pages à toute vitesse, cherchant les erreurs ou les omissions. Depuis que je bosse chez Carter Spink, je suis devenue une championne de la lecture rapide.

En réalité, je fais tout plus rapidement : je marche plus vite, je parle plus vite, je mange plus vite, je baise plus vite…

Quoique… depuis quelque temps, de ce côté-là, c'est plutôt les vaches maigres. Mais il y a deux ans je suis sortie avec un associé senior de chez Berry Forbes. Il s'appelait Jacob et bossait sur des contrats internationaux énormes. Il avait encore moins de temps que moi. À la fin, on expédiait notre petite affaire en six minutes, ce qui aurait été très pratique si on s'était mutuellement facturé nos prouesses (mais ce n'était pas le cas). Il me faisait jouir, je le faisais jouir, et puis on regardait nos mails.

On avait ce qu'on appelle des orgasmes simultanés. De la bonne partie de jambes en l'air, quoi. Je m'y connais, moi, je lis *Cosmopolitan*.

Enfin bon, quand on lui a proposé un job qui tue à Boston, il a déménagé, et notre histoire s'est terminée. Sans drame ni larmes.

Pour être honnête, il ne me plaisait pas énormément.

— Samantha ?

La voix de Maggie, ma secrétaire, interrompt le fil de mes pensées. Elle n'est là que depuis quelques semaines et on ne se connaît pas encore très bien.

— Joanne vous a laissé un message.

— Joanne de chez Clifford Chance ? Bon. Dites-lui que j'ai reçu son mail au sujet de la clause n° 4 et que je suis d'accord…

— Non, pas cette Joanne-là, m'interrompt Maggie. Joanne, votre nouvelle femme de ménage. Elle ne trouve pas les sacs pour l'aspirateur.

Je la regarde, ahurie.

— Les quoi ?

— Les sacs pour l'aspirateur.

— Mais… pourquoi a-t-elle besoin de sacs pour l'aspirateur ? Elle veut l'emmener quelque part ?

Maggie me dévisage, ignorant si je plaisante ou non.

— Les sacs qui vont *à l'intérieur* de l'aspirateur. Pour récupérer la poussière. Vous en avez ?

— Ah, oui, bien sûr ! Ces sacs-là ! Euh…

Je fronce les sourcils comme si j'avais la réponse au bout de la langue. En fait, je ne sais même pas à quoi ressemble mon aspirateur. L'ai-je déjà vu ? Je sais qu'on me l'a livré, car le portier a signé le reçu.

— C'est peut-être un Dyson, suggère Maggie. Ils fonctionnent sans sac. Est-ce que c'est un traîneau ou un aspirateur-balai ?

Elle attend ma réponse.

Pour moi c'est du chinois, mais plutôt mourir que l'admettre.

— Je m'en occuperai, lui dis-je, très maîtresse femme, et je rassemble mes dossiers. Merci, Maggie.

— Elle avait une autre question à vous poser, ajoute-t-elle en regardant son bloc-notes. Comment allume-t-on le four ?

Pendant un instant, je continue comme si de rien n'était. Évidemment je sais allumer mon four.

— Eh bien, il suffit de tourner… le bouton. C'est simple, non ? Il est clair qu'il faut…

— Elle dit qu'il y a une drôle de minuterie. Au fait, il fonctionne au gaz ou à l'électricité ?

Bon, mieux vaut abréger cette conversation.

— Maggie, je dois absolument me préparer pour la réunion. Elle commence dans trois minutes.

— Bien, mais que vais-je dire à la femme de ménage ? Elle attend mon appel.

— Dites-lui… que ça peut attendre. Je m'en occuperai.

Dès qu'elle a quitté le bureau, je note sur mon aide-mémoire :

1. Comment allumer le four ?
2. Acheter sacs aspirateur.

Je pose mon stylo et me masse les tempes. Comme si j'avais du temps à perdre à acheter ces foutus sacs ! En plus j'ignore à quoi ils ressemblent et où me les procurer.

Mais j'ai soudain une idée lumineuse : je vais commander un aspirateur neuf. On me le livrera bien avec un sac déjà en place.

— Samantha ?

Je sursaute et j'ouvre les yeux.

— Oui ? Que se passe-t-il ?

Guy Ashby se tient dans l'encadrement de ma porte.

Guy est mon meilleur ami ici. Il mesure un mètre quatre-vingt-dix, il a le teint mat et les yeux sombres. Il respire l'avocat accompli. Mais ce matin il a les cheveux ébouriffés et des cernes sous les yeux.

— Relax ! Ce n'est que moi ! Tu viens à la réunion ?

Il a un sourire ravageur. Depuis le jour où il a mis les pieds au cabinet, il est la coqueluche des filles.

— Ah, oui ! J'arrive.

Je rassemble mes papiers et je lui demande :

— Ça va ? Tu n'as pas l'air dans ton assiette.

Il a rompu avec sa petite amie. Ils se sont engueulés toute la nuit et elle est partie pour de bon… Non, elle a émigré en Nouvelle-Zélande…

— J'ai bossé toute la nuit. Saloperie de Ketterman. Il n'est pas humain, ce mec.

Il bâille bruyamment, découvrant une dentition parfaite qu'il a fait rectifier pendant qu'il était à la Law School de Harvard.

Il prétend que c'était contre sa volonté. Mais il paraît qu'on ne vous donne pas votre diplôme si vous n'avez pas reçu le feu vert du chirurgien esthétique !

— Il est nul, dis-je pour le consoler. Allons-y.

Je connais Guy depuis un an, quand il a rejoint le département Droit des sociétés en tant qu'associé senior. Il est intelligent, drôle, et, dans le boulot, nous sommes sur la même longueur d'onde. Ça colle bien entre nous.

Eh oui. On aurait pu sortir ensemble si les choses s'étaient passées autrement. Mais il y a eu ce malentendu ridicule et…

Enfin, ce qui est fait est fait. Peu importent les détails. On ne va pas revenir dessus. Nous sommes amis, et c'est parfait ainsi.

Bon, voilà exactement ce qui s'est passé.

Guy m'a reluquée le jour même où je l'ai remarqué. Et je semblais l'intéresser. Il a demandé si j'étais célibataire. Ce qui était le cas.

C'était l'essentiel : j'étais libre. Je venais d'en finir avec Jacob. Un timing parfait !

J'essaie de ne pas trop y penser.

Mais ce pauvre con de Nigel MacDermot a raconté à Guy que je sortais avec un ponte de chez Berry Forbes.

Alors que c'était fini !

Je trouve que le système n'est pas au point. Les choses devraient être plus claires. On devrait tous porter des badges où il serait écrit, comme sur les toilettes : OCCUPÉ / LIBRE. Comme ça tout serait plus clair.

Hélas, je ne portais pas de badge ce jour-là. Ou bien ce n'était pas le bon. Pendant plusieurs semaines j'ai fait beaucoup de sourires à Guy, alors que lui m'évitait avec un air bizarre. Probablement pour deux raisons :

a) il ne voulait pas briser une liaison,

b) il ne voulait pas me partager avec Jacob.

Comme je ne comprenais pas ce qui se passait, j'ai laissé tomber. Et puis j'ai appris par Radio Couloir qu'il avait rencontré une certaine Charlotte lors d'un week-end à la campagne. Maintenant ils vivent ensemble. Un ou deux mois plus tard, j'ai travaillé sur le même dossier que Guy et nous sommes devenus amis. Voilà toute l'histoire.

Tout est bien qui finit bien. Parfois ça marche et parfois ça capote. Entre nous ça devait se passer ainsi.

Sauf qu'au fond de mon cœur… je suis persuadée que ça aurait pu se passer autrement.

— Alors, que te voulait Ketterman ? demande Guy tandis que nous nous dirigeons vers la salle de conférences.

— Oh, simple routine. Un rapport d'évaluation. Pour hier. Comme si je n'étais pas déjà surchargée de travail.

— Tout le monde te refile un max de boulot, voilà où ça coince. Tu veux te décharger sur quelqu'un ? Je peux en parler à Ketterman…

— Surtout pas ! Je peux me débrouiller toute seule.

— Tu ne veux pas qu'on t'aide, donc, constate Guy, l'air amusé. Tu préfères crouler sous les dossiers.

— Arrête ! Tu es exactement comme moi !

L'année dernière, il s'est foulé la cheville aux sports d'hiver mais a refusé de marcher avec des béquilles. Quand sa secrétaire courait après lui dans les couloirs en les brandissant, il lui disait de les utiliser comme portemanteau.

— En tout cas, tu vas bientôt passer à la vitesse supérieure. Dès que tu seras nommée…

— Chut, ne dis rien ! fais-je, horrifiée.

Il va me porter la poisse !

— Allez, on sait tous que tu seras nommée.

— Moi, je n'en sais rien du tout.

— Mais tu es l'avocate la plus brillante de ta promotion. Et tu travailles plus que tout le monde. Au fait, quel est ton QI ? Six cents ?

— Oh, la ferme ! dis-je en fixant la moquette bleu clair.

Guy se met à rire.

— Combien font cent vingt-quatre fois soixante-quinze ?

— Neuf mille trois cents.

Voilà. C'est la seule chose qui m'agace chez Guy. Depuis que j'ai dix ans, je suis forte en calcul mental. Dieu seul sait pourquoi. Les gens trouvent ça génial et puis ils passent à autre chose.

Guy, lui, n'arrête pas de me taquiner en me mettant à l'épreuve comme si j'étais une bête de foire. Il se croit drôle mais à la fin c'est lassant.

Une fois, j'ai fait exprès de répondre à côté. En fait, c'était pour un de ses dossiers. Il a inscrit la mauvaise somme dans le contrat, et l'affaire a failli tomber à l'eau. Je n'ai jamais recommencé.

— Tu t'es exercée devant la glace pour ta photo sur notre site ?

Guy prend la pose du penseur de Rodin et se présente : « Maître Samantha Sweeting, associée. »

— Je n'y ai même pas songé, dis-je d'un air détaché.

C'est un léger mensonge. Je sais déjà comment me coiffer pour la photo. Et quel tailleur noir choisir. Et j'ai bien l'intention de sourire, cette fois. Sur la photo de ma page Web Carter Spink, j'ai l'air beaucoup trop sérieuse.

— Il paraît que tu leur en as mis plein la vue pendant ta présentation.

Ma moue dédaigneuse disparaît illico. J'essaie de ne pas paraître trop intéressée.

— Ah bon ? C'est ce que tu as entendu dire ?

— Oui. Et aussi que tu as repris William Griffiths sur un point de procédure devant toute l'assemblée.

Guy croise les bras et me fixe, une lueur d'humour dans le regard.

— Samantha, tu ne fais jamais d'erreur ?

— Oh ! bien sûr que si, dis-je sans réfléchir. Crois-moi.

Comme ne pas t'avoir sauté au cou le premier jour en te disant que j'étais disponible.

— Une erreur ne devient une erreur que lorsqu'on sait qu'elle ne peut plus être rectifiée.

En prononçant cette sage parole, Guy plonge son regard dans le mien, comme s'il voulait me faire passer un message. Ou alors ses yeux sont bizarres tout simplement parce qu'il a passé une nuit blanche.

Comment savoir ? J'ai toujours été nulle pour interpréter les signes.

J'aurais dû étudier l'attraction mutuelle au lieu de faire du droit. C'est bien plus utile. Mon mémoire de maîtrise (avec mention très bien) se serait intitulé : *Comment faire la différence entre les hommes qui ont envie de vous et ceux qui veulent être votre ami.*

— Prêts ? demande Ketterman de sa voix d'adjudant-chef qui nous fait sursauter.

La salle de réunion est occupée par une phalange d'hommes sobrement vêtus de costumes foncés, et deux femmes encore plus sobrement habillées.

— Fin prêts ! répond Guy en se retournant vers moi avec un clin d'œil.

Peut-être que je devrais juste suivre des cours de télépathie.

3

Neuf heures plus tard, nous sommes toujours en réunion.

L'immense table en acajou est recouverte de photocopies de projets de contrats, de rapports financiers, d'aide-mémoire griffonnés, de gobelets de café et de Post-it. La moquette est jonchée de cartons de paniers-repas. Une secrétaire distribue la dernière version du projet de contrat. Deux des avocats de la partie adverse se sont levés et discutent à voix basse dans la pièce d'à côté. Toutes les salles de conférences jouxtent un petit local où l'on peut parler en privé ou s'échapper quand on a envie de tout casser.

Les choses se sont un peu calmées en fin d'après-midi. C'est comme le reflux de la marée. Les visages sont encore empourprés, l'atmosphère tendue, mais les vociférations ont cessé. Les clients sont partis. Ils ont trouvé un accord vers quatre heures de l'après-midi, ont serré des mains et pris le large dans leurs rutilantes limousines.

Maintenant c'est à nous, les avocats, d'interpréter ce qu'ils ont dit et de comprendre ce qu'ils ont voulu dire (si vous croyez que c'est la même chose, laissez tomber le droit tout de suite), et de rédiger un nouveau contrat pour la réunion de demain matin.

Réunion au cours de laquelle, probablement, ils recommenceront à s'insulter et à se déchirer.

Je me frotte le visage, j'avale une gorgée de cappuccino avant de me rendre compte que je me suis trompée de gobelet – le café est froid et vieux de plusieurs heures. Berk, berk, berk ! Mais, bon, je ne peux quand même pas le recracher sur la table.

J'avale donc l'atroce breuvage en faisant la grimace. Les néons clignotent dans mes yeux et je suis vidée. Dans ces supercontrats, mon rôle est purement financier – j'ai ainsi négocié le prêt entre Fallons et la banque PGNI. J'ai réussi à sauver la situation quand un trou de dix millions de livres est apparu dans les comptes d'une des filiales du groupe. Et je me suis battue pendant trois heures cet après-midi pour défendre une putain de phrase à la con dans la clause 29(d).

Il était question de « s'efforcer ». La partie adverse tenait à « tendre vers ». Au finish, on a gagné, mais je n'ai pas sauté de joie, comme je le fais habituellement. Je sais seulement qu'il est sept heures dix-neuf et que dans onze minutes je dois être à l'autre bout de la ville pour dîner avec ma mère et mon frère Daniel.

Je vais devoir annuler mon propre dîner d'anniversaire.

Rien que d'y penser, j'entends Freya me crier de sa voix excédée : « Ils ne peuvent quand même pas t'obliger à rester le soir de ton anniversaire ! »

La semaine dernière, j'ai dû annuler une soirée au théâtre avec elle. Un contrat devait être fin prêt pour le lendemain matin. Je n'ai pas eu le choix !

Ce qu'elle n'arrive pas à faire entrer dans sa petite tête, c'est que les bouclages ont la priorité. Point barre. Les rendez-vous personnels ne comptent pas, les anniversaires non plus. On ne cesse de repousser nos vacances. Clive Sutherland, assis en face de moi, fait partie du service Droit des sociétés. Sa femme a accouché de jumeaux ce matin même. Eh bien, il est revenu travailler à midi !

— Écoutez-moi tous ! rugit Ketterman, captant immédiatement notre attention.

Il est le seul à être frais comme un gardon, prêt à remettre ça. Quand il s'énerve, il ne bouge même pas un sourcil, mais une rage contenue émane de lui.

— Nous devons lever la séance.

Comment ?

Je sursaute. Je ne suis pas la seule. Je sens une vague d'espoir autour de moi. On dirait des collégiens qui s'aperçoivent que quelque chose ne va pas dans l'interro de maths, mais qui n'osent pas bouger de peur d'être collés.

— Tant que nous n'avons pas reçu la documentation de chez Fallons, nous ne pouvons plus avancer. Je vous revois demain matin à neuf heures pétantes.

Je soupire de soulagement alors qu'il nous quitte. Je me rends compte que j'avais cessé de respirer.

Clive Sutherland est le premier dehors. Les autres ont sorti leur portable et organisent leur soirée : dîner, cinéma, rétablissement de projets annulés. Il y a de la joie dans l'air. J'ai envie de crier « Hourra ! ». Mais ce serait un manque de dignité pour une future associée.

Je rassemble mes papiers, les fourre dans mon attaché-case et m'apprête à partir.

— Samantha ! J'allais oublier ! J'ai quelque chose pour toi, dit Guy en revenant dans la salle.

Il me tend un paquet blanc tout simple, et la joie m'envahit. Un cadeau d'anniversaire. Il est le seul du cabinet à s'en souvenir. Je ne peux m'empêcher de rougir en ouvrant la boîte en carton.

— Guy, tu n'aurais pas dû !

— Ça ne m'a posé aucun problème.

— Quand même ! dis-je en riant. Je croyais que…

Je me tais brusquement en découvrant un DVD fait maison. C'est le résumé de la présentation de nos associés européens que nous avons faite la semaine dernière. J'avais dit à Guy que j'en aimerais une copie.

Je tourne et retourne le DVD, le sourire toujours bien en place, puis je lève la tête. Il n'a pas pensé à mon anniversaire, bien sûr. Pourquoi l'aurait-il fait ? Il ne doit même pas en connaître la date.

— Oh… formidable. Merci mille fois.

— De rien. Tu as des projets pour la soirée ?

Je ne peux pas lui annoncer que c'est mon anniversaire. Il pensera… il se rendra compte…

— Oh, juste un truc de famille. À demain.

Enfin, le principal c'est que j'aie pu m'échapper. J'assisterai à mon dîner et je serai même à l'heure. La dernière fois que j'ai dîné avec ma mère, il y a trois mois environ, je suis arrivée avec une heure de retard car mon vol pour Amsterdam avait été annulé. Au milieu du repas, ma mère a pris un appel en téléconférence. Un vrai bide, quoi !

Une fois installée dans le taxi qui se traîne sur Cheapside, je sors de mon sac mon nouveau nécessaire à maquillage que j'ai acheté chez Selfridges à l'heure du déjeuner, parce que je me suis aperçue que j'utilisais toujours l'eye-liner gris et le mascara achetés il y a six ans lors de la remise de mon diplôme d'avocat. Comme j'étais trop pressée pour une démonstration, je me suis contentée de rafler tout ce que la vendeuse m'a conseillé.

Je n'ai pas écouté ce qu'elle me disait sur chaque produit car j'étais au téléphone avec Elldridge, au sujet du contrat ukrainien. Je me rappelle seulement qu'elle a insisté pour que j'utilise la poudre bronzante, afin d'avoir bonne mine au lieu d'être pâle comme un…

Elle s'est arrêtée en rectifiant : « Enfin, d'être moins pâle. »

J'utilise le gros pinceau pour m'en appliquer sur les joues et le front. Mais quand je me regarde dans le miroir je pouffe de rire : je suis dorée et brillante. Complètement ridicule.

Sérieusement, qui puis-je tromper ainsi ? Une avocate d'affaires qui n'a pas pris de vacances depuis deux ans n'est pas bronzée. Et elle n'a pas bonne mine non plus. Autant m'enfiler des perles dans les cheveux et faire comme si je revenais de la Barbade !

Je m'inspecte encore quelques secondes, puis je prends un mouchoir en papier et m'essuie énergiquement. Je retrouve ma pâleur et mes cernes gris. Retour à la normale. Tant pis pour la vendeuse ! Une chose est sûre : si mes cernes disparaissaient, je serais virée !

Je porte un tailleur noir, comme toujours. Le jour de mes vingt et un ans ma mère m'a offert cinq tailleurs noirs identiques, et depuis je ne porte plus que des tailleurs noirs. La seule tache de couleur dans ma tenue est mon sac rouge. Ma mère me l'a offert également, il y a deux ans.

Au départ, il était noir. Mais – le soleil brillait-il ce jour-là ou avais-je signé un contrat époustouflant ? –, en tout cas, j'ai eu l'idée lumineuse de l'échanger contre un rouge. Je ne crois pas qu'elle me l'ait pardonné.

J'enlève l'élastique qui noue mes cheveux, leur donne un coup de peigne et les retire en arrière. Ils ne sont pas terribles. Ils sont ternes, mi-longs et vaguement ondulés. Du moins la dernière fois que je les ai vus. En général, je les attache en queue-de-cheval et basta.

— Vous avez une soirée en vue ? demande le chauffeur de taxi, qui m'a observée dans son rétroviseur.

— C'est mon anniversaire.

— Joyeux anniversaire ! Vous allez donc faire la fête. Toute la nuit !

— Oui… en quelque sorte.

Ma famille et les grandes fêtes ne vont pas de pair. Mais, de toute façon, ça sera merveilleux de se réunir et de papoter ensemble. Ça arrive si rarement.

Nous n'y mettons pourtant aucune mauvaise volonté. C'est une question d'emplois du temps surchargés. Ma mère est avocate à la Cour. Du genre célèbre. Il y a dix ans, elle a ouvert son propre cabinet, et on lui a décerné l'année dernière le prix des Femmes de droit. Mon frère Daniel a trente-six ans. Il dirige le département des Investissements chez Whittons. L'année dernière, le *Money Management Weekly* l'a élu un des meilleurs agents de change de la City.

Peter, mon autre frère, comme je l'ai dit, a fait une dépression nerveuse et depuis il habite la France, où il enseigne l'anglais dans un lycée. Il n'a même pas de répondeur ! Et puis il y a mon père, bien sûr, qui vit en Afrique du Sud avec sa troisième femme. Je ne l'ai pas vu depuis mes trois ans. Qu'importe ! Ma mère a assez d'énergie pour jouer le rôle de deux parents.

Il est sept heures quarante-deux quand nous atteignons le Strand. L'excitation me gagne. Il y a foule dans la rue : des touristes qui déambulent en tee-shirt et en short par cette belle soirée se dirigent vers High Court. Cette journée d'été a dû être magnifique. Mais, enfermés que nous sommes dans nos bureaux climatisés, il pourrait geler dehors que nous ne nous en apercevrions pas.

Le taxi me dépose devant Maxim's. Je lui laisse un généreux pourboire.

— Bonne soirée et encore joyeux anniversaire, chérie !

— Merci !

J'entre en coup de vent et cherche des yeux ma mère ou Daniel. Personne.

— Bonsoir ! dis-je au maître d'hôtel, j'ai rendez-vous avec maître Tennyson.

C'est la façon dont ma mère se fait appeler. Elle n'aime pas les femmes qui portent le nom de leur mari. Elle n'aime pas les femmes qui restent à la maison, cuisinent, nettoient, apprennent à taper à la machine. Elle est persuadée que les femmes devraient toutes gagner plus que leur mari parce qu'elles ont plus de cervelle.

Le maître d'hôtel – un nabot tiré à quatre épingles – me mène à une table dans un coin de la salle et je me glisse sur la banquette en daim.

— Bonsoir ! me dit un serveur souriant.

— Un gin-fizz, un gimlet (vodka et citron vert) et un martini, s'il vous plaît. Vous les apporterez quand les autres seront arrivés.

Maman ne boit que des gimlets. Quant à Daniel, j'ignore à quoi il carbure maintenant, mais il ne refusera pas un martini.

Le serveur disparaît. Je déplie ma serviette sur mes genoux tout en regardant les autres clients. Maxim's est un restaurant à la mode, avec parquet cérusé, tables en acier brossé et lumières tamisées. Les avocats l'adorent. Ma mère y a d'ailleurs un compte. Deux pontes du cabinet Linklaters trônent à une table du fond et l'un des plus grands pénalistes de Londres est installé au bar. Le brouhaha des conversations, le bruit des bouchons qui sautent, le cliquetis des couverts sur les assiettes trop grandes m'évoquent le mugissement de la mer. Avec en plus de bruyants éclats de rire qui me montent à la tête.

En étudiant le menu, je m'aperçois que je meurs de faim. Je n'ai pas pris de vrai repas depuis une semaine et tout semble formidablement appétissant. Foie gras glacé à l'abricot. Agneau sur houmous à la menthe. Et, comme dessert, la spécialité du jour, un soufflé chocolat-menthe accompagné de deux sorbets maison. J'espère que ma mère restera jusqu'au dessert. Elle a la mauvaise habitude de filer au beau milieu des dîners. Elle affirme qu'un demi-dîner est bien suffisant. Il est vrai que la gastronomie ne l'intéresse guère. De plus elle méprise les gens moins intelligents qu'elle, ce qui condamne pas mal de monde.

Mais Daniel me tiendra compagnie. Quand il commence une bouteille de vin, il se sent obligé de la terminer.

— Maître Sweeting ?

Le maître d'hôtel s'approche de moi, un téléphone à la main.

— J'ai un message pour vous. Votre mère est retenue à son cabinet.

— Oh ! fais-je en essayant de cacher ma déception.

Mais je ne peux pas vraiment me plaindre. Je lui ai fait le coup si souvent.

— Bon... alors, à quelle heure pourra-t-elle venir ?

Le maître d'hôtel me fixe quelques secondes, une lueur de pitié dans les yeux.

— Elle est au téléphone. Sa secrétaire va vous la passer... Allô ? Je vous passe la fille de maître Tennyson.

— Samantha ! fait une voix ferme. Je regrette, ma chérie, mais impossible de venir ce soir.

— Tu ne vas pas venir du tout ? Pas même... pour un verre ?

Mon sourire disparaît.

Son cabinet est à cinq minutes à pied du restaurant.

— Beaucoup trop de travail. J'ai une importante plaidoirie à préparer et je suis au palais demain toute la journée... Non, ce n'est pas le bon dossier, dit-elle à quelqu'un... Ce genre de chose arrive, reprend-elle. Mais tu vas bien t'amuser avec Daniel. Au fait, bon anniversaire ! J'ai fait virer trois cents livres sur ton compte.

— Ah bon. Merci.

— As-tu eu des nouvelles de ta promotion ?

— Pas encore.

— J'ai appris que ta présentation s'était bien passée.

Elle tapote avec son stylo sur le combiné.

— Combien d'heures as-tu facturées ce mois-ci ?

— Oh... sans doute... deux cents...

— Et c'est suffisant ? Samantha, tu ne veux pas te faire doubler ? Tu travailles là-dessus depuis trop longtemps.

Comme si je ne le savais pas !

— Il y a des avocats plus jeunes qui ont les dents longues, reprend-elle. Ne te laisse pas marcher sur les pieds.

— Deux cents, c'est pas mal... Par rapport aux autres...

— Tu dois être la meilleure ! dit-elle de sa voix de prétoire. Tu dois être tout le temps au top niveau. C'est primordial, surtout en ce moment. Je vous ai dit pas ce dossier ! crie-t-elle. Samantha, attends une seconde...

— Samantha ?

Je lève la tête. Une jeune femme blonde en tailleur bleu clair s'approche de moi. Elle porte un panier orné d'un grand nœud et affiche un large sourire.

— Je m'appelle Lorraine, je suis la secrétaire de Daniel, me dit-elle d'une voix chantante que je reconnais immédiatement. Malheureusement, il ne pourra pas venir. Mais j'ai un petit quelque chose pour vous – et le voici au bout du fil…

Elle me tend son portable. Sans réfléchir, je le colle à mon autre oreille.

— Salut Samantha. Écoute, ma beauté. Je suis sur un coup énorme. Impossible de me libérer.

Je suis désespérée. Ils ne viendront ni l'un ni l'autre !

— Vraiment désolé, bébé. Mais tu vas bien t'amuser avec maman, non ?

J'avale plusieurs fois ma salive. Je ne peux pas lui avouer qu'elle me fait faux bond elle aussi. Ni que je suis seule au restaurant. Je m'efforce de rester stoïque.

— Mais oui, sûrement.

— J'ai viré de l'argent sur ton compte. Achète-toi un truc sympa. Lorraine t'apporte des chocolats. Et je les ai choisis moi-même !

Je regarde le panier qu'elle me tend. Ce ne sont pas des chocolats mais des petits savons parfumés !

— Oh, c'est adorable ! Merci mille fois !

— Joyeux anniversaire…

On chante derrière moi. Je me retourne : un serveur porte un verre à cocktail. Une bougie magique flotte dedans et *Joyeux anniversaire Samantha* est inscrit en caramel sur le plateau en acier à côté d'un minimenu souvenir signé par le chef. Trois autres serveurs forment le chœur.

Immédiatement, Lorraine se joint à eux.

Le serveur pose le plateau devant moi, mais mes mains sont déjà prises par les deux portables.

— Laissez-moi vous débarrasser, propose Lorraine en reprenant son téléphone.

— Il chante, lui aussi ! m'annonce-t-elle rayonnante en me désignant l'appareil.

— Samantha ? Tu es toujours là ? demande maman.

— Je… Ils chantent *Joyeux anniversaire*.

Je pose mon portable près de mon assiette. Lorraine pose le sien de l'autre côté.

Ça, c'est une sacrée fête d'anniversaire ! En compagnie de deux téléphones portables.

Les gens qui me regardaient cessent peu à peu de sourire en se rendant compte que je suis seule. Les serveurs ne cachent pas leur embarras. J'essaie de garder la tête haute, mais je suis rouge de honte.

Soudain, le serveur à qui j'avais commandé les apéritifs arrive et jette un œil embarrassé à la table vide.

— Le martini, c'est pour qui ?

— Ce devait être pour mon frère…

— C'est-à-dire le Nokia, poursuit Lorraine, venant à ma rescousse.

Il hésite un instant, puis, très pro, pose le verre sur une serviette en papier devant le portable.

J'ai envie de rire mais des picotements dans les yeux m'en empêchent. Il dispose les autres cocktails sur la table et se retire. L'atmosphère est lourde.

— En tout cas…, conclut Lorraine en reprenant le portable, joyeux anniversaire – et bonne soirée !

Tandis qu'elle s'éloigne en faisant claquer ses talons, je saisis mon portable pour dire au revoir à ma mère, mais elle a déjà raccroché. Les serveurs chanteurs ont disparu. Il ne reste que le panier de savonnettes et moi.

— Vous désirez commander ? me propose le maître d'hôtel. Je vous suggère le risotto. Avec une bonne salade. Et un verre de vin ?

— Non… merci. Je me contenterai de l'addition.

Tant pis. En vérité, il était impossible de nous réunir tous les trois. Ça relevait de la science-fiction. Pure folie que d'avoir essayé ! Nous sommes tous occupés à mener notre carrière, c'est ainsi dans notre famille.

Tandis que j'attends sur le trottoir, un taxi s'arrête. Je m'apprête à le héler, mais la porte arrière s'ouvre, laissant apparaître une paire de tongs rehaussées de perles plutôt moches, suivie d'un jean coupé, d'un cafetan brodé et d'une tête blonde connue…

— Attendez-moi ! dit-elle au chauffeur. J'en ai pour cinq minutes.

— Freya ! dis-je, bouche bée.

Elle est aussi étonnée que moi.

— Samantha ! Mais qu'est-ce que tu fais sur le trottoir ?

— Et toi alors ? Je te croyais en Inde !

— J'y file. J'ai rendez-vous avec Lord à l'aéroport dans… dix minutes.

Son air penaud m'amuse. Avec Freya on se connaît depuis nos sept ans et nos débuts en pension. Le premier soir, elle m'a juré que ses parents étaient des artistes de cirque, qu'elle savait monter à dos d'éléphant et marcher sur un fil. Pendant un trimestre, j'ai cru toutes ses histoires abracadabrantes. Jusqu'à Noël, où ses parents sont venus la chercher : deux experts-comptables de Staines ! Sans perdre son sang-froid, elle m'a assuré qu'elle m'avait menti pour me cacher la vraie vérité : c'étaient des espions !

Plus grande que moi, avec de beaux yeux bleus et des taches de rousseur, elle est perpétuellement bronzée car elle voyage sans arrêt. Ce soir, son nez pèle et elle porte une nouvelle boucle au sommet de l'oreille. Elle a les dents les plus blanches et les plus mal implantées que je connaisse et, quand elle rit, un coin de sa lèvre supérieure se soulève.

— Je suis venue à ton anniversaire pour te faire une surprise, explique-t-elle en regardant le restaurant d'un air méfiant. Mais j'avais peur d'être en retard. Qu'est-ce qui s'est passé ?

— Eh bien… En fait… Maman et Daniel…

— … sont partis de bonne heure ?

Puis Freya voit ma tête et elle ajoute, horrifié :

— Ils ne sont pas venus ! Bon sang ! Quels salauds ! Pour une fois, ils auraient pu faire passer leurs foutus boulots…

Elle s'arrête, le souffle court.

— Désolée, je sais qu'il s'agit de ta famille. Mais quand même !

On ne peut pas dire que Freya et ma mère s'entendent bien.

— Ce n'est pas grave, dis-je. De toute façon, un monceau de travail m'attend.

— Du travail ? Tu plaisantes ? Tu n'arrêtes donc jamais !

— On est débordés en ce moment, fais-je sur la défensive. C'est momentané…

— Tu dis toujours ça. Il y a toujours quelque chose ! Chaque année, tu as une excuse pour ne pas t'amuser.

— C'est faux…

— Tous les ans, tu prétends que ça va s'arranger. Mais c'est le contraire qui se produit !

Elle me scrute, l'air inquiet.

— Samantha, que fais-tu de ta vie ?

Je la dévisage à mon tour, en silence. En vérité, j'ai du mal à me souvenir du passé. Ah si ! Je me rappelle les vacances en Italie avec Freya. Nous avions dix-huit ans et je venais de décrocher mon bac avec une mention « très bien ». On peut dire que ce fut ma dernière plage de liberté. Depuis, le travail a peu à peu envahi ma vie.

— Je veux être nommée associée, dis-je enfin. C'est ce que je désire le plus au monde. Je suis obligée de faire… des sacrifices.

— Et lorsque tu seras associée ? Tu penses que les choses vont se calmer ?

En fait je n'ai pas songé à ce que je deviendrai après. C'est comme un rêve. Une boule brillante dans le ciel.

— Tu as vingt-neuf ans, nom d'un chien ! s'exclame Freya en agitant nerveusement ses mains couvertes de bagues en argent. Laisse-toi aller pour une fois. Va visiter le monde.

Elle me saisit le bras.

— Samantha, viens en Inde avec moi ! Là, maintenant !

— T'es folle ! Partir pour l'Inde !

— Pars en vacances un mois. Qu'est-ce qui t'en empêche ? Ils ne vont pas te virer. Viens à l'aéroport, prends un billet…

— Freya, tu débloques ! Je t'adore mais tu es folle à lier.

Lentement, elle desserre son étreinte.

— Même chose ! Tu es folle mais je t'adore.

Son portable sonne ; au lieu de répondre, elle farfouille dans son sac brodé. Elle en extrait un paquet à moitié ouvert en papier de soie violet, qui laisse apparaître un flacon de parfum en argent très ouvragé.

— Tiens !

Elle me le fourre dans la main.

— Freya ! C'est ravissant.

— Je savais que ça te ferait plaisir.

Elle sort son portable de sa poche.

— Oui ! répond-elle, agacée. J'arrive, Lord, j'arrive !

Le mari de Freya est en fait lord Andrew Edgerly. Elle a commencé par l'appeler Lord pour s'amuser et ça lui est resté. Ils se sont rencontrés il y a cinq ans dans un kibboutz et se sont mariés à Las Vegas. Officiellement, Freya est donc lady Edgerly, mais sa famille n'arrive pas à s'y faire. Pas plus que les Edgerly.

— Merci d'être venue. Merci pour ça, dis-je en la serrant dans mes bras. Amuse-toi bien en Inde.

— Ne te fais pas de souci, réplique-t-elle en remontant dans son taxi. Et si tu veux venir, fais-le-moi savoir. Invente un accident dans ta famille. Donne-leur mon numéro. Je te couvrirai, quelle que soit ton histoire.

— Allez, vas-y ! dis-je en la poussant dans la voiture. Bonne Inde !

Elle claque la portière et sort la tête par la fenêtre.

— Bonne chance pour demain.

Elle me prend la main et devient soudain sérieuse.

— Si c'est vraiment ça que tu veux, alors j'espère de tout cœur que tu l'obtiendras.

— Il n'y a rien que je désire plus au monde.

Je regarde mon amie de toujours et mon masque tombe.

— Freya... tu ne peux pas savoir à quel point j'y tiens.

— Ça va marcher, j'en suis sûre.

Puis elle m'envoie un baiser avec sa main.

— Surtout, ne retourne pas à ton bureau ! Promis ?

— Juré !

Aussitôt son taxi disparu, j'en hèle un autre, à qui je donne l'adresse de Carter Spink.

Bien sûr que je vais retourner au bureau.

Il est onze heures du soir quand je rentre à la maison. Après avoir étudié la moitié du dossier de Ketterman, je suis crevée, lessivée. J'ai la tête vide. « Salaud de Ketterman », me dis-je en poussant la porte de mon immeuble années trente. « Salaud de Ketterman. Salaud... Salaud... »

— Bonsoir, Samantha.

Je suis à deux doigts de m'évanouir. Il est là, devant moi ! Il attend l'ascenseur, un énorme cartable à la main. Je suis horrifiée. Qu'est-ce qu'il fout là ?

— On m'a dit que vous habitiez ici.

Ses yeux brillent derrière ses lunettes.

— J'ai acheté l'appartement 32 comme pied-à-terre. On sera voisins pendant la semaine.

Oh non ! dites-moi que je rêve ! Il va vivre ici ?

— Alors… bienvenue dans notre immeuble, dis-je avec un maximum de bonne volonté pour paraître sincère.

L'ascenseur s'ouvre et nous y entrons.

Le 32. Il va habiter deux étages au-dessus de moi. C'est comme si mon proviseur avait emménagé au-dessus de ma tête. Pourquoi a-t-il fallu qu'il choisisse cet immeuble ?

L'ascenseur grimpe en silence. Je suis de plus en plus mal à l'aise. Dois-je engager une conversation polie sur la pluie et le beau temps ?

— J'ai avancé sur le dossier que vous m'avez confié, dis-je enfin.

— Bien.

On ne peut être plus laconique.

Passons donc à l'essentiel.

Serai-je nommée associée demain ?

— Bon… eh bien, bonsoir…, dis-je en sortant de l'ascenseur.

— Bonne nuit, Samantha.

J'émets un cri silencieux. Je ne peux pas cohabiter avec Ketterman. Il faut que je déménage.

À peine ai-je introduit ma clé dans la serrure que la porte d'en face s'ouvre.

— Samantha ?

Décidément, rien ne me sera épargné ce soir ! C'est Mme Farley, ma voisine. Elle a les cheveux gris, des lunettes à monture dorée et un appétit insatiable concernant mes faits et gestes. Pourtant elle est gentille et, comme elle réceptionne mes paquets, je tolère sa curiosité déplacée.

— Le pressing vous a livré des vêtements, ma chère. Je vais vous les chercher.

— Merci.

J'écarte les brochures publicitaires qui jonchent mon paillasson : elles vont rejoindre la pile qui s'accumule dans l'entrée. J'ai l'intention de les descendre au tri sélectif, un de ces jours. Ça fait partie de mes projets.

— Une fois encore, vous arrivez à pas d'heure ! me gronde Mme Farley en m'apportant des chemisiers dans une housse en plastique. Vous êtes vraiment trop occupée ! Cette semaine, vous n'êtes pas rentrée une seule fois avant onze heures.

Bel exemple de son appétit insatiable ! Je suis sûre qu'elle note mes allées et venues sur un carnet !

— Merci mille fois !

Je tente de saisir le paquet, mais elle ne compte pas en rester là. Elle me pousse sur le côté et entre chez moi en s'exclamant :

— Je vais vous les porter.

La cata absolue.

— Ce n'est pas très bien rangé, fais-je alors qu'elle contourne des tableaux entassés contre un mur. Je dois les accrocher…

Je réussis à l'aiguiller vers la cuisine pour qu'elle ne voie pas la pile de menus d'un traiteur sur la tablette de l'entrée. Mauvaise manœuvre ! La table de la cuisine est couverte de vieilles boîtes de conserve et d'emballages en carton, au milieu desquels trône un mot de ma nouvelle femme de ménage qui a écrit en majuscules :

Chère Samantha,

1. Toute la nourriture dans le réfrigérateur est périmée. Dois-je la jeter ?

2. Avez-vous des produits de nettoyage, genre eau de Javel ?

3. Faites-vous la collection des menus du traiteur chinois ? Je n'ai pas osé les jeter.

Joanne, votre femme de ménage.

Mme Farley n'en perd pas une miette. Je crois l'entendre glousser. Le mois dernier, elle m'a fait un cours sur le bon usage de la cocotte : « Il suffit d'y mettre du poulet et des légumes, le matin. Et ne me dites pas qu'il faut plus de cinq minutes pour éplucher des carottes ! »

Comment le saurais-je ?

— Encore… merci, dis-je en récupérant mes chemisiers et en la poussant dehors.

Je suis bien consciente qu'elle enregistre chaque détail de l'appartement.

— Mais il n'y a pas de quoi, ma chère. Je ne voudrais pas me mêler de ce qui ne me regarde pas, mais vous feriez des économies en lavant vos vêtements vous-même.

Je la regarde, perplexe. Et qui les sécherait ? Qui les repasserait ?

— Je n'ai pas pu m'empêcher de remarquer qu'il manquait un bouton… à votre haut à rayures blanches et roses.

— Très bien. Je vais le leur retourner. Ils ne me feront pas payer.

— Vous savez quand même coudre un bouton, non ? s'exclame-t-elle, effarée. Ça ne prend pas deux minutes. Vous avez bien des boutons dans votre boîte à ouvrage !

Ma quoi ? Ah oui, un truc à couture !

— Je n'en ai pas, réponds-je poliment. Je ne suis pas douée pour la couture.

— Pas même pour coudre un bouton ? Votre mère ne vous a donc rien appris ?

Je manque m'esclaffer à imaginer ma mère en train de coudre un bouton.

— Non.

— De mon temps, les jeunes filles de bonne famille apprenaient à coudre un bouton, à repriser une chaussette et à retourner un col.

J'ai l'impression qu'elle parle chinois. « Retourner un col. » Quel charabia ! Je réplique poliment :

— Les temps changent. Du mien, on apprenait à réussir les concours et à se préparer à bien gagner sa vie. On apprenait à défendre des idées.

Je ne peux résister au plaisir d'ajouter :

— Et à utiliser notre cerveau.

Mme Farley n'est pas impressionnée.

— Quelle honte, me plaint-elle en me tapotant l'épaule avec compassion.

J'essaie de garder mon calme, mais j'ai travaillé comme une bête, mon dîner d'anniversaire a été un fiasco, je suis crevée et affamée, Ketterman habite deux étages au-dessus… et voici que cette vieille bique veut que je recouse mon bouton. Je lui rétorque fièrement :

— Ce n'est pas une honte !

— Bien sûr, ma chère, fait-elle pour calmer le jeu, et elle rentre chez elle.

Ce qui m'énerve encore plus. Je la poursuis.

— En quoi est-ce une honte ? D'accord, je ne sais pas recoudre un bouton. Mais je sais restructurer les dettes d'un client et lui faire économiser trente millions de livres. Ça, je sais le faire !

Mme Farley me dévisage depuis sa porte.

— C'est une honte, répète-t-elle comme si elle ne m'avait pas entendue. Enfin, bonne nuit.

— Et le féminisme, ça ne vous dit rien ? dis-je en criant derrière sa porte.

Pas de réponse.

Furieuse, je rentre chez moi et me saisis du téléphone. Je fais automatiquement le numéro du livreur de pizzas et commande mon menu habituel : une capricciosa et un paquet de chips. Je sors du réfrigérateur du vin et m'en sors un verre, je m'installe dans le salon et j'allume la télé.

Une boîte à ouvrage ! Et puis quoi encore ? Des aiguilles à tricoter ? Une quenouille ?

Je m'enfonce dans mon canapé et commence à zapper : des informations… un film français… un documentaire animalier…

Stop !

Les Walton ! Sur une chaîne parfaitement inconnue. Je n'ai pas vu ce feuilleton depuis des années.

Voilà exactement ce qu'il me fallait.

Sur le petit écran, toute la famille est réunie autour de la table. Grandma dit le bénédicité.

J'avale une gorgée de vin et je commence à me détendre. J'aime *Les Walton* en secret depuis mon enfance. Quand j'étais seule à la maison, je m'asseyais dans le noir et j'imaginais que j'habitais sur leur montagne.

Voici la dernière scène, celle que j'attendais impatiemment : la maison des Walton est plongée dans l'obscurité. Quelques lumières tremblotent, des grillons chantent. John Boy parle en voix off. Une grande maisonnée dont tous les membres s'aiment. Je me recroqueville et encercle mes genoux de mes bras. Je regarde l'écran avec mélancolie, tandis que cette musique que je connais par cœur cesse peu à peu.

— Bonne nuit, Elizabeth !

— Bonne nuit, Grandma ! dis-je à voix haute, car personne ne peut m'entendre.

— Bonsoir, Mary Ellen !

— Bonsoir, John Boy ! dis-je en même temps que Mary Ellen.

— Bonne nuit.

— Bonne nuit.

— Bonne nuit.

4

Je me réveille en sursaut à six heures du matin, le cœur battant et un pied hors du lit. Je cherche un stylo en criant : « Quoi ? quoi ? »

C'est à peu près ainsi tous les matins. Dans la famille, on a tous le sommeil agité. Lors de mon dernier Noël chez ma mère, je suis descendue dans la cuisine vers trois heures du matin pour boire un verre d'eau. Là, je suis tombée sur maman qui étudiait un jugement et Daniel qui se shootait au Xanax tout en suivant les cours de la Bourse de Hong Kong à la télévision.

Je titube jusqu'à la salle de bains et me regarde dans la glace. Et voilà. Tout ce travail, toutes ces longues études, toutes ces nuits blanches… pour ce grand jour.

Associée ou pas associée ?

Il faut que j'arrête d'y penser. Je vais dans la cuisine et j'inspecte mon réfrigérateur. Merde ! Je n'ai plus de lait. Ni de café.

Je dois trouver un épicier qui livre. Et un laitier.

Je prends un stylo et note au bas de ma liste À FAIRE :
47. Épicerie/ laitier ?

Ma liste À FAIRE est gribouillée sur un bout de papier épinglé au mur. Elle me rappelle ce que j'ai l'intention de faire. Elle a jauni et les premières lignes sont presque effacées. Mais quand même, ça m'oblige à m'organiser.

Je devrais rayer le début de la liste. Il date de mon emménagement, il y a trois ans. J'ai bien dû faire certaines choses depuis tout ce temps. J'ai du mal à déchiffrer ce qui est écrit tout en haut.

1. *Trouver laitier.*
2. *Épicier qui livre – m'organiser ?*
3. *Comment allume-t-on le four ?*

Parfait.

Je vais m'en occuper ce week-end. Je lirai le mode d'emploi du four et tout et tout.

Je parcours ce que j'ai écrit il y a deux ans.

16. *Chercher un laitier.*
17. *Inviter des amis.*
18. *Trouver un loisir ??*

J'ai bien l'intention d'inviter mes amis. Quant aux loisirs, je m'en occuperai quand ça se calmera un peu au bureau.

Ah, voilà ce que j'ai inscrit il y a un an ! L'encre n'est pas encore passée.

41. *Partir en vacances ?*
42. *Organiser un dîner ?*
43. *LAITIER ?*

Quelle misère ! Je n'ai rien fait de la liste. Comment est-ce possible ? Vexée, je jette mon stylo et branche la bouilloire. La tentation est grande de déchirer ce maudit papier.

Quand l'eau bout je me fais une tasse d'une mauvaise tisane offerte par un client. Je prends une pomme dans le compotier – mais elle est pourrie. Haussant les épaules, je vide dans la poubelle le contenu du récipient et grignote quelques céréales directement dans le paquet.

Au fond, je me fiche de cette liste. Il n'y a qu'une chose qui m'importe.

J'arrive au bureau bien résolue à faire comme si de rien n'était. Je vais travailler, un point c'est tout. Mais, dans l'ascenseur, trois personnes me souhaitent bonne chance. Et, dans le couloir, un type qui travaille au département Impôts me tapote sur l'épaule en signe d'encouragement.

— Bonne chance, Samantha !

D'où connaît-il mon nom ?

Je fonce dans mon bureau, ferme la porte et tâche d'oublier que de l'autre côté de la cloison en verre des gens parlent de moi.

Je n'aurais pas dû venir. J'aurais dû prétexter une maladie mortelle.

Allez, courage ! Je vais me plonger dans un dossier, comme d'habitude. J'ouvre le dossier de Ketterman, retrouve la page où je me suis arrêtée hier et lis le document qui établit un transfert d'actions à cinq ans.

— Samantha ?

Je lève la tête. Guy se tient à ma porte avec deux cafés. Il en pose un devant moi.

— Bonjour. Ça va ?

— Bien, dis-je en tournant une page d'un air absorbé. Je vais bien… normal, quoi. Pourquoi tout ce cirque ?

L'expression amusée de Guy m'agace un peu. Pour prouver que j'ai raison, je tourne une nouvelle page et tout le dossier atterrit par terre.

Merci, mon Dieu, d'avoir inventé les trombones !

Rouge de honte, je remets le dossier en ordre et avale un peu de café.

— Ouais, heureusement, tu restes calme, et relax.

— N'est-ce pas ? dis-je en refusant d'entrer dans son jeu.

— À plus tard.

Il lève sa tasse comme pour me porter un toast et disparaît. Je regarde l'heure.

Seulement huit heures cinquante-trois. La réunion des associés seniors qui décidera de mon sort commence dans sept minutes. Vais-je tenir le coup ?

Pourtant, la matinée se passe. Je termine de lire le dossier de Ketterman et commence mon rapport. J'en suis au milieu du troisième paragraphe lorsque Guy apparaît à ma porte.

— Salut, dis-je sans lever le nez. Je vais bien. Compris ? Et je n'ai rien entendu de neuf.

Guy ne me répond pas.

Je lève enfin la tête. Il s'est approché de mon bureau et me contemple d'un regard empreint d'affection, de fierté et d'excitation, bien mal dissimulé sous un masque imperturbable.

— Je n'ai pas le droit de te le dire, fait-il en se penchant, mais tu as réussi. Tu es la nouvelle associée. Tu l'apprendras dans une heure.

J'en ai le souffle coupé.

— Je ne t'ai rien dit, vu ? Mais bravo !

Waouh ! J'ai réussi !

— Merci !

C'est tout ce que je parviens à articuler.

— À plus tard. Je reviendrai te féliciter officiellement.

Il s'éloigne et je reste face à mon écran, les yeux dans le vague.

Me voici associée !

Génial ! Génial ! GÉNIAL !

Je meurs d'envie de me lever et de crier HOURRA ! Vais-je réussir à survivre encore une heure ? Impossible de rester assise sagement, d'essayer de me concentrer sur le dossier de Ketterman. Après tout, j'ai jusqu'à demain pour le terminer.

Je le fourre dans un coin et une cascade de papiers tombent de l'autre côté de ma table. Je les ramasse et je suis horrifiée par le chaos qui règne sur mon bureau, par les monceaux de dossiers et de documents, par les piles de livres posées sur mon ordinateur.

Ketterman a raison. C'est un vrai foutoir. Indigne d'une associée.

Je commence à mettre de l'ordre. La manière idéale de passer une heure. 12 h 06-13 h 06 : administration interne. On a même un code informatique pour ce genre de tâche.

J'avais oublié à quel point je déteste faire du rangement.

Des choses incroyables refont surface : lettres de clients… contrats qui auraient dû aller chez Maggie pour qu'elle les classe… vieilles invitations… mémos… un dépliant d'un institut Pilates… un disque acheté il y a trois mois et que je croyais avoir perdu… une carte de Noël d'Arnold datée de l'année dernière et où il est déguisé en renne… je souris en le voyant et le place dans la pile *choses à classer quelque part*.

Il y a des reliques aussi – des trophées en Plexiglas que l'on nous offre à la signature de gros contrats. Et la moitié d'une barre de chocolat que je n'ai pas eu le temps de finir. Je la jette dans la corbeille à papier et attaque une autre pile.

On ne devrait pas avoir d'aussi grands bureaux. C'est incroyable tout ce que j'ai pu y accumuler.

Associée ! le mot explose dans ma tête comme un feu d'artifice. ASSOCIÉE !

Arrête ! me dis-je en me réprimandant. Ne pense qu'à ce que tu fais. En attrapant un vieux numéro du *Lawyer* – pourquoi je l'ai gardé ? Mystère ! – je fais tomber une liasse de documents agrafés. Je me baisse pour la ramasser et jette un coup d'œil distrait sur la première page. C'est un mémo d'Arnold.

Sujet : Third Union Bank
Ci-joint la créance de Glazerbrooks Ltd.
Occupez-vous de l'enregistrement à la chambre de commerce.

Je le parcours d'un œil distrait. Cette banque est un client d'Arnold. Pour ma part, je n'ai eu affaire à elle qu'une seule fois. La banque a accordé un prêt de cinquante millions de livres à Glazerbrooks, une grosse société de matériaux de construction. Je dois seulement l'enregistrer à la chambre de commerce dans un délai de vingt et un jours. Encore une de ces tâches subalternes que les associés empilent sur mon bureau. Eh bien, ce temps-là est révolu, me dis-je. En fait, je vais commencer tout de suite et charger quelqu'un de le faire à ma place. Par réflexe, je vérifie la date.

Et je la vérifie une seconde fois. La créance est datée du 26 mai.

Il y aurait cinq semaines de ça ? Ce n'est pas possible.

Perplexe, je feuillette les autres documents, au cas où il y aurait une erreur de frappe. C'est la seule explication – mais la date est toujours la même, 26 mai.

Le 26 mai ?

Glacée, je contemple le mémo. Il serait resté sur mon bureau depuis cinq semaines ?

Mais… mais c'est impossible. Ça voudrait dire que j'ai laissé passer la date limite.

Je n'ai pas pu commettre une telle erreur. Je n'ai pas pu ne pas enregistrer la créance. Je le fais toujours à temps.

Je ferme les yeux et m'efforce de garder mon calme. Ma promotion me monte à la tête et me brouille l'esprit. Voyons. Examinons les choses.

Mais le mémo stipule bien ce que j'ai lu. *Occupez-vous de l'enregistrement*. Et c'est daté du 26 mai. Ce qui veut dire que la Third Union Bank a consenti un prêt sans se garantir. C'est l'erreur la plus stupide qu'un avocat puisse faire.

J'en ai des sueurs froides. Arnold m'a-t-il parlé de ce prêt ? J'essaie de m'en souvenir. L'a-t-il seulement mentionné ? Mais pourquoi l'aurait-il fait ? Il ne s'agit que d'un simple accord de prêt. On en fait à la pelle et les yeux fermés. Il savait qu'il pouvait compter sur moi. Il avait confiance en moi.

Ah ! bon sang !

Je feuillette à nouveau le document, à la recherche d'une échappatoire, d'une clause miraculeuse qui me permettrait de m'exclamer : « Mais bien sûr ! » Seulement je n'en trouve pas.

Comment cela a-t-il pu arriver ? Pourquoi n'ai-je pas vu ce mémo ? Ou bien l'ai-je mis de côté en me promettant de m'en occuper plus tard ?

Que vais-je faire ? En songeant aux conséquences, je suis gagnée par la panique. La Third Union Bank a prêté cinquante millions de livres à Glazerbrooks. Comme la créance n'a pas été enregistrée, ce prêt – ce prêt de cinquante millions de livres – n'est pas garanti. Si Glazerbrooks fait faillite demain, la Third Union

Bank sera un des derniers créanciers de la liste. Et ne récupérera sans doute rien.

— Samantha ! appelle Maggie depuis la porte.

Instinctivement, je cache le mémo bien que je sache qu'elle n'y fera pas attention.

— Je viens de l'apprendre ! murmure-t-elle. Guy n'a pas pu se taire. Mes félicitations !

— Oh… merci, dis-je en m'efforçant de sourire.

— Je vais me chercher une tasse de thé, vous en voulez ?

— Avec… plaisir. Merci bien.

Elle disparaît et je prends ma tête à deux mains. Impossible de garder mon calme alors que je suis terrifiée. Je dois voir les choses en face : j'ai fait une erreur.

J'ai fait une erreur.

Que vais-je faire ? Je n'arrive pas à rassembler mes esprits…

Soudain, je me souviens de ce que Guy m'a dit hier et je me sens soulagée : « Une erreur n'est pas une erreur à moins qu'elle ne puisse pas être rectifiée. »

Oui, je peux rectifier mon erreur. Je peux encore enregistrer la créance.

Ça va être horriblement pénible. Je vais devoir avouer à la banque ce que j'ai fait, ainsi qu'à Glazerbrooks et à Arnold et à Ketterman. Il faut que je fasse établir de nouveaux documents. Et, le plus humiliant, c'est que tout le monde saura que j'ai fait l'erreur la plus stupide que le dernier des stagiaires puisse commettre.

Ce qui signifie que ma promotion va me filer sous le nez. J'en ai mal au ventre – mais il n'y a pas d'autre solution. Je dois rectifier la situation.

Je me dépêche d'aller sur le site de la chambre de commerce et je cherche « Glazerbrooks ». Du moment qu'il n'y a pas eu d'autre enregistrement entre-temps, ça reviendra au même...

Je n'en crois pas mes yeux !

Non !

C'est impossible !

Il y a un nouveau prêt garanti de cinquante millions de livres que Glazerbrooks a contracté auprès de la BLLC Holdings. Il a été enregistré la semaine dernière. La Third Union Bank va donc rejoindre la queue des créanciers.

Dans ma tête, tout se bouscule, c'est l'horreur. Il faut que j'en parle tout de suite à quelqu'un. Il faut agir très vite avant que d'autres créances ne soient déposées. Il faut que j'en parle à... Arnold.

Mais la gravité de la situation me paralyse.

Je ne peux pas aller jusqu'au bout. Je ne peux pas clamer que j'ai fait une faute basique qui risque de coûter cinquante millions à un de nos clients. Voilà ce que je vais faire... commencer par rectifier les choses avant d'en parler. Prévenir la banque. Plus vite elle sera au courant, mieux ça sera...

— Samantha ?

— Quoi ? fais-je en bondissant sur mon siège.

— Vous êtes sacrément nerveuse aujourd'hui !

Maggie se met à rire en me tendant une tasse de thé :

— Mais j'imagine que vous planez, non ?

Je mets une seconde avant de comprendre ce qu'elle veut dire. En fait, c'est plutôt le crash, la catastrophe aérienne du siècle !

— Ah ! oui, bien sûr, dis-je en essayant de sourire et en essuyant ma main moite sur un mouchoir en papier.

— Vous êtes toujours sur un petit nuage ? dit-elle en s'appuyant contre un classeur. J'ai mis du champagne au frais.

— Oh… super ! Mais, Maggie, il faut que je continue…

— Ah bon ! fait-elle, blessée. Eh bien, je vous laisse.

À sa démarche, je vois qu'elle est vexée. Elle doit penser que je suis une peau de vache. Mais chaque minute compte. Je dois appeler la banque. Immédiatement.

Je parcours la liste des personnes concernées et trouve le nom de notre correspondant à la Third Union Bank. Charles Conway.

C'est mon homme. Celui dont je vais gâcher la journée en lui avouant que j'ai tout bousillé. Tremblante, je prends le combiné. J'ai l'impression de me préparer mentalement à traverser des sables mouvants.

Pendant quelques instants, je reste à fixer le cadran, accumulant l'énergie nécessaire pour composer le numéro. Finalement, je me lance. En entendant la sonnerie, mon pouls s'accélère.

— Charles Conway.

— Bonjour, dis-je d'une voix aussi neutre que possible, je suis Samantha Sweeting du cabinet Carter Spink. Nous ne nous connaissons pas encore.

— Bonjour, Samantha, répond-il d'une voix plaisante. Que puis-je faire pour vous ?

— Je vous appelle pour un point technique. C'est au sujet… de Glazerbrooks.

— Ah ! vous êtes déjà au courant ! Les nouvelles vont vite.

Mon univers se rétrécit.

— Quelle nouvelle ? dis-je d'une voix nettement plus aiguë. Je n'ai entendu parler de rien.

— Oh ! Je croyais que c'était le motif de votre appel. Oui, ils ont fait appel à un administrateur judiciaire.

Leurs derniers efforts pour sauver la situation ont dû échouer…

J'ai le tournis. Des papillons dansent devant mes yeux. Glazerbrooks va sombrer. Ils n'accepteront pas de refaire les papiers. Jamais de la vie.

Je serai dans l'incapacité d'enregistrer quoi que ce soit. Impossible de redresser la situation. J'ai fait perdre cinquante millions de livres à la Third Union Bank.

J'hallucine ! J'en bégaie de peur. Je n'ai qu'une envie : raccrocher et partir en courant.

— Vous avez bien fait de m'appeler, continue Charles Conway. Vous devriez revoir les clauses de la créance.

Je reste muette.

— Oui, dis-je enfin. Merci.

Je raccroche, prise de tremblements nerveux.

J'ai merdé.

Et dans les grandes largeurs en plus.

Sans savoir ce que je fais, je me lève. Il faut que je sorte.

5

Je traverse la réception comme en pilote automatique et, tant bien que mal, je me mêle à la foule des gens qui déambulent à l'heure du déjeuner. Une employée parmi les autres dans une rue ensoleillée.

Sauf que je suis différente. À cause moi un client a perdu cinquante millions de livres.

Cinquante millions ! La somme résonne dans ma tête.

Comment est-ce arrivé ? Je ressasse les événements dans ma tête. Encore et encore. Une vraie obsession. Comment… Comment ai-je pu ne pas voir ce mémo ?… On a dû le poser sur mon bureau et j'ai mis quelque chose dessus. Un dossier, une pile de contrats, une tasse de café.

Une erreur. Une unique erreur. Si seulement je pouvais me réveiller pour m'apercevoir que ce n'est qu'un cauchemar, que c'est arrivé à quelqu'un d'autre, que je viens d'entendre cette histoire dans un bar en remerciant ma bonne étoile que ça ne me soit pas arrivé… Mais ça m'est arrivé !

Ma carrière est fichue. La dernière personne qui a fait ce genre de boulette chez Carter Spink s'appelait Ted Stephens. En 1983, il a fait perdre dix millions de livres à un de ses clients. Il a été viré sur-le-champ. J'ai fait perdre cinq fois plus à mon client.

Je me sens oppressée, comme si on m'étouffait. J'ai l'impression que je vais me trouver mal. Je m'assieds sur un banc et j'attends que ça passe.

Bon, je ne vais pas mieux. Ça empire même. Mon portable se met à vibrer dans ma poche et je sursaute de terreur. Je regarde l'écran : c'est Guy.

Impossible de lui parler. Ni à lui ni à personne. Pas maintenant en tout cas.

Un peu plus tard, je vois qu'on m'a laissé un message. Je l'écoute :

— Samantha ! fait Guy avec entrain. Où es-tu ? On t'attend tous avec du champagne pour fêter l'annonce de ta promotion !

Ma promotion ! J'ai envie de pleurer. Mais… je n'y arrive pas. Je suis au-delà des larmes. Je fourre mon portable dans ma poche et me lève. J'avance vite, de plus en plus vite, me faufilant entre les passants, sans savoir où je vais, avec l'impression que ma tête va éclater.

L'esprit vide, j'arpente le pavé poussiéreux depuis des heures, ou du moins c'est ce qu'il me semble. Mes pieds mènent la danse sous le soleil implacable. Mon cœur bat trop fort. Chaque fois que mon portable a de nouveau vibré, je l'ai ignoré.

Je ne ralentis que lorsque mes jambes commencent à me faire souffrir et finalement je m'arrête. J'ai la bouche sèche. Je suis totalement déshydratée. Il faut que je boive. Je regarde autour de moi pour essayer de me repérer et je m'aperçois que j'ai atterri devant la gare de Paddington !

Dans un état second, j'entre dans la gare. Il y a foule et c'est bruyant. Les néons agressifs, la climatisation, les hurlements des haut-parleurs me font tituber. Je m'approche d'un stand qui vend de l'eau minérale quand mon portable vibre une fois encore. Je regarde l'écran. Quinze appels et un nouveau message de Guy il y a vingt minutes.

J'hésite et, à bout de nerfs, appuie sur la touche 1 et écoute.

« Bon Dieu, Samantha, que s'est-il passé ? »

Sa voix n'a plus rien de gai. Il semble terriblement stressé. J'ai des frissons d'angoisse.

« On est au courant, continue-t-il. Vu ? On est au courant pour la Third Union Bank. Charles Conway nous a appelés. Reviens au bureau. Tout de suite. Et rappelle-moi. »

Il a raccroché. Je suis transie. Paralysée de peur.

Ils savent tout. Tout.

Des papillons dansent à nouveau devant mes yeux. J'ai envie de vomir. Tout Carter Spink sait que j'ai foiré. La nouvelle va se répandre. Ils vont s'envoyer des mails horrifiés et jubilatoires. *Vous êtes au courant…*

Je reste plantée au milieu de la foule et, tout à coup, un visage attire mon attention. Quelqu'un que je connais ? Je le suis des yeux pour tenter de le situer – et…

Pauvre de moi ! C'est Greg Parker, l'un des avocats les plus importants du cabinet. Probablement de retour des États-Unis, débarquant de la navette de l'aéroport. Il s'avance dans le hall, très chic dans son costume d'homme d'affaires, le portable à l'oreille. Il fronce les sourcils et semble soucieux.

— Mais où est-elle, bon sang ? crie-t-il.

Sa voix traverse le hall.

Il faut absolument que je sorte de son champ de vision, que je me cache. Je me planque derrière une grosse femme en imperméable beige et me fais toute petite. Comme elle marche en zigzag, je suis obligée de me coller à elle.

— Vous désirez quelque chose ? me demande-t-elle en se retournant subitement.

— Non, fais-je, honteuse. Je suis… euh…

— Alors, fichez-moi la paix !

Et la voilà qui se dirige vers le café Costa, me laissant complètement à découvert. Greg Parker n'est qu'à une cinquantaine de mètres de moi : il continue à parler.

Si je bouge, il va me repérer. Si je ne bouge pas… il me verra aussi.

Soudain le panneau électronique d'affichage renouvelle ses horaires de départ. Des dizaines de voyageurs en attente saisissent bagages et journaux, et se dirigent vers le quai n° 9.

Sans réfléchir plus avant, je me mêle à eux, passe la barrière ouverte et grimpe dans le train. Tandis qu'il démarre, je m'enfonce dans mon siège, en face d'une famille qui porte des tee-shirts du zoo de Londres. Ils me sourient et je parviens à leur sourire à mon tour.

— Rafraîchissements ? propose joyeusement un bonhomme ratatiné poussant un chariot. Sandwichs chauds et froids, thé, café, sodas, boissons alcoolisées ?

— Oui ! ce que vous venez de dire ! fais-je d'un ton qui ne se veut pas trop désespéré. Double dose de… de n'importe quoi.

Personne ne vient contrôler mon billet. Personne ne me dérange. La banlieue cède la place à la campagne et le train continue à couvrir des miles et des miles. J'ai bu trois petits flacons de gin mélangé respectivement à du jus d'orange, à du jus de tomate et à du yogourt liquide au chocolat. Le bloc de glace que j'avais dans l'estomac a fondu peu à peu. Du coup, je me sens complètement déconnectée.

J'ai fait la plus grosse erreur de ma carrière. Je vais perdre mon boulot. Adieu ma promotion !

Une erreur idiote.

La famille « Zoo de Londres » m'a offert un paquet de chips et m'a proposé de jouer au Scrabble. La mère m'a même demandé si je voyageais pour mes affaires ou pour mon plaisir.

Je n'ai pas pu lui répondre.

Mon cœur a cessé de battre à deux cents à l'heure, mais une affreuse migraine m'enserre la tête. Je pose une main sur mes yeux pour m'abriter de la lumière.

— Mesdames, messieurs, crachouille un haut-parleur, malheureusement… des travaux… un autre mode de transport.

La voix nasillarde de l'agent est incompréhensible. Je m'en fiche puisque je ne sais même pas où va ce train. Je descendrai au prochain arrêt et j'aviserai.

— Non, on n'épelle pas « raisin » comme ça, est en train de dire la mère à l'un de ses enfants au moment où le train commence à ralentir.

Je vois un panneau sur le quai indiquant Lower Ebury. Les gens rassemblent leurs bagages et descendent.

Tel un automate, je suis le mouvement. J'emboîte le pas à la famille « Zoo de Londres » et nous débarquons dans une mignonne petite gare. Un pub, The Bell, est situé de l'autre côté de la route qui va se perdre dans la campagne. Un bus attend les passagers du train qui embarquent les uns après les autres.

La mère au tee-shirt me fait signe de monter.

— C'est le car pour Gloucester, dit-elle gentiment.

L'idée d'embarquer me donne la nausée. Je n'ai envie d'aller nulle part. Mon crâne est sur le point d'exploser. La seule chose dont j'ai besoin est une aspirine.

— Euh… non, merci. Je suis bien ici.

Sans lui laisser le temps de répliquer, je me mets en route.

Où suis-je ? Aucune idée.

Mon portable se remet à vibrer. C'est encore Guy. Ce doit être la trentième fois qu'il me téléphone. Et chaque fois il laisse un message demandant que je le rappelle et si j'ai reçu ses mails.

Je n'ai aucun mail. J'ai tellement flippé que j'ai oublié mon Palm sur mon bureau. Mon portable est tout ce que possède. Il vibre à nouveau. Il faut bien que je réponde un jour. L'estomac noué, je décroche et je dis d'une voix éraillée :

— Allô, c'est… moi.

— Samantha ? C'est bien toi ? demande Guy d'un ton incrédule. Où es-tu ?

— Je ne sais pas. Il fallait que je m'en aille… J'étais en état de choc…

— Je ne sais pas si tu as écouté mes messages. Mais… tout le monde est au courant.

— Je sais.

Je m'appuie contre un vieux mur lézardé et ferme les yeux.

— Comment est-ce arrivé ? dit-il comme s'il était lui aussi en état de choc. Comment as-tu pu faire une erreur pareille ? Enfin, bon Dieu !…

— Je l'ignore.

— Tu ne fais jamais d'erreur !

— Eh bien, maintenant c'est fait !

De toutes mes forces j'essaie de retenir mes larmes.

— Comment ça se passe au bureau ?

— Ça va mal. Ketterman tente de limiter les dégâts. Il est en contact avec les avocats de Glazerbrooks et avec les gars de la banque – et avec les assureurs, bien sûr.

Les assureurs. Le cabinet est assuré. Soudain, j'ai une bouffée d'espoir. Si les assurances paient sans faire trop d'histoires, la situation n'est peut-être pas aussi désespérée…

Cependant, bien que mon moral remonte légèrement, ça ressemble plutôt à un mirage aperçu à travers le brouillard. Les assurances ne remboursent jamais la totalité des pertes. Parfois, elles ne filent pas un sou. Parfois, elles paient mais demandent par la suite des primes astronomiques.

— Qu'ont dit les assureurs ? Vont-ils… ?

— Ils n'ont rien dit pour le moment.

— Ah bon.

Je prends mon courage à deux mains pour poser la question suivante :

— Et moi dans tout… ça ?

Guy se tait.

Il ne peut pas être plus clair. En ouvrant les yeux, je m'aperçois que deux gamins à bicyclette me dévisagent.

— Pour moi, c'est fini, hein ? Ma carrière est foutue.

— Je… je n'en sais rien. Écoute, Samantha, tu as pété les plombs. C'est normal. Mais tu ne peux pas continuer à te planquer. Tu dois revenir…

— Impossible.

Le visage de Ketterman surgit devant moi. Et Arnold, que va-t-il penser de moi ?

— Je suis incapable d'affronter qui que ce soit.

— Samantha, sois raisonnable.

— J'ai besoin de temps.

— Saman…

J'ai raccroché.

Je suis au bord de l'évanouissement. Il me faut de l'eau, mais je n'ai pas le courage d'entrer dans ce pub, forcément bruyant. Et il n'y a aucun magasin en vue.

Je titube le long de la route jusqu'à deux colonnes surmontées de lions. Sûrement l'entrée d'une propriété. Je vais sonner à la porte de la maison et demander une aspirine et un verre d'eau. Je me ferai aussi indiquer un hôtel.

Je pousse une grille en fer forgé très ornementée et le gravier de l'allée crisse sous mes pas alors que je m'avance vers une lourde porte en chêne. Située en retrait de la route, la maison est en pierre de taille couleur miel, avec des toits pentus et de hautes cheminées. Deux Porsche sont garées devant la porte. Je tire la sonnette.

Silence. La maison semble endormie. Je suis sur le point de faire demi-tour, quand soudain quelqu'un ouvre la porte en grand.

Apparaît une femme très maquillée, cheveux blonds laqués mi-longs et ostensibles pendants d'oreilles. Elle porte un pantalon d'une curieuse couleur pêche, tient une cigarette dans une main et un verre dans l'autre.

— Bonjour, dit-elle avec un air circonspect. C'est l'agence qui vous envoie ?

6

De quoi parle-t-elle ? J'ai tellement mal à la tête que je peux à peine la regarder et encore moins comprendre ce qu'elle me dit.

— Ça ne va pas ? Vous avez une mine épouvantable !

— J'ai terriblement mal à la tête. Auriez-vous un verre d'eau ?

— Mais bien sûr ! Entrez donc !

Elle agite sa cigarette devant mon nez et me fait signe d'entrer dans un immense hall au plafond voûté. Au centre, une table en chêne massif sur laquelle est posé un bouquet de lis. Un banc de style moyenâgeux complète le décor.

— De toute façon, il faut que vous visitiez la maison, n'est-ce pas, *Eddie !*

Sa voix a viré à l'aigu.

— Eddie, en voici encore une !

Elle ajoute à mon intention :

— Je suis Trish Geiger. Vous m'appellerez Madame. Par ici…

Elle me précède dans un couloir étroit qui mène à une luxueuse cuisine en érable. Elle ouvre plusieurs tiroirs, apparemment au hasard, avant de s'écrier :

« Ah ! voilà » et sort une boîte en plastique. Elle contient une cinquantaine de tubes d'analgésiques, de vitamines, de pilules, et des flacons où est inscrit *Pour la peau – Recette de Hollywood*. Madame commence à fourrager dans la boîte avec ses longs ongles vernis.

— J'ai de l'aspirine… du paracétamol… de l'ibuprofen… du Valium très peu dosé…

Elle me montre une pilule rouge.

— Ça vient d'Amérique. Illégal ici.

— Euh, merveilleux !

Elle me tend trois comprimés verts et, après plusieurs essais infructueux, réussit à localiser le placard à verres.

— Nous y voilà. Spécial antimigraine. Aucun mal de tête ne leur résiste. Eddie !

Elle me verse de l'eau glacée du réfrigérateur.

— Allez, buvez !

— Merci ! dis-je en faisant la grimace. Je vous suis tellement reconnaissante. Ma tête me fait si mal. Je n'arrive pas à réfléchir.

— Vous parlez très bien anglais ! constate-t-elle en me regardant de près. Vraiment un excellent anglais.

— Ah oui ! Mais c'est que je suis anglaise…

— Vous êtes anglaise !

Trish Geiger semble électrisée.

— Eh bien, venez vous asseoir. Les cachets vont faire effet dans une minute. Sinon, je vous en redonnerai.

Elle m'entraîne hors de la cuisine et nous traversons le hall.

— Voici le salon, annonce-t-elle du seuil.

Tout en laissant tomber sa cendre de cigarette sur la moquette, elle me montre une grande pièce, plutôt majestueuse. Elle est remplie de meubles qui ont l'air anciens, de plusieurs canapés profonds en velours, d'une multitude de lampes et de bibelots disséminés un peu partout.

— Comme vous le voyez, il y a pas mal de ménage à faire... d'aspirateur à passer... d'argenterie à nettoyer.

Elle me regarde d'un air interrogateur.

— Bien sûr.

Pourquoi me parle-t-elle de ses soucis domestiques ? Aucune idée. Mais on dirait qu'elle attend une réponse de ma part.

— Quelle superbe table ! dis-je finalement en désignant une console en acajou.

— Elle a besoin d'être cirée. J'insiste. Très régulièrement. Je suis très pointilleuse.

— Bien sûr, fais-je perplexe.

— Entrons là...

Nous passons par une autre pièce immense pour déboucher sur une sorte de jardin d'hiver meublé de somptueuses chaises longues en teck, de plantes vertes exotiques. Un plateau chargé de bouteilles trône au milieu de la table.

— Eddie ! Nous sommes là !

Elle tape sur une des vitres. Un homme brun en tenue de golf traverse une pelouse immaculée. Bronzé, l'air prospère, il approche probablement la cinquantaine.

D'après ses pattes-d'oie, Trish doit avoir le même âge.

— Quel joli jardin !

— Oui.

Elle y jette un coup d'œil blasé.

— Oui, notre jardinier est excellent. Il a des tas d'idées. Allez, asseyez-vous !

Elle fait un grand geste de la main et, un peu embarrassée, je me pose sur une chaise longue. Trish s'enfonce dans un fauteuil en osier en face de moi et termine son cocktail.

— Vous savez préparer de bons bloody mary ? demande-t-elle soudain.

Je la dévisage, ébahie.

— Peu importe, dit-elle en tirant sur sa cigarette, je vous apprendrai.

— M'apprendre…

— Comment va votre migraine ? m'interrompt-elle. Mieux ? Ah, voici Eddie !

— Bonjour !

M. Geiger fait son entrée. De près, il est moins impressionnant. Ses yeux bleus sont un peu vitreux et il commence à avoir une bonne brioche, due sans doute à l'abus de bière.

— Eddie Geiger, maître des lieux, dit-il gaiement en me tendant la main.

— Eddie, voici…

Trish me regarde, surprise.

— Au fait, comment vous appelez-vous ?

— Samantha. Je suis désolée de vous déranger, mais j'ai un affreux mal de tête…

— J'ai donné à Samantha ces formidables cachets des États-Unis, intervient Trish.

— Bonne idée !

Eddie débouche une bouteille de scotch et s'en sert un verre.

— Je vous remercie beaucoup, dis-je avec un petit sourire. Vous avez été très aimable de me laisser pénétrer chez vous.

— Elle parle bien notre langue, tu ne trouves pas ? remarque Eddie en levant un sourcil.

— Elle est anglaise ! déclare Trish d'un ton triomphal, comme si elle avait sorti un lapin de son chapeau. Elle comprend tout ce que je lui dis !

Qu'est-ce que c'est que cette histoire ? Ai-je l'air d'être étrangère ?

— Et si nous faisions le tour du propriétaire ? propose Eddie.

— Vraiment, ce n'est pas la peine. Je suis sûre que votre maison est très belle…

— Bien sûr que c'est nécessaire ! s'insurge Trish en écrasant sa cigarette. Allez, prenez votre verre.

Cette femme est vraiment bizarre : elle ne s'intéresse qu'au ménage. En arpentant les pièces du rez-de-chaussée – plus belles les unes que les autres –, elle me liste ce qui doit être ciré, ce qui nécessite un dépoussiérage complet ou ce qu'il faut manier avec précaution. Je suis certaine que les rideaux en soie sont très fragiles, mais quel besoin a-t-elle de me le dire ?

— Et maintenant, allons au premier !

C'est pas vrai ! Encore ?

— Vous venez de Londres ? me demande Eddie en montant l'escalier.

Un immense portrait de Trish en robe longue avec d'étonnants yeux brillants et une dentition éclatante nous toise de toute sa hauteur. Je sens que la Trish en chair et en os attend un commentaire de ma part.

— Oui, j'arrive de Londres. Quel superbe tableau, si vivant.

— Oui, il nous plaît beaucoup, assure Trish.

— Et vous avez un emploi à plein temps, là-bas ?

Eddie me pose la question pour être poli, j'en suis sûre, mais pendant un moment je ne sais que répondre. Ai-je encore un boulot ? Finalement, j'avoue :

— J'en avais un. Mais pour être honnête… j'ignore quelle est ma situation actuelle.

— Quel genre d'horaires aviez-vous ?

Trish a l'air de s'intéresser soudain à notre conversation.

— Je travaillais jusqu'à pas d'heure. En général, toute la journée et jusqu'à la nuit. Parfois toute la nuit.

Une telle révélation frappe les Geiger de stupeur. Les gens n'imaginent pas la vie des avocats.

— On vous faisait travailler toute la nuit ? reprend Trish, l'air effarée. Toute seule ?

— Je n'étais pas la seule. Il y avait tout le personnel nécessaire.

— Vous venez donc… d'une grosse maison ?

— Une des plus importantes de Londres.

Trish et Eddie se regardent interloqués. Ils sont vraiment étranges.

— Oh, vous verrez, nous sommes beaucoup moins exigeants, annonce Trish en poussant une porte. Voici la chambre principale… la seconde chambre…

Nous longeons un couloir, elle ouvre et referme des portes, me montre une ribambelle de lits à baldaquin aux rideaux froufroutants avec leurs ottomanes assorties, jusqu'à ce que ma tête commence à tourner. Je ne sais pas si c'est le trop-plein de papiers à fleurs ou ce qu'il y avait dans les comprimés, mais je me sens de plus en plus bizarre.

— La chambre verte… Comme vous le savez nous n'avons ni enfants ni animaux domestiques… Au fait, vous fumez ?

— Euh… non. Merci.

— Ça nous serait égal.

En descendant quelques marches, je dois me tenir au mur pour ne pas perdre l'équilibre.

— Ça ne va pas ?

Eddie me saisit par le bras.

— Je crois que ce médicament était un peu fort…

— C'est possible, dit Trish en me dévisageant. Vous n'auriez pas bu d'alcool aujourd'hui, par hasard ?

— Oh… eh bien… si…

— Ah ! Ah ! s'exclame-t-elle en faisant la grimace. Vous devriez peut-être vous reposer un peu avant de partir. De toute façon, nous sommes arrivés aux chambres de service.

Toutes les pièces de la maison sont immenses. Celle-ci a la taille de mon appartement, avec des murs pastel et des fenêtres à meneaux qui donnent sur le jardin. Le lit est simple – comparé aux autres – mais spacieux et fait avec des draps immaculés.

Je réprime une terrible envie de me coucher et de tout oublier.

— Charmant, dis-je poliment. Quelle pièce magnifique !

— Parfait, s'exclame Eddie en tapant dans ses mains. Eh bien, Samantha, je dirai que vous avez la place !

Je le regarde sans rien dire.

— La place ?

— Eddie ! s'écrie Trish, tu ne peux pas l'engager comme ça. On n'a pas fini l'entretien !

L'entretien ?

— On ne lui a pas encore énuméré ses tâches ! continue Trish en fixant Eddie. Nous n'avons pas passé en revue tous les détails.

— Bon, eh bien, vas-y !

Trish le foudroie du regard et s'éclaircit la gorge.

— Voyons, Samantha, attaque-t-elle d'un ton ampoulé, en tant que bonne à tout faire vous devrez…

— Pardon ?

Exaspérée, Trish claque la langue.

— En tant que bonne à tout faire, répète-t-elle plus lentement, vous devrez faire le ménage, la lessive et la cuisine. Vous porterez un uniforme et vous vous conduirez d'une façon polie et respectueuse…

Ces gens croient que je veux être engagée comme bonne à tout faire !

— … logée et nourrie et quatre semaines de vacances par an.

— Et le salaire ? demande Eddie. Va-t-on la payer plus que la précédente ?

Si Trish pouvait l'égorger sur place, elle le ferait.

— Un moment ! Excusez-nous, Samantha !

Sans me laisser le temps d'ouvrir la bouche, elle pousse son mari hors de la pièce, sort derrière lui et claque la porte. S'ensuit une bruyante scène de ménage.

Inspectant les lieux, j'essaie de recouvrer mes esprits.

Ils me prennent pour une employée de maison ! Une bonne à tout faire ! Ridicule ! Je dois rectifier la situation. Leur expliquer que c'est un malentendu.

Je me sens tellement faible que je m'assieds sur le lit. Puis, presque sans le vouloir, je m'allonge sur le couvre-lit blanc et je ferme les yeux. J'ai l'impression de m'enfoncer dans un nuage. La journée a été longue. Une épuisante succession de cauchemars. Qu'on en finisse !

— Samantha, je suis désolée de cette interruption !

J'ouvre les yeux et parviens à peine à voir Trish, suivie d'Eddie tout rouge, entrer dans la chambre.

— Avant de continuer, avez-vous des questions au sujet du travail ?

J'ai toujours le tournis. Pourtant c'est le moment de lui expliquer qu'il s'agit d'un malentendu. Que je ne suis pas bonne à tout faire, mais avocate.

Mais… je suis incapable d'articuler un mot.

Une pensée me traverse l'esprit : *je pourrais rester juste pour la nuit, une seule nuit. Je mettrai les choses au point demain matin.* Et je m'entends lui demander :

— Euh… Pourrais-je commencer ce soir ?

— Ça ne me paraît pas impossible…, s'avance Eddie.

— Ne mettons pas la charrue avant les bœufs, intervient Trish. Vous n'êtes pas la seule candidate. Plusieurs filles vraiment épatantes se sont déjà présentées. L'une d'elles est même diplômée de l'École du cordon bleu !

Je me raidis, par réflexe.

Veut-elle me faire comprendre que je vais être supplantée ?

Je dévisage Trish sans rien dire. Quelque part, un peu du caractère compétitif de l'ancienne Samantha refait surface. Je peux faire mieux que cette nana du Cordon bleu.

Je n'ai jamais raté un entretien. Ce n'est pas aujourd'hui que ça va commencer.

— Ainsi, le soin du linge n'a pas de secret pour vous ? demande Trish en consultant sa liste.

— Aucun.

— Et vous avez suivi les cours du Cordon bleu ?

Au ton de sa voix, je devine que mon job dépend de ma réponse.

— J'ai travaillé sous les ordres de Michel de la Roux de la Blanc. Son nom est la meilleure des références.

— Tout à fait ! s'exclame Trish en jetant un coup d'œil hésitant à Eddie.

Dix minutes plus tard, nous sommes à nouveau assis dans le jardin d'hiver où je bois une tasse de café préparée par Eddie. Trish me bombarde de questions qu'elle a dû glaner dans le petit manuel *Comment engager une employée de maison ?*

Au fond de moi, une petite voix me crie : « *Samantha, qu'est-ce que tu fabriques, bordel ?* » Mais je ne l'écoute pas. Je refuse de l'entendre.

Sans savoir comment, j'ai réussi à chasser de mon esprit le monde réel, mon erreur, ma carrière brisée. Je ne suis concernée que par cet entretien.

— Pourriez-vous nous donner un exemple de menu, pour un grand dîner ? dit Trish en allumant une cigarette.

Un menu… impressionnant.

Soudain, je me rappelle la carte de chez Maxim's. Le menu de mon anniversaire raté.

— Je vais consulter mes notes.

J'ouvre mon sac et jette un coup d'œil discret au menu que j'ai gardé en souvenir :

— Pour un grand dîner, je servirais… un foie gras recouvert d'un glaçage à l'abricot… de l'agneau sur un lit d'houmous à la menthe… suivi d'un soufflé orange-chocolat avec deux sorbets faits maison.

Et vlan pour Mademoiselle Cordon bleu !

— Ah çà ! s'exclame Trish ébahie, c'est vraiment impressionnant.

— Divin ! s'écrie Eddie qui en a l'eau à la bouche. Du foie gras avec un glaçage. Vous ne pourriez pas nous en concocter un petit, là, tout de suite ?

Trish le fusille du regard.

— J'imagine que vous avez apporté vos références. Des références ?

— Nous en avons besoin, insiste Trish en fronçant les sourcils.

— Vous pouvez joindre lady Freya Edgerly, dis-je, inspirée.

— Lady Edgerly ?

Trish écarquille les yeux tandis qu'une légère rougeur gagne son cou.

— J'ai partagé l'existence de lord et lady Edgerly pendant plusieurs années. Je suis sûre que lady Edgerly vous donnera tous les renseignements que vous voulez.

Trish et Eddie se regardent médusés.

— Vous avez fait la cuisine pour eux ? demande Eddie. Le petit déjeuner et tout et tout ?

— Naturellement. Lord Edgerly appréciait beaucoup mes œufs bénédictine.

J'avale une gorgée d'eau.

Trish se lance dans une série de grimaces codées destinées à Eddie, qui lui répond avec les mêmes mimiques qui ne trompent personne. C'est aussi clair que s'ils s'étaient fait tatouer sur le front *Prenons-la !*

— Une dernière chose, reprend Trish en tirant sur sa cigarette. Vous répondrez au téléphone quand nous serons absents. Nous avons un certain standing à préserver. Voulez-vous nous montrer comment vous vous y prendrez ?

Elle me désigne l'appareil.

Ils se moquent de moi ou quoi ? Je crains que non, hélas !

— Vous devrez dire : « Bonjour, ici la résidence des Geiger », se dépêche de me souffler Eddie.

Parfaitement soumise, je me lève, traverse la pièce et décroche le combiné :

— Bonjour, dis-je avec ma voix de première de la classe que j'étais, vous êtes chez M. et M. Geiger. Que puis-faire pour vous ?

Eddie et Trish ont la même tête que s'ils venaient de remporter le gros lot.

7

Le lendemain matin, je me réveille sous un plafond blanc inconnu. Surprise, je soulève légèrement la tête. Les draps produisent un bruit étrange quand je bouge. Que se passe-t-il ? Mes draps ne font pas ça.

Ah ! c'est vrai ! Je suis chez les Geiger.

Je m'enfonce confortablement dans les oreillers – quand soudain je sursaute : qui sont les Geiger ?

Je me concentre un max pour essayer de me souvenir. J'ai la gueule de bois tout en étant encore un peu groggy. Comme d'un épais brouillard émergent certains événements de la veille. Je n'arrive pas à discerner le rêve de la réalité. J'ai pris un train... oui... j'ai eu mal à la tête... la gare de Paddington... fuyant le bureau...

Oh non ! Pas ça !

J'ai un haut-le-cœur en revoyant défiler tout ce cauchemar. Le mémo. La Third Union Bank. Les cinquante millions de livres. La question à Guy pour savoir si j'avais encore mon job... Son silence...

Je reste allongée, immobile.

Ma carrière est brisée. Je n'ai probablement plus de travail. Tout est foutu et je le sais.

Je repousse les couvertures et sors du lit, encore à moitié dans les vapes. Hier, à la même heure, je m'apprêtais à partir au bureau, totalement inconsciente de ce qui m'attendait. Dans le meilleur des mondes – un univers parallèle à celui-ci –, je me réveillerais aujourd'hui avec le titre d'associée chez Carter Spink. Je croulerais sous les messages de félicitations.

Je ferme très fort les yeux pour oublier tous les « si » et les « mais ». Si j'avais vu ce mémo plus tôt ; si mon bureau avait été mieux rangé ; si Arnold m'avait remis le contrat de prêt…

Mais c'est inutile. J'en suis malade.

Je vais à la fenêtre et aspire de grandes bouffées d'air frais. Ce qui est arrivé est arrivé. Je dois prendre mon courage à deux mains. Jusqu'à ce jour, ma vie était réglée comme du papier à musique : concours, stages d'été, promotions internes… Je croyais mon chemin tout tracé, et voici que je me retrouve dans une chambre inconnue, dans un bled paumé, avec ma carrière foutue.

Mais… ce n'est pas tout. Quelque chose me tracasse. Il manque une pièce au puzzle. Difficile de dire quoi exactement.

Je me penche à la fenêtre : au loin, un homme promène son chien. Je peux peut-être sauver les meubles. Tout n'est pas aussi catastrophique que je le pensais. Guy ne m'a pas annoncé précisément que j'avais perdu mon boulot. Je respire à fond et passe une main dans mes cheveux ébouriffés. Mon Dieu, hier, j'ai vraiment pété les plombs. Fuir le bureau, prendre un train… je ne tournais pas rond. Heureusement que les Geiger ont été si compréhensifs…

Cette pensée me retient soudain.

Les Geiger.

Voilà ! Ça les concerne, le truc dont je ne me souviens pas… Un truc qui déclenche une sonnette d'alarme…

Je pivote et mes yeux tombent sur une robe bleue pendue à l'armoire. Une sorte d'uniforme bordé d'un galon. Pourquoi y aurait-il un… ?

La sonnette retentit plus fort. Des cloches se mettent à carillonner dans ma pauvre tête. Tout me revient comme un horrible rêve d'ivrogne.

Ai-je accepté ce boulot de bonne à tout faire ?

Pendant quelques instants, je suis paralysée. Mais qu'est-ce que j'ai fait ?

Mon pouls s'accélère tandis que je prends enfin conscience de ma situation. Je demeure chez des inconnus sous un faux prétexte. J'ai dormi dans un de leurs lits. Je porte un vieux tee-shirt de Trish. Ils m'ont même fourni une brosse à dents quand je leur ai raconté un bobard au sujet d'une valise volée. La dernière chose que je me rappelle, c'est Trish se vantant au téléphone : « Elle est anglaise ! Oui ! Elle parle parfaitement l'anglais. Une fille super ! Elle est passée par le Cordon bleu ! »

Je dois leur avouer que tout ça c'est des salades.

On frappe à ma porte et je bondis de trouille.

— Samantha ? fait Trish, puis-je entrer ?

— Oh… euh… oui !

Trish apparaît, vêtue d'un jogging rose pâle orné d'un logo en strass.

— Je vous ai préparé une tasse de thé, fait-elle avec un beau sourire. M. Geiger et moi voulons que vous vous sentiez comme chez vous dans notre maison.

— Oh, fais-je nerveusement, merci !

Madame, il y a une chose que je dois vous dire : je ne suis pas une bonne à tout faire.

Mais les mots me restent dans la gorge.

Trish fronce les sourcils comme si elle regrettait déjà son geste.

— Ne croyez pas que ce sera comme ça tous les jours. Mais, puisque hier soir vous n'étiez pas dans votre assiette…

Elle tapote sa montre.

— Bon, habillez-vous. Nous vous attendons en bas dans dix minutes. En général, nous prenons un petit déjeuner léger. Des toasts et du café. Nous pourrons discuter des menus pour la semaine.

— Euh… très bien.

Elle referme la porte et je pose ma tasse de thé. Oh, la tuile ! Comment s'en sortir ?

Bon. Commençons par le commencement. Appeler le bureau. Savoir où j'en suis. Mon estomac se crispe quand je sors mon portable de mon sac.

L'écran est éteint.

Furieuse, je le tape ; la batterie doit être à plat. Hier, j'étais tellement paumée que j'ai oublié de le recharger. Je sors mon chargeur et je le branche.

J'attends que le réseau se manifeste mais il ne se passe rien. Comment vais-je appeler le bureau ? Comment vais-je faire quoi que ce soit ? Sans portable, je n'existe pas.

Soudain, je me souviens que je suis passée devant un téléphone sur le palier. Il était posé sur une table devant une petite fenêtre. Et si je l'utilisais ? Je sors la tête de ma chambre et j'inspecte le couloir. Personne dans les parages. À pas feutrés, je m'approche de l'appareil et décroche le combiné. J'entends la tonalité. Je respire à fond et compose la ligne directe d'Arnold. Il n'est pas encore neuf heures mais il devrait déjà être arrivé.

— La secrétaire d'Arnold Saville, fait la voix enjouée de Lara.

— Lara, Samantha à l'appareil, Samantha Sweeting.

— Samantha ? répète Lara sidérée. Où êtes-vous ? Bon sang, qu'est-il arrivé ? Où êtes-vous ? Tout le monde a…

Elle stoppe net.

— J'ai… quitté Londres. Puis-je parler à Arnold ?

— Bien sûr. Il est là…

Un peu de Vivaldi la remplace.

— Samantha, fait Arnold de sa voix amicale et assurée. Ma chère enfant, tu t'es mise dans un léger pétrin, tu ne crois pas ?

L'expression « léger pétrin » pour décrire la perte de cinquante millions de livres me fait sourire malgré moi. Je l'imagine, en gilet, fronçant ses gros sourcils.

— Je sais, dis-je en essayant d'imiter son ton décontracté, c'est pas la joie.

— Je me vois contraint de te faire remarquer que ton départ précipité n'a pas arrangé les choses.

— Je suis désolée, j'ai paniqué.

— Je comprends. Mais tu as laissé un certain… désordre derrière toi.

Sous un ton jovial percent quelques accents de nervosité tout à fait inhabituels chez lui. Les choses doivent aller très mal. J'aimerais me rouler par terre et dire en pleurant : « Je suis navrée. » Mais ça ne servirait à rien. Ma conduite n'a pas été celle d'une pro.

— Alors, où en sommes-nous ? Que peuvent faire les créanciers ?

— Pas grand-chose. Apparemment, ils sont pieds et poings liés.

— Ah bon ?

Sa réponse est comme un direct à l'estomac. C'est fini. Les cinquante millions sont perdus à jamais.

— Et les assureurs ?

— C'est la prochaine étape. Un jour ou l'autre, l'argent sera récupéré. Mais ce ne sera pas simple, comme tu t'en doutes.

— Je sais, dis-je dans un murmure.

Une très mauvaise nouvelle. Pas de parachute. J'ai vraiment merdé.

— Arnold…, dis-je en tremblant, je ne comprends pas comment j'ai pu commettre une erreur aussi stupide. Comment est-ce arrivé ? Je ne me souviens pas d'avoir vu ce mémo sur mon bureau…

— Où es-tu actuellement ? me coupe-t-il.

— Je suis…

Désemparée, je regarde par la fenêtre l'allée en gravier des Geiger. Je reprends :

— Franchement, je ne sais pas.

— Comment ça, tu ne sais pas ?

— Quelque part à la campagne. Mais je peux revenir tout de suite ! Je vais sauter dans le premier train… Je serai de retour dans quelques heures…

— Ça ne me paraît pas être une bonne idée.

Sa voix est devenue tranchante, ce qui me donne à réfléchir.

— Ai-je été… virée ?

— Il y a eu des sujets plus brûlants à examiner.

Je le sens irrité.

— Bien sûr.

Le sang me monte à la tête.

— Je suis navrée. J'ai fait toute ma carrière professionnelle chez Carter Spink. Tout ce que je voulais…

Je n'arrive pas à le sortir.

— Samantha, tout le monde sait que tu es une avocate très douée. Personne n'en a jamais douté.

— Mais j'ai fait une erreur.

J'entends des bruits sourds dans le téléphone : les battements de mon cœur qui résonnent dans mes tempes !

— Samantha, je ferai tout ce qui est en mon pouvoir, dit-il finalement. Je peux te dire qu'une réunion aura lieu ce matin pour discuter de ton avenir.

— Et tu ne crois pas que je devrais y assister ?

— Ça ne ferait qu'envenimer les choses. Reste où tu es et fais-moi confiance.

Il hésite, prend un ton brusque :

— Je te promets de faire tout mon possible.

— Merci mille fois…, dis-je rapidement.

Mais il a raccroché. Je repose doucement le combiné.

Je n'ai jamais été aussi désemparée de ma vie. Je les imagine tous, débattant gravement de mon cas autour de la table. Arnold. Ketterman. Guy, sans doute. Hésitant à me donner une seconde chance.

Rien n'est perdu. Si Arnold est de mon côté, les autres pourraient…

— Une fille super !

Je sursaute en entendant la voix de Trish qui s'approche.

— Bien sûr, je vérifierai ses références, mais tu sais, Gillian, je suis très bonne pour juger les gens. On ne m'embobine pas facilement…

Trish tourne au coin du couloir, un portable à l'oreille. Je m'écarte vite du téléphone.

— Samantha ! s'écrie-t-elle surprise, qu'est-ce que vous fabriquez ? Pas encore habillée ? Allons, remuez-vous !

Elle continue son chemin tandis que je me précipite dans ma chambre.

Je me sens mal.

Horriblement mal. Comment les Geiger vont-ils réagir quand je leur annoncerai que je suis un imposteur ? Que je ne suis jamais allée au Cordon bleu, que je ne suis pas bonne à tout faire et que je voulais seulement un lit pour la nuit ?

Ils vont être fous de rage et me foutre à la porte. Avec le sentiment d'avoir été bernés. Ils risquent même d'appeler la police et de porter plainte. Mon Dieu, ça pourrait tourner au scandale.

Mais, voyons, je n'ai pas le choix. Je ne peux pas…

… ou pourrais-je ?

Je prends l'uniforme, le tripote. Mon cerveau est en ébullition.

Ils ont été si gentils de m'héberger. Je n'ai rien de mieux à faire pour le moment. Nulle part où aller. Faire un peu de ménage pourrait même me distraire…

Allez, ma décision est prise !

Je vais m'y mettre ce matin. Ça ne peut pas être si difficile. Je vais leur faire leurs toasts, enlever la poussière de leurs bibelots et autres babioles. Ce sera ma façon de les remercier. Et dès que j'aurai des nouvelles d'Arnold, je trouverai un prétexte pour partir. Et les Geiger ne sauront jamais que je n'étais pas une vraie bonne.

Je me dépêche d'enfiler mon uniforme et de me passer un coup de peigne. Je me regarde dans la glace.

— Bonjour Madame, dis-je à mon reflet. Et comment… euh… aimeriez-vous que je fasse la poussière du salon ?

Quand je descends, les Geiger m'attendent en bas de l'escalier. Je n'ai jamais été aussi gênée de ma vie.

Je suis une employée de maison et je dois me comporter comme telle.

— Bienvenue, Samantha ! s'exclame Eddie quand j'atteins le hall. Vous avez bien dormi ?

Il porte un polo orné d'une couronne et un pantalon de golf.

— Très bien, merci, Monsieur.

— Parfait !

Eddie se dandine d'un pied sur l'autre, mal à l'aise. En fait… ils sont tous les deux gênés. Sous le maquillage, le bronzage, les vêtements de marque… je sens un certain manque de confiance chez les Geiger.

Je remets en place un coussin, pour donner l'impression que je suis à mon affaire.

— Vous désirez sûrement faire connaissance avec votre nouvelle cuisine ! dit Trish gaiement.

— Bien sûr ! J'en serais ravie !

Ce n'est qu'une cuisine. Et seulement pour une matinée. Je peux le faire.

Trish me conduit à la vaste cuisine aux murs recouverts d'érable et, cette fois-ci, j'essaie d'enregistrer ce que je vois. À ma gauche, une immense table de cuisson est encastrée dans le comptoir en granite. Une batterie de fours est encastrée dans le mur. Tout autour de moi, une ribambelle de gadgets chromés. Une débauche de casseroles et d'ustensiles divers est suspendue au-dessus de ma tête et brille de mille feux.

— Vous vous organiserez comme bon vous semble, dit Trish en faisant de grands gestes. Changez ce que vous voulez. Mettez-vous à l'aise. C'est vous l'experte !

Ils me dévisagent, attendant ma réaction.

— Bien sûr, fais-je d'une voix de pro, j'ai ma propre… euh… organisation. Tenez, ce truc-là n'est pas à sa place.

Je désigne au hasard un petit gadget métallique qui ressemble à une fusée.

— Vous voyez… euh… ce…

— Ce presse-citron, précise Trish.

— Oui ! eh bien je vais être obligée de le déplacer !

— Ah bon ! s'exclame Trish fascinée. Et pourquoi donc ?

Un temps de silence. Même Eddie semble passionné.

— Du fait de… la théorie de… l'ergonomie… des cuisines…, dis-je en inventant au fur et à mesure. Au fait, que désirez-vous pour votre petit déjeuner ?

— Des toasts pour nous deux, répond Trish. Du pain complet. Et du café au lait écrémé.

— C'est parti !

Je souris, soulagée.

Je sais faire des toasts. Et la huche porte l'inscription *Pain*, ce qui est tout à fait pratique.

— Je vous apporte tout ça dans un instant, dis-je en essayant de les faire sortir. Désirez-vous être servis dans la salle à manger ?

Un choc retentit dans le hall.

— Sans doute la livraison des journaux, explique Trish. Oui, nous prendrons notre petit déjeuner dans la salle à manger.

Elle se dépêche de sortir mais Eddie traîne dans la cuisine.

— Hum, j'ai changé d'avis, fait-il avec un grand sourire. Pas de toast pour moi. Je préfère vos célèbres œufs bénédictine. Vous m'avez fait saliver, hier soir.

Hier soir ? Qu'ai-je bien pu raconter… ?

Oh, bon Dieu ! Des œufs bénédictine ! Le plat favori de lord Edgerly !

J'étais soûle ou quoi ?

Je ne sais même pas à quoi ça ressemble.

— Vous êtes sûr… que vous en avez envie ? fais-je, aussi détendue que possible.

— Je ne raterais ça pour rien au monde, insiste-t-il en se frottant le ventre. C'est mon plat favori au petit déjeuner. Les meilleurs que j'aie mangés, c'était au Carlyle à New York, mais je parierais que les vôtres les surpassent.

— Oh ! Je n'en suis pas si certaine !

Bon, réfléchissons. Ça ne doit pas être sorcier. Des œufs avec quelque chose en plus.

Eddie s'appuie contre le comptoir, à l'affût. J'ai la désagréable impression qu'il veut me voir à l'œuvre. J'hésite avant de décrocher une casserole. À ce moment, Trish entre en coup de vent, les journaux sous le bras. Elle me regarde avec curiosité.

— À quoi donc va vous servir la casserole à asperges ?

Merde !

— Je désirais l'inspecter. Oui, c'est ça.

Je hoche la tête, comme si mes soupçons étaient confirmés, avant de la remettre en place.

Il faudrait que je consulte en vitesse un livre de cuisine !

Mais puisque c'est, paraît-il, ma spécialité, je ne devrais pas avoir besoin de vérifier la recette !

J'ai de plus en plus chaud. J'ignore par où commencer. Casser les œufs ? Les faire cuire ?

— Voilà !

Eddie sort une énorme boîte d'œufs du frigo, la balance sur le comptoir et soulève le couvercle.

— Ça devrait vous suffire, hein ?

Des rangées et des rangées d'œufs bruns sont alignées devant moi. Et maintenant ? Je ne sais pas comment on prépare ces foutus œufs bénédictine. Je suis incapable de leur cuisiner un petit déjeuner. Je dois tout leur avouer.

Je me tourne vers eux en respirant à fond.

— Monsieur… Madame…

— Des œufs ? me coupe Trish. Eddie, tu ne peux pas manger d'œufs. Pense à ce que le médecin t'a dit.

Elle me foudroie du regard.

— Samantha, qu'est-ce qu'il vous a commandé ? Des œufs à la coque ?

— Euh… Monsieur m'a demandé des œufs bénédictine. Mais…

— Il n'en est pas question ! hurle Trish. Eddie, c'est plein de cholestérol !

— Je mangerai ce que bon me semble, se révolte-t-il.

— Le docteur lui a établi un régime, poursuit Trish en tirant furieusement sur sa cigarette. Il a déjà pris un bol de céréales ce matin !

— Ce n'est pas ma faute si j'avais faim, rétorque Eddie. Toi, tu as bien pris un muffin au chocolat !

Trish a le souffle coupé, comme s'il l'avait frappée. Ses joues se couvrent de points rouges.

— Nous prendrons seulement une tasse de café chacun. Vous pouvez nous l'apporter au salon. Dans le service en porcelaine rose. Allons, viens, Eddie.

Et ils disparaissent avant que j'aie pu dire un mot.

Dois-je rire ou pleurer ? La situation est ridicule. Impossible de continuer cette mascarade. Je dois leur avouer la vérité. Immédiatement. Je sors en trombe de la cuisine mais, arrivée à la porte du salon, j'entends la voix perçante de Trish qui engueule son mari et celle d'Eddie qui tente de se défendre. Je réintègre mon domaine dare-dare et branche la bouilloire.

Un quart d'heure plus tard, je dispose sur un plateau d'argent une cafetière à piston, des tasses roses, un pot de lait, un sucrier et quelques pâquerettes roses que j'ai arrachées à un panier fleuri accroché au-dessus de la fenêtre de la cuisine. Quinze minutes pour préparer deux tasses de café ! Le temps de faire gagner cent vingt-cinq livres à Carter Spink.

Évidemment, j'aurais été plus rapide si j'avais su comment me servir de la cafetière. Et si mon premier essai n'avait pas eu un goût d'eau de vaisselle.

Je frappe à la porte du salon après avoir déposé le plateau sur une table du hall.

— Entrez ! crie Trish.

Je la trouve assise près de la fenêtre dans un fauteuil débordant de coussins. Elle tient un magazine d'une façon bizarre. Eddie se tient à l'autre bout du salon, où il est plongé dans la contemplation d'une sculpture en bois.

— Merci, Samantha, dit Trish en inclinant la tête d'un mouvement gracieux. Ce sera tout pour l'instant.

J'ai l'impression d'être tombée dans un film historique de James Ivory, genre *Les Vestiges du jour* ou *Retour à Howards End*. Sauf qu'au lieu de costumes d'époque les protagonistes portent un jogging rose et une tenue de golf.

— Euh… comme Madame voudra, dis-je en jouant mon rôle.

Puis, machinalement, je fais une révérence.

Le temps s'arrête. Les Geiger me contemplent, éberlués.

— Samantha… vous venez de… me faire la révérence ? s'étonne Trish.

Je la regarde, paralysée.

Ça va pas la tête ? Pourquoi ai-je fait un truc pareil ? Les bonnes ne font pas la révérence. On n'est pas dans *Gosford Park* non plus.

Ils continuent à me regarder comme une bête curieuse. Il faut que je dise quelque chose.

— Les Edgerly aimaient que… je fasse la révérence. J'en ai pris l'habitude. Désolée, Madame, je ne recommencerai pas.

J'ai le visage en feu.

Trish, elle, m'examine comme si elle tentait de me percer à jour. Elle doit se rendre compte que tout est bidon, elle doit…

— Ça me plaît, finit-elle par dire, et elle hoche la tête en signe de satisfaction. Oui, ici aussi, vous pouvez faire la révérence.

Hein ?

Nous sommes au XXIe siècle. Et je dois faire la révérence à une bonne femme qui s'appelle Trish ?

Je suis sur le point de protester – mais je la ferme. Aucune importance. Rien n'est réel. Je peux faire la révérence le temps d'un matin.

8

En sortant de la pièce, je fonce dans ma chambre pour vérifier mon portable. Il n'est qu'à moitié chargé. Et toujours pas de réseau. Comment faire ? Si le téléphone de Trish peut capter, le mien aussi. Je me demande quel est son opérateur.

— Samantha ?

La voix de Trish s'élève du rez-de-chaussée.

— Samantha ?

Un ton légèrement énervé. Elle monte.

— Madame ?

Je me rue dans le couloir.

— Ah vous êtes là !

Elle fronce les sourcils.

— Vous seriez assez aimable de ne pas disparaître dans votre chambre pendant vos heures de service. Je ne veux pas avoir à crier comme ça.

— Euh… Oui, Madame.

Lorsque j'arrive sur le palier, mon cœur se serre. Sur la table, le *Times* est ouvert à la page « Économie ». Et je vois le gros titre : « Glazerbrooks en liquidation ».

Pendant que Trish fourrage dans son gigantesque sac Chanel blanc, je parcours l'article à toute allure.

Dieu merci, le nom de Carter Spink n'est pas mentionné. Les gens des Relations publiques ont empêché les fuites.

— Où sont mes clés ? Je les cherche partout.

Trish semble soucieuse.

Comme elle fouille avec encore plus de détermination dans son sac, un tube de rouge à lèvres doré en jaillit et tombe à mes pieds.

— Pourquoi est-ce que tout disparaît toujours ?

Je ramasse le tube et le lui tends.

— Vous vous rappelez où vous les avez perdues, Madame ?

— Je ne les ai pas perdues.

Elle a le souffle court.

— Elles ont été volées. C'est évident. Il va falloir changer les verrous. Parce qu'on est sûrement repérés. C'est ce que font les voleurs, vous savez. Il y avait un grand article là-dessus dans le *Mail*…

— Ce ne seraient pas vos clés par hasard ?

Je viens de remarquer un porte-clés de chez Tiffany sur l'appui de la fenêtre et je le lui tends.

— Siii ! Samantha, vous êtes géniale ! Comment les avez-vous trouvées ?

Je grommelle modestement :

— Pas très compliqué.

— Eh bien, je suis drôlement impressionnée, exulte Trish. Je vais le raconter à M. Geiger.

— Très bien Madame, dis-je en essayant d'enrober ma voix d'une bonne couche d'extrême gratitude. Merci, Madame.

— M. Geiger et moi-même allons sortir.

Tout en parlant Trish se vaporise de parfum.

— Soyez aimable de nous préparer une collation de sandwichs pour le déjeuner, vers une heure, et continuez le nettoyage du rez-de-chaussée. On parlera du dîner plus tard.

Tout à coup elle se retourne.

— À propos, votre suggestion de foie gras glacé à l'abricot nous a mis l'eau à la bouche.

— Oh, très bien.

Je m'en fiche royalement. À l'heure du dîner, j'aurai décampé.

— Bon, maintenant, venez dans le salon, dit Trish après avoir vérifié sa coiffure une dernière fois dans le miroir.

Nous nous tenons toutes deux devant la cheminée.

— Avant que vous commenciez à épousseter, je vais vous montrer comment vous devez disposer ces bibelots.

Elle me montre une rangée de figurines en porcelaine alignées sur le manteau de la cheminée.

— C'est un peu compliqué. Généralement, les employées de maison ne comprennent pas. Alors soyez gentille de faire attention.

Docilement, je fixe le dessus de cheminée.

— Ces deux chiens doivent absolument se regarder, explique Trish en désignant une paire de king charles. Vous voyez ? Ils doivent être tournés l'un vers l'autre.

Je répète comme un perroquet en opinant du bonnet :

— L'un vers l'autre.

— Par contre ces bergères doivent être légèrement tournées vers l'extérieur.

Elle parle en articulant lentement comme si j'avais le QI d'un gosse de trois ans pas très futé.

J'ânonne sagement :

— Tournées vers l'extérieur.

— Vous avez compris ?

Trish se recule.

— Voyons voir. Comment devez-vous placer les chiens ? demande-t-elle, un bras en l'air pour me cacher les figurines.

Elle me teste ! Incroyable, mais vrai !

— Alors, ces chiens ?

Je ne peux résister :

— Euh…

J'hésite un moment.

— On les tourne légèrement vers l'extérieur ?

— Non, ils doivent être tournés l'un vers l'autre, s'énerve Trish. L'un vers l'autre.

— Oh, oui ! Pardon ! À l'avenir je saurai.

Trish a fermé les yeux et se tient le front comme si la bêtise d'une employée de maison était source d'un stress incommensurable.

— Tant pis, fait-elle finalement. On recommencera demain.

— Je vais débarrasser le plateau.

En l'emportant, je jette un coup d'œil à ma montre. Dix heures vingt. La réunion a-t-elle commencé ?

À onze heures et demie, j'ai les nerfs en boule. Mon portable est rechargé et je sais maintenant qu'il capte dans la cuisine. Je vérifie dix fois par minute et toujours pas de message.

J'ai rempli le lave-vaisselle que j'ai réussi à mettre en route. Et j'ai épousseté les chiens en porcelaine avec un Kleenex. Depuis, je tourne en rond dans la cuisine.

J'ai renoncé assez vite à préparer les sandwichs du déjeuner. En fait, tout ce que j'ai obtenu en essayant de trancher les deux miches de pain, ce sont d'énormes tranches toutes de travers, plus informes les unes que les autres et nageant dans un océan de miettes.

Mais, Dieu merci, il y a les *Pages jaunes*. Et les traiteurs à domicile ! Sans parler de la carte American Express ! Je vais être en mesure de fournir à Eddie et à Trish une collation préparée par Cotswold Caterers pour la somme modique de quarante-cinq livres cinquante. Même pas six minutes de mon temps chez Carter Spink.

Pour résumer, je suis donc assise, agrippée à mon portable qui s'obstine à rester silencieux.

En même temps, s'il sonnait, je serais paniquée.

Cette tension est insoutenable. Il me faut quelque chose pour me détendre. N'importe quoi. J'ouvre la porte de l'énorme frigo des Geiger et y repère une bouteille de vin blanc. Je me sers un verre dont j'avale une énorme gorgée. Au moment d'en ingurgiter une seconde, je sens comme un picotement sur ma nuque. Comme si… quelqu'un m'observait.

Je me retourne et manque sauter au plafond. Il y a un homme à la porte.

Un grand type costaud, très bronzé, avec des yeux bleu vif et des cheveux d'un brun doré. Il porte un vieux jean, un tee-shirt déchiré et des bottes incroyablement crottées.

Son regard incrédule va des dix tranches de pain informes qui gisent sur le plan de travail à mon verre de vin.

— Salut, fait-il finalement. Tu es la nouvelle cuisinière du Cordon bleu ?

— Euh… Oui, absolument.

Tout en arrangeant mon uniforme, j'ajoute :

— Je m'appelle Samantha, la nouvelle bonne à tout faire. Bonjour.

— Moi, c'est Nathaniel.

Il me tend une main que je serre après un moment d'hésitation. Sa peau est si rugueuse que j'ai l'impression de tenir un morceau d'écorce.

— Je suis le jardinier des Geiger. Je pense que tu veux qu'on parle des légumes.

Des légumes ? Mais pourquoi diable aurais-je envie d'en parler ?

Il se tient les bras croisés. Ses avant-bras musclés et massifs sont assez époustouflants. En fait, c'est la première fois que je vois un type avec des avant-bras pareils.

— Je peux te fournir à peu près tout. En saison, bien sûr. Tu n'as qu'à me dire ce que tu veux.

— Oh, pour la cuisine !

Subitement, je comprends.

— Euh… oui. Il m'en faudra certainement.

— Il paraît que tu as fait ton apprentissage chez un cuisinier étoilé au Michelin. Je ne sais pas de quels trucs sophistiqués tu auras besoin, mais je ferai de mon mieux. Et il sort de sa poche un petit carnet taché de terre et un crayon.

— Quels brassicas utilises-tu ?

— Brassicas ?

Kézako ? Un genre de légumes, à coup sûr. Mais j'ai beau me triturer les méninges, le seul truc qui me vienne à l'esprit est l'image d'une série de brassières séchant en plein vent.

— Je te préciserai les variétés quand j'aurai composé mes menus, dis-je d'un ton assuré.

— Non mais en général, insiste-t-il. Juste pour savoir quoi semer.

J'ai bien trop peur de me planter pour mentionner un seul nom de légume.

— Je me sers de tout, vraiment, lui dis-je avec un sourire désinvolte. Tu sais ce que c'est avec les brassicas. Un jour c'est une sorte, le lendemain une autre.

Vu son air étonné, je n'ai pas l'impression de l'avoir convaincu.

— Je vais commander des poireaux, fait-il posément. Quelle variété tu préfères ? L'albinstar ou le bleu de Solaise ?

Plutôt déconcertée, je tripote un bouton de mon uniforme. Pour moi ces histoires de poireaux, c'est du chinois. Pourquoi faut-il que ce type soit dans la cuisine juste maintenant ?

— Le premier. Il a de très goûteuses… qualités.

Nathaniel me considère avec attention pendant un petit moment puis son regard glisse vers le verre de vin. Son expression ne m'enchante pas.

Je me dépêche de préciser :

— J'allais justement mettre du vin dans ma sauce.

L'air de rien, j'attrape une casserole que je pose sur la table de cuisson et je verse le vin dedans. J'ajoute un petit peu de sel et, avec une cuiller en bois, je commence à remuer.

Un coup d'œil à Nathaniel me renseigne immédiatement sur ce qu'il pense de mes talents culinaires.

— Où as-tu fait ton apprentissage, déjà ?

Pauvre de moi ! Ce mec n'est pas un idiot !

— À l'École du cordon bleu.

Je sens mes joues virer au rouge pivoine et je m'empresse de rajouter du sel dans le vin que je touille avec enthousiasme.

— Tu n'as pas allumé le feu, fait observer Nathaniel.

— C'est une sauce froide !

Je préfère ne pas lever les yeux vers lui. Je continue à tourner pendant une minute et pose ma cuiller en bois.

— Voilà ! Je n'ai plus qu'à laisser tout ça mariner.

Nathaniel, toujours appuyé contre le chambranle de la porte, me regarde d'un drôle d'air. Ce que je lis dans ses yeux bleus me met super mal à l'aise.

Ce type sait que je bluffe.

Je le supplie en silence : « S'il te plaît, pas un mot aux Geiger. Je pars bientôt. »

— Samantha ?

Trish passe la tête dans l'entrebâillement de la porte.

— Oh ! vous avez fait la connaissance de Nathaniel. Il vous a dit pour le potager ?

— Oui Madame, dis-je sans pouvoir le regarder.

— Merveilleux !

Elle remonte ses lunettes de soleil sur sa tête.

— Samantha, pouvez-vous servir le déjeuner dans vingt minutes ?

Vingt minutes ? Mais il est seulement midi dix. Le traiteur ne doit livrer qu'à une heure.

— Vous ne voulez pas un verre d'abord ? fais-je, pleine d'espoir.

— Non merci. Seulement les sandwichs. Nous sommes plutôt affamés, donc le plus tôt sera le mieux, précise Trish en quittant la cuisine.

— Pas de problème, Madame.

Et là-dessus je me fends machinalement d'une révérence. Une sorte de grognement se fait entendre. C'est Nathaniel.

— Tu fais la révérence ?

— Eh oui, ça te pose un problème ?

Le regard de Nathaniel s'attarde sur les tranches de pain informes.

— C'est ça le déjeuner ?

— Bien sûr que non. Et aurais-tu l'amabilité de déguerpir ? J'ai besoin d'espace pour travailler.

— Bon, à bientôt ! s'exclame-t-il. Et bonne chance avec la sauce, ajoute-t-il en montrant la casserole de vin.

Après son départ, je sors mon portable et compose avidement le numéro du traiteur pour tomber sur le répondeur.

— Bonjour, fais-je d'une voix essoufflée. Les sandwichs que j'ai commandés tout à l'heure sont à livrer tout de suite. Enfin, aussi vite que possible. Merci.

Mais je me rends bien compte que cet appel ne sert à rien. Le traiteur ne va pas avancer sa livraison. Et les Geiger attendent leur déjeuner.

J'attrape en vitesse mes deux tranches de pain les moins moches dont j'enlève les croûtes jusqu'à obtenir un carré présentable. Ensuite je prends du beurre et un couteau. Mais quand je commence à étaler le beurre sur la première tranche, elle se déchire en deux morceaux.

Merde !

Je recolle ensemble les deux parties avec un peu plus de beurre – qui va s'en apercevoir ? – et je cherche frénétiquement dans un placard quelque chose à mettre dessus : moutarde… sauce à la menthe… confiture de fraises. Voilà : un sandwich à la confiture. Typiquement anglais ! Je tartine une face de confiture, ajoute encore du beurre sur l'autre tranche avant d'assembler les deux parties d'un geste ferme. Puis je me recule d'un pas pour admirer le résultat.

Un désastre ! La confiture s'échappe par tous les trous du pain qui n'est même pas carré. Jamais de ma vie je n'ai vu un sandwich aussi peu ragoûtant.

Je repose le couteau en signe de défaite. Voilà.

L'heure de ma démission a sonné. Deux boulots perdus en un jour. En contemplant cette débâcle à la fraise, je me sens curieusement déçue. J'aurais aimé tenir au moins une matinée.

Un bruit à la porte me tire de ma rêverie. Une fille avec un serre-tête en velours bleu me regarde à travers la vitre.

— Bonjour ! Les sandwichs pour vingt personnes, c'est ici ?

Tout se passe dans un tourbillon. Une parade de plats de sandwichs admirablement confectionnés et présentés par deux filles en tablier vert remplace le triste spectacle de mes miettes à la confiture.

Des sandwichs impeccables de pain de mie et de pain complet, disposés en pyramides et ornés de fines herbes et de tranches de citron. Il y a même des petits drapeaux en papier avec dessus la composition des sandwichs écrite à la main.

Thon, menthe et concombre. Saumon fumé, fromage blanc et caviar. Poulet thaï et roquette.

— Désolée de cette erreur, dit la fille au cercle en velours pendant que je signe le reçu. Mais honnêtement ça ressemblait à une commande pour vingt. En plus, on ne nous appelle pas souvent pour des sandwichs pour deux personnes…

— Pas de problème, lui dis-je en la raccompagnant à la porte. Vous n'avez qu'à rendre le supplément sur ma carte de crédit…

Une fois seule, le vertige me gagne. Tous ces sandwichs. Il y a des plateaux partout, sur toutes les surfaces planes de la cuisine. Même sur la table de cuisson.

— Samantha ?

Trish vient aux nouvelles.

— Euh, attendez !

Je me précipite à la porte pour l'empêcher de voir.

— Il est déjà une heure cinq, fait-elle d'une voix pointue. Et je croyais vous avoir demandé clairement de…

Mais la stupeur lui cloue le bec. Elle vient d'apercevoir l'incroyable multitude de plateaux.

— Mon Dieu ! C'est renversant !

Trish a retrouvé sa voix.

— Je ne savais pas quel genre de garniture vous souhaitiez. Bien sûr, la prochaine fois je serai plus raisonnable.

— Eh bien, fait Trish, l'air de ne pas savoir quoi dire.

Puis, prenant un petit drapeau, elle se met à lire : carpaccio de bœuf, laitue et raifort.

Elle me regarde, surprise :

— Où avez-vous trouvé du bœuf ? Ça fait des semaines que je n'en ai pas acheté.

— Euh... dans le congélateur.

D'après mon estimation, le contenu du congélateur suffirait à nourrir un petit État africain pendant au moins une semaine.

— Mais oui, bien sûr ! fait Trish avec un claquement de langue. Et vous l'avez décongelé au micro-ondes. Comme c'est malin !

— Je vous apporte une petite sélection au jardin d'hiver.

— Formidable. Nathaniel ! s'écrie Trish en cognant au carreau de la fenêtre. Venez prendre un sandwich.

Horreur ! Encore lui ? Ah non !

— Inutile de faire du gâchis, continue Trish. Samantha, si j'avais une critique à vous faire, je dirais que vous êtes un peu trop prodigue. Non pas que nous soyons pauvres, loin de là, mais...

— Euh, je comprends, Madame.

— Je n'aime pas parler d'argent. C'est très vulgaire. Pourtant...

— Madame Geiger ?

Nathaniel apparaît à la porte avec une bêche pleine de terre.

— Goûtez un des délicieux sandwichs de Samantha, s'exclame Trish avec enthousiasme. Et regardez tout ça. N'est-elle pas formidable ?

Nathaniel contemple les montagnes de sandwichs en silence. J'évite son regard. La situation est complètement dingue. Me voici, moi, Samantha, vêtue d'un uniforme de nylon bleu, dans une cuisine au fin fond de la cambrousse, en train de jouer à la bonne à tout faire capable de produire une flopée de sandwichs à partir de rien.

— Extraordinaire ! finit-il par articuler, tout en fronçant les sourcils avec l'air du type qui essaie de résoudre une énigme.

— Et en plus tu n'as pas mis longtemps, commente-t-il avec une pointe de scepticisme.

— Je suis assez rapide quand je m'y mets.

— Samantha est merveilleuse ! s'exclame Trish en mordant voracement dans un sandwich. Et tellement bien organisée. La cuisine est immaculée.

Elle enfourne un autre sandwich et manque s'évanouir de bonheur.

— Ce poulet thaï est divin !

Je me sens affamée tout à coup. Subrepticement, j'en attrape un sur une pile. Et c'est vrai que c'est diablement bon !

À deux heures et demie, je suis seule dans la cuisine. Après avoir dévoré la moitié des sandwichs, Trish et Eddie sont sortis. Nathaniel est retourné dans le jardin. Quant à moi, je fais les cent pas en tripotant une cuiller.

La réunion doit être terminée maintenant. Arnold ne devrait pas tarder à m'appeler.

Je vais à la fenêtre d'où j'observe un moineau picorer puis je reviens m'affaler sur une chaise, et je fixe la table en frottant comme une malade sa surface cirée.

J'ai fait une erreur. Une seule. On a quand même le droit à *une* erreur, non ?

Peut-être pas. En fait, je n'en sais rien.

Tout à coup mon téléphone vibre. Toute tremblante, je le récupère au fond d'une poche de mon uniforme. Le nom de Guy est affiché sur l'écran.

— Salut, Guy !

J'essaie d'avoir l'air sûre de moi mais ce que j'entends ressemble à la voix d'une petite fille apeurée.

— Samantha ? C'est toi ?

Il y a une sorte d'urgence dans le ton de Guy.

— Bordel, où es-tu passée ? Pourquoi est-ce que tu n'es pas au bureau ? N'as-tu pas reçu mes mails ?

— Je n'ai pas mon Palm. Pourquoi n'as-tu pas téléphoné ?

— J'ai essayé hier, sans succès. Ensuite, j'ai eu des réunions mais je n'ai pas arrêté de t'envoyer des mails. Samantha, bon sang, où es-tu ? Tu devrais être ici au lieu de te cacher !

Qu'est-ce qu'il veut dire ?

— Mais Arnold m'a dit de ne pas revenir. Que ça serait mieux et qu'il ferait son possible pour…

— Tu te rends compte de la situation ? coupe Guy. D'abord tu trouilles à mort, ensuite tu disparais. Les gens disent que tu as perdu la tête, que tu as craqué. Certains prétendent même que tu as quitté le pays.

En l'entendant, je panique. C'est vrai que j'ai mal réagi. Ce que j'ai été idiote. Qu'est-ce que je fiche, assise dans cette cuisine, à des kilomètres de Londres ?

— Annonce mon retour à tout le monde. Préviens Ketterman que je reviens immédiatement. Je vais sauter dans le prochain train.

— C'est peut-être trop tard, marmonne Guy, gêné. Tu sais, des rumeurs commencent à circuler...

— Des rumeurs ? Quelles rumeurs ?

Mon cœur bat si fort qu'il couvre ma voix. Et j'ai l'impression d'être embarquée dans une voiture qui suit sa course folle et que rien ne peut arrêter.

— Eh bien, on dit que tu n'es pas fiable. Que tu as déjà fait d'autres erreurs.

— Des erreurs ?

Je bondis comme si j'avais reçu une décharge électrique.

— C'est dingue ! C'est complètement faux. Qui a dit ça ?

— Je ne sais pas, je n'étais pas à la réunion. Mais écoute, Samantha, réfléchis bien. As-tu commis d'autres erreurs ?

Réfléchis bien ?

Je suis sidérée. Il ne me croit donc pas ?

— Non ! Jamais. Je suis une bonne avocate. Bonne, tu entends ? On peut compter sur moi. Tu le sais, Guy.

À ma grande consternation, je fonds en larmes.

Dans le silence tendu qui suit, le non-dit est là, bien présent entre nous, comme une condamnation. J'ai fait perdre cinquante millions de livres à un client.

— Tu sais, Guy, je me demande encore comment le cautionnement Glazerbrooks a pu m'échapper. Qu'est-ce qui s'est passé ? C'est invraisemblable. Mon bureau est bordélique, d'accord, mais je m'y retrouve toujours...

— Calme-toi, Samantha.

— Tu en as de bonnes ! Ce boulot c'est toute ma vie. Toute ma vie, tu entends ! Je n'ai rien d'autre. Alors je rapplique, tout de suite.

Et j'essuie les larmes qui ruissellent sur mes joues.

Je coupe la communication et me lève en pleine panique. J'aurais dû revenir au bureau au lieu de perdre mon temps dans cette maison. Je n'ai aucune idée des horaires de trains, mais tant pis. Je dois partir, et au plus vite.

J'attrape un stylo et je commence à écrire sur un bout de papier :

Chère Madame,
Je suis dans l'obligation de quitter mon emploi de bonne à tout faire chez vous. Non pas que le travail soit en cause...

Pas le temps d'en écrire plus. Je dois filer. Un sentiment de culpabilité m'arrête dans mon élan. Impossible de ne pas terminer cette lettre.

Non pas que le travail soit en cause. Simplement une nouvelle opportunité vient de se présenter que je dois saisir.
Merci mille fois pour votre gentillesse.
Sincèrement
Samantha Sweeting

Je pose le stylo et repousse ma chaise dans un raclement. Au moment où je passe la porte, mon portable vibre.

Guy ? J'ai déjà décroché quand je m'aperçois que ce n'est pas lui.

C'est Ketterman.

Un frisson d'effroi me glace. Rien qu'à voir son nom sur l'écran, j'ai le trouillomètre à zéro. Vraiment. Une épouvante de cauchemar, de gosse terrifiée. Mon instinct me dit de ne pas répondre. Mais c'est trop tard. Je colle le téléphone à mon oreille :

— Allô ?

— Samantha ? C'est John Ketterman.

— Ah oui ! Bonjour, fais-je d'une voix râpeuse.

Un long silence s'ensuit. C'est à moi de parler mais j'ai du coton dans la bouche. Rien d'approprié ne me vient. Tout le monde sait que Ketterman déteste les excuses et les explications.

— Samantha, le but de ce coup de téléphone est de vous annoncer que vous ne faites plus partie du cabinet Carter Spink.

Mon sang se fige.

— Vous allez recevoir par courrier les motifs de votre licenciement.

Il a pris un ton officiel et continue, plus distant que jamais :

— Faute grave augmentée par un comportement peu compatible avec la profession d'avocat. Votre solde de tout compte va vous parvenir. Votre badge est d'ores et déjà neutralisé. Inutile de revenir au cabinet.

Il parle trop vite. Tout va trop vite. Je balbutie :

— Je vous en prie, ne… Donnez-moi une seconde chance. Je n'ai commis qu'une erreur. Une seule.

— Les avocats du cabinet Carter Spink ne commettent pas d'erreur, Samantha. Pas plus qu'ils ne fuient leurs responsabilités.

— Je sais que je n'aurais pas dû partir comme ça. Mais j'étais sous le choc, je n'arrivais plus à réfléchir logiquement.

— Vous avez compromis votre réputation et celle du cabinet. Par votre faute, un client a perdu cinquante millions de livres. À la suite de quoi vous avez disparu sans explications. Samantha, je m'étonne que vous paraissiez surprise des conséquences de vos agissements.

Nouveau silence. Je me tape le front avec la paume de ma main, tout en essayant de me concentrer sur ma respiration. Inspirer, souffler, inspirer, souffler. Enfin, je réussis à murmurer :

— Très bien.

C'est mort. Ma carrière est foutue.

Ketterman y va maintenant de son laïus tout préparé au sujet d'une réunion avec le département des Ressources humaines, mais je n'écoute pas.

Tous les efforts que j'ai faits depuis l'âge de douze ans viennent de partir en fumée. Évaporés. En l'espace de vingt-quatre heures.

Je me rends compte que Ketterman a raccroché. Je me lève en chancelant, mes yeux me brûlent. Je contemple mon visage dans la surface du frigo pendant un moment, jusqu'à ce que ma vision se trouble.

Je suis virée. Ces trois mots résonnent dans ma tête. *Je suis virée*. Je peux m'inscrire au chômage. Je m'imagine avec d'autres chômeurs, faisant la queue à l'ANPE avec les types du film *The Full Monty*.

Soudain, j'entends le bruit de la serrure de la porte d'entrée. Impossible d'être vue dans cet état. L'idée même qu'on me pose une question ou qu'on me dise un mot gentil me fait sangloter d'avance.

Distraitement, je prends un chiffon que je commence à passer sur la table qui est pourtant impeccable. Ma lettre à Trish est toujours là. Je la flanque à la poubelle après l'avoir froissée. J'annoncerai ma démission plus tard. Pour l'instant je suis incapable de trouver des mots convaincants.

— Ah ! vous êtes là !

Perchée sur ses mules à talons, Trish s'aventure dans la cuisine en tenant trois sacs en plastique bourrés à craquer.

— Samantha, ça ne va pas ? Encore mal à la tête ?

— Non, je vais bien, merci.

— Vous avez une mine atroce. Reprenez des cachets.

— Non, je…

— Allez, asseyez-vous, je vais vous préparer un thé.

Elle laisse choir ses sacs, branche la bouilloire et fouille partout à la recherche des comprimés verts antidouleur.

— Ils vous ont fait de l'effet, ceux-là ?

— Je crois que je préférerais de l'aspirine. Si ça ne vous ennuie pas.

— Vous êtes sûre ? dit-elle en me tendant deux cachets et un verre d'eau. Bon, asseyez-vous et détendez-vous. Inutile de penser à faire quoi que ce soit. En tout cas, jusqu'à l'heure du dîner, ajoute-t-elle après coup.

— C'est très gentil de votre part.

En prononçant ces mots, il me vient à l'esprit que Trish est vraiment gentille. Sa bienveillance est un peu bizarroïde mais sincère.

— Bon, regardez-moi.

Trish pose une tasse de thé à côté de moi et m'examine.

— Vous avez le cafard, dit-elle triomphalement comme si elle venait de percer à jour un secret. Notre Philippine avait le mal du pays de temps en temps, mais je lui disais toujours : « Haut les cœurs Manuela ! »

Trish fait une pause.

— Et puis j'ai découvert qu'elle s'appelait Paula. Étonnant, non ?

— Non, non, je n'ai pas le cafard, ce n'est pas ça.

Mon esprit bat la campagne. Que vais-je faire ? Rentrer chez moi ?

Impossible d'affronter cette réalité. L'idée de retrouver mon appartement avec Ketterman habitant deux étages au-dessus me rend malade.

Téléphoner à Guy ?

Il pourrait m'héberger. Lui et Charlotte vivent dans une grande maison à Islington avec plusieurs chambres d'amis. J'y ai déjà couché. C'est ça ! Je vais vendre mon appartement, trouver un boulot.

Quel boulot ?

— Voilà qui va vous remettre d'aplomb.

La voix de Trish me fait émerger.

Elle me montre les sacs en plastique avec une jubilation contenue et ajoute :

— Après votre déjeuner épatant, je suis allée faire des courses. J'ai une surprise pour vous ! Des choses qui vont vous plaire.

— Une surprise ?

Perplexe, je regarde Trish sortir les paquets en énumérant leur contenu :

Foie gras… Pois chiches… Épaule d'agneau… Elle soupèse la viande en me jetant un regard plein d'attente puis, devant mon manque de réaction, elle claque la langue d'impatience.

— Les ingrédients du menu de ce soir ! Nous dînerons à huit heures. Ça vous va ?

9

Ça va aller.

À force de me le répéter, ça va devenir vrai.

Plusieurs fois j'ai été sur le point d'appeler Guy mais un sentiment de honte m'a retenue. Nous sommes amis, il était la personne dont j'étais le plus proche au cabinet, c'est vrai. Il n'empêche que je suis la fille qui a été virée, celle par qui le scandale est arrivé. Pas lui.

Pour finir, je m'assieds et, tout en me frottant les joues, j'essaie de recouvrer mes esprits. Allez ! Guy est un pote. Il veut sûrement avoir de mes nouvelles. Il aura envie de m'aider. Je compose le numéro de sa ligne directe. Une seconde après, des pas claquent sur le parquet de l'entrée.

Trish !

J'éteins mon portable en vitesse, le fourre dans ma poche et commence à palper un bouquet de brocolis.

Elle a l'air un peu étonnée de voir que je n'ai pas bougé d'un centimètre.

— Comment ça va ? Mieux ?

— Euh… Je suis en train d'évaluer les ingrédients, réponds-je au débotté. Pour bien m'imprégner de leur substance.

À ce moment précis apparaît à la porte une rouquine filiforme avec sur la tête des lunettes de soleil constellées de strass. La nouvelle venue me dévisage avec un intérêt manifeste.

— Je suis Petula, annonce-t-elle. Ravie de faire votre connaissance.

— Mon amie Petula trouve vos sandwichs formidables, commente Trish.

— Et rien qu'en imaginant ce foie gras avec un glaçage à l'abricot, je meurs de faim.

— Samantha est capable de tout faire, ajoute Trish, rose de fierté. Elle a fait son apprentissage avec Michel de la Roux de la Blanc. Le grand chef en personne.

— Dites-moi, quel est le secret de votre glaçage à l'abricot ? demande Petula d'un air intéressé.

On entendrait une mouche voler. Les deux femmes sont tout ouïe, brûlant de savoir.

— J'utilise une bonne vieille recette, dis-je après m'être éclairci la voix plusieurs fois. Bien évidemment, le mot glaçage vient de la nature transparente de… la finition tout en étant le complément du… gras. Euh… du foie gras. Le mélange des saveurs.

Mon explication n'a aucun sens mais ni Trish ni sa copine ne semblent l'avoir remarqué. En fait, elles ont l'air très impressionnées.

— Dis-moi où tu l'as dégotée, dit Petula à Trish dans ce qu'elle croit être un chuchotement discret. La mienne est nulle. Elle ne sait pas cuisiner et elle ne comprend pas un mot de ce que je lui dis.

— Elle est tombée du ciel, murmure Trish, les joues toujours roses de contentement. Tu imagines ! Anglaise et cordon bleu. Un miracle !

Et les voilà qui m'examinent comme si des cornes étaient en train de me pousser sur la tête. C'est intolérable.

Il faut que je les fasse déguerpir.

— Puis-je vous apporter du thé dans le jardin d'hiver ?

— Non, nous partons de ce pas chez la manucure. À tout à l'heure, Samantha !

S'ensuit un moment de flottement. Et, tout à coup, je comprends que Trish attend ma révérence. Pauvre de moi ! Pourquoi ai-je commencé ? Mais pourquoi, bon sang ?

— Oui, Madame.

Et, buste en avant, je me fends d'une courbette pas très protocolaire. En me relevant, je remarque la tête de Petula. Visiblement, elle n'en croit pas ses yeux.

— Elle fait la révérence ! chuinte-t-elle avant de disparaître dans l'entrée. La révérence ?

— Une simple marque de respect qui fait son petit effet, réplique Trish l'air de rien. Tu sais, Petula, tu devrais vraiment essayer avec la tienne.

Oh non, c'est pas vrai ! Dans quel pétrin me suis-je fourrée !

J'attends que le bruit de leurs pas ait cessé avant de me réfugier dans le cellier. Je compose le numéro de Guy qui répond après trois sonneries.

— Samantha ? Salut ! Est-ce que tu… ?

Il semble sur la réserve.

— T'inquiète, Guy. Je suis au courant, j'ai parlé à Ketterman.

— Oh ! Samantha, je suis désolé, sincèrement.

Cette compassion m'est insupportable. S'il continue, je vais éclater en sanglots.

— Ça va ! On ne parle plus du passé, d'accord ? Je dois penser à l'avenir, à remettre ma vie sur des rails.

— Formidable ! Tu ne te laisses pas abattre, hein ?

Il y a une note admirative dans sa voix. Je lisse mes cheveux d'une main et me lance :

— Je dois rentrer à Londres, mais chez moi c'est impossible. Ketterman a emménagé dans mon immeuble.

— Oui, on me l'a dit. Quelle tuile !

— Je ne peux pas affronter ça, Guy, dis-je en réprimant une envie de pleurer. Alors je me demandais si je pouvais m'installer chez vous pendant quelque temps. Juste quelques jours ?

Silence au bout de la ligne. Que se passe-t-il ?

— Samantha, j'aimerais bien t'aider, fait Guy après un moment. Mais je dois en parler à Charlotte.

— Bien sûr, dis-je, prise de court.

— Reste en ligne, je l'appelle.

J'attends donc, assise, en écoutant *Les Quatre Saisons* et en me sentant un peu démunie. Qu'est-ce que j'espérais ? Qu'il me dise oui du premier coup ? Il est évident qu'il doit demander à sa copine.

— Samantha, je crois que ça ne va pas être possible.

Sa réponse est comme une gifle.

— D'accord. Pas de problème.

J'espère avoir l'air cool. Comme si tout ça n'avait aucune importance.

— Écoute, Charlotte est débordée. En plus, il y a des travaux dans les chambres. Ce n'est pas le bon moment.

Guy débite son histoire d'un ton saccadé. Visiblement il a envie de raccrocher. Et soudain, je comprends. Charlotte n'y est pour rien. C'est lui qui n'a pas envie de m'avoir chez lui. Peut-être qu'il pense que mon renvoi est contagieux, que sa carrière peut en pâtir. Hier, on était les meilleurs amis du monde. Hier, quand j'étais sur le point de monter en grade, il était tout sourires et plaisanteries. Mais aujourd'hui je suis une pestiférée.

Je devrais me taire, rester digne, mais impossible de me dominer. Et j'explose :

— Tu me laisses tomber, c'est ça ?

— Samantha, ne sois pas ridicule !

— Tu sais, je suis toujours la même. Je croyais qu'on était amis.

— On est amis ! Mais tu ne peux pas attendre de moi… Il y a Charlotte. Et puis ce n'est pas si grand chez moi. Écoute, on prend un verre un de ces jours, d'accord ? Passe-moi un coup de fil…

— Ne t'inquiète pas, fais-je en contrôlant ma voix. Désolée de t'avoir dérangé.

— Attends ! Ne raccroche pas. Qu'est-ce que tu vas faire ?

— Oh non, Guy ! Pas ça !

Je réussis à lui rire au nez malgré mon désespoir. J'éteins mon portable. Tout a changé. Ou peut-être pas. Peut-être que Guy a toujours été comme ça sans que je m'en rende compte.

Et maintenant ? Je regarde les minutes défiler sur le minuscule écran de mon téléphone, et il se met soudain à vibrer. Je sursaute. L'écran indique Tennyson. C'est ma mère !

Pas de panique ! Je sais pourquoi elle m'appelle. Elle est au courant. Et si j'allais m'installer chez elle ? Bizarre que je n'y aie pas pensé plus tôt. Avant de prendre la communication, je m'arme de courage.

— Salut, maman !

— Samantha !

D'emblée sa voix me transperce le tympan.

— Tu pensais attendre combien de temps avant de m'annoncer la nouvelle ? Il a fallu que j'apprenne le limogeage de ma propre fille sur un site de blagues d'Internet, articule-t-elle avec dépit.

— Un site de blagues ? Je ne comprends pas.

— Tu ne savais pas ? Apparemment, dans certains milieux d'avocats, pour parler de cinquante millions de livres, on dit maintenant un Samantha. Crois-moi, ça ne me fait aucun plaisir.

— Maman, je suis vraiment désolée.

— Dieu merci, ce scandale va rester dans les limites des cabinets d'affaires. Les gens de Carter Spink me l'ont assuré. Tu devrais t'estimer heureuse.

— Oui...

— Où es-tu ? demande-t-elle sans remarquer ma voix faiblarde.

Dans un cellier, entourée de boîtes de céréales.

— Chez des gens, en dehors de Londres.

— Et que comptes-tu faire ?

— Je ne sais pas. Il faut que je réfléchisse. Je vais trouver un boulot.

— Ah oui ? Tu crois que les grands cabinets vont vouloir de toi !

Ce qu'elle peut se montrer blessante quand elle s'y met !

— Je n'en sais rien. Écoute, je viens juste d'apprendre que j'ai été virée, je n'ai pas encore...

— Mais si. Heureusement, je me suis démenée pour toi.

Ma mère ? Se démener pour moi ?

— J'ai été obligée de quémander à toutes les portes. Pas évident. Enfin bon ! Un des principaux avocats du cabinet Fortescues t'attend demain à dix heures.

— Tu m'as obtenu un rendez-vous ?

— Si tout se passe bien, tu devrais intégrer le cabinet comme avocate senior. C'est une faveur qu'on me fait. Comme tu peux l'imaginer, ils ont émis quelques réserves à ton sujet. Il va donc falloir te donner du mal, Samantha. Te surpasser.

— Bien sûr.

Je ferme les yeux pendant que mes pensées s'entrechoquent dans mon crâne. J'ai un entretien. C'est un nouveau départ. La porte de sortie de cet horrible cauchemar.

Je devrais être drôlement soulagée. Et pourtant…

— Tu vas être obligée de mettre les bouchées doubles, continue ma mère. Fini l'insouciance et l'autosatisfaction. Dorénavant, tu as deux fois plus de choses à prouver, compris ?

— Oui, réponds-je automatiquement.

Encore plus d'heures, plus de travail, plus de nuits blanches. Je sens soudain un poids énorme sur mes épaules.

La lourde pression est de retour. Plus intense, plus puissante.

— Enfin, non, m'entends-je dire. Non, c'est trop dur. Je ne peux pas faire face. C'est trop tôt.

Les mots sont sortis d'eux-mêmes, sans que j'y pense. Mais ils révèlent bien le fond de ma pensée.

— Ai-je bien saisi ? rétorque sèchement ma mère. Samantha, est-ce que tu réalises… ?

— Écoute, maman, je pensais… prendre un peu de recul.

— Si tu t'arrêtes, c'est la fin de ta carrière. La fin !

Son ton est sans appel.

— Je peux… faire autre chose.

— Mais ça ne te correspond pas, Samantha. Tu es avocate. Entraînée et programmée pour l'être.

— Il y a d'autres métiers !

Je lui ai dit ça en criant. Elle se tait. Je n'en reviens pas. J'ai résisté à ma mère. C'est bien la première fois que je m'oppose à elle. Je suis prise de tremblements. Mais accepter ce qu'elle souhaite est au-dessus de mes forces.

— Samantha, si tu souffres d'un genre de dépression nerveuse comme ton frère…

— Pas du tout. Simplement, je ne t'ai pas demandé de me trouver du boulot. Je ne sais pas où j'en suis. J'ai besoin d'un peu de temps… pour… faire le point.

— Tu vas te présenter à cet entretien, Samantha. Demain à dix heures.

Sa voix claque comme un fouet.

— Non !

— Où es-tu, que je t'envoie une voiture immédiatement !

— Non ! Laisse-moi tranquille.

Je sors du cellier en éteignant mon portable que je balance sans ménagement sur la table. Typique de ma mère, cette conversation. Aucune parole de compassion. Pas un mot affectueux, rien. J'enrage et je pleure. Le téléphone vibre furieusement sur la table mais je l'ignore. De toute façon, je ne veux pas répondre. Ni parler à qui que ce soit. Je vais me servir un verre et commencer à préparer ce fichu dîner.

Après quelques gorgées de vin blanc, je m'installe devant les ingrédients qui attendent d'être mitonnés.

Je suis capable de cuisiner. Sans aucun doute. Ma vie n'est peut-être qu'un tas de ruines, mais j'ai une cervelle. Je peux y arriver.

D'un coup d'un seul, j'arrache le plastique qui recouvre l'agneau. Il doit pouvoir aller au four, non ? Et les pois chiches aussi. Ensuite je les écraserai pour obtenir de l'houmous. C'est simple comme bonjour.

D'un placard bourré de toutes sortes d'ustensiles étincelants, j'extrais un plat. Après y avoir disposé et arrosé d'huile d'olive les pois chiches, je me sens presque l'envergure d'une cuisinière. Tant pis si quelques pois ont sauté sur le carrelage. Ensuite, j'allume le four plein pot et j'enfourne le plat. Je dépose alors l'agneau dans un plat en terre ovale, et hop, lui aussi au four. Facile de chez facile !

Maintenant, tout ce qu'il me reste à faire, c'est de feuilleter les livres de cuisine de Trish pour dénicher la recette du foie gras glacé à l'abricot.

Autant l'avouer tout de suite, je trouve beaucoup de recettes à l'abricot : un flan abricot-framboises, de la farce à base de dinde, d'abricot et de noix, un pithiviers aux amandes fourré à l'abricot, un sabayon au vin blanc de Vénétie… Mais pas le moindre foie gras.

Je fixe une page d'un œil vague. C'est trop bête. Je viens de gâcher l'occasion que j'avais de prendre un nouveau départ. Finalement je ne suis bonne qu'à être avocate. Un point, c'est tout.

Oh ! Merde ! Qu'est-ce qui se passe ? C'est quoi, cette fumée qui sort du four ?

À sept heures, je suis toujours en train de cuisiner. Enfin, c'est ce que je crois. Les deux fours ronflent de chaleur. Des casseroles bouillonnent sur le feu. Le fouet électrique fouette énergiquement. J'ai deux brûlures à la main droite – merci le four ! Tous les livres de recettes sont grands ouverts. L'un est maculé d'éclaboussures d'huile, un autre de taches de jaune d'œuf.

Je suis écarlate, dégoulinante de transpiration, et j'essaie de passer ma main sous l'eau froide le plus souvent possible.

Trois heures que je suis à mes fourneaux. Et, jusqu'à maintenant, tout ce que j'ai produit a l'air immangeable. Ont déjà été éliminés : un soufflé au chocolat raplapla, deux poêlées d'oignons carbonisés, et une casserole remplie d'abricots coagulés qui me rendaient malade rien qu'à les regarder.

Je n'arrive pas à comprendre ce qui va de travers. D'ailleurs je n'ai pas le temps. L'analyse critique, ce sera pour plus tard. Après chaque ratage, je jette et je recommence, je décongèle et change de tactique, dans l'espoir de bricoler quelque chose.

Les Geiger sirotent leur sherry dans le salon en s'imaginant que tout se passe admirablement. Un peu plus tôt, Trish a eu des velléités de passer une tête dans la cuisine mais j'ai réussi à l'en dissuader. Dans moins d'une heure Eddie et elle vont s'attabler. Je les vois déjà déployer leur serviette et se servir du vin, tout se léchant les babines à l'idée du festin trois étoiles qui va leur être servi.

Je suis prise de frénésie. Je sais que je cours à la catastrophe, mais je suis incapable de m'arrêter. Un miracle peut se produire. Je vais y arriver, oui…

Oh non ! La sauce est en train de déborder.

J'attrape une cuiller et remue cette eau marron pleine de grumeaux et parfaitement répugnante. Que rajouter ? Je fouille comme une folle dans un placard. De la farine ou de la fécule de pomme de terre ferait l'affaire. Je trouve une petite boîte pleine d'une poudre blanche que je verse abondamment dans ma casserole. Ouf ! J'essuie la sueur de mon front. Et maintenant ?

Ah oui ! Les blancs d'œufs attendent toujours dans leur bol. Je feuillette fiévreusement un autre livre jusqu'au chapitre « Desserts ». J'ai finalement décidé de confectionner un entremets Pavlova après avoir lu : *Les meringues sont faciles à réussir.*

Jusqu'à maintenant, tout baigne. Prochaine étape ?

Garnir un moule rond tapissé de papier sulfurisé avec les blancs fermement battus.

Fermement battus ? Les miens sont liquides. Pourquoi ? Mystère. J'ai pourtant suivi les instructions à la lettre. Peut-être que la mixture est plus épaisse qu'elle n'en a l'air. Ou que, selon une mystérieuse loi de physique culinaire, elle va s'épaissir au moment de la verser.

Je verse lentement les blancs d'œufs dans le moule. Pas d'épaississement en vue, mais une sorte de mare suintante qui montre une forte tendance à gicler hors du plat.

Quelque chose me dit que le Pavlova au chocolat blanc ne figurera pas au menu de ce soir.

Un jet blanchâtre qui atterrit sur mon pied m'arrache un cri de désespoir. Pourquoi ça ne prend pas ? J'ai fait ce qu'il fallait et tout et tout. Alors j'implose de rage : contre moi-même, contre mes blancs d'œufs merdiques, contre les livres de recettes, contre la cuisine, contre la bouffe et, surtout, contre la personne qui a écrit que les meringues sont *faciles à réussir*.

De vraies conneries ! Je hurle tout en balançant le livre qui se fracasse contre la porte.

— Bon sang, mais qu'est-ce qui se passe ? s'exclame une voix masculine.

La porte s'ouvre et Nathaniel, sac à dos sur l'épaule, fait son apparition. Il est visiblement sur le point de rentrer chez lui :

— Tout va bien ?

— Oui, merci, merci beaucoup.

De la main je lui intime de partir mais il ne bouge pas.

— Il paraît que tu prépares un dîner gastronomique, dit-il tout en examinant le fourbi ambiant.

— Oui, c'est maintenant le moment critique de...

Un coup d'œil aux casseroles m'avertit d'une nouvelle catastrophe.

— Merde ! La sauce !

Un bouillonnement marron se répand sur la table de cuisson et dégouline sur le sol. On dirait l'écuelle magique du conte de fées, celle qui n'arrêtait pas de faire du porridge.

— Retire-la du feu, nom d'un chien ! s'écrie Nathaniel en se débarrassant de son sac à dos.

Il attrape la casserole et la pose sur le comptoir.

— C'est quoi, ce truc ?

— Rien de spécial. Juste les ingrédients habituels.

Nathaniel ouvre la petite boîte qui est restée sur le comptoir et en extirpe une pincée de poudre.

— De la levure ? Dans la sauce ? Tu as appris ça chez… ? Attends ! Quelque chose brûle !

Comme paralysée, je le regarde ouvrir la porte du four, enfiler vite fait bien fait une manique et sortir le plat rempli de ce qui ressemble à des petites billes noires.

Mes pois chiches !

— C'est censé être quoi ? Des crottes de lapin ?

J'ai les joues en feu mais le menton haut.

— Des pois chiches. Je les ai arrosés d'huile d'olive et mis au four pour qu'ils fondent.

— Qu'ils fondent ?

— Je veux dire qu'ils ramollissent.

Nathaniel pose le plat et croise les bras avant de lancer :

— As-tu une vague idée de ce que c'est que cuisiner ?

À cet instant précis, le micro-ondes émet un raffut de tous les diables qui me terrorise.

— Nom d'un chien. Qu'est-ce qui arrive encore ?

— Quelque chose a explosé ! s'exclame Nathaniel, le nez collé à la vitre du four. C'était quoi ?

Impossible de m'en souvenir. Qu'avais-je fourré dans le micro-ondes ?

Tout à coup la mémoire me revient.

— Des œufs ! Des œufs mis à durcir pour des petits canapés.

— Dans le micro-ondes ? s'exclame Nathaniel, sur le point lui aussi d'éclater.

— Pour gagner du temps, lui réponds-je en criant presque.

Nathaniel débranche le micro-ondes et se tourne vers moi avec une expression indignée.

— Tu ne sais même pas faire cuire un œuf. Ni t'occuper d'une maison. Je ne sais pas ce que tu mijotes mais…

— Je ne mijote rien du tout !

— Les Geiger sont de braves gens. Ils ne méritent pas d'être menés en bateau.

Non mais ! Il me prend pour qui ? Pour la reine de l'arnaque ?

Je m'essuie le front puis tente de m'expliquer :

— Écoute-moi, s'il te plaît. Je ne cherche à berner personne. D'accord, je suis incapable de faire la cuisine. Mais j'ai atterri ici à cause d'un malentendu.

— Quel malentendu ?

Crevée, les reins en compote, je m'effondre sur une chaise.

— Je fuyais… quelque chose et j'avais besoin d'un abri pour la nuit. Quand je me suis arrêtée ici pour demander un verre d'eau et le nom d'un hôtel, les Geiger ont cru que j'étais la bonne à tout faire qu'ils attendaient. Et ce matin j'étais dans un état épouvantable. Une demi-journée de travail m'a paru faisable. Mais je vais partir. Et sans accepter un penny de leur part, si ça peut te rassurer.

Appuyé au comptoir, Nathaniel a l'air plus détendu. Il extirpe de son sac à dos une bouteille de bière qu'il me propose mais que je refuse.

— Tu fuyais quoi ? demande-t-il en décapsulant la bouteille.

La simple évocation de ce qui s'est passé me déchire le cœur. Je ne peux pas lui raconter.

— Je fuyais… des circonstances.

— Une histoire difficile ?

Pendant un instant je repense à mes années chez Carter Spink. À toutes ces heures de travail, à tout ce que j'ai sacrifié. Tout cela détruit par un simple coup de fil de trois minutes.

— Oui, très difficile.

— Et qui a duré combien de temps ?

— Sept ans.

Je sens avec effroi mes yeux se mouiller. D'où viennent toutes ces larmes ? Je bafouille.

— Désolée. La journée a été dure.

Nathaniel déchire une feuille de papier absorbant et me la tend.

— Si c'était une histoire douloureuse, c'est bien que tu t'en sois sortie, commente-t-il calmement. Ça ne servirait à rien de continuer ou de la ressasser.

— Tu as raison, dis-je en tamponnant mes larmes.

Il est temps que je décide de mon avenir. Impossible de rester ici. Et, m'emparant de la bouteille de Cointreau sortie pour le soufflé chocolat-orange, j'en remplis un coquetier qui traîne et en avale une bonne lampée.

— Les Geiger sont de bons patrons, tu pourrais tomber plus mal.

— Oui, mais malheureusement je suis nulle en cuisine.

Tandis qu'il repose la bouteille de bière et s'essuie la bouche, je remarque ses mains : propres mais avec les ongles noirs de terre.

— Je peux demander à ma mère de t'enseigner les principes de base de la cuisine.

Je le regarde avec étonnement et j'ai même envie de rire :

— Ah bon ? Je ne suis plus une arnaqueuse maintenant ? C'est gentil comme proposition, mais je dois partir.

— Dommage. Pour une fois qu'il y a quelqu'un qui parle anglais dans cette cuisine. Et qui prépare d'aussi bons sandwichs, ajoute-t-il imperturbable.

Je ne peux m'empêcher de sourire.

— C'était un traiteur.

— Ah, je me disais aussi…

Un grattement nous fait tourner la tête.

— Samantha ? murmure Trish à travers la porte. Vous m'entendez ?

— Euh… oui.

— Ne vous inquiétez pas, je n'entre pas. Je ne veux pas vous déranger dans ce qui doit être le moment crucial.

En croisant le regard de Nathaniel, je manque éclater de rire.

— Je voulais juste savoir si vous comptiez servir un sorbet entre chaque plat ?

Nathaniel est secoué d'un rire silencieux. Quant à moi, j'ai beau mettre ma main devant ma bouche, je laisse échapper un petit gloussement.

— Samantha ?

— Euh, non… je n'ai pas prévu… de sorbet.

Pendant ce temps Nathaniel fait semblant de manger mes oignons calcinés en se frottant le ventre. Délicieux, mime-t-il.

— Bon, à tout à l'heure !

Trish s'éloigne et je suis prise d'un fou rire inextinguible. Un rire colossal. J'ai mal aux côtes, je suffoque, j'en suis presque malade.

Au bout d'un moment, je me mouche et je m'essuie les yeux. Nathaniel s'est calmé lui aussi et regarde la cuisine dévastée.

— Sérieusement, qu'est-ce que tu comptes faire ?

— Il faut que je trouve une solution.

Dans le silence qui suit, Nathaniel regarde fixement les traînées de blanc d'œuf sur le sol tandis que je me remue les méninges, comme au temps de chez Carter Spink. Il doit bien y avoir un moyen de sortir de ce pétrin.

J'annonce en prenant une profonde inspiration :

— Bon, je vais sauver les meubles.

— Pas possible !

Nathaniel me regarde, sceptique.

— En fait, je crois que ça va résoudre les problèmes de tout le monde, dis-je en me levant avec entrain. Mais d'abord un petit nettoyage s'impose.

— Je le croirai quand je le verrai ! s'exclame Nathaniel. Laisse-moi t'aider.

Ensemble, nous jetons à la poubelle le contenu des casseroles et des plats. Je récure tous les plans de travail pendant que Nathaniel débarrasse le sol des vestiges de meringue puis passe la serpillière.

— Tu travailles ici depuis combien de temps ?

— Depuis trois ans. J'étais le jardinier des gens qui vivaient là avant. Les Ellis. Quand Eddie et Trish ont emménagé, ils m'ont gardé.

— Pour quelle raison ces Ellis ont-ils quitté cette si belle maison ?

— Difficile de refuser l'offre des Geiger, rétorque Nathaniel avec une grimace d'amusement.

— C'est-à-dire ?

— En fait, c'est assez marrant. La maison a figuré dans une série historique de la BBC qui se passait dans les Cotswolds. Deux semaines après la diffusion, les Geiger étaient sur le paillasson en agitant un chèque. Le pouvoir de la télévision !

— Waouh ! J'imagine qu'ils ont payé un sacré prix.

— Dieu seul le sait. Les Ellis sont restés très discrets.

— L'argent des Geiger vient d'où ?

— Ils ont démarré une société de déménagement à partir de rien, ils l'ont vendue et se sont rempli les poches.

— Et toi, avant les Ellis ? fais-je en flanquant les abricots coagulés dans l'évier avec un grognement de dégoût.

— Je travaillais à Marchant House. C'est un château près d'Oxford. Et encore avant, l'université.

— L'université ? fais-je en dressant l'oreille. J'ignorais que…

Je m'arrête, rouge de confusion. J'étais sur le point de dire : « J'ignorais que les jardiniers fréquentaient l'université. »

— J'étudiais les sciences naturelles.

Je lis dans les yeux de Nathaniel qu'il a deviné le fond de ma pensée. Et donc je la boucle alors que je meurs d'envie de savoir où et quand il a fréquenté les bancs de la fac. De toute façon, pas la peine de commencer le petit jeu du « connaissez-vous machin et truc ? ». Pour le moment je préfère oublier les détails de mon ancienne vie.

Au bout d'un moment, la cuisine a l'air plus normale. Je jette le fond de Cointreau du coquetier, respire à fond et déclare :

— C'est l'heure. Le spectacle va commencer.

— Bonne chance !

Dans le hall, les Geiger attendent, leur verre de sherry à la main.

— C'est prêt, Samantha ? demande Trish avec un sourire ravi.

À l'idée de ce que je suis sur le point de faire, un sentiment de culpabilité m'étreint.

Encore une profonde respiration et je prends une mine de circonstance. Celle qui accompagnait le « cher-client-j'ai-une-mauvaise-nouvelle-à-vous-annoncer » quand j'étais chez Carter Spink.

— Monsieur, Madame, je suis absolument navrée.

Je les regarde à tour de rôle pour être sûre d'avoir capté leur attention, puis je hoche la tête en fermant les yeux.

— Comment ça, navrée ? répète Trish.

— J'ai fait de mon mieux mais il m'est impossible de travailler avec ce matériel. Le dîner que j'ai préparé n'est pas à la hauteur de ma qualification et je ne vous le servirai pas. Je me propose de vous rembourser et je vous offre ma démission qui prendra effet dès demain matin.

Voilà. C'est fait. Le plus dur est passé.

Je ne peux pas m'empêcher de jeter un coup d'œil à Nathaniel qui, depuis l'embrasure de la porte de la cuisine, lève le pouce en signe d'admiration.

— Vous ne pouvez pas partir ! lance Trish en posant brusquement son sherry. Impossible ! Vous êtes la meilleure employée de maison que nous ayons eue. Eddie, fais quelque chose !

— Madame, après ma contre-performance de ce soir, je n'ai pas le choix. Honnêtement, le dîner était immangeable.

— Vous n'y êtes pour rien. C'est notre faute, s'écrie-t-elle consternée. Nous allons vous commander un nouveau matériel immédiatement.

— Mais…

— Faites-nous une liste de ce dont vous avez besoin. Et ne regardez pas à la dépense. Et puis nous allons vous augmenter. Dites votre prix !

Ce n'est pas du tout ce que j'avais prévu.

— Nous n'avons jamais parlé de mon salaire. Je ne peux vraiment pas accepter…

— Eddie ! C'est ta faute, fait-elle, sortant de ses gonds. Samantha nous quitte parce que tu ne la paies pas convenablement.

— Madame, ce n'est pas la raison.

— Et pour les ustensiles, elle a besoin de ce qu'il y a de mieux, ajoute-t-elle, en lui enfonçant un coude dans les côtes. Dis quelque chose !

— Samantha, déclare Eddie, après s'être éclairci la voix bizarrement, nous serions très heureux que vous restiez. Nous sommes très contents de vos services et quelle que soit l'augmentation que vous souhaitez, sachez que nous vous l'accorderons.

— Va plus loin, chuinte Trish avec un autre coup de coude.

— Ainsi qu'une mutuelle, ajoute-t-il.

Tous deux me regardent, suppliants.

Je me retourne vers Nathaniel qui hoche la tête comme pour dire : « Pourquoi pas ? »

Trois personnes, en l'espace de dix minutes, qui insistent pour me garder ? J'éprouve un curieux sentiment. Pourquoi ne pas rester en attendant de prendre une décision ? C'est la meilleure solution. Je suis à des kilomètres de Londres et personne n'a mon adresse. Ici, j'ai la paix.

« *Tu ne sais pas cuisiner*, me serine une petite voix. *Tu ne sais pas faire le ménage. Tu n'as rien d'une employée de maison.* » Mais je peux apprendre. C'est sûr.

Il y a de la tension dans l'air. Le silence est pesant. À l'évidence, même Nathaniel attend ma réponse.

— Bon, d'accord. Si vous voulez, je reste, dis-je avec un sourire aux lèvres.

Plus tard dans la soirée, après avoir avalé, en compagnie des Geiger, un dîner chinois livré à domicile, je laisse un message sur le répondeur du bureau de ma mère :

— Tout va bien, maman. Plus la peine de frapper aux portes. J'ai un boulot.

Et je déconnecte mon portable.

10

Dorénavant, je dois me mettre dans la peau d'une bonne.

Le matin suivant, réveillée à six heures, je descends dans la cuisine avant sept heures. En uniforme. Le jardin est sous la brume. À part un couple de pies qui jacassent sur la pelouse, tout est silencieux. J'ai l'impression que le monde entier dort encore.

Sans faire de bruit, je vide le lave-vaisselle et range tout dans les placards. Je vérifie l'alignement des chaises, puis je me prépare une tasse de café et enfin je jette un coup d'œil aux plans de travail en granite brillant qui m'entourent.

Voilà mon domaine.

Mon domaine, vraiment ? Non, plutôt une cuisine étrangère qui me flanque la trouille.

Bon, et qu'est-ce qui se passe maintenant ? Je me sens stupide à rester là comme ça. Je devrais faire quelque chose. Malgré moi, je me mets à penser à mon emploi du temps londonien. Si j'étais encore chez Carter Spink, je ferais en ce moment la queue pour un cappuccino. Ou je serais dans le métro, en train de répondre à mes mails. Je me demande au passage combien de mails m'attendent sur mon Palm. Rien que d'y penser, ça me rend malade.

Allez Samantha, concentre-toi sur autre chose ! Il y a un vieux numéro de *The Economist* sur une étagère. Je commence à le feuilleter et tombe sur un article à propos du contrôle des changes que je lis en sirotant mon café.

En entendant du bruit, je repose précipitamment le magazine. Les employées de maison ne sont pas censées lire des papiers sur le contrôle des changes. Elles sont là pour préparer le petit déjeuner. Mais que prennent les Geiger le matin ? Mystère !

Tout à coup, j'ai un flash. Hier matin, Trish m'a préparé une tasse de thé.

Et si c'était à moi de lui rendre la pareille ? Et si, là-haut, ils étaient en train de tambouriner sur leur table de nuit en se demandant : « Mais enfin, qu'est-ce qu'elle fiche avec notre thé ? »

Je branche la bouilloire, fais une pleine théière, prépare un plateau avec des tasses et des soucoupes sur lequel, après réflexion, j'ajoute deux biscuits. Et je me risque au premier. Pas un bruit ne filtre de la chambre d'Eddie et de Trish.

Que faire ?

Et s'ils dorment et que je les réveille ?

J'essaie de frapper à la porte mais, trop lourd pour une seule main, le plateau tangue dans un tintement de porcelaine et la théière donne de la gîte ! Panique à bord ! En nage, je reprends juste à temps le contrôle de la situation. Finalement je pose le plateau par terre, donne deux légers coups à la porte, récupère le plateau et attends.

Pas de réponse.

J'hésite et je frappe une seconde fois.

— Eddie, arrête !

La voix de Trish me parvient à travers la porte.

Mais pourquoi ne me répondent-ils pas ?

Le plateau pèse une tonne. Je ne vais quand même pas poireauter toute la matinée avec une théière pleine sur les bras ! Et si je… battais en retraite ?

Je suis sur le point de m'éloigner subrepticement quand je change d'avis. Allez, courage ! Le thé est prêt ! Au pire, ils te diront de partir.

Je tiens le plateau fermement et en utilise un coin pour heurter la porte. Impossible qu'ils n'entendent pas !

— Entrez, dit Trish au bout d'un moment.

Ouf ! Donc ils m'attendaient ! Je le savais. En coinçant le plateau contre la porte, je réussis à tourner la poignée sans provoquer de catastrophe et me voici dans la chambre.

Dans son lit à baldaquin en acajou, Trish, toute seule, en chemise de nuit de soie, est appuyée à une pile d'oreillers en dentelle. Ses cheveux sont tout ébouriffés et son mascara a coulé. Elle me dévisage sans un mot.

— Que se passe-t-il, Samantha ? finit-elle par aboyer.

J'ai tout faux, c'est certain ! Sans cesser de la regarder, j'enregistre quelques détails du coin de l'œil : un livre intitulé *Plaisirs des sens* traîne par terre ainsi qu'une bouteille d'huile de massage au musc. Et…

Et un exemplaire très usé des *Joies du sexe*, posé juste à côté du lit, est ouvert à la page « Délices du harem ».

Maintenant je suis fixée : ils n'attendaient pas du tout leur thé.

J'avale ma salive, en essayant de reprendre contenance avec l'air de celle qui n'a rien remarqué.

— Je vous ai monté du thé. Je pensais que c'était une bonne idée.

Essaie de ne pas regarder *Les Joies du sexe* ! Garde les yeux levés !

Trish se détend.

— Samantha, c'est tellement gentil. Posez ça quelque part, dit-elle avec un geste vague vers la table de nuit.

Au moment où je m'approche du lit, voilà qu'Eddie, boudiné dans un caleçon trop petit, son torse velu à l'air, émerge de la salle de bains adjacente.

Par miracle je réussis à ne pas laisser choir mon chargement.

— Désolée, je ne savais pas...

— Ne soyez pas stupide ! Venez, s'exclame Trish gaiement, s'étant visiblement faite à l'idée que je sois dans sa chambre.

— Nous ne sommes pas prudes, ajoute-t-elle.

À vrai dire, j'aurais préféré qu'ils le soient. Je m'avance avec précaution, enjambant au passage un soutien-gorge de dentelle mauve, et je pose le plateau sur la table de nuit après avoir poussé une photo du couple assis dans un jacuzzi, verre de champagne à la main.

Tout en versant le thé en vitesse et en évitant le regard d'Eddie, je me demande dans quel autre boulot on a l'occasion de voir son patron presque à poil.

La seule réponse qui me vient n'est vraiment pas gratifiante.

— Bon, je vais vous laisser maintenant...

— Inutile de vous précipiter. Puisque vous êtes là, autant en profiter pour bavarder un peu. Voir où en sont les choses.

— Euh, très bien.

Un bout de sein sort par l'échancrure de la chemise de nuit de Trish. Je détourne les yeux pour les poser, sans le vouloir, sur le personnage barbu des *Joies du sexe* en pleine activité acrobatique.

Je pique un fard. Me voici dans la chambre à coucher de deux personnes que je connais à peine et qui, sans l'ombre d'un doute, viennent de s'envoyer en l'air. Ont-elles l'air gênées ? Pas le moins du monde…

Et soudain je comprends pourquoi. Mais bien sûr ! Je ne suis qu'une employée, je ne compte pas.

— Alors Samantha, tout se passe bien ? Vous vous en sortez avec votre emploi du temps ?

— Tout à fait, Madame.

Et, voulant faire ma compétente, j'ajoute :

— En fait, j'ai les choses bien en main. Enfin !… Je veux dire… que je maîtrise la situation.

La gaffe !

Trish avale une gorgée de thé.

— Aujourd'hui, j'aimerais que vous vous occupiez du linge.

Le linge ? Encore une chose qui ne m'avait même pas traversé l'esprit.

— Et j'aimerais que vous changiez les draps quand vous ferez les lits.

Faire les lits ?

La panique me gagne.

— Bien sûr, j'ai ma propre… méthode, dis-je en essayant de paraître naturelle. Mais vous pouvez me donner une liste des choses à faire.

— Ah bon, réplique Trish un peu irritée. Si vous croyez en avoir besoin.

— Au fait, Samantha, je vais m'occuper de votre contrat, dit Eddie un haltère à la main. Je vous ferai savoir dans quel pétrin vous vous êtes mise, ajoute-t-il en s'esclaffant.

Là-dessus, il soulève le poids avec un grognement. L'effort fait gigoter son estomac, et c'est assez peu ragoûtant.

— Très bien, je vais travailler, fais-je en me dirigeant vers la porte.

— À tout à l'heure, au petit déjeuner, s'écrie Trish en agitant la main. Ciao, ciao !

Les changements d'humeur de Trish sont difficiles à suivre. Elle passe sans crier gare des relations patronne-employée aux rapports copain-copain des passagers de *La croisière s'amuse*.

— À tout à l'heure, réponds-je sur le même ton enjoué. Je fais ma révérence, repasse au-dessus du soutien-gorge et m'enfuis de la chambre aussi vite que possible.

La préparation du petit déjeuner tourne au cauchemar. Il me faut trois essais infructueux avant de comprendre la façon dont on doit couper un pamplemousse. Pourquoi les producteurs d'agrumes sont-ils aussi peu compréhensifs ? Ils pourraient prévoir des pointillés sur leurs fruits ou des petits trous pour indiquer le bon endroit. Pendant ce temps le lait a débordé et, au moment où j'appuie sur le piston de la cafetière, tout gicle, projetant du café partout. Heureusement Eddie et Trish, en train de se disputer dans la salle à manger sur la destination de leurs prochaines vacances, ne s'aperçoivent de rien.

Quand ils ont terminé leur petit déjeuner, je charge le lave-vaisselle. Quant à le mettre en route, c'est une autre histoire. J'essaie désespérément de me souvenir du mode d'emploi. C'est à ce moment que Trish fait son entrée.

— Samantha, Monsieur voudrait vous voir dans son bureau pour discuter des conditions de votre engagement. Ne le faites pas attendre.

— Euh… très bien, Madame.

Après une petite courbette, je lisse mon uniforme et me dirige vers l'antre d'Eddie. Arrivée à la porte, je frappe.

— Entrez, m'invite-t-il jovialement.

Eddie est assis à son bureau – un vaste machin en acajou avec dessus de cuir frappé –, devant un ordinateur portable dernier cri. Dieu merci, il est maintenant complètement habillé d'un pantalon beige et d'une chemise sport.

— Alors Samantha, prête pour notre petite réunion ?

Il m'indique une chaise sur laquelle je m'assieds.

— Voici le document que vous attendiez, dit-il d'un air important en me tendant un dossier qui porte le titre *Contrat d'employée de maison*.

À l'intérieur je découvre une feuille de papier vélin crème.

Contrat de travail
Entre Samantha Sweeting
et M. et Mme Edward Geiger,
ce deuxième jour de juillet de l'an de grâce 2004.

Prise de court, je m'exclame :

— Waouh ! Est-ce un avocat qui l'a établi ?

— Pas besoin d'avocat, rit Eddie d'un air entendu. Je l'ai trouvé sur Internet et bien sûr légèrement adapté. Il suffit juste d'un peu de bon sens.

Je parcours les clauses en me mordant les lèvres à chacune des « adaptations » présumées d'Eddie.

— Je sais que ça a l'air un peu effrayant, fait-il en se méprenant sur les raisons de mon silence. Mais ne vous laissez pas intimider par ces mots compliqués. Êtes-vous arrivée à l'article « salaire » ?

— Ça semble très généreux, Monsieur. Merci beaucoup.

— S'il y a quelque chose que vous ne comprenez pas, dites-le-moi, dit-il, content de lui-même.

— Juste ce point-là, la clause n° 7, concernant les heures de travail. Est-ce que ça signifie que je ne travaille pas pendant le week-end ? Aucun week-end ?

— Sauf si nous recevons. Auquel cas vous aurez droit à deux jours de congé en semaine. C'est la clause n° 9.

Mais je n'écoute plus. Tous les week-ends libres ? Incroyables ! Je n'ai pas profité d'un week-end entier depuis l'âge de douze ans. Je ne peux réprimer un sourire.

— C'est formidable !

— Vos précédents employeurs ne vous donnaient donc pas vos week-ends ?

Eddie semble sidéré.

— Non, pas vraiment, réponds-je sans mentir.

— Mais dites-moi, on vous exploitait ! Bon, je vous laisse étudier le contrat avant de le signer.

— J'ai pratiquement fini de…

Mais l'air désapprobateur d'Eddie m'arrête.

— Samantha, Samantha… Je vais vous donner un petit conseil qui vous servira toute votre vie. Il faut toujours lire un document officiel très soigneusement.

— Oui, Monsieur, je m'en souviendrai.

Je fais des efforts pour rester imperturbable mais je tords le nez.

Restée seule avec le contrat, je le relis. Ce faisant, j'attrape un crayon et commence automatiquement à corriger le texte, à rayer, à reformuler des phrases, tout en inscrivant des questions dans la marge.

Qu'est-ce que je suis en train de faire ?

Je prends une gomme et commence à effacer en hâte mes observations. Puis, avec un stylo à bille, je remplis les blancs.

Nom : Samantha Sweeting
Profession :

J'hésite un instant avant d'inscrire : *Bonne à tout faire*.

Et voilà. Je viens de m'engager à faire ce boulot, tellement loin de mon ancienne existence, dans tous les sens du terme. Et personne n'est au courant.

J'imagine soudain la tête de ma mère si elle apprenait en quoi consiste mon nouveau métier, si elle me voyait en uniforme. Sa réaction serait… la même que si le ciel venait de lui tomber sur la tête. J'ai presque envie de l'appeler pour lui annoncer la nouvelle.

Mais non, ça ne servirait à rien. Et de toute façon je n'ai pas le temps : la lessive m'attend !

Il me faut deux voyages pour transporter le linge sale dans la buanderie. Après avoir déversé sur le carrelage le contenu de deux paniers pleins à ras bord, je jette un coup d'œil à la machine à laver dernier cri. Le fonctionnement doit être assez simple. Pour me familiariser, j'ouvre la porte. Aussitôt un écran électronique commence à clignoter. *LAVAGE ? LAVAGE ?*

Quelle question !

— Évidemment, que je veux que tu laves, dis-je à la machine. Laisse-moi seulement le temps de charger ce foutu linge.

Restons calme. Une chose à la fois. Première étape : trier les vêtements. Toute contente d'avoir eu cette idée, je commence à faire des tas différents selon les étiquettes, laver à 40°, à 90°, laver à l'envers ; laver séparément ; laver avec précaution ; laver avec beaucoup de précautions.

À la fin, je me retrouve avec vingt piles de vêtements triés selon leur étiquette, chaque pile consistant la plupart du temps en un seul article. Ridicule. Il me faudrait la semaine pour tout laver.

Une certaine frustration accompagnée d'un brin de panique m'envahit. Comment font les autres ? Bon, je ne suis pas plus bête qu'une autre. Il suffit de mélanger plusieurs tas et ça devrait marcher. Je commence à charger le tambour de la machine un peu au hasard. Je verse de la lessive à l'emplacement prévu et verrouille le hublot. Et maintenant ?

LAVAGE ? continue à flasher la machine. LAVAGE ?

— Eh ben oui, lave le linge !

Et j'appuie sur un bouton au hasard.

SÉLECTION DU PROGRAMME ? s'inquiète la machine.

En cherchant frénétiquement une indication, j'avise une notice coincée derrière une bouteille de détachant et commence à la feuilleter.

L'option demi-charge pour les lavages économiques concerne seulement le programme de prélavage A3-E2 et le programme de rinçage supplémentaire G2-L7 sans inclure H4.

Hein ?

Bon, au diable la notice ? Rien ne vaut l'instinct, le bon sens. J'appuie sur un autre bouton avec l'assurance d'une employée de maison chevronnée.

PROGRAMME K3 ? clignote l'écran.

PROGRAMME K3 ?

Ce *programme K3* a quelque chose de sinistre qui me déplaît. Ça sonne un peu comme un sommet himalayen ou un complot politique.

— Non, je veux un autre programme.

VOUS AVEZ SÉLECTIONNÉ K3. CHARGE MAXIMUM DE GARNITURE DE FAUTEUIL.

Charge maximum ? Garniture de fauteuil ?

— Arrête ça tout de suite ! dis-je en tapant sur tous les boutons. Stop ! Stop !

Et, de désespoir, je flanque un coup à la machine.

— Tout va bien, Samantha ?

Trish est devant la porte.

— Oui, merci. Je m'occupe du linge.

— Parfait, dit-elle en me tendant une chemise à rayures. Soyez gentille de recoudre le bouton qui manque sur la chemise de M. Geiger.

— Bien sûr !

Et je fais une prière pour qu'elle ne remarque pas mon état d'anxiété extrême.

— Et voici la liste des choses à faire. Pas complète mais c'est un bon début.

La seule vue de cette liste sans fin me donne le vertige.

Faire les lits. Balayer et laver les marches du perron. Arranger les bouquets. Nettoyer les miroirs. Ranger les placards. Faire la lessive. Nettoyer les salles de bains tous les jours…

— Rien ne devrait vous poser de problème.

— Non, ça ira très bien, fais-je d'une voix étranglée.

— Attaquez d'abord le repassage. J'ai bien peur qu'il n'y en ait une tonne. C'est incroyable comme le linge à repasser s'accumule vite.

Pourquoi Trish regarde-t-elle soudain en l'air ? Avec une légère appréhension, je suis son regard. Une montagne de chemises sur un séchoir en bois nous domine. Au moins trente.

Je vacille. Je suis incapable de repasser une seule chemise. En fait, jamais, de toute ma vie, je n'ai utilisé de fer à repasser. Comment m'y prendre ?

— J'espère que vous allez expédier tout ça en un rien de temps. La planche est là.

En allant chercher la planche, j'affiche l'air efficace-mais-blasé d'une repasseuse professionnelle. Et puis j'essaie de la déplier mais rien ne bouge. Je tente une autre manœuvre. Sans aucun résultat. Je tire, je pousse, mais ce satané machin ne s'ouvre pas d'un pouce. Il doit bien y avoir un moyen, bon sang !

— Il y a une tirette dessous, fait Trish.

Et elle attrape la planche et l'ouvre en deux temps, trois mouvements à la bonne hauteur.

— Vous êtes sans doute habituée à un autre système, poursuit-elle en ajustant le taquet de sécurité. Chaque modèle a son truc.

— Exact !

Et, récupérant cette excuse au vol, j'ajoute :

— En général, j'utilise le… Nimbus 2000.

— Vraiment ? Je croyais que c'était le nom du balai de Harry Potter.

Raté ! Je savais bien que j'avais déjà entendu ce nom quelque part !

— Oui, vous avez raison. Mais c'est aussi une marque connue de planche à repasser. En fait, je crois que le balai a été baptisé ainsi… à cause de la planche.

— Ça alors ! s'exclame Trish, fascinée. Je l'ignorais.

Et, à mon grand désespoir, elle s'adosse à la porte et allume une cigarette.

— Faites comme si je n'étais pas là. Allez-y.

Allez-y ?

— Le fer est derrière vous.

— Euh, merci.

Je me saisis du fer et le branche – le tout avec une lenteur d'escargot –, tandis que mon cœur s'emballe de trouille. Impossible de me mettre à repasser. Il faut que je trouve un moyen de me sortir de ce pétrin. Hélas ! mon cerveau pédale dans la semoule.

— Le fer doit être chaud maintenant.

— Oui.

Je lui lance un pauvre sourire. Que faire ? J'attrape une chemise et l'étale maladroitement sur la planche. Et maintenant le fer. L'engin est non seulement drôlement lourd mais il émet des jets de vapeur terrifiants. Avec moult précautions je le dirige sur la chemise, sans savoir vraiment quelle partie je vise. D'ailleurs j'ai les yeux fermés. Enfin, je crois !

Soudain le téléphone sonne dans la cuisine. Merci mon Dieu, merci mon Dieu, merci mon Dieu !

— Qui cela peut-il être ? s'écrie Trish en fronçant les sourcils. Désolée, Samantha, je dois vous laisser.

— Je vous en prie. Ne vous inquiétez pas, je continuerai toute seule.

Dès que Trish a tourné les talons, je me débarrasse du fer et j'enfouis la tête dans mes mains. Qu'est-ce qui m'a pris d'avoir accepté ce boulot ? Ça ne marchera jamais. Le fer me souffle au visage des nuages de vapeur avec des petits bruits vraiment effrayants. Je le débranche et m'affale contre le mur. À peine neuf heures et demie et je suis déjà archicrevée.

Et dire que je pensais que le métier d'avocat était stressant !

11

Quand Trish revient, j'ai un peu repris mes esprits.
Je peux le faire ! Bien sûr que je peux ! Ce n'est pas
de la physique quantique, c'est du ménage.

— Samantha, malheureusement je crois qu'aujourd'hui
nous allons déserter la maison, annonce Trish, l'air
soucieux. M. Geiger part pour le golf et, pour ma
part, je vais aller voir la nouvelle Mercedes d'un ami
très cher. Ça ne vous ennuie pas de rester toute
seule ?

Je fais tout pour masquer mon soulagement.

— Pas du tout. Ne vous en faites pas pour moi. J'ai
beaucoup à faire...

— Le repassage est déjà terminé ? lance-t-elle avec
un regard impressionné vers la buanderie.

Terminé ?

— En fait, je vais garder le repassage pour plus tard
et m'occuper d'abord du nettoyage de la maison. Je
préfère procéder dans cet ordre.

— Parfait, faites comme vous voulez. Ah ! Samantha,
je ne serai pas là pour répondre à vos questions mais
Nathaniel peut vous aider. Vous avez fait sa connaissance, n'est-ce pas ?

— Euh, oui !

À ce moment-là, ledit Nathaniel, en jean pourri et plutôt échevelé, fait son apparition.

— Salut !

— Salut, comment ça va ?

— Nathaniel sait tout ce qu'il y a à savoir au sujet de la maison, explique Trish en se remettant du rouge à lèvres. Donc, s'il vous manque quelque chose, si vous ne pouvez pas ouvrir un placard, ou n'importe quoi d'autre, c'est votre homme.

— C'est noté. Merci.

— Mais, Nathaniel, n'allez pas déranger Samantha. Elle s'organise comme elle l'entend.

— Bien sûr.

Derrière le dos de Trish, il soulève un sourcil ironique et je pique un fard.

Qu'est-ce qu'il croit, que je manque d'organisation ? Mon manque de talent pour la cuisine ne veut pas dire que je suis nulle en tout.

— Bon, je file, dit Trish en prenant son sac. Vous savez où se trouvent les produits ménagers ?

— Euh…, fais-je, ne sachant pas très bien où regarder.

— Dans la buanderie.

Elle disparaît pour réapparaître un moment plus tard en brandissant une gigantesque cuvette pleine de produits d'entretien.

— Voilà. Et n'oubliez pas vos Mapa.

Mes quoi ?

— Les gants en caoutchouc, me souffle Nathaniel.

S'emparant d'une paire de gants roses taille mammouth, il me les tend en s'inclinant.

— Je le savais, merci, dis-je, pleine de dignité.

C'est bien la première fois que je vais porter des gants en caoutchouc. Sans broncher, je les enfile lentement.

Pouah ! C'est répugnant et… caoutchouteux. Dois-je les garder toute la journée ?

— Je me sauve ! crie Trish de l'entrée avant de claquer la porte.

Contre toute attente, Nathaniel ne retourne pas dans le jardin. Au contraire, il reste appuyé contre la table, perplexe.

— Tu sais faire le ménage ?

Quelle insulte ! Ai-je l'air si conne que ça ?

— Bien sûr.

— J'ai parlé de toi à ma mère.

Nathaniel a un petit sourire. Sans doute parce qu'il se remémore notre conversation d'hier soir. Je me demande ce qu'il a dit de moi.

— Elle serait ravie de te donner des cours de cuisine. Je lui ai dit que tu aurais probablement besoin de tuyaux pour le nettoyage.

— Pas du tout. J'ai nettoyé des tonnes de maison. D'ailleurs, je m'y mets tout de suite.

— Ne te gêne pas pour moi !

Je vais lui montrer. Très pro, je choisis un spray et commence à vaporiser le plan de travail.

— Alors, comme ça, tu as souvent fait le ménage ?

— Des millions de fois.

Le produit s'est solidifié en petites gouttelettes grises et transparentes. Je frotte la surface énergiquement avec un chiffon. Rien ne part, *nada*, *nothing*. Je regarde alors l'étiquette du produit. *NE PAS UTILISER SUR DU GRANITE*.

Merde !

— Ne reste pas dans mes pattes !

Je recouvre précipitamment les grumeaux d'un chiffon. J'empoigne alors un plumeau et commence à nettoyer les miettes sur la table de la cuisine.

— Excuse-moi…

— Bon, je te laisse, fait Nathaniel.

Puis, après un regard sur le plumeau, il ajoute :

— Une balayette et une pelle ne seraient-elles pas plus efficaces ?

Ah bon ? Pourquoi donc ? Et de toute façon pour qui se prend-il ? Pour l'inspecteur des chiffons à poussière ?

— Je préfère ma façon de faire. Merci quand même.

— Très bien. À plus tard.

Je ne vais pas me laisser emmerder. Il faut juste… que je m'organise. C'est ça. Il me faut un planning, comme au bureau.

Papier, crayon. Je commence à griffonner la liste de la journée. Ce faisant, je me vois, telle Mary Poppins, un plumeau dans une main, un balai dans l'autre, m'acquittant aisément de toutes les tâches tout en apportant propreté à la maisonnée.

9 h 30-9 h 36   Faire lit des Geiger.

9 h 36-9 h 42   Mettre linge à sécher.

9 h 42-10 h 00   Nettoyer salles de bains.

Et ainsi de suite. La lecture de ce programme me remplit d'un nouvel optimisme. À ce rythme j'aurai terminé sans problème à l'heure du déjeuner.

9 h 36 Merde ! Impossible de faire ce lit correctement. Les draps n'arrêtent pas de faire des plis.

9 h 42 Et pourquoi les matelas pèsent-ils une tonne ?

9 h 54 Quelle torture ! J'ai atrocement mal aux bras. Les couvertures pèsent un âne mort, les draps sont de travers et je ne sais pas comment les border dans les coins. Comment s'y prennent les femmes de chambre ?

10 h 16 Enfin ! Après quarante minutes de dur labeur, j'ai réussi à faire un lit. Tant pis si j'ai déjà pris du retard, je continue. Prochaine étape : le linge.

10 h 26 L'horreur totale !

C'est à peine si j'ose regarder l'étendue du désastre. Tout ce qui était dans la machine est devenu rose. Absolument tout.

Que s'est-il passé ?

J'attrape en tremblant un cardigan en cachemire tout humide. Il était crème quand je l'ai mis à laver. Maintenant il est couleur barbe à papa à la fraise, en plus pâle. Je sentais que K3 serait une source d'emmerdements. Je le savais !

Il doit y avoir une solution. Je fouille frénétiquement parmi les produits empilés sur les étagères. Il doit bien y avoir un truc pour enlever les taches. Un produit miracle. Réfléchissons.

10 h 38 Ça y est ! C'est peut-être pas la solution idéale mais c'est tout ce que j'ai trouvé.

11 h 00 J'ai remplacé tous les vêtements pourris par la machine. Coût de l'opération : huit cent cinquante-deux livres. La vendeuse en chef de chez Harrods m'a été d'un grand secours. Tout devrait arriver en express demain matin à la première heure. Pourvu qu'Eddie et Trish ne remarquent pas qu'une partie de leur garde-robe a rajeuni comme par magie.

11 h 06 Et… Oh, le repassage. Comment m'en tirer ?

11 h 12 Grâce au journal local. Une fille du village va passer prendre les chemises et, moyennant trois livres pour chacune, elle me les rendra repassées demain matin. Elle va aussi recoudre le bouton d'Eddie.

Mon nouveau métier m'a déjà coûté plus de mille livres. Et il n'est même pas midi.

11 h 42 Tout va bien. Très bien même. Je suis en train de passer gentiment l'aspirateur et…

Tiens, c'est bizarre ! Un truc a été happé par l'aspirateur qui fait maintenant un drôle de bruit.

Je ne l'ai pas cassé, quand même !

11 h 48 Quel est le prix d'un aspirateur ?

12 h 24 Mes jambes sont au supplice. C'est cette baignoire que j'ai passé des heures à nettoyer à genoux sur le carrelage. Les interstices entre les carreaux m'ont laissé des marques aux genoux et le détergent me fait éternuer. Je rêve d'une pause. Mais, non, je suis bien trop en retard sur mon planning.

12 h 30 Cette bouteille d'eau de Javel est défectueuse ou quoi ? Impossible de dévisser le bouchon de sécurité. Bon, je vais appuyer un bon coup.

J'ai presque reçu un jet dans l'œil.

12 h 32 MERDE ! Qu'est-ce qui est arrivé à mes cheveux ?

Je suis complètement naze. Il est trois heures. Je n'en suis qu'à la moitié de ma liste et je n'en vois pas la fin. C'est mission impossible. Mais comment font les femmes de ménage ?

Je suis loin de ressembler à Mary Poppins. En fait, je n'ai fait que passer d'un boulot bâclé à un autre pas terminé, en courant dans tous les sens comme un poulet sans tête. En ce moment, je suis debout sur une chaise, en train de nettoyer le miroir du salon. Un vrai cauchemar : plus je frotte, plus il y a de traces.

En plus, apercevoir mon reflet dans cette glace n'a rien de réjouissant. J'ai l'air d'une folle, avec mes cheveux dressés sur la tête et cette traînée d'un blond verdâtre bien visible laissée par la giclée d'eau de Javel. J'ai la peau luisante, les yeux rouges, et je passe sur mes mains, tout irritées et crevassées à force d'avoir récuré.

Qu'est-ce qu'il a ce miroir à rester terne ?

— Allez, espèce de sale…

J'ai envie de pleurer.

— Samantha, tu as essayé avec du vinaigre ?

C'est Nathaniel qui est à la porte.

Je m'arrête de frotter.

— Du vinaigre ?

— Idéal pour dégraisser et parfait sur le verre.

— Très bien, dis-je en prenant un air cool. En fait je le savais.

— Non, tu ne le savais pas.

Cette fois, il ne rigole plus. Pas la peine de continuer à faire semblant. Il a deviné que c'est la première fois de ma vie que je fais le ménage.

— Bon, j'avoue tout !

Tremblante de fatigue, je m'écroule sur une chaise.

— Repose-toi un peu. Tu n'as pas arrêté de la journée. Tu as déjeuné ?

— Pas eu le temps, dis-je, clouée d'épuisement sur ma chaise.

J'ai mal partout, comme si j'avais couru un marathon. Et dire que je n'ai pas encore ciré les meubles ni secoué les tapis.

— C'est bien plus dur que je ne croyais, finis-je par dire.

— Ouais. Qu'est-ce qui est arrivé à tes cheveux ?

— De l'eau de Javel. Pendant que je nettoyais les toilettes.

Il étouffe une sorte de ricanement que je ne relève même pas. Honnêtement, je m'en contrefous.

— Pas de doute, tu as bossé comme une dingue.

— Je n'en peux plus.

Mais les mots se bousculent dans ma tête sans que je puisse les arrêter :

— Pas la peine de continuer. De toute façon, je suis une incapable.

— Mais non.

Il extirpe de son sac à dos une boîte de Coca.

— Tiens ! Tu as besoin d'un remontant.

Je l'ouvre et avale une gorgée. Un pur délice.

— La proposition tient toujours, au sujet des leçons avec ma mère.

— C'est vrai ? dis-je en repoussant quelques mèches de cheveux collés sur mes tempes.

— Ma mère aime les défis. Elle va t'apprendre à faire la cuisine. Et tout ce que tu as besoin de savoir.

Quelle humiliation ! Moi qui voulais être efficace par moi-même. J'ai horreur de me faire aider.

Sauf maintenant ! Cette fois j'ai vraiment besoin d'un coup de main.

Et, en plus de tout le reste, si je continue à claquer de l'argent pour rattraper mes conneries, je cours à la faillite dans moins de deux semaines.

— Je serai ravie de prendre des leçons avec ta mère. Merci de me l'avoir proposé. Merci beaucoup !

12

Le lendemain, je me réveille le cœur battant. Je saute du lit en réfléchissant en un éclair à ce que j'ai à faire…

Et puis je m'arrête net, comme une voiture qui pile. Je reste immobile. Après un temps d'hésitation, je me recouche, emportée par une sensation extraordinaire.

On est samedi. Je peux buller !

Pas de contrats à revoir, pas de mails auxquels répondre, pas de réunion de dernière minute au bureau. Rien !

C'était quand, la dernière fois où je n'ai rien eu à faire ? Je ne m'en souviens plus. Probablement avant mes sept ans. Je me relève, me plante devant la fenêtre, et regarde le ciel transparent du matin en essayant d'évaluer la situation. C'est mon jour de congé. Je n'ai de comptes à rendre à personne. Personne ne peut exiger ma présence. Je dispose de mon temps. *Mon* temps !

À cette pensée, je me sens bizarre. Légère et libre comme un ballon gonflé à l'hélium. Je suis disponible. J'exulte. Pour la première fois de mon existence, je peux faire ce qu'il me plaît.

Je regarde l'heure : seulement sept heures et quart. Je dispose de ma journée à ma guise. Que vais-je en faire ? Par où commencer ?

Dans ma tête, je fais déjà un planning. Oubliées les tranches de six minutes ! Disparue l'obligation de se dépêcher ! Je vais découper mon temps en heures. Une heure pour barboter dans mon bain et m'habiller. Une heure pour déguster un petit déjeuner. Une heure pour lire le journal de la première à la dernière ligne. Je vais traîner et jouir de ma matinée comme jamais.

En allant vers la salle de bains, je m'aperçois que je ne suis que courbatures. Faire le ménage, c'est la nouvelle gym ! Tiens, voilà une bonne idée de marketing ! Je me fais couler un bain bouillant et y verse de l'huile parfumée de Trish, puis me plonge doucement dans l'eau qui embaume.

Délicieux. Je vais mariner pendant des heures et des heures. Pour la première fois depuis des siècles.

Je ferme les yeux, l'eau clapote autour de mes épaules, je me laisse porter. Peut-être me suis-je endormie.

Au bout d'un moment, j'ouvre les yeux, saisis une serviette, sors du bain. En commençant à me sécher, je regarde ma montre, par curiosité.

Sept heures et demie.

Comment ? Seulement un quart d'heure ?

Pas possible ! Indécise, dégoulinante, je me demande si je dois me replonger dans le bain et recommencer depuis le début. Mais encore plus lentement.

Non. Ça ne rime à rien. Tant pis. Je prendrai plus de temps pour mon petit déjeuner.

Au moins, j'ai de quoi m'habiller. Hier en fin de journée, Trish m'a emmenée dans un centre commercial pour acheter des sous-vêtements, des shorts et des robes d'été. Elle m'a d'abord dit de me débrouiller toute seule mais finalement elle a tout choisi pour moi… Résultat des courses : pas un seul truc noir.

Avec appréhension, j'enfile une robe rose et une paire de sandales. Le rose, c'est pas ma couleur. Chez moi, mes placards sont remplis de tailleurs noirs pour aller au bureau – et j'ai pris l'habitude de porter du noir aussi pendant les week-ends. Ça facilite la vie ! Surprise ! Quand je me regarde dans la glace, je ne me trouve pas si mal que ça ! Si on fait abstraction de la belle traînée décolorée à l'eau de Javel dans mes cheveux.

En passant devant la chambre des Geiger, je note le silence total. J'avance à pas de loup, soudain mal à l'aise. Dire que je vais passer la journée chez eux, sans rien faire. Dans un moment, je vais sortir. Pour ne pas être dans leurs pattes.

La cuisine, aussi silencieuse et magnifique que d'habitude, m'intimide moins. Je sais me servir de la bouilloire et du grille-pain, c'est un bon début. Au menu de mon petit déjeuner, café et toasts à la marmelade d'oranges au gingembre. Et je vais lire le journal entièrement. Ce qui me mènera jusqu'à onze heures et là je réfléchirai à mon emploi du temps…

Comment avance le contrat Fallons ?

La question me traverse brusquement l'esprit. Je ne peux m'empêcher de me souvenir des dernières modifications que j'ai gribouillées sur le projet – tout ce travail laissé en plan. Et le rapport pour Ketterman. Je ne l'ai jamais terminé.

J'agrippe plus fort l'anse de la bouilloire en pensant au boulot que je n'ai pas terminé. Qui s'en charge désormais ? Edward Faulkner, peut-être ? Il a un ou deux ans de moins que moi mais il est plutôt brillant. Ça m'énerve de penser qu'il a récupéré mes dossiers, qu'il s'est plongé dedans, qu'il a rencontré les gens de chez Fallons. L'équipe doit y être en ce moment, terminant une session de nuit, assise autour de la table, avec Faulkner à ma place…

Arrête !

N'y pense plus ! Tu as quitté Carter Spink. Ce qui se passe au cabinet ne te regarde plus. Tu vas te détendre et profiter de ton temps libre, comme une personne normale.

Chassant de ma tête ces images du passé, je sors et ramasse un exemplaire du *Times* sur le paillasson, et je le rapporte dans la cuisine au moment où mes toasts sautent du grille-pain.

Ça, c'est la vie !

Je m'assieds près de la fenêtre, grignote un toast, déguste mon café, parcours le journal en prenant tout mon temps. Après avoir mangé trois toasts, bu deux tasses de café et lu le journal en entier, je m'étire, bâille à m'en décrocher la mâchoire et regarde la pendule.

Même pas huit heures ! Je n'en crois pas mes yeux.

Je ne tourne pas rond ou quoi ? Mon petit déjeuner devait durer des heures ! Presque toute la matinée. Et non pas seulement vingt petites minutes.

Bon... peu importe ! Je vais m'y habituer.

Je mets ma vaisselle dans la machine et nettoie mes miettes de pain. Je me rassieds à table et songe à ce que je pourrais faire.

Soudain, je m'aperçois que je pianote sans cesse sur la table. Je m'arrête et regarde mes mains. Je suis ridicule. Pour ma première journée de détente depuis plus de dix ans, je devrais être relax. Voyons, cherchons quelque chose d'agréable à faire.

Comment se débrouillent les autres ? J'essaie de me souvenir des sitcoms de la télé. Ça pourrait m'inspirer. Je pourrais me refaire du café, mais j'en ai déjà bu deux tasses. Je pourrais relire le journal mais, comme j'ai une excellente mémoire, c'est parfaitement inutile.

Mon regard se porte vers le jardin où un écureuil, perché sur un pilier en pierre, inspecte les environs d'un œil vif. Et si je sortais ? Profiter du jardin, de la nature et de la rosée matinale. Bonne idée.

Sauf qu'en marchant dans l'herbe couverte de rosée, on se mouille les pieds. En traversant la pelouse, je regrette d'avoir mis des sandales ouvertes. Ou de ne pas avoir attendu un peu.

Le jardin est plus vaste que je ne pensais. Je traverse la pelouse jusqu'à une haie qui semble marquer la fin du parc, quand je m'aperçois qu'au-delà s'étendent un verger et un jardin clos à ma gauche.

Quel jardin époustouflant ! Même moi, je suis capable de m'en rendre compte ! Les fleurs ont des couleurs vives sans être criardes, les murs sont couverts de plantes grimpantes ou de vigne vierge. En progressant en direction du verger, je distingue des poires dorées sur les branches. Jamais de ma vie je n'avais vu de poires sur un arbre ! J'ai grandi dans une maison de ville dont la cour pavée ne contenait que quelques arbustes informes.

Le verger débouche sur un grand carré de terre où s'alignent en rangs serrés des plants de toutes sortes. Ce doivent être des légumes. J'en touche un du bout du pied. Un chou ou une laitue ? Ou alors les feuilles d'un truc qui pousse sous la terre ?

En vérité, pour ce que j'en sais, ça pourrait aussi bien être un extraterrestre.

Je m'assieds sur un banc en bois recouvert de mousse et contemple un buisson rempli de fleurs blanches. Hum, hum ! Vraiment joli.

Et maintenant ? Au fait, on est censé faire quoi dans un jardin ?

J'aurais dû apporter de la lecture, avoir quelqu'un à appeler. Mes doigts me démangent. Je consulte ma montre. Seulement huit heures seize. Oh, pitié !

Bon, je ne vais quand même pas rentrer. Non, je vais rester là et profiter de la tranquillité. Je m'appuie contre le dossier du banc et regarde un oiseau qui picore.

Je consulte à nouveau ma montre : huit heures dix-sept !

C'est insoutenable.

Si je flemmarde toute la journée, je vais devenir dingue. Pourquoi ne pas aller au village acheter un autre journal ? S'ils ont *Guerre et Paix* je l'achèterai aussi. Je me lève et traverse la pelouse d'un pas énergique, quand j'entends un bip dans ma poche. Je m'arrête.

J'ai reçu un message. Quelqu'un m'a envoyé un texto il y a quelques secondes. Fébrile, je sors mon portable. Depuis deux jours, je n'ai eu aucun contact avec le monde extérieur. Est-ce que ça vient de chez Carter Spink ? Je sais que j'ai des messages dans ma boîte vocale mais je n'en ai écouté aucun. Je ne veux rien savoir.

Je tripote mon portable, tout en me disant de le ranger. Mais la curiosité me ronge. Quelqu'un, quelque part, a tapé un message pour moi. J'imagine Guy en tenue de week-end (pantalon de toile et chemise bleue), assis à son bureau, fronçant les sourcils en rédigeant son texte. Pour me donner des nouvelles. Ou pour s'excuser. Ou pour me rendre compte d'un retournement de situation…

Je ne peux m'en empêcher, malgré tout, j'ai une lueur d'espoir. Je sais bien que je suis en train de m'échapper de ce jardin pour revenir à Londres, à mon bureau. Deux journées se sont écoulées sans moi. Tout peut arriver en quarante-huit heures. Tout peut s'améliorer.

Ou… empirer. Imaginons qu'ils me fassent un procès. Qu'ils me poursuivent. Qu'il existe une loi dont je n'ai jamais entendu parler mais qui condamne le délit de négligence…

Je serre mon téléphone de plus en plus fort. Je dois en avoir le cœur net. Pour le meilleur ou le pire. Je regarde le message, mais je ne reconnais pas le numéro.

Qui donc m'envoie un texto ?

Le cœur serré, j'appuie sur la touche « OK ».

Bonjour Samantha, ici Nathaniel.

Nathaniel ?

Nathaniel !

Je suis tellement soulagée que j'éclate de rire. Bien sûr, je lui ai donné mon numéro hier soir pour qu'il le transmette à sa mère. Je fais défiler le texte.

Si ça t'intéresse, maman peut commencer à te donner des leçons aujourd'hui. Nat.

Des leçons. Je saute de joie. Une façon parfaite d'occuper ma journée. Je réponds immédiatement.

Parfait. Merci. Sam.

Je l'envoie en souriant. C'est amusant. Une minute ou deux plus tard, nouveau bip.

Quelle heure ? 11 heures trop tôt ? Nat.

Je consulte ma montre. C'est dans deux heures et demie. Tout ce temps à ne rien faire sauf me retrouver dans les pattes de Trish et d'Eddie. Je réponds.

Préfère dix heures. OK ? Sam.

À dix heures moins cinq, fin prête, j'attends Nathaniel dans le hall. La maison de sa mère n'est pas loin mais difficile à trouver. On est donc convenus qu'il passerait me prendre et qu'on irait ensemble à pied. Ce que j'aperçois dans la glace est affreux. La traînée verdâtre dans mes cheveux se voit comme le nez au milieu de la figure ! Vais-je oser me montrer ainsi ? J'essaie de me coiffer autrement pour la camoufler mais c'est mission impossible. Et si je marchais une main posée sur la tête, comme si je réfléchissais profondément ? J'essaie différentes poses devant la glace.

— Mal à la tête ?

Je me retourne, surprise. Nathaniel est à la porte, toujours en jean mais avec, cette fois, une chemise écossaise.

— Non… ça va, dis-je sans retirer ma main, j'étais seulement…

Bon, c'est inutile. J'enlève ma main et Nathaniel me dévisage un long moment.

— Pas mal ! On dirait un blaireau.

— Un blaireau ? Je n'ai pas l'air d'un blaireau !

— Les blaireaux sont de magnifiques créatures, insiste Nathaniel en haussant les épaules. Je préférerais ressembler à un blaireau plutôt qu'à une hermine.

Holà ! Holà ! Qu'est-ce que c'est que cette histoire ? Depuis quand ai-je le choix entre un blaireau et une hermine ?

— Allons-y, dis-je dignement.

Je prends mon sac et me regarde une dernière fois dans la glace.

Admettons. J'ai peut-être un peu l'air d'un blaireau.

Sous le soleil estival qui commence à chauffer, je marche en humant l'air ambiant. Ça embaume, mais je ne sais pas exactement d'où ça vient…

Mais soudain, je reconnais une odeur et je m'exclame :

— Chèvrefeuille et jasmin !

J'ai un bain moussant parfumé de chez Jo Malone qui sent exactement la même chose.

— Le chèvrefeuille pousse le long de ce mur, précise Nathaniel en me désignant un enchevêtrement de petites fleurs jaunes sur un vieux mur. Je l'ai planté il y a un an.

Je l'examine avec intérêt. Voilà donc à quoi ressemble du chèvrefeuille !

— Mais il n'y a pas de jasmin dans les parages, ajoute-t-il. Tu le sens vraiment ?

— Euh… sans doute pas, admets-je en faisant un vague geste de la main.

Inutile de lui parler maintenant de Jo Malone et de son bain moussant. Ni plus tard, d'ailleurs.

Nous tournons au bout de l'allée et je constate que c'est la première fois que je sors de la propriété depuis mon arrivée – à part quand je suis allée faire des courses avec Trish, mais c'était dans la direction opposée. Et de toute façon, j'étais bien trop occupée à chercher son disque de Céline Dion pour admirer le paysage. Nathaniel avance d'un bon pas, mais je reste sur place, époustouflée par la vue qui s'offre à moi. Le village est d'une beauté à peine croyable.

Une vraie carte postale. Et je ne l'aurais jamais cru. Je regarde les vieux murs couleur miel, les alignements de maisons aux toits pentus, la petite rivière bordée de saules. Un pub, que j'avais remarqué le soir de mon arrivée, est décoré de jardinières fleuries. Au loin retentissent des sabots de chevaux. Tout est harmonieux. Tout donne le sentiment délicieux que rien n'a changé depuis des siècles.

— Samantha ?

Nathaniel vient de s'apercevoir que je ne le suivais pas.

— Désolée, dis-je en courant pour le rattraper. Le village est si beau.

— Pas mal, en effet, fait-il avec une pointe de fierté. Mais il y a trop de touristes…

— Je ne savais pas que c'était aussi joli !

Nous continuons à avancer. Émerveillée, je ne cesse de jeter des coups d'œil tout autour de moi.

— Regarde la rivière ! Regarde la vieille église !

Une vraie gamine à qui on aurait donné un nouveau jouet. En fait, je connais très mal la campagne anglaise. Avec ma famille, on restait à Londres ou bien on partait à l'étranger. Je suis allée en Toscane un nombre incalculable de fois et j'ai habité New York pendant six mois quand ma mère y a travaillé. Mais je n'avais jamais mis les pieds dans les Cotswolds.

Nous traversons la rivière sur un vieux pont en pierre voûté. Je m'arrête au milieu pour regarder les canards et les cygnes.

— C'est fabuleux… Vraiment magnifique.

— Tu n'as rien vu en arrivant ? demande Nathaniel d'un air réjoui. Tu es descendue d'une bulle ou quoi ?

C'est vrai que j'étais dans un état second pendant ce voyage.

— Presque. Je n'ai pas fait attention à l'endroit où j'allais.

Nous suivons les évolutions royales d'un couple de cygnes sous le pont. Je consulte ma montre. Il est dix heures cinq.

— Il faut y aller, ta mère doit nous attendre.

— Rien ne presse ! me crie Nathaniel alors que je commence à descendre le pont en courant. On a toute la journée !

Il me suit d'un pas tranquille.

— Arrête de te dépêcher.

J'essaie d'imiter son rythme nonchalant. Mais je n'en ai pas l'habitude. Mon truc c'est de me faufiler le plus vite possible parmi la foule des piétons, de me frayer un chemin, de jouer des coudes.

— Alors, tu as grandi ici ?

— Oui, répond-il en empruntant un chemin pavé. Et puis, je suis revenu quand mon père est tombé malade. Ensuite il est mort et j'ai dû m'occuper de pas mal de choses. En particulier, veiller sur ma mère. Ç'a été dur pour elle. Les finances étaient en mauvais état – tout était en mauvais état.

— Désolée, fais-je gênée. Tu as de la famille à part ta mère ?

— Un frère, Jake. Lui n'est revenu qu'une semaine.

Nathaniel hésite avant de reprendre :

— Il a monté une boîte d'informatique qui marche très bien.

— Tu lui en veux ? Je veux dire, qu'il ne soit resté qu'une semaine ?

— Jake est débordé. Il a d'autres obligations.

Nathaniel s'est exprimé d'un ton neutre, pourtant il a laissé transparaître… un je-ne-sais-quoi. Mieux vaut m'abstenir de poser d'autres questions sur sa famille.

— Eh bien, moi, je vivrais ici avec plaisir !

— Tu vis ici ! me rappelle Nathaniel.

J'ai un instant d'étonnement. Il a sans doute raison. Sur un plan administratif.

Je réfléchis à la question. J'ai toujours habité à Londres, sauf pendant mes trois ans à Cambridge et mon séjour à New York quand j'avais huit ans. Je suis une citadine. Une fille de la ville. Voilà ce que je suis. Voilà ce que… j'étais.

Mais j'ai déjà changé. En songeant à ce que j'étais la semaine dernière, je me vois comme à travers un voile. Tout ce que j'adorais a été broyé. Je suis meurtrie. Mais… en respirant l'air pur de la campagne, une vague d'optimisme me submerge. Du coup, je m'arrête près d'un arbre immense et regarde ses branches touffues. À cet instant, un souvenir de mon premier cours de littérature anglaise me revient.

— Je connais un merveilleux poème de Walt Whitman qui a pour thème un chêne, dis-je en caressant l'écorce rugueuse : *En Louisiane, j'ai vu un jeune chêne, de la mousse pendait de ses branches.*

Je me tourne vers Nathaniel, espérant l'avoir impressionné.

— C'est un hêtre, dit-il en regardant mon arbre.

Bon. D'accord.

Je ne connais aucun poème qui parle de hêtre.

— On est arrivés.

Nathaniel ouvre une vieille grille et me fait signe d'emprunter un sentier pavé qui mène à une petite maison aux rideaux bleus à fleurs.

— Viens faire la connaissance de ton prof de cuisine.

La mère de Nathaniel ne ressemble pas à l'image que je m'en étais faite. Je m'attendais à une institutrice aux cheveux gris, portant chignon et lunettes en demi-lune. Au lieu de ça, c'est une femme pétillante et jolie, avec des yeux d'un bleu profond et deux nattes de cheveux gris qui encadrent son visage. Elle porte un tablier par-dessus son jean, un tee-shirt, des espadrilles, et elle est en train de pétrir une sorte de pâte avec une rare vigueur.

— Maman ! annonce Nathaniel en souriant, je te présente Samantha. Samantha, voici ma mère, Iris.

— Bienvenue, fait celle-ci en levant la tête et en m'inspectant de la tête aux pieds. Je vous demande une seconde, je dois terminer ça.

Nathaniel m'invite à m'asseoir sur une chaise en bois. La cuisine, inondée par la lumière du soleil, se trouve au fond de la maison. Des vases en céramique remplis de fleurs sont disposés dans toute la pièce. Un vieux fourneau, une table bien cirée sont les principaux meubles. Une porte coupée ouvre sur l'extérieur.

Le temps que je me demande si je dois engager la conversation, un poulet fait son entrée en picorant, alors je m'exclame sans réfléchir :

— Oh ! Un poulet !

— Oui, un poulet, confirme Iris avec un sourire ironique. Vous n'avez jamais vu de poulets ?

Seulement au supermarché, au rayon surgelés.

Le poulet semble attiré par mes doigts de pied qui sortent de mes sandales et je les ramène prudemment sous ma chaise. D'un geste parfaitement naturel, bien sûr.

— Ça y est !

Iris prend la pâte, la dispose dans un plat rond qu'elle enfourne. Elle se lave les mains, couvertes de farine, dans l'évier et se tourne vers moi.

— Ainsi, vous voulez que je vous apprenne à cuisiner.

Son ton est aimable mais sérieux. Pas le genre de femme à parler pour ne rien dire.

— Oui, s'il vous plaît.

— Des trucs fantaisistes genre École du cordon bleu, intervient Nathaniel appuyé contre le fourneau.

— Et vous avez déjà fait beaucoup de cuisine ? demande Iris en s'essuyant les mains avec une serviette à carreaux rouges et blancs. Nathaniel prétend que vous n'avez jamais cuisiné. Ce n'est pas possible.

Elle me sourit pour la première fois.

— Que savez-vous faire ? Quels plats de base ?

Son regard intense me rend vaguement mal à l'aise.

— Oh… Je sais… faire… griller du pain.

— Du pain grillé ? répète Iris ahurie. C'est tout ?

— Et aussi des crumpets. Et tout ce qui va dans un grille-pain.

— Je vous parle de cuisiner.

Elle met sa serviette à sécher sur la barre en cuivre du fourneau et me dévisage plus attentivement.

— Et… une omelette ? Vous savez préparer une omelette, quand même ?

— Pas vraiment, fais-je gênée.

L'œil incrédule d'Iris me fait rougir.

— Je n'ai jamais suivi les cours d'arts ménagers à l'école. Ni appris à préparer un repas.

— Mais votre mère ou… votre grand-mère ou quelqu'un d'autre…

Je me mords les lèvres. Pour la première fois Iris semble évaluer les dégâts.

— Bon, vous ne savez rien faire. Et qu'avez-vous promis aux Geiger ?

Oh, zut.

— Trish a voulu une liste de menus pour la semaine. Alors j'ai… pris ça… pour modèle.

Timidement, je lui tends le menu de chez Maxim's.

— Assemblé d'agneau braisé aux petits oignons sur fondant de pommes de terre au fromage de chèvre rôti accompagné d'une purée d'épinards à la cardamome, lit-elle sans y croire.

Nathaniel rit en se tenant les côtes.

— C'est tout ce que j'avais, dis-je pour ma défense. Je n'allais quand même pas lui proposer du poisson pané avec une boîte de petits pois.

— Assemblé ? c'est du charabia ! commente Iris en examinant une seconde fois le menu. En fait, il ne s'agit que d'un parmentier amélioré. Je peux vous apprendre à le préparer. Et la truite aux amandes, ce n'est pas très compliqué… En fait, je peux tout vous enseigner mais, dans la mesure où vous n'avez aucune base, ça ne sera pas facile.

Iris jette un coup d'œil à son fils.

— Je ne suis pas sûre…

Je tremble un instant. De peur qu'elle ne se ravise, je lance :

— J'apprends très vite ! Et je travaillerai dur. Je veux vraiment y arriver.

Pitié ! J'en ai besoin.

— Bon, accepte Iris, mettons-nous au travail.

Elle prend une balance dans un placard et j'en profite pour sortir un stylo et un bloc-notes de mon sac.

— Que faites-vous ? demande-t-elle.

— Je vais prendre des notes.

J'inscris la date et *Leçon de cuisine n° 1*, je souligne et me tiens prête. Iris ne semble pas convaincue.

— Samantha, vous n'avez rien à écrire. Cuisiner, c'est goûter, toucher, sentir.

— D'accord.

Je dois m'en souvenir. Je décapuchonne mon stylo et j'écris : *Cuisiner = goûter, toucher, sentir.*

Iris n'en croit pas ses yeux.

— Goûter, fait-elle en m'enlevant mon stylo et mon bloc-notes des mains, pas écrire. Vous devez utiliser vos cinq sens. Votre instinct.

Elle soulève le couvercle d'une casserole où quelque chose mijote et plonge une cuiller dedans.

— Goûtez ça !

Je la porte à ma bouche avec précaution.

— C'est une sauce ! Délicieuse en plus !

— Ce n'est pas ce que je vous demande. Dites-moi ce que vous sentez.

Ce doit être une question piège.

— … De la sauce.

Iris reste impassible. Elle attend autre chose.

— Euh… de la viande !

— Quoi d'autre ?

Elle en a de bonnes ! Je ne sens rien. Ce n'est qu'une sauce. Point final.

— Reprenez-en et concentrez-vous !

En piquant un fard, je cherche quelque chose à dire, avec l'impression d'être le cancre du fond de la classe qui ne connaît pas sa table de 2. Je suis désespérée.

— Viande… eau… et… euh… farine !

— Vous ne pouvez pas sentir de la farine. Il n'y en a pas. Dites-moi seulement ce que vous ressentez. Tenez, goûtez-la encore mais en fermant les yeux.

Fermer mes yeux ?

— Bien, dis-je docilement.

— Alors, que sentez-vous ? fait Iris à mon oreille. Concentrez-vous sur les différentes saveurs. Et sur rien d'autre.

Je me concentre sur ce que j'ai en bouche. Un goût de sel sur ma langue. Du sel. Et quelque chose de sucré… et autre chose quand j'avale…

On dirait des couleurs qui jaillissent. D'abord les plus éclatantes, donc les plus évidentes, et puis les plus subtiles qui risquent de vous échapper.

— C'est salé et il y a de la viande et… c'est sucré… comme fruité. Des cerises ?

J'ouvre les yeux, un peu désorientée. Iris me sourit. Derrière elle, Nathaniel m'observe attentivement. Je suis un peu troublée. Goûter une sauce les yeux fermés a quelque chose d'intime. Je n'ai pas envie qu'on me regarde.

Iris semble comprendre ma gêne.

— Nathaniel, on va avoir besoin de provisions.

Elle lui prépare une liste qu'elle lui tend.

— Sois un ange, va nous acheter tout ça.

Dès qu'il est parti, Iris me regarde gentiment.

— C'était bien mieux !

— Trop chouette ! J'ai réussi ? dis-je pleine d'espoir.

Mais Iris éclate de rire.

— Loin de là, mon petit. Tenez, mettez ça.

Elle me tend un tablier à rayures rouges et blanches qui me donne l'air empotée.

— Merci mille fois de m'aider, je vous en suis tellement reconnaissante.

Iris sort d'un panier près de la porte des oignons et un étrange légume orange.

— J'aime les défis, avoue-t-elle en attrapant un couteau dans un râtelier. Sinon, je m'ennuie. Nathaniel fait tout ce qu'il peut pour moi. Parfois même un peu trop.

— Pourtant, vous ne me connaissez pas…

— Ce qu'on m'a dit sur vous m'a plu.

Elle prend sur une étagère une lourde planche à découper.

— Nathaniel m'a raconté comment vous vous en étiez sortie l'autre soir. Ça prouve que vous avez du caractère.

— Il fallait bien que je fasse quelque chose.

— Et vous en avez tiré une augmentation. Bravo !

Quand elle sourit, de légères rides rayonnent autour de ses yeux.

— Trish est d'une telle bêtise !

— J'aime bien Trish, elle est très… gentille.

— Moi aussi je l'aime bien. Elle a soutenu Nathaniel. Mais parfois je me demande…

Elle se tait.

— Quoi donc ?

— Pourquoi a-t-elle besoin d'autant de personnel ? Pourquoi une bonne à demeure ? Qu'est-ce qu'elle fait de ses journées ?

— Je l'ignore. C'est difficile à savoir.

— Ça m'intrigue, fait Iris, perdue un instant dans ses pensées. Alors, comme ça, vous avez mystifié les Geiger ?

— Oui, ils ne savent pas qui je suis.

— Et qui êtes-vous ?

Sa question me laisse pantoise.

— Vous vous appelez vraiment Samantha ?

— Oui ! Bien sûr !

— Ma question était un peu brutale, reconnaît Iris. Mais une jeune femme qui débarque de nulle part au milieu de la campagne et qui prend un boulot qu'elle ne sait pas faire…

Elle s'arrête un temps pour bien choisir ses mots.

— Nathaniel m'a confié que vous sortez d'une histoire difficile.

— Oui, c'est vrai, fais-je en baissant la tête et en espérant qu'elle ne va pas chercher à en savoir plus.

— Vous n'avez pas envie d'en parler, hein ?

— Non. Pas vraiment.

— Je vous comprends, dit-elle en prenant un autre couteau. Bien, commençons. Relevez vos manches, attachez vos cheveux et lavez-vous les mains. Je vais vous apprendre à hacher un oignon.

Nous passons le week-end à cuisiner.

J'apprends à hacher un oignon finement et en minuscules carrés. La première fois que j'observe Iris manier son couteau, je me dis que je vais me couper un doigt si j'essaie de faire comme elle. Mais après avoir gâché deux oignons, je m'en tire pas mal. J'apprends à hacher les fines herbes avec un hachoir adéquat, à paner la viande et à la faire revenir à la poêle. J'apprends que la pâtisserie doit s'exécuter rapidement, avec les mains froides et près d'une fenêtre ouverte. J'apprends à blanchir les haricots verts avant de les faire sauter au beurre.

Il y a une semaine, je ne savais même pas que les verbes « blanchir » et « sauter » pouvaient s'appliquer aux légumes.

Entre deux leçons, je m'assieds avec Iris sur le perron, derrière la maison, et nous regardons les poules picorer dans la cour tout en buvant du café fraîchement passé et en mangeant un muffin à la citrouille, ou des sandwichs croustillants au pain fait maison et garni de fromage et de laitue.

— Savourez ce que vous mangez ! m'enjoint Iris.

C'est vrai que j'ai tendance à tout avaler comme un ogre, mais Iris me reprend à chaque fois.

— Pas si vite. Prenez votre temps ! Dégustez la nourriture !

Le samedi après-midi, pendant que nous préparons un risotto, Iris passe un disque de Puccini. Elle me raconte qu'à l'âge de vingt ans elle a séjourné durant un an en Italie pour apprendre la langue et la cuisine. Elle était revenue en Angleterre pour un mois de vacances et pensait retourner en Italie où on lui avait proposé un poste de cuisinière. Mais elle avait rencontré Benjamin, le père de Nathaniel, et elle avait renoncé à l'Italie.

— Il devait être formidable pour vous faire changer d'avis, dis-je en continuant à tourner le risotto.

— Ah, oui ! se souvient Iris. Il était drôle, chaleureux et plein de vie. Et bon, surtout, très bon.

Elle se rend compte que je l'écoute la cuiller en l'air.

— N'arrêtez pas de tourner !

Le dimanche après-midi, sous la houlette d'Iris, je prépare un poulet rôti farci à la sauge et aux oignons, des brocolis à la vapeur, des carottes au cumin et des pommes de terre au four. En sortant l'énorme plat en métal du four, je hume un instant l'arôme du poulet. Je n'ai jamais senti une odeur aussi appétissante. Avec sa peau dorée et croustillante, avec les grains de poivre que j'ai ajoutés à mi-cuisson, avec son jus qui grésille encore, mon poulet semble une réussite.

— Il n'y a plus qu'à faire la sauce, déclare Iris de l'autre bout de la cuisine. Mettez le poulet dans un plat que vous couvrirez. Il faut le garder au chaud. Bon, maintenant inclinez le plat de cuisson. Vous voyez le gras qui se fige à la surface ? Il faut l'enlever avec une cuiller.

En me parlant, elle achève la garniture d'un crumble aux prunes. Elle le parsème de beurre et l'enfourne. Je l'ai observée toute la journée : elle n'a cessé de se déplacer d'un pas rapide et précis, goûtant les plats, toujours maîtresse d'elle-même.

— Parfait, dit-elle à côté de moi, continuez à dégraisser… ça épaissira dans une minute.

Je n'arrive pas à croire que je prépare une sauce. Une sauce !

Et – comme tout ce que j'ai appris –, ça marche ! Les ingrédients sont obéissants. Le mélange des sucs du poulet, du bouillon et de la farine se transforme en une sauce onctueuse et parfumée.

— Très bien ! Versez-la dans une saucière chaude… en la passant pour enlever les grumeaux… Vous voyez comme c'est facile ?

— De la magie ! C'est votre secret. Vous êtes une magicienne de la cuisine.

— Une magicienne ! Ah ! Elle est bien bonne ! Allons. Enlevez votre tablier. Il est temps de déguster ce que vous avez préparé.

Elle enlève son tablier et je lui remets le mien.

— Nathaniel, tu as fini de mettre le couvert ?

Nathaniel a passé tout le week-end à entrer et à sortir. Je me suis tellement habituée à sa présence que je ne le remarque même plus. Il a disposé sur la table en bois des sets en osier, des couverts à manches en os et des serviettes à carreaux.

— Du vin pour les marmitons, annonce Iris en sortant une bouteille du réfrigérateur.

Elle me sert un verre de vin blanc et me fait signe de passer à table !

— Asseyez-vous, Samantha. Vous en avez assez fait. Vous devez être lessivée.

— Pas du tout !

J'ai répondu ça sans y penser, mais en me laissant tomber sur ma chaise, je m'aperçois que je suis crevée. Et que j'ai mal aux pieds. Je ferme les yeux et me détends pour la première fois de la journée. J'ai tant découpé, mélangé, touillé que je suis fourbue. En même temps, je suis rassasiée d'odeurs, de saveurs, de nouvelles sensations.

— Hé ! Ce n'est pas le moment de vous endormir !

Je sursaute en entendant Iris.

— Voici votre récompense. Nathaniel, sois gentil de poser le poulet de Samantha sur la table et de le découper.

J'ouvre les yeux : j'ai envie de prendre une photo de mon premier poulet rôti, porté en triomphe par Nathaniel.

— Ne me dis pas que c'est toi qui as fait ça ? se moque-t-il.

La bonne blague ! Il connaît très bien la réponse.

— Juste un truc que j'ai concocté tout à l'heure. Un jeu d'enfant pour une ancienne du Cordon bleu comme moi !

Nathaniel découpe le poulet d'une main experte et Iris sert les légumes. Quand nos assiettes sont remplies, elle s'assied et lève son verre.

— À votre santé, Samantha ! Vous avez été épatante.

— Merci beaucoup.

Je souris et je m'apprête, à boire une gorgée de vin quand je me rends compte que les autres ne bougent pas.

— Et une pensée pour Ben ! ajoute Iris d'une voix feutrée.

— Le dimanche, nous nous souvenons toujours de papa, explique Nathaniel.

— Et maintenant, dit Iris en prenant ses couverts, le moment de vérité.

Elle porte un morceau de poulet à sa bouche. J'ai les nerfs à vif.

— Excellent ! Vraiment excellent !

Rayonnante, j'insiste :

— C'est vrai ? C'est… mangeable ?

Iris lève son verre en me regardant.

— Incroyable ! Elle sait faire cuire un poulet.

Le jour baisse. Silencieuse, je déguste ce dîner en écoutant Iris et Nathaniel bavarder. Ils racontent des histoires concernant Eddie et Trish.

— Savez-vous que les Geiger voulaient acheter l'église locale pour en faire une maison d'amis ? dit Iris.

J'éclate de rire.

Nathaniel esquisse ses plans pour le jardin des Geiger et fait un croquis de l'allée de tilleuls qu'il a dessinée pour Marchant House. Plus il s'anime, plus il dessine vite. Mon air fasciné n'échappe pas à Iris. Elle me désigne, accrochée au mur, une aquarelle représentant un étang.

— Ben l'a peint. Nathaniel suit les traces de son père.

À la maison, je n'ai jamais connu une ambiance aussi détendue. Ici personne ne téléphone, personne n'est pressé de partir. Je pourrais rester dans cette cuisine toute la nuit.

Quand le dîner touche à sa fin, je m'éclaircis la voix :

— Iris, permettez-moi de vous remercier à nouveau.

— J'ai été ravie. J'adore donner des ordres aux gens.

— Non, franchement. Je vous suis tellement reconnaissante. Sans vous, qu'aurais-je fait ? Comment m'acquitter de ma dette envers vous ?

— Ne soyez pas ridicule, réplique-t-elle en prenant un peu de vin. Le week-end prochain nous préparerons des lasagnes et des gnocchis !

— Le week-end prochain ? Mais…

— Vous croyez en avoir terminé ? Ce n'est qu'un début.

— Mais… je ne vais pas accaparer tous vos week-ends.

— Vous ne méritez pas encore de diplôme, dit-elle gaiement. Vous n'avez pas le choix. Bon, dans quels autres domaines faut-il aussi vous aider ? Le ménage ? La lessive ?

Je suis gênée qu'elle sache dans quel pétrin je me suis fourrée mais j'avoue tout de même :

— Le lave-linge me pose des problèmes.

— On va étudier ça. Je ferai un saut chez les Geiger en leur absence et j'y jetterai un coup d'œil.

— Et je ne sais pas recoudre un bouton.

— Bouton…, répète-t-elle en faisant une note sur un bout de papier. Et je suppose que vous ne savez pas faire un ourlet non plus.

— Euh…

— Ourlet, écrit-elle. Et le repassage ? On a dû vous demander de repasser. Comment vous en êtes-vous sortie ?

— J'ai envoyé le linge à Stacey Nicholson. Au village. Elle me demande trois livres par chemise.

— Cette jeune écervelée ?

— Dans sa petite annonce, elle prétendait être une repasseuse expérimentée.

— Elle a quinze ans ! fait Iris horrifiée en se levant. Samantha, pas question de payer pour les chemises. Vous allez apprendre à les repasser vous-même.

— Mais je n'ai jamais…

— Je vais vous montrer. Ce n'est pas sorcier.

Iris disparaît dans un réduit, en ressort avec une vieille planche recouverte d'un tissu à fleurs et me fait signe d'approcher.

— Qu'avez-vous à repasser ?

— Surtout les chemises d'Eddie Geiger, réponds-je nerveusement.

— Très bien, dit-elle en branchant le fer et en tournant le thermostat. Chaud pour le coton. Attendez qu'il chauffe. Inutile de commencer tant que le fer n'est pas à la bonne température. Je vais vous montrer maintenant la façon correcte de procéder…

Elle fouille dans un panier à linge :

— Des chemises… des chemises… Nathaniel, prête-moi ta chemise une minute.

Je me raidis. Et Nathaniel aussi.

— Maman ! fait-il en riant à moitié.

— Oh, ne sois pas ridicule ! Tu peux enlever ta chemise un instant. Ça ne gênera personne. Vous êtes gênée, Samantha ?

— Euh…, fais-je d'une voix rauque. Euh, non, bien sûr que non !

— Voilà la vapeur !

Elle appuie sur un bouton et un jet de vapeur sort de l'appareil.

— N'oubliez pas de vérifier qu'il y a de l'eau dans le réservoir… Nathaniel ! J'attends !

Nathaniel prend tout son temps pour déboutonner sa chemise. J'aperçois un peu de peau bronzée avant de baisser les yeux.

Arrête de jouer les vierges effarouchées, me dis-je. Il enlève sa chemise, et alors ? C'est pas l'affaire du siècle !

Il lance sa chemise à sa mère qui la rattrape au vol. je garde les yeux baissés.

Je ne vais pas le regarder.

— Commencez par le col, conseille Iris en étalant la chemise sur la planche. Bien, n'appuyez pas trop fort.

Iris me guide.

— Très bien, votre main doit être légère.

C'est ridicule. Je suis une adulte. Je peux regarder un homme torse nu sans tomber dans les pommes. Je vais jeter un coup d'œil, et passer à autre chose.

— Maintenant le dos…

Iris tourne la chemise et je continue.

— Très bien, maintenant les poignets.

Je soulève la chemise et, comme par accident ou volontairement, je lève les yeux.

Bon sang !

Une chose est sûre, je ne vais pas facilement « passer à autre chose ».

— Samantha ? s'écrie Iris en m'arrachant le fer des mains, vous brûlez la chemise.

Je redescends sur terre.

— Oh ! je suis navrée. Je pensais à autre chose.

— Vos joues sont très rouges, constate Iris en me tâtant le visage. Ça ne va pas ?

— La vapeur… sans doute ! dis-je en recommençant à repasser. Non, tout va bien.

Finalement, la chemise a l'air parfaite, les plis sont à leurs places.

— Excellent ! s'exclame Iris en m'applaudissant. Avec un peu d'entraînement vous y arriverez en quatre minutes pile.

— Génial ! commente Nathaniel en tendant la main. Merci.

— De rien, fais-je d'une voix étranglée.

Le cœur battant, je détourne vite le regard.

Incroyable ! Un coup d'œil sur ses biceps et me voici dans tous mes états.

Je croyais être plus blindée.

13

Il n'a pas de petite amie.

Dimanche soir, c'est le renseignement que j'ai sou-
tiré à Trish, sous prétexte de parler de ses voisins.
Apparemment il avait une copine à Gloucester, mais
c'est terminé depuis quelques mois. La voie est libre.
Il me faut un plan d'attaque.

Le lendemain, en me douchant et en m'habillant, je
ne pense qu'à Nathaniel. Je me conduis comme une
gamine de quatorze ans ! Si je continue, je vais bientôt
griffonner partout des *Samantha aime Nathaniel* avec
des points en forme de cœur sur les *i*. Mais je m'en
fiche. J'ai essayé d'être adulte et raisonnable dans ma
vie professionnelle et on a vu le résultat !

Je me coiffe, regarde les champs perdus dans la
brume et j'ai le cœur léger. C'est bizarre : sur le papier,
ma vie est un désastre, ma brillante carrière est foutue,
ma famille ignore où je me trouve, je suis payée le cen-
tième de ce que je gagnais auparavant et, pour garder
mon boulot, je dois ramasser les sous-vêtements sales
que des semi-inconnus ont jetés par terre.

Pourtant je chantonne en retapant mon lit.

Ma vie a changé et j'évolue aussi. La fade et conven-
tionnelle Samantha a disparu dans le néant.

Remplacée par une nouvelle Samantha. Pleine d'avenir.

Je n'ai jamais dragué. Il est vrai que, jusqu'à hier, je n'avais jamais arrosé un poulet en train de rôtir. Si j'ai pu le faire, alors je peux demander à un homme de sortir avec moi. L'ex-Samantha aurait attendu patiemment qu'on lui fasse des avances. Fini ! J'ai vu comment ça se passe à la télé, je connais les règles du jeu. C'est une question d'attitude, de mimiques, de mots doux.

Pour la première fois depuis mon arrivée, je me regarde dans la glace sans concession.

Je m'en veux immédiatement. J'aurais préféré rester dans l'ignorance.

D'abord, qui peut être sexy dans du nylon bleu ? Je me noue une ceinture autour de la taille et fais blouser ma robe pour la faire remonter d'une dizaine de centimètres, comme autrefois avec l'uniforme du lycée.

— Salut ! dis-je à mon reflet. Bonjour Nathaniel. Salut, Nat !

Plus qu'un gros trait maladroit d'eye-liner noir et je retrouverai vraiment mes quatorze ans.

Je sors ma trousse et passe dix minutes à mettre et à enlever des couches de maquillage avant d'obtenir un look naturel, subtil et seyant. Ou alors j'ai raté mon coup. Je n'arrive pas à savoir.

Passons aux mimiques. Je fronce les sourcils, tentant de me rappeler une fois de plus comment les filles des téléfilms s'y prennent. Voyons voir. Quand une femme est attirée par un homme, ses pupilles se dilatent. Elle se penche en avant sans en avoir l'air, s'esclaffe à toutes ses plaisanteries, exhibe ses paumes.

Je m'exerce devant la glace, les mains en avant.

On dirait Jésus sur sa croix !

Un petit rire caressant en plus ?

— Ha ! Ha ! Ha ! Tu me fais hurler de rire, fais-je à voix haute.

Maintenant j'ai l'air de Jésus sur sa croix, mais béat. Ce n'est sûrement pas le bon truc.

Je descends et j'ouvre les rideaux, laissant entrer un grand soleil. Je suis en train de ramasser le courrier quand on sonne. Un type en uniforme, un papier à la main, se tient près d'un camion.

— Livraison de la Maison du matériel pour chefs professionnels. Où dois-je mettre les cartons ?

— Ah oui ! dis-je en hésitant, dans la cuisine s'il vous plaît.

Maison du matériel pour chefs professionnels ?

Ce doit être pour moi. Je ne vois pas d'autre chef professionnel dans les parages.

— Ce camion livre quoi ? demande Trish en descendant en robe de chambre et en mules à talons. Des fleurs ?

— Les ustensiles de cuisine que vous m'avez commandés ! réponds-je d'un ton résolument enthousiaste.

— Ah, très bien ! Maintenant, vous allez pouvoir nous étonner avec votre cuisine. Dorade grillée et julienne de légumes au menu de ce soir, d'accord ?

— Euh… oui. Pourquoi pas ?

— Attention devant !

Je saute de côté pour laisser la voie libre à deux malabars qui peinent sous les cartons. Je les suis dans la cuisine : la pile qui monte jusqu'au plafond me laisse pantoise.

— Voilà, on vous a tout acheté, dit Trish comme si elle lisait en moi. Allez, ouvrez-les ! Je suis sûre que vous ne pouvez plus attendre.

Je prends un couteau et ouvre le premier carton pendant que Trish enlève le plastique d'un autre.

Émergeant d'une masse de billes de polystyrène et de papier bulle, apparaît un machin en acier chromé… Qu'est-ce que ça peut bien être ? Je jette un rapide coup d'œil à l'étiquette : *Moule à savarin.*

— Un moule à savarin ! Quelle merveille ! Juste ce qu'il me fallait.

— Nous avons pris huit tailles différentes, précise Trish. Ça sera suffisant ?

— Euh… je pense que oui.

— Ah, voilà les casseroles ! annonce Trish en ouvrant une autre caisse. Elles sont en aluminium. On m'a juré que c'était ce qu'on faisait de mieux. C'est aussi votre avis, vu votre expérience ?

— Voyons ça de plus près, dis-je, jouant l'experte.

J'en soulève une, en étudie le fond et, pour épater la galerie, fais tinter la surface d'une pichenette.

— Excellente qualité, dis-je enfin. Vous avez très bien choisi.

— Ah ! Parfait ! s'exclame Trish en fouillant dans un autre carton. Et regardez-moi ça !

Elle sort un gadget bizarre avec un manche en bois.

— À quoi ça sert ?

Pitié ! On dirait un croisement entre une passoire, une râpe et un fouet. Je cherche l'étiquette des yeux mais elle a été arrachée.

— Alors ? s'impatiente Trish.

— C'est un ustensile des plus sophistiqués. Extrêmement spécialisé.

— C'est quoi ? Montrez-moi !

Elle me le fourre dans les mains.

— Voilà, c'est une sorte de… batteur… animé d'un mouvement circulaire… induit par de légers mouvements du poignet…

Je bats l'air plusieurs fois.

— Comme ceci. Mais c'est difficile de vous faire une démonstration sans avoir de… truffes.

— Alors, ça a un nom ?

— J'ai toujours appelé ça un… fouet à truffes. Mais il y a peut-être un autre nom. Et si je vous préparais un café ? Je déballerai le reste plus tard.

Je branche la bouilloire, sors la cafetière et regarde par la fenêtre. Nathaniel traverse la pelouse.

Alerte générale ! Attention au coup de foudre ! Un coup de foudre total comme en ont les ados.

Je n'arrive pas à le quitter des yeux. Le soleil illumine ses cheveux fauves et il porte un vieux jean délavé. Il prend un sac de quelque chose, le soulève sans effort et le jette sur ce qui doit être un tas de compost.

J'ai une vision : Nathaniel me soulevant dans ses bras musclés. Après tout, je ne suis pas plus lourde qu'un sac de pommes de terre.

— Alors, vous avez passé un bon week-end ? demande Trish en interrompant ma rêverie. On vous a à peine vue. Vous êtes allée en ville ?

— J'étais chez Nathaniel, dis-je sans réfléchir.

— Nathaniel ? répète Trish ahurie. Le jardinier ? Pourquoi ?

Quelle gaffe ! Je ne peux pas lui répondre que c'était pour prendre des leçons de cuisine. J'invente sur-le-champ une excuse superconvaincante.

— Oh… pour lui dire bonjour.

Je me rends compte que j'ai bafouillé. Et que je rougis.

Trish comprend à demi-mot et écarquille les yeux.

— Oh, je vois. Comme c'est adorable !

— Non ! Pas du tout… Ce n'est pas ce que vous croyez…

— Ne vous inquiétez pas, je serai muette comme une tombe. Je suis la discrétion même. Vous pouvez me faire confiance.

Sans me laisser le temps de répondre, Trish prend sa tasse de café et sort de la cuisine. Je m'assieds au milieu des ustensiles et tripote le fouet à truffes.

La situation est délicate. Mais ça n'a pas d'importance tant qu'elle ne répète rien à Nathaniel.

Quelle idiote je fais ! Bien sûr qu'elle va lui faire des allusions. De subtils sous-entendus. Et qui sait ce qu'il va penser ? Ça pourrait devenir gênant, et anéantir toute ma stratégie.

Je dois lui parler et éclaircir la situation. Lui dire que Trish m'a mal comprise et que je n'en pince pas pour lui.

Tout en lui faisant comprendre que c'est quand même le cas.

Je m'efforce de servir le petit déjeuner des Geiger, de ranger les nouveaux ustensiles, de faire une sauce à l'huile d'olive et au zeste de citron, de farcir la dorade comme Iris me l'a appris.

Je remonte encore un peu ma robe, ajoute un trait d'eye-liner par superstition et m'aventure dans le jardin, un panier sous le bras. Si Trish me demande ce que je fabrique, je lui expliquerai que je vais chercher des fines herbes.

Nathaniel est dans le verger, de l'autre côté du vieux mur. Debout sur une échelle, il noue une corde autour d'un tronc d'arbre. Je m'approche de lui, aussi nerveuse qu'une première communiante. J'ai la bouche sèche et je titube sur mes jambes. C'est vraiment ridicule !

Bon sang, je devrais être un peu plus sûre de moi. Sept ans dans la finance, ça forge un caractère… Sans

187

trop tenir compte de ma trouille, je m'avance près de l'échelle, rejette mes cheveux en arrière, lui fais un signe de la main. J'essaie de ne pas grimacer bien que j'aie le soleil dans les yeux.

— Salut !

— Salut, répond Nathaniel en souriant, ça va ?

— Très bien, merci. Bien mieux, en fait. Pas encore de catastrophes…

Je me tais. N'ai-je pas tendance à trop regarder ses mains qui nouent la corde ?

— Je cherche un peu de… romarin. Tu en as ?

— Bien sûr. Je vais t'en couper.

Il saute de l'échelle et nous suivons l'allée qui mène au carré des herbes aromatiques.

À cette distance de la maison, le silence est impressionnant. On n'entend que le bourdonnement des insectes et le gravier qui crisse sous nos pas. Je cherche quelque chose d'anodin à dire, mais en vain car mes méninges tournent à vide.

— Il… fait chaud ! dis-je enfin, très fière de cette trouvaille.

— Ouais !

Nathaniel saute sans problème par-dessus le mur de pierre. Je tente de l'imiter, mais mon pied accroche le sommet. Aïe ! Oh, merde !

— Ça va ? demande-t-il en se retournant.

— Pas de problème, affirmé-je alors que mon pied m'élance. C'est stupéfiant !

Je n'ai pas à me forcer pour admirer le jardin. Il est de forme hexagonale et découpé en diverses sections que soulignent d'étroites allées bordées de petites haies vert foncé. Des boules de buis marquent les coins. Des plants de lavande ondoient dans de vieux pots et des bacs de petites fleurs roses que je crois être de l'origan embaument.

188

— C'est ton œuvre ? Le résultat est extraordinaire !

— Merci. J'en suis assez content, dit Nathaniel, qui prend un ton modeste mais semble apprécier le compliment. Ah, voilà ton romarin !

Il sort un sécateur d'un étui en cuir usé et commence à en couper des brins.

Bon, il faut que je lui dise ce que j'ai sur le cœur.

— C'est… étrange… mais Trish se trompe à notre sujet… Elle a l'air de croire que… enfin, tu sais.

— Ah ! fait-il en détournant la tête.

— Ce qui est… ridicule !

— Ouais ! grommelle-t-il en coupant encore quelques touffes et en me les tendant. Ça te suffira ?

« Ouais ? » C'est tout ce que le sujet lui inspire ?

— Oh, il m'en faudrait un peu plus.

J'insiste pour avoir une réponse un peu plus claire.

— Et… tu ne trouves pas ça ridicule ?

— Bien sûr, dit-il en me regardant enfin dans les yeux. Tu as besoin de souffler un peu. Après une histoire aussi douloureuse.

Je le fixe sans comprendre. Que veut-il insinuer ?… Ah, oui. Mon histoire douloureuse !

J'aurais pu inventer autre chose ! Je suis trop stupide !

— Tiens, ton romarin ! Besoin d'autre chose ?

— Euh… un peu de menthe, s'il te plaît.

Nathaniel se dirige lentement vers des bacs en pierre.

— En fait, dis-je d'un ton aussi décontracté que possible, cette histoire n'était pas si dure que ça. Elle fait déjà partie du passé.

Nathaniel relève la tête et s'abrite les yeux du soleil avec la main.

— Il ne t'a fallu qu'une semaine pour oublier une histoire qui a duré sept ans ?

Présenté ainsi, ça ne tient pas debout !

— Je rebondis facilement ! Un peu comme une balle en caoutchouc !

Nathaniel pose la menthe sur mon bouquet de romarin.

— Maman prétend…, fait-il, un peu gêné.

— Quoi donc ?

Auraient-ils parlé de moi ?

— Maman se demandait si tu avais été… battue. Elle t'a trouvée tendue, nerveuse.

— Tendue ?

Je le suis si peu.

— Je suis nerveuse de nature. Mais je n'ai pas été maltraitée. J'avais seulement… l'impression d'être piégée.

C'est sorti tout seul ! Je pense soudain à ma vie chez Carter Spink. Sans cesse à la disposition des avocats seniors. Vivant au bureau pendant des semaines entières. Rapportant des piles de dossiers chez moi. Répondant aux mails à toutes les heures du jour et de la nuit. Je m'étais sans doute sentie un peu piégée.

— Mais je vais bien maintenant, je te rassure. Prête… pour une nouvelle aventure… ou quelque chose de plus décontracté.

Je le regarde, en essayant de faire se dilater mes pupilles. Et pour faire plus d'effet, je porte ma main à mon oreille. Le tout dans le plus profond silence, hormis le bourdonnement des insectes.

— Ne te précipite pas, conseille Nathaniel en s'éloignant pour examiner les feuilles d'un arbuste.

Il a le dos raide. Le sang me monte au visage. Il me laisse tomber ! Il n'a pas envie de sortir avec moi !

Pauvre de moi ! Me voici, la robe remontée, l'œil charbonneux, utilisant toutes les mimiques du répertoire – en un mot m'offrant à lui –, et il ose me faire savoir que je ne l'intéresse pas !

Je suis morte de honte. Il me faut fuir. Le fuir.

— Tu as raison… c'est bien trop tôt pour penser à une relation sérieuse. Ce serait une grosse erreur. Je vais me concentrer sur mon nouveau boulot. La cuisine… et… tout ce qui s'ensuit. Merci pour le romarin et la menthe.

— Pas de quoi.

— Bon, à bientôt.

Serrant mes fines herbes contre mon cœur, je repasse le mur sans encombre et retourne à la maison.

Je n'ai même plus honte. J'ai dépassé ce stade. Fini la nouvelle Samantha !

C'est la dernière fois que j'essaie de draguer. Mon ancienne stratégie – attendre gentiment, faire tapisserie, être délaissée – était mille fois meilleure.

Et puis j'en ai rien à battre ! Tout est pour le mieux. Je dois me concentrer sur mon boulot. Dès que je serai rentrée, je sortirai la planche à repasser, brancherai le fer, allumerai la radio et me ferai un café bien fort. Voilà ma nouvelle règle de vie. Accomplir mon travail quotidien. Et ne pas rêvasser sur un jardinier. Je suis payée pour bosser et je vais mériter mon salaire.

Quand midi sonne, j'ai repassé dix chemises, mis une lessive en route, passé l'aspirateur dans le jardin d'hiver. À l'heure du déjeuner, j'ai terminé le ménage du rez-de-chaussée, fait briller les miroirs avec du vinaigre. À l'heure du thé, j'ai fait une seconde lessive, râpé des légumes dans le robot, mesuré le riz sauvage que je ferai cuire à la vapeur, préparé de la pâte feuilletée pour quatre tartes aux fruits, comme Iris me l'a appris.

À sept heures, j'ai jeté mon premier lot de pâte feuilletée et j'ai recommencé. Ensuite j'ai garni les tartes de fraises et de confiture d'abricots chaude. J'ai blanchi des haricots verts. J'ai mis la dorade au four. J'ai également descendu un peu du vermouth que j'avais sorti pour le coulis, mais inutile d'en parler.

Je suis écarlate, j'ai le cœur battant et je me déplace dans la cuisine dans un état second, mais je me sens bien. En fait, je suis folle de joie. Pour ce premier dîner que j'ai préparé toute seule, tout s'est passé comme sur des roulettes. Sauf les champignons que j'ai loupés. Mais ils sont planqués dans le fond de la poubelle.

J'ai mis le couvert en utilisant le joli service en porcelaine et garni les chandeliers en argent. Une bouteille de prosecco attend dans le réfrigérateur, des assiettes chauffent dans le four et un disque d'Enrique Iglesias attend Trish sur la chaîne au cas où elle aurait envie de chansons d'amour. C'est comme si je donnais mon premier grand dîner.

Fière de moi, je lisse mon tablier et j'ouvre la porte de la cuisine.

— Madame ? Monsieur ?

J'aurais besoin d'un gong.

— Madame ?

Aucune réponse. À l'heure qu'il est, ils devraient être en train de rôder autour de la cuisine. Je fais carillonner un verre avec une fourchette.

Rien. Où sont-ils ?

Les pièces du rez-de-chaussée sont vides. Je monte au premier sans faire de bruit.

Sont-ils plongés dans *Les Joies du sexe* ? Faut-il que je redescende ?

— Euh… Madame ? Madame est servie !

J'avance dans le couloir et j'entends un bruit de voix.

— Madame ?

Soudain la porte de leur chambre s'ouvre brutalement.

— L'argent sert à quoi ? hurle Trish. Tu veux me le dire !

— J'ai pas besoin de te le dire ! crie à son tour Eddie.

— Si tu voulais faire un effort pour comprendre…

— Je comprends ! réplique Eddie au bord de l'apoplexie. Arrête de me dire que je ne comprends pas !

Bravo Samantha ! En fait de joies du sexe, c'est plutôt raté. Je fais machine arrière sur la pointe des pieds, mais trop tard !

— Et le Portugal ? braille Trish. Tu t'en souviens ?

Elle sort de sa chambre comme une furie rose bonbon et pile net en me voyant.

J'ose lui murmurer, les yeux baissés :

— Madame est servie.

— Si tu me parles de ce putain de Portugal une fois de plus… rétorque Eddie en sortant lui aussi dans le couloir.

— Eddie !

Trish le coupe sauvagement et me désigne de la tête :

— *Pas devant*[1]…

— Quoi encore ? demande Eddie d'un air furieux.

— *Pas devant les… les*[1]…

Elle fait un moulinet de la main, comme pour faire venir le mot qui lui échappe.

— *Domestiques*[1] ? finis-je pour elle.

Trish me regarde d'un œil noir et se drape dans sa dignité.

— Je retourne dans ma chambre.

---

1. En français dans le texte.

— C'est aussi la mienne de chambre ! s'insurge Eddie.

Mais Trish a déjà claqué la porte.

— Euh… le dîner est prêt…

Mais Eddie s'avance vers l'escalier sans faire attention à moi.

Je suis consternée. Il faut manger la dorade maintenant sinon elle sera trop cuite.

— Madame ? dis-je en frappant à sa porte, le dîner va être gâché…

— Et alors ? Je n'ai pas faim.

Je n'arrive pas à y croire. J'ai passé toute cette foutue journée à cuisiner pour eux. Tout est fin prêt. Les bougies sont allumées, les plats sont au four. Ils ne vont pas me faire un coup pareil.

— Mais il faut que vous dîniez ! fais-je en criant.

Eddie s'arrête au milieu de l'escalier. Trish ouvre la porte et me regarde, hébétée :

— Comment ?

Bon ! Allons-y mollo.

— Il faut manger. C'est dans la nature humaine. Pourquoi ne pas continuer à discuter à table ? ou faire une trêve ? Prenez un verre de vin et mettez-vous d'accord pour ne pas parler… du… Portugal !

Juste le mot qu'il ne fallait pas prononcer !

— Je n'ai rien dit, grogne Eddie. Je croyais que le sujet était clos.

— Je n'en ai parlé que parce que tu manques de tact, réplique Trish en essuyant une larme. Tu crois que ça me plaît d'être ta poule de luxe ?

Poule de luxe ?

Je dois me retenir pour ne pas rire.

— Trish !

Et voilà qu'Eddie remonte l'escalier ventre à terre et prend Trish par les épaules.

— Ne répète jamais ça ! Nous avons toujours été un couple uni. Depuis Sydenham.

D'abord le Portugal, puis Sydenham. Un de ces jours, je vais faire boire Trish pour qu'elle me raconte sa vie.

Elle regarde Eddie dans les yeux, comme si rien d'autre n'existait au monde, et j'ai un petit pincement au cœur. Ils s'aiment vraiment. Leur colère s'évanouit. On dirait une réaction chimique comme dans un laboratoire.

— Allons dîner, propose enfin Eddie. Samantha a raison. Faisons un bon dîner ensemble, pour parler à cœur ouvert.

Enfin ! La dorade va être à point… Je n'ai plus qu'à remplir la saucière.

— D'accord, bonne idée. Samantha, nous sortons !

Mon sourire se fige.

— Inutile de faire la cuisine pour nous, annonce gaiement Eddie en me donnant une petite tape amicale, vous pouvez disposer de votre soirée.

Quoi ?

— Mais le dîner est prêt ! Il vous attend !

— Bah… tant pis, déclare Trish en faisant un vague geste de la main. Vous n'avez qu'à le manger vous-même.

Non, non et non. Ils ne peuvent pas me faire ça.

— Mais tout est prêt. Poisson grillé, julienne de légumes…

— Où as-tu envie d'aller ? demande Trish à son mari sans m'écouter. On pourrait essayer le Mill House ?

Je suis sidérée. Je reste plantée sur le palier tandis que mes patrons retournent dans leur chambre.

Mon grand dîner est à l'eau.

Alors que la Porsche d'Eddie rugit dans l'allée, je vais dans la salle à manger et je débarrasse la table. Je range les verres en cristal, plie les serviettes, souffle les bougies. Dans la cuisine, ma dorade fait grise mine. J'étais si fière de ma sauce qui mijote encore, de mes tranches de citron.

Bon, je n'y peux rien.

Je me sers un filet de dorade et un verre de vin. Je m'assieds à table et pique un morceau du bout de ma fourchette. Mais je la repose sans y goûter. Je n'ai plus faim.

Un après-midi de fichu. Et demain, je devrai tout recommencer. J'ai envie d'enfouir ma tête dans mes mains et de ne plus bouger.

Mais qu'est-ce que je fous ici ?

Vraiment, je me le demande. Je devrais rendre mon tablier et prendre le premier train pour Londres.

Effondrée, je remarque à peine un grattement à la porte. Quand je relève la tête, Nathaniel se tient sur le seuil, son sac à dos à la main. Me rappelant notre conversation matinale, je suis gênée. Sans y penser, je croise les bras et lui tourne à moitié le dos.

— Bonsoir ! dis-je sur un ton d'« Allez-voir-ailleurs-si-j'y-suis ».

— Je me demandais si tu avais besoin d'aide.

Il remarque les casseroles intactes.

— Que s'est-il passé ?

— Ils sont sortis dîner.

Nathaniel me regarde un moment et hoche la tête.

— Tu as passé ta journée à cuisiner pour rien ?

— C'est leurs provisions, leur maison. Ils font ce qui leur chante.

J'essaie de paraître décontractée mais je suis terriblement déçue. Nathaniel pose son sac et inspecte la dorade.

— Ça sent bon !

— On dirait plutôt du poisson surgelé et trop cuit !

— Tout ce que j'aime !

Il me sourit mais sa bonne humeur m'agace au plus haut point.

— Ne te gêne pas, de toute façon personne n'y touchera.

— Merci. Ce serait dommage de le jeter.

Il se prend de tout, remplissant son assiette à ras bord, se sert du vin et s'assied en face de moi.

— À ta santé, dit-il en levant son verre, et mes félicitations.

— Merci.

— Samantha ?

Il attend que je lève la tête pour continuer.

— Peu importe qu'ils l'aient mangé ou pas. Tu as réalisé un exploit. Nom d'un chien ! Tu te souviens du premier dîner que tu as préparé ?

Je souris à contrecœur.

— L'agneau de la désolation !

— Non, les pois chiches. Je ne les oublierai jamais. Il est succulent, ce poisson.

Les petites crottes brûlées me reviennent à l'esprit et moi courant dans tous les sens ; et la meringue dégoulinant par terre… et, malgré tout, j'ai envie de rire. C'est fou ce que j'ai progressé depuis ce soir-là.

— Évidemment, tout se serait bien passé si tu n'avais pas insisté pour m'aider, dis-je nonchalamment. Je contrôlais la situation jusqu'à ce que tu viennes mettre ton grain de sel.

Nathaniel pose sa fourchette. Ses yeux bleus me renvoient une lueur d'amusement. Je deviens écarlate, j'ai les mains posées sur la table, les paumes en l'air.

Comble de l'horreur : je m'aperçois que je suis penchée en avant. Et mes pupilles doivent être grandes comme des océans. Mon attitude est aussi évidente que si j'avais *Tu me plais !* écrit sur le front.

Je pose mes mains sur mes genoux, je me redresse et prends l'air d'une vierge sage. Le tout en moins d'une seconde ! Je ne suis pas encore remise de l'humiliation de ce matin. Voici l'occasion de retrouver mon aplomb.

Nathaniel et moi attaquons en même temps :

— Alors…

— Je t'en prie, après toi, reprend Nathaniel.

— Eh bien, après notre conversation dans le potager, je voulais te dire que tu avais raison. Je ne suis pas encore prête à replonger. Ni même intéressée. Pas un instant.

Voilà, j'ai retrouvé un peu de ma dignité.

— Et toi ? Qu'est-ce que tu voulais me dire ?

Je remplis son verre.

— J'allais te demander de sortir avec moi.

Je manque inonder son pantalon !

Comment ?

Ça a marché ?

— Mais ne t'inquiète pas, je te comprends.

Machines arrière, toutes. Il faut que je revienne sur ce que j'ai dit. Mais subtilement, sans qu'il s'en aperçoive.

Oh ! et puis je m'en fous ! Je n'ai qu'à me contredire. Après tout, je suis une femme, j'en ai le droit.

— Nathaniel, dis-je d'une voix posée, je serais ravie de sortir avec toi.

— Bien, fait-il imperturbable. Disons vendredi.

— Parfait.

Je lui souris et je m'aperçois alors que je meurs de faim. Je commence à dévorer l'assiette que je m'étais servie.

14

On est vendredi et jusqu'à maintenant pas de catas-trophes majeures à signaler. Et, s'il y en a eu, les Geiger n'en ont rien su.

Le jeudi, il y a eu le désastre du risotto aux légumes dont je me suis tirée à la dernière minute en appelant le traiteur. Il y a eu l'épisode du petit pull couleur pêche qui, mais je ne l'ai vu qu'après coup, devait être repassé à basse température. Il y a eu le vase en cristal que j'ai cassé en voulant le dépoussiérer à l'aide de l'aspirateur. Mais personne n'a remarqué sa disparition et le nouveau doit arriver demain.

Cette semaine je n'ai dépensé que deux cents livres, ce qui est un net progrès par rapport à la semaine pré-cédente. Si ça continue, je vais peut-être enfin gagner de l'argent.

La voix de Trish me cueille juste au moment où, en détournant les yeux, je mets les sous-vêtements d'Eddie dans le sèche-linge.

— Samantha, où êtes-vous ? J'en ai assez de ne jamais savoir où vous êtes.

Le ton n'est pas aimable. Qu'a-t-elle découvert ? Elle débarque dans la buanderie en secouant vigoureu-sement la tête.

— Excusez-moi, Madame.

— Vos cheveux, fait-elle en fronçant le nez.

— Oui, je sais. Je pensais m'en occuper ce week-end.

— Non, tout de suite. Ma coiffeuse est ici et elle est *géniale*.

— Maintenant ? Mais je dois passer l'aspirateur.

— Je ne veux plus vous voir avec cette tête à faire peur. Vous vous mettrez à votre ménage plus tard. Allons, venez ! Annabel attend.

Trish ne me laisse pas le choix. Je finis de remplir le sèche-linge, le mets en route et la suis dans l'escalier.

Elle attaque aussitôt avec une expression sévère.

— Je voulais vous parler de mon cardigan en cachemire. Vous savez, le crème.

Catastrophe de chez catastrophe ! Elle s'est aperçue que je l'avais remplacé. Finalement elle n'est pas si cloche que ça.

— Je ne sais pas comment vous vous y êtes prise, dit Trish en ouvrant la porte de sa chambre. Mais c'est formidable. La petite tache d'encre a complètement disparu. Il est comme neuf !

— Oh, ça fait partie de mon travail, fais-je avec un sourire de soulagement.

J'entre dans sa chambre. Une femme mince, avec une masse de cheveux blonds, un jean blanc et une chaîne dorée en guise de ceinture, pousse un fauteuil au milieu de la pièce, cigarette au bec.

— Bonjour ! Vous êtes Samantha ? Je sais déjà tout de vous.

De près, elle fait bien soixante balais. Sa voix est rauque, sa bouche bordée de petites rides et son maquillage a l'air d'être tatoué sur sa figure. Elle s'approche de moi, examine mes cheveux et tressaille.

— Que s'est-il passé ? Vous avez essayé le style traînée oxygénée ?

Sa fine plaisanterie la fait éclater d'un rire gras.

— De l'eau de Javel. Un accident.

— Un accident, répète-t-elle, pendant qu'elle évalue les dégâts, en alignant une série de « tss, tss » réprobateurs. Bon, vous ne pouvez pas garder cette couleur. On va faire un joli blond. Ça vous plairait de devenir blonde ?

Blonde ?

— Je n'ai jamais été blonde. Vous croyez que… ?

— Vous avez une carnation qui va avec.

— D'accord, du moment que ce n'est pas trop blond. Vous savez, ce blond platine artificiel de pou…

Je stoppe net parce que je me rends compte qu'Annabel et Trish ont toutes les deux les cheveux teints en blond platine artificiel de pouffes.

— Oh ! Euh ! Comme vous voulez.

Assise dans le fauteuil, une serviette sur les épaules, je m'efforce de rester impassible pendant qu'Annabel étale énergiquement sur ma tête une pâte visqueuse, qui empeste le produit chimique, puis y entasse un millier de petites feuilles de papier alu.

Blonde. Jaune. Comme Barbie.

Je suis folle !

J'essaie de me lever en criant :

— Écoutez, c'est une erreur. Je n'ai rien d'une blonde.

— Tout doux !

Appuyant sur mes épaules, Annabel me repousse dans le fauteuil et me fourre un magazine dans les mains. Trish, pendant ce temps, est en train d'ouvrir une bouteille de champagne.

— Vous allez être ravissante. Les jolies filles comme vous doivent trafiquer un peu leurs cheveux. Et maintenant lisez-nous nos signes.

— Vos signes ? dis-je sidérée.

— Notre horoscope, précise Annabel en produisant quelques « tss tss ».

— C'est pas une lumière, ajoute-t-elle à mi-voix à l'intention de Trish.

— Elle n'est pas très maligne, concède Trish en chuchotant. Mais pour le linge, c'est un génie.

Je sais maintenant ce que c'est que d'être une femme entretenue. Assise avec la tête hérissée de papillotes en alu, vous feuilletez des magazines de luxe en sirotant du champagne. La dernière fois que j'ai lu un autre magazine que *The Economist*, je ne devais pas avoir plus de treize ans. En temps normal, chez le coiffeur, je n'arrêtais pas d'envoyer des mails ou de lire des contrats.

Difficile de me relaxer. Quand Annabel commence à me sécher les cheveux, je suis une vraie boule de nerfs.

Blonde, moi ? Oh ! là ! là !

— C'est fini, dit enfin Annabel.

Elle éteint le séchoir et le silence se fait. Je n'ose pas ouvrir les yeux.

— Beaucoup mieux, s'extasie Trish.

Lentement j'ouvre un œil. Puis l'autre.

Mes cheveux ne sont pas blonds mais caramel. Un caramel chaud avec des mèches couleur miel et quelques fils dorés. Ils brillent quand je bouge la tête.

J'ai envie de pleurer.

— Vous ne me faisiez pas confiance, hein ? sourit Annabel avec un mouvement de sourcils.

Je suis sidérée qu'elle lise si bien dans mes pensées.

— C'est merveilleux, fais-je après un instant de mutisme total. Je... Merci mille fois.

J'adore mon reflet dans la glace. Mon nouveau moi couleur caramel au miel. J'ai l'air vivante. Pétillante.

Une chose est sûre : jamais je ne reviendrai à mon look d'avant. Jamais.

C'est le bonheur. Que je monte les escaliers ou que je passe l'aspirateur dans le salon, je n'arrête pas de penser à mes cheveux. Je m'arrête devant toutes les surfaces réfléchissantes pour m'admirer. Et je secoue la tête pour qu'ils retombent en cascade caramel.

J'aspire sous le tapis et hop ! je fais bouger mes cheveux. J'aspire sous la table basse et hop ! je fais bouger mes cheveux. Hop ! Hop ! Hop !

Il ne m'était jamais venu à l'esprit de me les faire teindre. J'ai peut-être raté des tas d'autres choses.

— Samantha ?

C'est Eddie, tiré à quatre épingles, en blazer et cravate.

— J'ai une réunion dans la salle à manger. Pouvez-vous nous apporter du café ?

— Bien sûr Monsieur, fais-je après ma petite révérence habituelle. Combien serez-vous ?

— Quatre. Mettez aussi des biscuits. Et des petits trucs à grignoter. Enfin, vous voyez.

— Bien sûr.

Hum ! Il n'a même pas remarqué ma nouvelle tête. En fait, il est tout rouge et paraît bien énervé. Qu'est-ce que c'est que cette réunion ? En retournant dans la cuisine, je jette un œil par la fenêtre. Une Mercedes série 5 rouge que je ne connais pas, une décapotable BMW gris métallisé et une Rover vert foncé sont garées devant la maison.

Rien qui ne ressemble à la voiture du curé du village. Peut-être des gens qui ont à voir avec sa boîte ?

Je fais du café, prépare un plateau, ajoute des biscuits et des muffins que j'ai achetés pour le thé et, chargée de tout mon attirail, je frappe à la porte de la salle à manger.

— Entrez.

Eddie est entouré de trois types en costumes. À côté de lui, un bonhomme porte une veste en tweed et des lunettes d'écaille. En face, un beau gosse arbore le classique costume à fines rayures des hommes d'affaires.

— Seulement quelques changements, dit Beau Gosse au moment où je fais mon entrée. Mais rien de très important.

Je murmure avec déférence :

— Votre café, Monsieur.

— Merci, Samantha. Soyez gentille de le servir.

Tout bouffi de sa propre importance, Eddie joue les grands seigneurs.

Je pose le plateau sur la desserte et distribue les tasses sans pouvoir m'empêcher de regarder furtivement les papiers posés sur la table. Des contrats !

— Euh… Voulez-vous du lait ? dis-je à un rouquin en blazer.

— Oui merci, répond-il machinalement.

En versant son café, je jette, l'air de rien, un autre coup d'œil. Un projet d'investissement immobilier ? Ça y ressemble.

Apparemment Eddie est en train de placer son pognon.

— Du sucre ?

— Je suis bien assez doux comme ça, susurre le rouquin.

Non mais, quel connard puant !

— Alors Eddie, vous saisissez ce point de détail ? demande Beau Gosse d'une voix soucieuse.

Je connais le bonhomme. Pas lui en particulier, non. Mais j'ai côtoyé ce genre de mec pendant sept ans. Et je sais d'instinct que Beau Gosse se fout complètement qu'Eddie saisisse ou pas.

— Oui, bien sûr, fait Eddie en regardant d'un air hésitant le contrat puis Veste en tweed.

— Martin, qu'est-ce que vous en dites ?

— Examinons à nouveau le contrat, répond le dénommé Martin qui ponctue sa lecture de quelques hochements de tête.

Probablement l'avocat d'Eddie ou je ne m'y connais pas.

— Nous nous soucions autant que vous des garanties, commente Beau Gosse avec un sourire.

— Comme tout le monde quand il s'agit d'argent, non ? raille le rouquin.

Qu'est-ce qui peut bien se mijoter ? J'ai comme un pressentiment, tout à coup.

Beau Gosse a étalé le contrat devant lui. En m'approchant pour lui servir du café, je parcours les feuillets à toute vitesse – la force de l'habitude.

C'est un partenariat d'investissement immobilier. Les deux parties mettent de l'argent. Un lotissement résidentiel des plus classiques. Tout a l'air en ordre.

En servant du café à son voisin, je jette un dernier coup d'œil, juste pour être sûre.

Et, sous le choc, je me fige. Une minuscule clause, presque invisible au bas d'une page, oblige Eddie à combler les déficits. Sans réciprocité.

Si les choses vont mal… Eddie devra casquer tout seul.

Est-ce qu'il s'en rend compte ? Et son avocat, a-t-il vu la clause ? Je suis horrifiée. J'ai une folle envie d'attraper le contrat et de le déchirer en mille morceaux. Si ça se passait chez Carter Spink, ces types seraient virés en deux temps trois mouvements. Non seulement je jetterais le contrat par la fenêtre mais je recommanderais à mon client de…

— Samantha ? lance Eddie en fronçant les sourcils.

Je reviens à la réalité en sursautant.

— Pouvez-vous, s'il vous plaît, servir Martin ?

Je ne suis pas juriste chez Carter Spink mais bonne à tout faire en uniforme. Et je dois assurer mon service.

Martin, en train de relire le contrat, ne semble pas avoir remarqué la clause.

— Biscuit au chocolat ou muffin ?

— Ah, tout a l'air si bon, fait-il, son visage rebondi illuminé par la gourmandise.

Je n'en crois pas mes yeux ! Les muffins l'intéressent plus que le contrat. Quelle nullité d'avocat !

— Bon, assez bavardé ! La grande aventure commence. Vous êtes prêt ? s'exclame Beau Gosse en tendant à Eddie un stylo de prix déjà décapuchonné.

Il va signer ? Maintenant ?

— Tout est en ordre pour vous ? demande Eddie à Martin qui a la bouche pleine du muffin.

— Prenez votre temps, dit Beau Gosse avec un sourire commercial. Si vous voulez relire encore une fois le contrat…

J'ai soudain envie de casser la figure de ces types avec leurs voitures voyantes, leurs costumes impeccables, leurs voix mielleuses. S'ils croient qu'ils vont entourlouper mon patron… Je ne vais pas les laisser faire.

— Monsieur, je pourrais vous dire un mot en privé, s'il vous plaît ?

Eddie me regarde, l'air agacé.

— Samantha, je suis en train de conclure une affaire importante. Importante à mes yeux, en tout cas, précise-t-il en regardant tout autour de lui.

Les trois hommes éclatent d'un rire obséquieux.

— Seulement une minute mais c'est urgent.

— Samantha…

— S'il vous plaît, Monsieur, il faut que je vous parle.

Finalement Eddie cède avec un soupir d'exaspération.

Il se lève et nous sortons de la pièce.

— Alors ?

Je le dévisage bêtement. Comment amener le sujet ? Que dire ?

Monsieur, je vous conseille de revoir la clause 14.

Monsieur, votre responsabilité n'est pas assez précisée.

Ridicule ! Qui écouterait les conseils juridiques de sa bonne ?

Il a déjà la main sur la poignée de la porte. C'est maintenant ou jamais.

— Vous prenez du sucre ?

— Quoi ?

— Je ne m'en souviens pas. Et je ne voulais pas attirer l'attention des invités sur votre consommation de sucre.

— Oui, je prends un sucre, réplique Eddie avec irritation. Ce sera tout ?

— Non ! Euh… J'ai l'impression que vous allez signer des papiers.

— Oui, mais ça ne vous regarde pas.

— Bien sûr ! Mais comme vous m'avez dit d'être toujours très prudente avec les documents officiels…

Eddie s'esclaffe.

— Ne vous inquiétez pas ! Je ne suis pas né de la dernière pluie. Et j'ai un avocat.

— Euh, oui Monsieur, réponds-je, tout en cherchant une autre façon d'aborder le problème. Un jour lady

Edgerly a investi une grosse somme d'argent. Je me souviens qu'après coup elle m'a confié qu'elle aurait préféré avoir pris deux avis plutôt qu'un.

Je le regarde droit dans les yeux, en espérant qu'il a compris le message.

Consulte un bon avocat, espèce de crétin débile !

— C'est très aimable à vous de vous faire du souci, Samantha.

Après une petite tape gentille sur mon épaule, Eddie ouvre la porte et rentre dans la salle à manger.

— Alors, messieurs, où en sommes-nous ?

Incroyable mais vrai : il va se faire entuber.

À moins que je n'y mette mon grain de sel.

— Votre café, Monsieur. Je me précipite, je soulève la cafetière et, accidentellement – mais délibérément –, je renverse du café sur la table.

— Ah !

— Bon sang !

La confusion est à son maximum. Le café se répand en une mare brunâtre sur la table, inonde les paperasses et dégouline par terre.

— Les contrats ! s'écrie Beau Gosse furieux. Quelle imbécile, cette fille !

— Désolée, sincèrement, je suis vraiment désolée. La cafetière m'a glissé des mains.

Je me mets à éponger la table avec une serviette en m'arrangeant pour détremper encore plus les papiers.

— On a des doubles, demande le rouquin ?

— Tout est sur la table, répond Beau Gosse furieux. On doit réimprimer le tout.

Et s'adressant à Eddie :

— D'accord pour remettre à demain ?

— En fait, non. J'ai besoin d'un peu plus de temps. Je veux juste m'assurer que tout est impeccable. Et demander un deuxième avis. Ne le prenez pas mal, Martin !

— Ne vous en faites pas, dit Martin en reprenant un biscuit au chocolat.

Les autres hommes échangent des regards appuyés.

— Pas de problème, lâche enfin Beau Gosse.

Oh, oh ! Mon petit doigt me dit que l'affaire ne va pas se conclure.

— Votre veste, Monsieur, dis-je avec sourire, en la lui tendant. Et je vous prie encore une fois d'accepter mes excuses.

Ce qu'il y a de bien dans le métier d'avocat, c'est que ça vous apprend à mentir super bien.

Ça vous apprend aussi à supporter un patron en colère.

Ce qui est assez pratique dans la mesure où Trish, mise au courant de mes exploits, me passe un bon savon dans la cuisine depuis vingt minutes.

— Monsieur était sur le point de s'engager dans une transaction financière extrêmement importante. Ce rendez-vous était crucial.

— Je suis navrée, Madame, fais-je les yeux baissés.

— Je sais que ce genre d'affaires vous dépasse, Samantha. Mais il y a beaucoup d'argent en jeu. Beaucoup plus que vous ne pouvez l'imaginer.

Reste calme. Et humble.

— Énormément d'argent, répète Trish.

Elle meurt d'envie de m'en dire plus. Sur son visage s'affichent en même temps son désir de m'épater et son souhait de rester discrète.

— Un nombre à sept chiffres, lance-t-elle finalement.

— Oh ! là ! là !

Je fais de mon mieux pour paraître estomaquée.

— Nous nous sommes bien comportés avec vous, Samantha. Nous avons fait tous les efforts qu'il fallait. Et nous attendons la même attitude de votre part.

Sa voix vibre d'animosité.

— Je suis désolée, dis-je pour la millionième fois, mais Trish a toujours l'air aussi furibarde.

— J'espère que ce soir vous aurez retrouvé vos esprits.

— Ce soir ?

— Au dîner, crache-t-elle en levant les yeux au ciel.

— Mais je prends ma soirée. Vous étiez d'accord pour que je vous laisse un dîner froid.

Visiblement Trish a complètement oublié.

— C'était avant que vous répandiez du café sur nos invités. Avant que vous passiez la matinée assise à vous faire teindre les cheveux.

Quoi ? C'est tellement injuste que je ne trouve rien à répondre.

— Franchement, Samantha, j'attends de meilleures dispositions de votre part. Vous resterez ce soir et servirez le dîner.

Elle attrape un magazine et sort de la cuisine.

Je suis abattue et résignée. J'ai vécu cette scène tellement souvent au cours de ma vie que j'y suis habituée.

Il faut que j'annule mon rendez-vous avec Nathaniel. Une nouvelle sortie… une nouvelle annulation.

Soudain je change d'avis. Je ne travaille plus chez Carter Spink. Aucune raison de me laisser faire.

Je me précipite dans le salon pour parler à Trish.

— Madame, excusez-moi pour le café. Et sachez que je suis prête à faire tous les efforts possibles. Mais je dois prendre ma soirée. J'ai des plans pour ce soir et je ne vais pas y renoncer. Je sors à sept heures comme prévu.

Mon cœur bat à toute allure. Jamais de ma vie je n'ai fait preuve d'autant de détermination. Au cabinet, ce genre de discours m'aurait valu la porte.

Au début, Trish a l'air folle de rage puis, à ma grande surprise, elle tourne une page de son magazine avec un petit claquement de langue énervé.

— Oh, bon ! Si c'est tellement important.

— Oui, c'est important. Ma vie personnelle a de l'importance.

Je suis remontée, tout à coup. J'ai envie d'en dire plus à Trish, de lui parler des choix primordiaux, d'équilibre de vie.

Mais elle s'est déjà plongée dans un article intitulé « Les bienfaits de la cure de vin rouge ». Elle ne veut pas être dérangée, j'en suis persuadée.

15

À sept heures du soir, l'humeur de Trish a changé de façon inexplicable. Ou peut-être pas si inexplicable. Quand j'arrive dans l'entrée, elle se balade dans le salon un verre à la main, les pommettes et les yeux rougis.

— Alors, s'écrie-t-elle toute guillerette, vous sortez avec Nathaniel ce soir.

— Oui, dis-je en m'inspectant dans la glace.

J'ai opté pour une tenue simple : jean, joli petit haut et sandales.

— C'est un jeune homme très séduisant, ajoute-t-elle en m'observant par-dessus son verre. Et très bien bâti…

— Oui, je suppose.

— Vous sortez habillée comme ça ? Ce n'est pas très fun. Je vais vous prêter quelque chose.

— Ça m'est égal de ne pas être fun.

J'éprouve quelque inquiétude mais Trish s'est déjà ruée au premier. Quelques instants plus tard, elle réapparaît avec une boîte à bijoux.

— Vous avez besoin d'un peu de clinquant.

Et elle sort un clip en strass en forme d'hippocampe.

— Je l'ai acheté à Monte-Carlo.

— Ah… ravissant, fais-je horrifiée.

Avant que j'aie pu l'en empêcher, Trish repousse mes cheveux d'un côté et me les attache avec le clip. Puis, après un coup d'œil, elle déclare :

— Non, il faut quelque chose de plus accrocheur. Voilà.

Cette fois elle pêche une énorme pince coccinelle qu'elle fixe dans mes cheveux.

— Regardez ! L'émeraude met vos yeux vraiment en valeur.

Je reste sans voix. Vais-je vraiment sortir avec une coccinelle scintillante dans les cheveux ?

— Et ça, c'est pas extra ?

Trish m'attache une chaîne dorée autour de la taille.

— Attendez que j'y pende quelques breloques…

Des breloques ?

Je suis sur le point de protester quand Eddie passe la tête dans la porte.

— Je viens d'avoir le devis pour la salle de bains.

— Cet éléphant brillant n'est-il pas divin ? s'extasie Trish en l'accrochant sur ma ceinture. Et cette grenouille !

Au comble du désespoir, je la supplie :

— S'il vous plaît, je ne crois pas avoir besoin d'éléphants.

— Sept mille, fait Eddie. Plus la TVA. Ça semble assez raisonnable.

— Et avec la TVA ? demande Trish qui farfouille dans sa boîte. Où est passé le singe ?

J'ai l'impression d'être un arbre de Noël. Trish continue de suspendre des babioles dorées à la chaîne, sans parler de la coccinelle toujours à son poste. Quand je pense que Nathaniel va arriver d'une minute à l'autre…

— J'en sais rien, répond Eddie avec impatience. Dix-sept et demi pour cent de sept mille, ça fait quoi ?

— Mille deux cent vingt-cinq, dis-je machinalement.

Silence.

Merde, j'aurais mieux fait de la boucler !

Abasourdis, Trish et Eddie me dévisagent.

— Ou quelque chose d'approchant. J'ai juste dit ça au hasard. Vous avez d'autres breloques ?

Je ris pour donner le change.

Mais aucun des deux ne me prête attention. Eddie a le regard fixé sur la feuille de papier qu'il tient. Quand il lève les yeux, sa bouche remue d'une drôle de façon.

— Elle a raison ! Elle a foutrement raison. C'est la bonne réponse. C'est là, dit-il en brandissant le papier.

— Elle a raison ? Mais comment… ?

— Tu as vu. Elle a calculé de tête.

Tous deux ont les yeux exorbités.

— Elle est autiste ou quoi ? suggère Trish.

Oh ! là ! là ! À mon humble avis, elle a trop regardé *Rain Man*.

— Je ne suis pas autiste ! C'est juste que je calcule vite et bien. Rien d'extraordinaire.

Enfin, on sonne à la porte et je me précipite pour ouvrir. Nathaniel est sur le seuil, un peu plus élégant que d'habitude, en jean beige et chemise verte.

— Salut ! On y va ? dis-je en l'entraînant dehors.

— Hé, attendez ! s'écrie Eddie en me barrant le passage. Ma petite Samantha, vous êtes peut-être plus intelligente que vous ne le croyez.

C'est pas vrai ! Lâchez-moi avec ça !

— Qu'est-ce qui se passe ? demande Nathaniel.

— Samantha est un génie des mathématiques, s'exclame Trish. Nous venons de le découvrir. N'est-ce pas extraordinaire ?

Je lance à Nathaniel un regard du genre « Elle-dit-n'importe-quoi ».

214

— En dehors des cours de cuisine, vous avez fait des études ? me demande Eddie.

Catastrophe ! Je ne me souviens pas de ce que j'ai dit lors de mon entretien d'embauche. Je fais des gestes évasifs.

— Euh… Un peu de tout et de rien. Vous voyez…

— C'est la faute des écoles d'aujourd'hui, commente Trish. Ce Blair est un criminel.

— Samantha, je vais m'occuper de votre instruction, déclare doctement son mari. Et si vous êtes prête à vous en donner la peine, je suis sûr que vous pourrez obtenir un diplôme.

De mieux en mieux !

— Je ne veux pas de diplôme, Monsieur. Je suis heureuse comme je suis. Mais merci quand même.

— Ce n'est pas une réponse, Samantha.

— Il faut avoir de l'ambition, s'écrie Trish avec passion tout en agrippant mon bras. Donnez-vous l'occasion de réussir. De viser haut.

Je ne peux pas m'empêcher d'être touchée par la sincérité des Geiger. Ils souhaitent réellement que je m'améliore.

— Peut-être… je vais y réfléchir.

Je me débarrasse subrepticement de mon harnachement d'animaux dans la boîte à bijoux. Et je me dirige vers Nathaniel qui attend toujours sur le seuil.

— On y va ?

— Qu'est-ce que c'est que cette histoire ? Tu es un génie des maths ?

Nous marchons dans la rue du village. Il fait doux. Mes cheveux caramel au miel brillent et, à chaque pas, j'admire mes ongles de pied peints en rose avec le vernis emprunté à Trish.

— Non, réponds-je en rigolant. Bien sûr que non. J'ai seulement fait un peu de calcul mental. Pas de quoi se relever la nuit.

— C'est utile.

— Oui, mais je préférerais savoir cuisiner comme ta mère. Elle est formidable.

Je me revois dans l'atmosphère chaude et tranquille du cottage, assise à la table d'Iris, repue, somnolente, en paix avec moi-même.

— Ton enfance a dû être heureuse.

— C'est vrai. Bien sûr, mon père vivait encore à cette époque.

— Ils s'entendaient très bien, n'est-ce pas ?

— Oh, ce n'était pas toujours rose. Ma mère est assez grande gueule. Et mon père était pareil. Mais leur union était… solide. Ils savaient qu'ils étaient faits l'un pour l'autre. Quand ils s'engueulaient, mon père allait dans la grange pour fendre du bois et ma mère coupait frénétiquement des légumes dans la cuisine. Ça les défoulait ! Mon frère Jake et moi on se faisait tout petits.

— Comment ça finissait ?

— Un des deux, généralement mon père, cédait. Et tes parents ?

Je me raidis. Je ne suis pas encore prête à parler de moi.

— Rien à voir avec les tiens. Mes parents se sont séparés quand j'étais petite. Ma mère est très prise par son métier.

— Les gens font ce qu'ils ont à faire. C'est dur pour une femme seule d'élever ses enfants, d'arriver à joindre les deux bouts.

— Euh… oui, c'est sans doute vrai.

Cette image de ma mère n'est pas tout à fait conforme à la réalité !

Nous passons devant un vieux mur envahi par des rosiers grimpants qui embaument. La lumière est allumée dans certaines maisons. Les derniers rayons du soleil me réchauffent le dos. Je me sens en pleine forme.

— J'aime bien tes cheveux, au fait.

— Merci. C'est seulement un tout petit changement, tu sais.

Hop, hop, fais-les bouger.

— Où allons-nous ?

— Au pub, si ça te convient.

— Parfait.

Après avoir traversé la rivière, nous nous arrêtons pour admirer la vue. Le soleil couchant nimbe l'eau de flaques ambrées. Les poules d'eau plongent parmi les herbes. Quelques touristes se prennent en photo. Tout à coup, je me sens drôlement fière. Je ne suis pas de passage dans ce superbe endroit, j'y vis.

— Raconte-moi un peu ta vie. Tu faisais quoi avant de venir ici ?

— Oh, rien de passionnant, réponds-je avec un sourire dissuasif. Je ne veux pas t'ennuyer.

Visiblement Nathaniel n'est pas décidé à lâcher prise.

— Mais ça m'intéresse, au contraire. Tu avais un métier ?

J'avance en silence pendant un moment, en essayant de trouver une réponse. Nathaniel m'observe avec attention, je le sens, mais je détourne la tête pour échapper à son regard.

— Tu n'as pas envie d'en parler ? fait-il enfin.

— C'est difficile.

— Une période malheureuse ?

C'est pas croyable, il me voit toujours en femme battue !

— Non, pas vraiment. C'est une longue histoire.

— On a toute la soirée devant nous, rétorque Nathaniel, pas découragé le moins du monde.

En croisant son regard, je suis troublée. Comme si j'avais une douleur dans la poitrine. Ça va être dur mais je vais tout lui raconter. Je vais me débarrasser de ce poids. Lui dire qui je suis, ce qui m'est arrivé et à quel point c'était pénible. Il est le seul en qui je peux avoir confiance. Il comprendra et ne dira rien.

— Alors, tu vas me dire qui tu es à la fin ?

Nathaniel s'est arrêté et, les pouces dans les poches, me dévisage.

— Peut-être.

Une petite foule se tient à l'extérieur du pub The Bell. Deux personnes font des grands signes à Nathaniel qui leur répond. L'atmosphère est sympa, détendue et je ne veux pas tout gâcher.

— Je te raconterai ma vie tout à l'heure. Profitons d'abord de la soirée.

Nous nous frayons un chemin parmi les gens. Certains bavardent debout, d'autres sont assis à des tables en bois.

— Qu'est-ce qu'ils fabriquent ?

— Ils attendent l'ouverture. Le patron est en retard.

Toutes les tables sont prises mais j'aperçois un tonneau.

— Et si on s'asseyait là ?

Pourtant Nathaniel se dirige vers la porte du pub. Et... c'est très curieux, mais les gens se reculent pour le laisser passer ! Il sort de sa poche un gros trousseau de clés puis il me fait signe avec un large sourire.

— Viens ! C'est ouvert.

— Alors, c'est toi le propriétaire du pub !

L'agitation du début de soirée commence à retomber. Pendant cinquante minutes j'ai regardé Nathaniel servir des pintes de bière, plaisanter avec les clients, donner des instructions au personnel et faire en sorte que tout le monde soit content. Maintenant que le coup de feu est passé, il s'approche de moi qui suis perchée sur un tabouret avec un verre de vin.

— De trois pubs, rectifie-t-il. Je ne suis pas le seul propriétaire. C'est une affaire de famille. Nous possédons The Bell, The Swan à Bingley et The Two Foxes.

Il y a des gens partout, à l'intérieur de l'établissement, dans le petit jardin à l'arrière, dans la cour qui donne sur la rue. Le niveau de décibels est au plus haut.

— Comment fais-tu pour t'occuper de trois pubs et être en même temps jardinier ?

— Bon, j'avoue tout, dit Nathaniel en levant les mains en signe de reddition. Je ne suis pas souvent derrière le bar. Nous avons des employés très capables qui s'en occupent. Mais j'ai trouvé que ce soir ce serait marrant.

— Tu n'es pas vraiment jardinier ?

— Si, bien sûr, c'est mon métier, dit-il en rangeant des sous-bocks. Et ça, c'est du business.

Même si le ton de sa voix n'a pas varié, j'ai l'impression d'avoir touché une corde sensible. En regardant autour de moi, j'aperçois une photo sur le mur : le portrait d'un homme blond d'une cinquantaine d'années. Nathaniel en a hérité ses mâchoires bien dessinées, ses yeux bleus et ses petites pattes-d'oie autour des yeux.

— C'est ton père ? Il a l'air cool.

— C'était un vrai boute-en-train. Tout le monde l'adorait.

Un peu ému, Nathaniel avale une grande gorgée de bière et repose son verre.

— Écoute, on n'est pas obligés de rester ici. Si tu préfères aller dans un endroit plus calme…

L'animation est à son comble. Au milieu des bavardages et des rires, je distingue vaguement une chanson. Des habitués se lancent des vannes en hurlant de rire. Deux touristes américains en tee-shirts marqués Stratford on Avon demandent des renseignements sur les différentes bières locales à un barman roux aux yeux rigolards. De l'autre côté de la pièce, un concours de fléchettes a commencé. L'ambiance est amicale. Ça fait bien longtemps que je ne me suis pas sentie aussi bien.

— On reste. Et je vais t'aider.

Je descends de mon tabouret et me glisse derrière le bar.

— Tu sais tirer une pinte de bière ?

— Non, mais je peux apprendre, réponds-je en plaçant un verre sous la pompe.

— Incline le verre de cette façon et maintenant tire !

Je tire et un jet de mousse sort en crachotant.

— Oh merde !

— Doucement, fait Nathaniel.

Il passe un bras autour de moi pour me montrer comment m'y prendre.

— C'est mieux.

Hum, pas mal ! Je suis dans les bras d'un beau gars costaud, dans un état de totale béatitude. Je pourrais peut-être faire l'idiote qui ne comprend rien et rester comme ça toute la soirée !

— Tu sais…

En me tournant pour lui parler, je vois sur le mur un écriteau en bois qui annonce : *PAS DE CHAUSSURES BOUEUSES S'IL VOUS PLAÎT ET PAS DE BLEUS DE TRAVAIL.* En dessous, il y a un autre avis punaisé, un bout de papier jauni sur lequel est écrit au feutre décoloré : PAS D'AVOCAT.

Pas d'avocat ? Je suis sidérée.

— Eh bien, ça y est ! Ta première pinte ! s'exclame Nathaniel en brandissant un verre plein d'un liquide ambré.

— Euh, trop chouette !

Je fais semblant de m'intéresser à la pompe à bière et je lui montre la pancarte.

— Qu'est-ce que c'est ?

— Je ne sers pas les avocats.

— Nathaniel, amène-toi par ici ! crie quelqu'un de l'autre côté du bar.

Avec le même air pince-sans-rire que lui, je demande :

— Et si c'est une femme ?

— Dans ce cas, nous chantons différemment.

Il respire profondément, et commence sur la même musique monotone :

— *Oh, malheur ! elle est morte.*

Je ne peux m'empêcher d'éclater de rire.

— Nous n'avons pas de cantiques à Londres. Les Londoniens ne perdent pas de temps, tu sais. Ils vont de l'avant. En toutes circonstances.

— Je connais les Londoniens. J'ai vécu à Londres pendant un moment.

Nathaniel à Londres ? Je n'arrive pas à me l'imaginer debout dans le métro en train de lire le journal.

— C'était quand ?

— L'année avant la fac. J'étais serveur. Mon appartement, qui était en face d'un supermarché ouvert vingt-quatre heures sur vingt-quatre, était éclairé en permanence par les enseignes lumineuses. Et je ne te parle pas du bruit… En dix mois, je n'ai jamais eu un moment de tranquillité ni une nuit sans lumière. Je n'ai pas entendu un seul chant d'oiseau ni aperçu une étoile.

Instinctivement, je lève la tête vers le ciel.

Lentement, tandis que mes yeux s'habituent à l'obscurité, une multitude de petits points lumineux apparaît en formant des spirales et des dessins que je ne peux déchiffrer. Nathaniel a raison. À Londres, je n'ai jamais vu d'étoiles.

— Je reviens tout de suite, dit-il en me touchant la main.

Il ne sert pas les avocats ! Je me répète sa phrase en avalant une bonne lampée de vin. Et pourquoi, bon sang ?

Du calme ! C'est une plaisanterie. Sans aucun doute. Les gens détestent les avocats, comme ils détestent les agents immobiliers et les inspecteurs des impôts. C'est pas plus grave que ça.

Mais tout le monde n'accroche pas sur son mur ce genre de mise en garde.

Le barman roux, qui vient se réapprovisionner en glaçons près de moi, interrompt mes élucubrations.

— Salut, je suis Eamonn.

— Et moi c'est Samantha, dis-je en lui serrant la main. Je suis venue avec Nathaniel.

— Bienvenue à Lower Ebury !

Je le regarde travailler derrière le bar tout en réfléchissant. Ce type doit savoir ce que signifie la pancarte.

— Dis-moi, cette pancarte, c'est une blague ou quoi ?

— Pas vraiment. Nathaniel ne peut pas blairer les avocats.

— Ah bon ! Et pourquoi ?

Je réussis à grand-peine à garder le sourire.

— Depuis la mort de son père.

— Que s'est-il passé ?

— Un procès entre son père et la mairie. D'après Nathaniel, ce procès n'aurait jamais dû avoir lieu mais son père, poussé par ses avocats, a fait appel. Il a perdu une nouvelle fois. Il ne pensait plus qu'à ça. Résultat : le stress lui a collé un infarctus, puis un deuxième dont il ne s'est pas remis.

— Mais c'est affreux !

— Et en plus, après sa mort, ils ont été obligés de vendre un des pubs pour payer les honoraires des avocats.

Je suis horrifiée.

— Le dernier avocat qui s'est pointé ici, Nathaniel lui a cassé la gueule, murmure Eamonn sur le ton de la confidence.

— Il lui a cassé la gueule !

Je suis médusée.

— C'était le jour de l'enterrement de son père. Un des avocats de Ben est venu. Nathaniel lui a flanqué une bonne raclée. Depuis, on n'arrête pas de le charrier.

Eamonn va servir un client. Je bois une gorgée et mon cœur bat à tout rompre.

Bon, pas la peine de paniquer. Il n'aime pas les avocats, c'est entendu, mais ça ne veut pas dire qu'il ne m'aime pas, moi. Ça ne change rien. Je peux toujours être honnête avec lui, lui parler de mon passé. Il ne m'en voudra pas, c'est sûr.

Mais s'il m'en veut ?

S'il me flanque une châtaigne ?

— Excuse-moi ! Tout va bien ?

Nathaniel a réapparu.

— Tout va bien, fais-je d'une voix presque trop enjouée. Je suis ravie d'être là.

— Hé, Nathaniel, s'écrie Eamonn en essuyant un verre et en m'adressant un clin d'œil, comment tu appelles cinq mille avocats au fond de la mer ?

— Un bon début !

Je n'ai pas pu me retenir.

Je continue en balbutiant :

— Ouais… ils devraient tous croupir… en prison.

Ma déclaration ne suscite rien d'autre qu'un silence surpris. Nathaniel et Eamonn échangent des regards étonnés.

Allez Samantha, change de sujet. Vite.

— Bon, euh…

Et je me tourne vers un groupe de gens qui attendent devant le bar.

— Je peux vous servir quelque chose ?

Quand arrive l'heure de la fermeture, j'ai tiré une quarantaine de pintes. J'ai mangé une assiette de morue avec des frites, la moitié d'un gâteau au caramel bien collant, et j'ai battu Nathaniel aux fléchettes sous les bravos et les cris d'encouragement de la foule.

— Je croyais que tu n'avais jamais joué, s'exclame-t-il après ma victoire écrasante par double huit.

— C'est pourtant vrai, réponds-je très innocemment.

Inutile de lui parler de mes cinq années de tir à l'arc à l'école.

Pour finir, Nathaniel sonne la cloche qui annonce aux clients l'heure de la dernière commande. Une heure plus tard, quelques traînards en sont encore à lui dire au revoir sur le pas de la porte. Ce type doit connaître tout le village.

— On va s'occuper du rangement, dit Eamonn fermement, tandis que Nathaniel ramasse les verres cinq par cinq. Donne-moi tout ça. Et profite de la fin de la soirée.

— Si tu le dis ! C'est sympa, Eamonn. Prête ? me dit-il en se tournant vers moi.

Presque malgré moi, je descends de mon tabouret.

224

— Quelle soirée étonnante ! Eamonn, j'ai été ravie de faire ta connaissance.

— Pareil pour moi. Envoie-nous ta facture, ajoute-t-il en se marrant.

Je suis encore dans l'atmosphère formidable du pub, le plaisir de ma victoire aux fléchettes et la satisfaction d'avoir fait quelque chose de ma soirée.

À Londres, personne ne m'a jamais invitée dans un pub, et encore moins pour me laisser servir seule de l'autre côté du bar. La première fois que nous sommes sortis ensemble, Jacob m'a emmenée voir *Les Sylphides* à Covent Garden. Au bout de vingt minutes, il est sorti de la salle pour prendre un appel des États-Unis et n'est jamais revenu.

« J'étais tellement préoccupé par une des clauses du contrat que je t'ai oubliée », m'a-t-il servi comme excuse, le lendemain.

Et vous savez le pire ? Au lieu de lui balancer une bonne gifle et quelques insultes pour lui apprendre à vivre, je lui ai demandé de quelle clause il s'agissait.

Après la chaleur et les odeurs de bière du pub, la nuit d'été semble fraîche et agréable. On entend au loin le rire de quelques clients qui rentrent chez eux et le moteur d'une voiture. Il n'y a pas de lampadaires. Le seul éclairage vient de la pleine lune et de la lumière qui filtre à travers les rideaux des fenêtres des maisons bordant la rue.

— J'ai adoré cette soirée, dis-je avec enthousiasme. Le pub est vraiment sympa. Tous ces gens ont l'air de bien t'aimer. Pour les habitants de ce village l'amitié n'est pas un vain mot.

— Qu'est-ce qui te fait dire ça ?

— La façon dont tout le monde se tape dans le dos, genre : si quelqu'un a des emmerdes, on est là. Ça vient du cœur, c'est évident.

— Nous avons gagné le prix du village le plus sympathique, raille Nathaniel.

— Tu peux toujours te moquer, mais à Londres les gens sont complètement indifférents. Si tu tombes raide mort dans la rue, on te pousse dans le caniveau après t'avoir piqué ton fric et tes papiers. Un truc pareil n'est pas près d'arriver ici, n'est-ce pas ?

— Non. Ici, quand tu meurs, le village entier se réunit autour de ton lit pour entonner des cantiques.

Je souris.

— En répandant des pétales de fleurs. J'en étais sûre.

— Mais oui. Et avec tout un cérémonial et des amulettes en paille.

Un petit animal traverse la rue, s'arrête pour nous fixer de ses yeux jaunes comme des lampes, puis disparaît dans une haie.

— Et ces cantiques, ils ressemblent à quoi ?

— Quelque chose comme ça.

Après s'être éclairci la voix, Nathaniel entonne une mélopée sinistre :

— *Oh, malheur ! il est mort.*

La voix de Nathaniel me tire de ma rêverie.

— Et toi, qu'est-ce qui t'a amenée ici ?

Je suis prise de spasmes. Je dois tout lui raconter, mais maintenant c'est impossible. Comment lui avouer que je suis avocate ? Comment ?

— Alors voilà… J'étais à Londres dans… cette…

— … histoire, termine-t-il.

— Euh… oui.

Je me triture les méninges pour trouver une suite.

— Les choses se sont mal passées. Je suis montée dans un train et j'ai atterri ici.

Un long silence chargé d'attente s'installe, alors j'ajoute :

— Et c'est tout.

— C'est tout ? C'est ça ta longue histoire ?

Pitié !

— Écoute, dis-je en le regardant dans la lumière du clair de lune, je sais que je devais en dire plus. Mais est-ce que les détails sont vraiment importants ? Qui j'étais ? Ce que je faisais ? Quelle importance ! Le principal c'est que je sois ici. Et que j'aie passé la meilleure soirée de ma vie.

Il va me pousser à en dire plus, j'en suis sûre. Il s'apprête à parler mais se ravise et s'éloigne.

J'espère que je n'ai pas tout fichu en l'air, me dis-je avec désespoir. J'aurais peut-être dû lui dire la vérité. Ou inventer une sombre histoire au sujet d'un copain infect.

Nous avançons dans la nuit sans dire un mot. Nos épaules se frôlent. Puis je sens sa main. D'abord ses doigts touchent les miens comme par hasard et puis ils s'enroulent autour de ma main.

Je me sens toute retournée et j'essaie de retenir mon souffle. La rue est silencieuse à l'exception du bruit de nos pas et du hululement d'une chouette. Nathaniel tient fermement ma main. Je sens les callosités de sa paume, et son pouce caresse le mien.

Nous arrivons devant l'allée des Geiger. Il me regarde en silence avec une expression presque grave. Ma respiration se fait difficile. J'ai envie de lui. Tant pis s'il s'en rend compte !

Les convenances et moi, on n'a jamais fait bon ménage.

Il me prend par la taille et m'attire contre lui. Je ferme les yeux.

— Alors ! Qu'est-ce que vous attendez pour l'embrasser ? s'exclame une voix bien connue.

Je fais un bon en arrière. Nathaniel, qui m'a relâchée, a l'air tout aussi surpris. Trish, une cigarette à la main, prend le frais à une fenêtre du premier étage.

— Je ne suis pas prude, vous savez. Vous avez le droit de vous embrasser.

Je la fusille du regard. De quoi se mêle-t-elle ?

— Allez-y, fait-elle avec des gestes d'encouragement, ne vous gênez pas pour moi !

L'extrémité de sa cigarette rougeoie dans la nuit.

Si, justement, ça me gêne. Je n'ai pas envie que mon premier baiser avec Nathaniel ait Trish pour témoin. Visiblement Nathaniel pense la même chose.

— Nous allons…

Je ne sais même pas ce que je vais dire.

— Merveilleuse nuit d'été, vous ne trouvez pas ? ajoute Trish.

— Merveilleuse, répond Nathaniel poliment.

Quelle catastrophe ! Le romantisme de l'instant est totalement rompu.

— Euh… merci pour la soirée, dis-je, l'air aussi imperturbable que possible. J'ai passé un très bon moment.

— Moi aussi.

Ses yeux, dans l'ombre, ont des reflets indigo.

— Nous avons deux possibilités. Ou nous faisons ce qu'il faut pour que Mme Geiger prenne son pied. Ou nous décidons de la laisser dans un état de frustration intolérable.

De sa fenêtre, Trish nous regarde toujours avec avidité, comme si elle attendait que nous nous donnions en spectacle.

Je réplique alors avec un petit sourire :

— Oh, je crois qu'elle mérite la frustration intolérable.

— On se voit demain ?

— Je serai chez ta mère à dix heures.

En partant, il m'effleure la main. Je le regarde disparaître dans la nuit. Puis, le corps tout tremblant, je marche vers la maison.

C'est très bien de donner une petite leçon à Trish. Sauf que, du coup, je suis moi aussi dans un état de frustration intolérable.

16

Le lendemain matin, je suis réveillée par Trish qui frappe à ma porte.

— Samantha, il faut que je vous parle. Tout de suite !

Nous sommes samedi et il n'est même pas huit heures. Où est l'urgence ? Je marmonne à moitié endormie :

— D'accord, une seconde.

Je sors du lit et j'enfile une robe de chambre tandis que quelques-uns des délicieux moments de la soirée me reviennent en mémoire. Nathaniel et moi, main dans la main… Nathaniel m'enlaçant…

— Oui Madame ?

J'ouvre la porte. Trish en peignoir blanc tient un téléphone sans fil.

— Samantha, dit-elle avec une curieuse note de triomphe dans la voix, vous ne m'avez pas dit toute la vérité !

Je suis abasourdie. Comment est-ce qu'elle… ?

— J'ai raison, n'est-ce pas ? Je suis sûre que vous savez de quoi je parle.

Je passe en revue tous les bobards que j'ai servis à Trish depuis le premier « Je suis bonne à tout faire ». C'est certainement autre chose. Une petite menterie de rien. Ou alors elle a découvert le pot aux roses.

Je proteste d'une voix enrouée :

— Non, je ne vois pas, Madame.

— Bon, fait Trish en croisant les pans de son peignoir de soie, vous pouvez imaginer que je suis plutôt mécontente d'apprendre à l'instant que vous avez préparé une paella pour l'ambassadeur d'Espagne.

J'en reste bouche bée.

— Avant de vous engager, je vous ai pourtant demandé si vous aviez déjà fait la cuisine pour des gens importants. Mais vous n'avez jamais mentionné le banquet pour trois cents personne à la Mansion House pour le maire de Londres.

Pendant qu'elle parle, ses sourcils se lèvent dans une expression de reproche.

Elle doit être légèrement maniaco-dépressive. Cela expliquerait ses brusques changements d'humeur.

— Vous ne voulez pas vous asseoir, Madame ?

— Merci, non. Je suis toujours au téléphone avec lady Edgerly.

Avec Freya ?

— Vous avez raison, lady Edgerly, elle est beaucoup trop modeste.

Elle me tend le téléphone. Je n'en crois pas mes oreilles !

— Samantha, lady Edgerly voudrait vous dire un mot.

— Allô ?

— Samantha ? Ça va ? Bordel, qu'est-ce qui t'arrive ?

La voix rauque de ma copine me parvient à travers un océan de parasites.

— Très bien, dis-je.

Trish est à deux mètres de moi.

— Je vais aller dans un endroit un peu plus... euh...

Ignorant le regard perçant que me jette Trish, je me précipite dans ma chambre et ferme la porte.

— Tout va bien, Freya. C'est tellement inattendu de t'entendre.

Ce que je suis contente de l'avoir au bout du fil !

— Alors, dis-moi ce qui se passe. J'ai eu ce message mais c'était incompréhensible. Toi, bonne à tout faire ? Tu me fais marcher ?

— Non.

Avant de continuer, je me réfugie dans la salle de bains et mets en route la ventilation.

— Je suis employée de maison, dis-je en baissant la voix. J'ai quitté Carter Spink.

— Tu es partie ? Comme ça ?

— Non, j'ai été virée. J'ai fait une connerie et ils m'ont fichue dehors.

C'est toujours difficile à avouer. Et ça me fait encore mal, rien que d'y penser.

— Ils t'ont virée pour une simple connerie. Bon Dieu, ces gens sont...

— Ce n'était pas une petite bêtise. C'était une énorme et importante connerie. Mais peu importe. C'est du passé. Et j'ai décidé de faire quelque chose de totalement différent. Devenir bonne à tout faire pour un moment.

— Tu as décidé d'être bonne à tout faire ? répète Freya. Dis-moi, Samantha, tu as complètement perdu la tête ?

— Mais non. Tu disais toi-même que j'avais besoin d'un break.

— Mais employée de maison ! Tu ne sais même pas cuisiner !

— Je sais tout ça.

— Tu es incapable de faire cuire un œuf. Je t'ai vue à l'œuvre. Et pour le ménage tu es une vraie nullité.

— Tu as raison. Au début c'était un cauchemar. Mais je suis en train d'apprendre. Tu serais surprise de voir les progrès que j'ai faits.

— Tu dois porter un tablier ?

— Non, un uniforme en nylon absolument hideux.

Je me mets à rigoler.

— Et je les appelle Madame et Monsieur. Et je fais la révérence.

— Samantha, c'est grotesque. Tu ne peux pas rester là. Je vais venir te chercher. Demain, je prends l'avion et…

— Non ! Ne fais pas ça ! Ça me plaît et j'ai rencontré…

Je m'arrête brusquement. Mais Freya a tout de suite capté.

— Un mec ? demande-t-elle ravie.

— Oui !

— Super ! Il était temps. J'espère que ce n'est pas un de ces avocats pourris.

— Pas du tout. Ne t'inquiète pas.

— Raconte.

— C'est le début. Mais il est… cool.

— D'accord, mais ça n'empêche. Si tu veux t'en aller, tu n'as qu'à m'appeler. Tu peux venir habiter chez nous.

— Merci, Freya.

Voilà une vraie amie.

— Pas de quoi. Samantha ?

— Quoi ?

Silence au bout du fil. A-t-on été coupées ?

— Et ton métier d'avocat ? reprend-elle. Et ton envie de devenir associée ? Tu en rêvais. Tu laisses tout tomber ?

La douleur que j'avais réussi à enterrer est en train de pointer le bout de son nez.

— Fini de rêver ! Les associés ne font pas perdre cinquante millions à leur client.

— Cinquante millions !

— Ouais.

— C'est dingue ! Tu as dû t'en prendre plein la gueule.

— T'occupe ! C'est fini !

Freya soupire.

— Tu sais, je sentais bien qu'il se mijotait quelque chose. J'ai essayé de t'envoyer un mail l'autre jour à ton adresse du cabinet, mais elle n'existe plus.

— Ah oui, déjà ?

Voilà qui me fait mal au cœur.

— Alors j'ai pensé…

Quand elle s'arrête de parler, j'entends une sorte de brouhaha en arrière-fond.

— Oh merde, déjà ! la voiture m'attend. Je te rappelle bientôt.

— Non ! Avant de raccrocher, dis-moi ce que tu as raconté à Trish au sujet de l'ambassadeur d'Espagne, de la Mansion House et du maire de Londres ?

— Oh, comme elle n'arrêtait pas de me poser des questions, j'ai pensé que quelques inventions feraient bien dans le paysage. J'ai prétendu que tu étais capable de plier des serviettes de table en forme de cygne, que tu savais faire des sculptures en glace, que David Linley, le neveu de la reine, t'avait demandé un jour ta recette d'allumettes au fromage.

Je ferme les yeux et m'écrie :

— Freya !

— J'en ai fait des tonnes, je l'avoue. Mais elle a tout gobé. Bon, il faut que j'y aille. Salut, ma biche. Bisous.

— Bisous.

Je raccroche et reste immobile. Sans la voix rauque de Freya, cette salle de bains est bien silencieuse.

Un coup d'œil sur ma montre me dit que j'ai encore un peu de temps devant moi.

Trois minutes plus tard, assise au bureau d'Eddie, je suis en train de me connecter à Internet. J'ai demandé à Trish la permission d'envoyer un mail de remerciement à lady Edgerly. Elle mourait d'envie de rester plantée derrière mon dos mais je lui ai fait poliment comprendre que je voulais rester seule un petit moment.

Dès que la connexion est établie, je tape : www.carter spink.com.

Le logo rouge et familier apparaît en faisant des cercles sur l'écran. Tiens, ma vieille nervosité refait surface ! Je respire un bon coup, clique sur la page d'accueil et vais directement à la liste des avocats. Freya a raison. À la lettre S, le nom de Snell saute directement à Taylor. Pas de Sweeting.

Allez, sois logique, Sam ! Tu t'attendais à quoi ? Ils t'ont virée. C'est normal qu'ils aient enlevé ton nom. C'est du passé et ça n'a plus d'intérêt. Tu dois te déconnecter, aller chez Iris et oublier tout ça.

Je devrais le faire mais, au lieu de ça, je tape mon nom dans la recherche rapide. *Pas de résultats*, indique l'écran au bout d'un moment.

Pas de résultats ? Rien sur le site tout entier ? Et dans la section *Média* ? Et dans la section *Archives* ?

Je clique sur *Affaires traitées* et cherche la fusion Euro-Sal/DanCo. C'est une des grosses transactions européennes de l'année dernière et je me suis occupée de la partie financière. Le rapport apparaît sur l'écran sous le titre « Carter Spink, conseil d'une fusion de vingt milliards de livres ». Je parcours le texte qui m'est familier. *L'équipe de Carter Spink était dirigée depuis le bureau de Londres par Arnold Saville assisté de Guy Ashby et Jane Smilington.*

Incroyable ! Je repars en arrière, relis avec attention le texte à la recherche des mots manquants : *et*

Samantha Sweeting. Mais rien de rien. Je clique alors en vitesse sur une autre affaire : l'achat de Conlon. Je sais que je figure dans le rapport. Je l'ai lu, bordel de merde. Je faisais partie de l'équipe. Mon nom a paru dans la presse financière.

Mais je n'y suis pas non plus.

Mon cœur bat sourdement alors que je clique d'un contrat à l'autre. Je parcours toutes les affaires de l'année dernière. De l'année d'avant. Des cinq années précédentes. Ils m'ont rayée des dossiers. Quelqu'un s'est donné la peine de passer tout le site au crible pour me faire disparaître. Mon nom a été gommé de tous les contrats sur lesquels j'ai travaillé. Comme si je n'avais jamais existé.

J'essaie de rester calme, mais je bouillonne d'une fureur brûlante. Comment ont-ils osé transformer la vérité ? Comment ont-ils osé me supprimer ? Je leur ai donné sept ans de ma vie. Ils ne peuvent pas m'effacer, prétendre que je n'ai jamais fait partie du cabinet. Pourquoi d'ailleurs ? Pourquoi se donner tant de mal ? Des tas de gens quittent des boîtes sans pour autant disparaître des archives. Je leur faisais tellement honte pour qu'ils m'aient escamotée comme ça ?

Au bout d'un moment de réflexion, je vais sur Google, je tape mon nom et « avocat » pour éviter toute confusion, puis je clique sur « Recherche Google ».

Après quelques secondes, l'écran se remplit. La vision des titres d'articles me met KO.

… La débâcle de Samantha Sweeting…

… une fois découverte, Samantha a déserté, laissant ses collègues…

… les nouvelles concernant Samantha Sweeting…

… Les blagues de Samantha Sweeting. Comment appelez-vous un avocat qui…

... Samantha Sweeting débarquée du cabinet Carter Spink...

Et ainsi de suite. Provenant de sites d'avocats, du département des nouvelles judiciaires, de blogs d'étudiants en droit.

Hébétée, je clique sur la page suivante : c'est la même chose sur toutes les pages.

J'ai l'impression d'être la survivante du déraillement d'un train, regardant les dégâts et réalisant les ravages causés par l'accident.

Je ne pourrai jamais revenir.

Je le savais.

Non, en fait, je le savais sans le savoir. Sans l'avoir enregistré au plus profond de moi-même.

En refermant le fichier, des larmes coulent sur mes joues. J'efface toute trace de mon passage au cas où Eddie se montrerait curieux. J'éteins l'ordinateur et regarde la pièce autour de moi. C'est ici que je suis. Et non pas là-bas. Cette partie de ma vie est bien terminée.

J'arrive hors d'haleine chez Iris. Son cottage est toujours aussi idyllique. Et il y a maintenant une oie qui se dandine au milieu des poules.

— Bonjour ! s'exclame Iris, assise sur une marche avec une tasse de thé. Vous avez l'air d'avoir couru.

— Je voulais être à l'heure, dis-je en regardant un peu partout pour voir si Nathaniel se trouve dans les parages.

— Nathaniel a été obligé d'aller au pub pour s'occuper d'une fuite, dit Iris comme si elle lisait dans mes pensées. Il reviendra plus tard. En attendant, nous allons faire du pain.

— Très bien !

Je la suis avec enthousiasme dans la cuisine où le même tablier à rayures m'attend.

— J'ai déjà commencé, prévient Iris devant une grande jatte en grès posée sur la table. Levure, eau chaude, beurre fondu et farine. Mélangez le tout et vous obtenez votre pâte. Il ne vous reste qu'à pétrir.

J'acquiesce en contemplant la pâte fixement.

— Très bien.

Iris me regarde avec curiosité.

— Ça va, Samantha ? Vous n'avez pas l'air dans votre assiette.

— Tout va bien, merci, réponds-je en m'efforçant de rester concentrée.

— Il y a des gens qui utilisent une machine pour pétrir la pâte. Mais je préfère la bonne vieille méthode. Le résultat est bien meilleur.

Elle malaxe la pâte énergiquement.

— Vous voyez ? Vous pliez et vous faites un quart de tour. L'opération demande pas mal d'huile de coude.

Avec précaution, je plonge mes mains dans la pâte en essayant de l'imiter.

— Voilà ! Prenez le rythme et continuez à travailler la pâte. Pétrir est idéal pour évacuer le stress, ajoute-t-elle avec un zeste d'humour à froid. Imaginez que vous êtes en train de battre votre pire ennemi.

— C'est ce que je vais faire.

Mais mon stress ne diminue pas. À vrai dire, plus je plie et plus je tourne, plus je sens la tension monter. Impossible de ne pas penser à ce que j'ai vu sur Internet.

J'ai accompli du bon boulot pour le cabinet. J'ai attiré des clients. J'ai négocié des transactions. Je n'étais pas rien.

Non, je n'étais pas rien.

— Plus vous travaillerez la pâte, meilleur sera le pain, m'explique Iris. Vous sentez comme elle devient chaude et élastique ?

J'ai beau toucher et regarder la pâte, rien ne se passe. Je n'éprouve rien, je ne suis pas à ce que je fais. Quant à mon esprit, il dérape comme un écureuil sur de la glace.

Je recommence à pétrir encore plus fort dans l'espoir de m'impliquer. Je veux retrouver le même genre de satisfaction que la dernière fois, ce même sentiment d'authenticité simple. Mais je perds le rythme et je m'énerve. Mes avant-bras se crispent, mon visage est en sueur. Et mon anxiété empire.

Comment ont-ils osé effacer mon nom ? J'étais une bonne avocate.

Foutrement bonne.

— Vous voulez faire une pause ? demande Iris en me tapotant l'épaule. Quand on n'a pas l'habitude, c'est difficile.

Je m'exclame sans réfléchir :

— À quoi ça sert ? À quoi sert de faire du pain ? Vous le faites, vous le mangez et c'est fini.

Qu'est-ce qui m'arrive ? Je ne suis pas au top de ma forme, c'est sûr.

Iris me dévisage avec attention.

— Vous pouvez dire la même chose de toute la nourriture, me fait-elle gentiment remarquer. Ou même de la vie.

— Exactement, dis-je en m'essuyant le visage avec le tablier.

Qu'est-ce que je raconte ? Pourquoi est-ce que je cherche des noises à l'adorable Iris ? Il faut que je me calme.

— On a assez pétri, fait-elle en prenant la pâte pour en faire une boule.

— Et maintenant ? On la met dans le four ?

J'essaie de retrouver un ton de voix normal.

— Pas encore, on doit attendre, répond-elle en mettant la pâte dans la jatte qu'elle pose sur un coin du fourneau.

— Attendre ? Combien de temps ?

— Une demi-heure devrait suffire, dit-elle en couvrant la jatte d'un torchon. Et maintenant une tasse de thé ne nous fera pas de mal.

— Mais pourquoi attendre ?

— Pour que la levure fasse gonfler la pâte, me dit-elle en souriant. C'est magique. Sous le torchon un petit miracle est en train de se produire.

Je regarde la jatte en pensant aux miracles. Peine perdue. Je ne suis ni calme, ni sereine. Je suis trop meurtrie, trop tendue. Il n'y a pas si longtemps, je contrôlais mon emploi du temps à la minute près. Voire à la seconde près. Et me voilà maintenant attendant que la levure veuille bien faire son effet. À quoi en suis-je réduite ? À attendre en tablier… qu'une moisissure pousse !

Je m'écrie :

— Désolée, c'est au-dessus de mes forces.

Et, sur ce, je sors dans le jardin.

— Qu'est-ce qui se passe, mon petit ? s'écrie Iris qui m'a suivie.

— Je ne peux pas attendre patiemment que la levure se décide à faire monter la pâte, voilà tout.

— Mais pourquoi ?

— C'est une perte de temps, voilà pourquoi. Tout ça, c'est une telle perte de temps.

— Qu'est-ce que vous proposez qu'on fasse à la place ?

— Quelque chose d'important, de constructif.

Incapable de rester en place, je vais et viens entre un pommier et la maison.

Iris ne semble pas spécialement ébranlée.

— Plus constructif que de faire du pain ?

Oh ! là ! là ! J'ai vraiment envie de hurler. Pour Iris, avec ses poules et son tablier, tout va pour le mieux. Sa carrière foutue ne s'étale pas sur Internet !

— Vous ne comprenez rien, dis-je, prête à fondre en larmes. Désolée, mais je vais m'en aller.

— Ne partez pas !

À ma grande surprise, Iris a l'air déterminée. Elle s'approche de moi, pose ses mains sur mes épaules et plonge son regard bleu et pénétrant dans le mien.

— Samantha, je pense que vous êtes sous le choc de quelque chose de grave.

J'essaie d'échapper à son étreinte.

— Pas du tout ! Simplement, je ne peux pas faire tout ça. Je ne peux pas faire semblant. Je ne suis pas boulangère. Je ne suis pas une fée du logis.

Je cherche quelque chose dans le jardin qui pourrait me donner une idée et, finalement, j'explose :

— Je ne sais pas qui je suis, d'ailleurs. Bordel, je n'en sais foutrement rien !

J'essuie rapidement une larme. Je ne vais quand même pas pleurer devant Iris.

— Je suis perdue, dis-je en me calmant. Je n'ai pas de but. Je ne sais pas quoi faire de ma vie.

Vidée, je m'écroule dans l'herbe, et Iris vient s'accroupir à côté de moi.

— Relaxez-vous, mon petit. Ce n'est pas parce que vous ne savez pas où vous en êtes qu'il faut vous fustiger. Vous n'êtes pas obligée d'examiner votre avenir à la loupe ni de faire des projets à long terme. Parfois, savoir ce qu'on va faire dans la minute qui suit est amplement suffisant.

Ses paroles agissent sur moi comme un baume apaisant.

Dans un haussement d'épaules résigné, je demande :

— Et je vais faire quoi dans la minute qui suit ?

— M'aider à écosser les fèves pour le déjeuner.

Iris et son grand sens pratique arrivent à m'arracher un sourire malgré moi.

Je suis docilement Iris dans la cuisine où je prends un grand bol de fèves. Je les sors une à une de leur cosse comme elle me l'a montré. Je mets les cosses dans un panier posé par terre, les fèves écossées dans une cuvette. Et je recommence. Encore et encore.

Ce travail répétitif a un effet calmant. Je ne savais même pas que les fèves avaient des cosses. Pour être honnête, ma seule expérience avec les fèves a consisté à en acheter une fois sous plastique au supermarché, à ranger le paquet dans mon frigo et à le ressortir après la date limite pour le jeter à la poubelle.

Mais, cette fois, les fèves sont bien réelles. Récoltées dans la terre. Ou… cueillies dans un arbre. Peu importe !

Fendre une cosse, c'est chaque fois découvrir une rangée de petites perles vert pâle. J'en mets une dans ma bouche, c'est comme…

Oh, berk !… Je crois qu'il faut les cuire.

Quand j'en ai terminé avec les fèves, nous revenons à la pâte. Nous formons des boules que nous mettons dans des moules à pain. Il faut encore attendre une demi-heure que la pâte monte, mais cette fois ça m'est égal. Avant de mettre les pains au four, je m'assieds avec Iris et nous équeutons des fraises tout en écoutant la radio. Puis Iris empile sur un plateau du fromage de Cheshire, des fèves en salade, des biscuits et des fraises. Et nous nous installons sous un arbre pour déjeuner.

— Vous vous sentez mieux ? demande-t-elle en versant du thé glacé dans de grands gobelets en verre soufflé.

— Oui, merci. Désolée pour tout à l'heure. Je…

— Samantha, vous n'avez pas à vous excuser.

Iris pose un morceau de fromage dans mon assiette.

— Mais si, je suis désolée. Vous avez été si gentille. Et Nathaniel…

— Il vous a emmenée au pub à ce qu'on m'a dit.

— C'était vraiment génial ! Vous devez être fière d'être propriétaire de ces pubs.

— Ils sont dans la famille Blewett depuis des générations.

Elle sert la salade de fèves assaisonnée avec de l'huile d'olive et des fines herbes. Je goûte et c'est absolument délicieux.

— La mort de votre mari a dû être un choc.

— Tout était sens dessus dessous, commente Iris à sa manière très pragmatique.

Elle chasse une poule qui s'était aventurée sous la table et continue.

— Une période horrible ! Je n'allais pas bien. Nous avions des difficultés d'argent. Sans l'intervention de Nathaniel, nous aurions perdu tous les pubs. Mais il s'est démené pour que tout rentre dans l'ordre. En mémoire de son père.

Ses yeux se voilent, elle hésite à poursuivre.

— Quoi qu'on fasse, on ne sait jamais comment les choses vont tourner. Mais vous le savez, n'est-ce pas ?

— J'ai toujours pensé que mon avenir était tout tracé. J'avais tout prévu.

— Mais il s'est passé quelque chose…

Je me tais, incapable de répondre. Je revois le moment où j'ai appris que j'allais être nommée associée. Ce moment de joie pure. Quand je pensais que ma vie était sur des rails, que tout était parfait.

— Oui, il s'est passé quelque chose, dis-je après quelques secondes.

Iris me regarde avec une telle expression de sympathie que j'ai l'impression qu'elle peut deviner mes pensées.

— Ne soyez pas trop dure avec vous-même, mon petit. Tout le monde a des moments de doute.

Comment imaginer Iris dans le doute ? Elle semble tellement équilibrée.

— Oh, il m'est arrivé de douter après la mort de Benjamin. C'est arrivé si subitement. Tout ce que je croyais avoir construit a disparu en une nuit.

— Comment avez-vous réagi ?

— J'y suis arrivée mais ça m'a pris du temps. Tenez, je vais faire du café. Et voir où en est notre pain.

Alors que je me lève pour l'accompagner, elle refuse.

— Restez assise et détendez-vous.

Je reste donc assise à siroter, en essayant de me détendre, de profiter du moment présent, dans ce jardin ravissant. Mais je suis toujours sous le coup de l'émotion. De beaucoup d'émotions.

« J'y suis arrivée », a dit Iris.

Mais comment ? Mystère. Pour l'instant, j'ai l'impression d'avancer à tâtons dans l'obscurité. Une chose est sûre : je dois tourner la page.

Je ferme les yeux et je m'efforce de faire le vide dans ma tête. Quelle connerie d'être allée sur Internet ! Je n'aurais jamais dû lire tous ces commentaires à mon sujet.

— Tendez les bras et ne regardez pas !

Iris est derrière moi. J'obéis. Une seconde après, quelque chose de chaud et d'odorant est dans mes bras. C'est une miche de pain.

Du vrai pain. Comme celui de la vitrine du boulanger. Gonflé et doré avec une croûte épaisse. Son odeur me fait monter l'eau à la bouche.

— Ne me dites pas que ce n'est rien, dit Iris en me prenant le bras. Vous avez fait ce pain, mon petit. J'espère que vous êtes fière de vous.

Et pourquoi pas, après tout ? J'ai fait ce pain. Moi, Samantha, qui n'étais même pas capable de faire réchauffer de la soupe au micro-ondes. Qui ai donné sept ans de ma vie pour rien. Qui ne sais pas où j'en suis.

J'ai fait ce pain. À ce moment précis, cette miche tiède est la seule chose à laquelle j'ai envie de me raccrocher.

Qu'est-ce qui m'arrive ? Horreur ! Je suis en larmes. Ridicule. Reprends-toi, bécasse.

— Il a l'air bon.

C'est la voix tranquille de Nathaniel qui se tient à côté de sa mère.

— Tiens, salut, fais-je, paniquée. Je croyais que tu étais en train d'arranger un tuyau.

— C'est vrai. Mais je devais passer à la maison.

— Je vais retirer les autres miches du four.

Après une petite tape sur le dos de son fils, Iris traverse la pelouse en direction de la maison.

Je suis debout. La présence de Nathaniel ajoute encore d'autres émotions à celles qui m'agitent déjà.

— Un problème ? demande-t-il, me voyant pleurer.

— Bof ! C'est une drôle de journée. D'habitude, la vue d'une miche de pain ne me met pas dans un état pareil.

— Maman m'a dit que le pétrissage n'était pas ton truc.

— Non, c'était d'avoir à attendre que la pâte lève, réponds-je avec un sourire désabusé. La patience n'est pas mon fort.

— Oh, oh, fait Nathaniel en plantant ses yeux bleus dans les miens.

— Pour tout. J'aime obtenir tout tout de suite.

Je me rapproche de lui involontairement.

— Oh, oh.

Nous sommes à quelques centimètres l'un de l'autre. Quand je le dévisage, j'ai le sentiment que toutes les frustrations et tous les chocs de ces deux dernières semaines se condensent. C'est presque intolérable. Incapable de me contrôler, je l'attire vers moi.

Je n'ai pas embrassé de cette façon depuis mes quinze ans. Nous sommes serrés l'un contre l'autre comme si rien d'autre au monde n'existait. Même si Trish était devant nous avec une caméra vidéo en train de nous filmer, je m'en ficherais.

Après ce qui me semble avoir duré des heures, j'ouvre les yeux et nous nous séparons. J'ai les lèvres gonflées et les jambes en coton. Nathaniel n'a pas l'air plus frais.

La miche de pain est complètement écrasée. Quand j'essaie de lui redonner forme sur la table, elle a tout d'une poterie mal fichue.

— Je ne peux pas rester longtemps. Il faut que je retourne au pub.

Nathaniel me caresse le dos, me donnant envie de me coller contre lui.

— Je n'en ai pas pour longtemps.

Ma voix est rauque de désir. Qu'est-ce qui me prend d'être effrontée comme ça ?

— Je n'ai vraiment pas beaucoup de temps. Environ six minutes.

— C'est amplement suffisant.

Nathaniel me sourit comme si je plaisantais.

— Je suis sérieuse. Six minutes. Plus ou moins. Ça me suffira.

On entendrait une mouche voler. Nathaniel a l'air sidéré. Et bien moins emballé que je ne pensais.

— Ici, on n'est pas aussi rapides, finit-il par dire.

— Euh… oui, sûrement.

J'aurais mieux fait de la boucler.

Nathaniel regarde sa montre.

— Il faut que je file. Je passe la nuit à Gloucester.

Son ton boulot-boulot me tue. En plus il évite mon regard. Quelle conne ! Pourquoi donc a-t-il fallu que je me montre si empressée ? Il ne faut jamais tenter de mesurer quoi que ce soit quand on parle de sexe avec un homme. Pas même le temps. C'est une règle élémentaire.

— Bon, à bientôt alors, dis-je, décontractée mais engageante. Tu fais quoi demain ?

— Je n'en sais rien, marmonne-t-il. Tu seras dans le coin ?

— Sûrement. Sans doute.

— Peut-être qu'on se verra.

Sur ce, il s'éloigne en traversant la pelouse. Je reste plantée là comme une idiote, avec ma miche de pain aplatie et dans une complète confusion.

17

Je me répète mais, franchement, il devrait y avoir une autre organisation. Une sorte d'arrangement universel qui empêcherait tout malentendu. Peut-être un geste des mains. Ou de minuscules autocollants qu'on mettrait sur le revers de nos vestes. D'après leur couleur, ils signifieraient :

Disponible/Pas disponible.

On est ensemble/C'est terminé.

Acte sexuel imminent/Acte sexuel annulé/Acte sexuel simplement remis à plus tard.

Sinon comment savoir où on en est ? Hein ?

Le lendemain matin se traîne en longueur. Je n'ai nulle part où aller, donc je gamberge :

a) soit Nathaniel n'a pas aimé mes allusions et a par conséquent décidé d'arrêter les frais ;

b) soit il est d'accord mais, comme tous les mecs, il n'est pas très bavard. Dans ce cas, je n'ai plus de souci à me faire.

Peut-être qu'il est partagé entre les deux.

Ou alors il existe une autre option qui m'a échappé.

Non, je ne crois pas. Mais, rien que d'y penser, j'ai la tête à l'envers.

Vers neuf heures, je descends en robe de chambre et, dans le hall, je tombe sur les Geiger sur leur trente et un. Eddie en blazer marine avec des boutons dorés brillants, et Trish en tailleur de shantung blanc avec, épinglée au revers, une énorme rose en tissu. Elle est en train de se battre avec les boutons de sa veste. Après quelques essais infructueux, elle arrive enfin à se boutonner et, légèrement essoufflée, se recule pour juger de l'effet dans la glace.

La veste est tellement serrée qu'on a l'impression qu'elle ne peut plus bouger les bras.

— Qu'est-ce que tu en penses ? demande-t-elle à Eddie.

— Très bien, dit-il en examinant une vieille carte routière. C'est la A347 ou la A367 ?

Je suggère alors :

— Hum, je crois que c'est mieux avec la veste ouverte. Plus... décontracté.

Trish me jette un œil noir, comme si j'essayais délibérément de saboter sa tenue.

— Oui, finit-elle par admettre. Vous avez peut-être raison.

Elle tente de défaire les boutons mais elle est tellement boudinée qu'elle n'y parvient pas. Pendant ce temps, Eddie se dirige vers son bureau.

— Je peux vous aider ?

— Oui, ça serait très aimable à vous.

Son cou est tout congestionné.

Je m'efforce de déboutonner la veste en douceur, ce qui n'est pas facile à cause de la tension du tissu. Quand Trish se regarde dans le miroir, elle tire sur sa jupe en soie. Elle a sa tête des mauvais jours.

— Dites-moi, Samantha, si c'était la première fois que vous me voyiez, quel est le premier mot qui vous viendrait à l'esprit ?

Oh ! la question piège. Vite ! Trouve un ou deux qualificatifs flatteurs.

— Euh… élégante, finis-je par sortir, en hochant la tête pour donner plus de force à l'adjectif. Je dirais que vous êtes élégante.

— Élégante ?

J'ai l'impression d'avoir tout faux. Je rectifie immédiatement :

— Je veux dire mince.

Voilà la bonne réponse !

— Mince ?

Trish s'examine dans le miroir sous toutes les coutures.

Visiblement elle n'est pas satisfaite. Mais bordel, que lui faut-il de plus ?

Parce que, pour être honnête, elle n'est ni l'une ni l'autre.

— Et… jeune, non ?

Elle lance ça comme ça, en repoussant ses cheveux en arrière.

La surprise me cloue sur place. Jeune, Trish ? Comparée à quoi ?

— Euh, oui, absolument. Cela va sans dire.

S'il vous plaît mon Dieu, faites qu'elle ne me demande pas de deviner son âge.

— Quel âge me donnez-vous ?

Elle prend un air complètement détaché en faisant mine de brosser quelque poussière imaginaire sur sa veste. Mais je sais qu'elle est tout ouïe.

Pauvre de moi ! Qu'est-ce que je vais bien pouvoir lui sortir. Trente-cinq ans ? Non, ridicule ! Elle ne peut quand même pas avoir ce genre d'illusions. Quarante ? Non. Trop près de la vérité. Je me lance, au hasard :

— Trente-sept ans ?

Vu l'expression ravie de Trish, j'ai tapé dans le mille.

— En fait, j'en ai... trente-neuf, s'exclame-t-elle alors que ses joues rosissent.

— Pas possible ! C'est difficile à croire.

Quelle menteuse ! Elle a eu quarante-six ans en février dernier. Si elle veut le cacher, elle n'a qu'à ne pas laisser traîner son passeport sur sa coiffeuse.

— Nous serons absents toute la journée, poursuit-elle, d'excellente humeur. Ma sœur donne une fête. Nathaniel va venir travailler dans le jardin, mais j'imagine que vous êtes déjà au courant.

— Nathaniel ? Il va venir aujourd'hui ?

— Il a téléphoné ce matin. Les pois de senteur ont besoin d'être alignés ou enroulés... enfin, quelque chose comme ça !

Sur ce, Trish entreprend d'accentuer ses lèvres déjà largement soulignées.

— Je ne savais pas. Il travaille le dimanche d'habitude ?

J'essaie de paraître calme alors que je suis gagnée par une excitation sans bornes.

— Oui, souvent. Il est très consciencieux.

Elle est toujours en train de se regarder dans la glace et décide de rajouter une nouvelle couche de rouge à lèvres.

— Il paraît qu'il vous a emmenée dans son petit pub ?

Son petit pub ! Quelle façon condescendante de parler !

— Oui.

— J'en suis ravie, vraiment ravie.

Maintenant, elle se remet du mascara.

— Figurez-vous que nous avons presque été obligés de chercher un autre jardinier. Quelle déception pour lui ! Après tous les plans qu'il avait faits.

Quelque chose m'échappe, même plusieurs. De quoi parle-t-elle ?

— Une déception à cause de quoi ?

— Nathaniel. Sa jardinerie. Son truc de plantes. De la culture bio. En fait, nous avions décidé de soutenir son projet. Nous sommes des patrons extrêmement compréhensifs, Samantha.

Elle me fixe comme si elle me mettait au défi de la contredire.

— Prête ? demande Eddie qui sort de son bureau avec un panama sur la tête. Il va faire atrocement chaud, tu sais.

— Eddie, ne commence pas. Nous allons à cette fête. Point final. Tu as pris le cadeau ?

J'essaie de remettre le sujet Nathaniel sur le tapis.

— Finalement que s'est-il passé ?

Trish s'adresse une petite grimace dans la glace avant de répondre :

— Son père est mort soudainement. Les pubs allaient mal. Il a donc changé d'avis et n'a pas acheté le terrain. Je serais mieux avec mon tailleur rose ?

— Non, répondons-nous en chœur, Eddie et moi.

En voyant la tête exaspérée d'Eddie, j'ai du mal à ne pas pouffer de rire.

— Vous êtes superbe, Madame.

Finalement, nous arrivons après pas mal d'efforts à la persuader de quitter le miroir pour aller s'asseoir dans la Porsche. Eddie a raison : la chaleur va être suffocante. Le ciel est déjà bleu et le soleil étincelant.

— À quelle heure serez-vous de retour ?

— Pas avant ce soir. Eddie, où est le cadeau ? Ah, voilà Nathaniel !

Je lève le nez. Il avance dans l'allée, en jean et vieux tee-shirt gris, son sac à dos sur l'épaule. Et moi qui suis toujours en peignoir avec les cheveux en bataille !

Je ne sais pas très bien où les choses en sont depuis hier soir. Quoique je sois prise de frissons rien qu'à le regarder. Impossible de s'y tromper.

— Salut !

— Salut !

Nathaniel a l'air amical mais il ne fait pas mine de m'embrasser. Il ne sourit même pas. Son regard sérieux me fait un drôle d'effet. J'ai les jambes qui flageolent.

— Alors… tu as beaucoup de travail ?

— J'aurais besoin d'aide. Si tu n'as rien d'autre à faire. Ma mère m'a dit que tu n'allais pas chez elle aujourd'hui.

Quel pied ! Je tousse pour camoufler ma mine réjouie.

— Très bien. Enfin, peut-être.

Il fait un signe aux Geiger avant de se diriger vers le fond du jardin.

— Vous n'êtes pas très affectueux l'un envers l'autre, s'exclame Trish qui n'a pas perdu une miette de notre échange.

— Laisse-les donc tranquilles, rétorque Eddie en mettant le contact. En route ! Débarrassons-nous de cette fête au plus vite.

— Eddie Geiger ! C'est la réception de ma sœur dont tu parles. Tu te rends compte que…

Le bruit du moteur couvre sa voix. La Porsche disparaît dans un crissement de gravier, me laissant toute seule sous le soleil brûlant.

Bien. Très bien. Nathaniel et moi sommes seuls. Jusqu'à huit heures du soir. Pas mal comme scénario.

D'un pas nonchalant, je me dirige vers la maison, arrachant au passage une mauvaise herbe dans un massif de fleurs.

Et si j'allais lui proposer de l'aider ? Ce serait poli, non ?

Je tâche de ne pas trop me presser. Je prends une douche, je m'habille, prends un petit déjeuner qui consiste en une demi-tasse de thé et une pomme. Puis je remonte me maquiller un peu.

J'ai choisi une tenue très simple : tee-shirt, jupe en coton et tongs. En me jetant un coup d'œil dans la glace, je frissonne de plaisir à l'idée d'aller le retrouver. J'ai l'impression d'avoir la tête dans les nuages.

Après la fraîcheur de la maison, le jardin semble étouffant. Je marche à l'ombre, sans savoir exactement où Nathaniel se trouve. Tout à coup, je l'aperçois en train de redresser un tuteur au milieu d'une plate-bande de lavande et de fleurs violettes et mauves.

— Salut !

— Salut ! fait-il en relevant la tête.

J'aurais espéré qu'il laisse tomber son boulot pour venir m'embrasser. Mais non. Il continue à accrocher les fleurs sur des tuteurs.

— Je viens t'aider. Qu'est-ce qu'on fait ?

— On redresse les pois de senteur, fait-il en me montrant des plantes qui poussent sur ce qui ressemble à des bambous. Sans tuteur, ils se cassent la figure.

Il me lance une bobine de raphia en ajoutant :

— Vas-y, mais ne serre pas trop.

C'est pas une blague. Je l'aide vraiment à jardiner. Soigneusement, je déroule un peu de raphia que je coupe avec le sécateur qu'il me passe. Les pétales sont doux et l'air embaume délicieusement.

Nathaniel vient voir comment je m'y prends.

— Tu peux les attacher un peu plus serrés, commente-t-il.

En se retournant pour examiner un autre plant, il effleure ma main.

À son contact, j'éprouve de petits picotements. L'a-t-il fait exprès ? Incertaine, je fixe la tige plus fermement sur le tuteur.

— Oui, c'est bien. Continue comme ça sur toute la rangée.

Ses doigts caressent ma nuque et le lobe de mon oreille.

Ça, il ne l'a pas fait par hasard. J'en suis sûre. Je veux lui rendre la pareille mais il est déjà passé à une autre rangée, comme si de rien n'était.

Il joue un jeu.

Tout ça m'excite plutôt.

Ce type me branche vraiment, me dis-je, en passant d'un plant à un autre. Je travaille en silence. Encore trois et j'aurai terminé.

— Fini !

— Voyons voir.

En s'approchant, il pose sa main sur ma cuisse et relève ma jupe. Je suis tétanisée. Puis tout à coup, il recule sans crier gare et se baisse pour ramasser une corbeille.

— Qu'est-ce… ?

Je suis incapable d'articuler convenablement.

Nathaniel me colle un baiser rapide sur la bouche.

— Allez ! On va ramasser les framboises.

Les framboisiers sont dans le potager, protégés des oiseaux par des filets. Des rangées de buissons bien alignés mais un peu secs. On entend le vrombissement des insectes et le battement d'ailes d'un moineau pris sous un filet. Nathaniel le dégage.

Nous cueillons les fruits en silence. À la fin de la première rangée, j'ai un goût piquant dans la bouche à force d'avoir goûté les framboises et mes mains sont tout irritées. Je dégouline de transpiration. Ici, dans le potager, on dirait que la chaleur est encore plus intense.

On se retrouve au bout de la rangée, tous les deux rouges et transpirants.

— On crève de chaud, s'exclame Nathaniel en posant son panier ; puis il retire son tee-shirt.

— Oui.

Il y a une sorte de temps mort. Et puis, par défi, j'enlève également mon tee-shirt. Et me voici en soutien-gorge à quelques centimètres de lui, ma peau laiteuse contre la sienne.

— Nous n'en avons pas assez cueilli ?

— Pas encore.

Son expression me rend toute chose. Nous nous regardons dans les yeux. C'est comme si on se provoquait.

— Je ne peux pas atteindre celles-là, dis-je en montrant du doigt une grappe de framboises hors d'atteinte.

— Je vais t'aider.

Nous sommes collés l'un contre l'autre, peau contre peau. Sa bouche est contre mon oreille. Je brûle à son contact. C'est intolérable. Il faut qu'on arrête. Mais je ne veux pas arrêter.

Et ça continue. Nous parcourons les rangées de framboisiers comme si nous exécutions une danse de séduction. Concentrés en apparence sur nos mouvements tout en étant conscients de la présence de l'autre. À la fin de chaque rangée, il frôle une partie de mon corps de sa main ou de ses lèvres. Quand il met des framboises dans ma bouche, je mords ses doigts.

Chaque fois que j'essaie de l'attraper, de poser mes mains sur lui, il s'esquive.

Je tremble de désir. Il vient de dégrafer mon soutien-gorge. J'ai retiré ma petite culotte. Il défait sa ceinture. Mais nous cueillons encore et toujours des framboises.

Les paniers pleins pèsent une tonne, mes bras sont douloureux, mais je n'y fais pas attention. Seule m'importe l'envie que j'ai de lui, une envie insupportable. En arrivant à la fin de la dernière rangée, je pose mon panier et je m'adresse à lui, incapable de masquer ma frustration.

— On a fini ?

J'ai tellement envie de lui que j'en ai la respiration coupée. Il faut vraiment qu'il se passe quelque chose.

— On a bien bossé. Mais il y en a encore, dit-il en me montrant un autre groupe de framboisiers.

— Non, ça suffit !

En nage, couverte de poussière, fatiguée et à bout de souffle, je suis sur le point d'exploser quand il s'approche de moi et pose ses lèvres sur mon sein. Je m'évanouis presque. Cette fois il ne s'éloigne pas. Cette fois c'est pour de vrai. Il me caresse, ma jupe et son jean gisent par terre. Je frémis, je gémis, je me presse contre lui. Tant pis pour les framboises qui sont répandues sur le sol, écrasées, pulvérisées, en bouillie.

Il me semble que nous sommes là depuis des heures. Je suis anéantie de plaisir. Mon dos, mes mains et mes genoux sont incrustée de cailloux et de terre, sans parler des taches de framboises qui zèbrent ma peau. Quelle importance ! Je suis bien trop groggy pour chasser la fourmi qui fait des allers et retours sur mon ventre.

Je suis lovée tout contre Nathaniel dont le cœur bat à un rythme réconfortant. Le soleil chauffe ma peau. Quelle heure est-il ? Je n'en ai pas la moindre idée. J'ai complètement perdu la notion du temps.

Nathaniel finit par bouger la tête. Il dépose un baiser sur mon épaule.

— Tu as le goût d'une framboise, constate-t-il en souriant.

— C'était…

Je ne trouve pas les mots pour exprimer comment c'était.

— Tu sais, normalement, je…

Je bâille et mets la main devant ma bouche. Je pourrais dormir pendant des jours.

Nathaniel, d'un doigt nonchalant, trace des cercles sur mon dos.

— Six minutes, c'est pas assez pour faire l'amour, c'est juste bon pour cuire un œuf, énonce-t-il.

Sur ces bonnes paroles, je m'endors comme une masse.

Quand je me réveille, la plupart des framboisiers sont à l'ombre. Nathaniel a glissé ma jupe toute maculée de framboises sous ma tête. Il a remis son jean, est allé chercher de la bière dans le frigo et s'est installé sur la pelouse, le dos contre un arbre. Je m'assieds, toujours un peu groggy.

— Flemmard ! Quand je pense que les Geiger s'imaginent que tu es train d'étayer leurs pois de senteur.

— Bien dormi ? demande-t-il avec une lueur d'amusement dans le regard.

— Combien de temps ?

Complètement désorientée, je retire un petit caillou collé sur ma joue.

— Deux heures. Tu veux un peu de bière ? C'est frais.

Je me lève, me nettoie tant bien que mal, enfile ma jupe et mon soutien-gorge avec ce qui me reste de pudeur et vais le rejoindre. Pieds nus dans l'herbe, je m'adosse à un tronc.

— Mon Dieu, je me sens tellement…

— Tu as moins peur qu'avant. Au début, chaque fois que je t'adressais la parole, tu sursautais.

— Ce n'est pas vrai.

— Si, si ! Comme un lapin.

— Plutôt comme un blaireau.

— Un croisement de lapin et de blaireau. Une espèce très rare, précise-t-il avec une grimace comique.

Nous nous taisons pendant un moment. J'observe un petit avion qui vole très haut dans le ciel, en laissant une traînée blanche.

— Maman aussi trouve que tu as changé. Que tu as pris du champ par rapport aux événements que tu fuis, quels qu'ils soient.

Il y a une sorte d'interrogation dans sa voix que je ne relève pas. Je pense au comportement d'Iris. À sa façon d'encaisser ma mauvaise humeur. Et pourtant la vie ne l'a pas épargnée.

— Ta mère est géniale.

Je roule sur le dos et contemple le bleu du ciel. Je respire l'odeur de la terre. Les brins d'herbe me chatouillent les oreilles. Un criquet stridule non loin.

C'est vrai que j'ai changé. Je le sens bien. Je suis plus… sereine.

Jouant avec une brindille, je demande à Nathaniel :

— Qu'est-ce que tu aimerais être, si tu pouvais changer ? Si tu étais une personne différente ?

— Je serais moi-même. Heureux comme je le suis. J'aime vivre ici et j'aime faire ce que je fais.

Je roule sur le ventre et le dévisage dans le soleil.

— Il doit bien y avoir quelque chose que tu voudrais entreprendre. Un rêve que tu aimerais voir se réaliser.

— Non, je suis très bien comme ça, réplique-t-il avec un sourire radieux.

— Et la jardinerie que tu voulais créer ?

— Comment sais-tu… ?

Il a vraiment l'air surpris.

— Trish m'en a parlé ce matin. Il paraît que tout était planifié. Qu'est-il arrivé ?

Nathaniel fuit mon regard et reste silencieux. Je me demande à quoi il pense.

— C'était juste un projet en l'air.

— Tu as tout abandonné pour ta mère, pour remettre à flot les pubs.

— Oui.

Il commence à arracher les feuilles d'une branche basse.

— Tout a changé, poursuit-il.

— Mais c'est vraiment le business des pubs qui t'intéresse ? Tu disais toi-même que tu étais plus un jardinier qu'un homme d'affaires.

— Peu importe ce que je veux. C'est une affaire de famille. Il faut quelqu'un pour la faire tourner.

— Pourquoi toi, et pas ton frère ?

— Il est différent. Il a ses propres intérêts.

— Toi aussi tu pourrais t'occuper de ce qui t'intéresse.

— J'ai des responsabilités. Ma mère…

— Elle ne désire que ce que tu veux. Je le sais. Elle veut que tu sois heureux et non pas que tu te sacrifies pour elle.

— Mais c'est ridicule. Je suis heureux.

— Tu pourrais être encore plus heureux, non ?

Nathaniel se voûte, comme s'il se fermait pour ne pas m'entendre.

— Tu n'as jamais eu envie de laisser tomber tes responsabilités ? D'avancer sans contraintes et de voir ce qui se passe ?

J'ouvre largement les bras en un geste d'abandon.

— C'est ce que tu as fait ?

— Je… Nous parlons de toi, pas de moi.

— Samantha… Je sais que tu ne veux pas parler du passé. Mais promets-moi une chose.

Pitié ! Qu'est-ce qu'il va me demander ?

— Je vais essayer. De quoi s'agit-il ?

En me fixant droit dans les yeux, Nathaniel prend sa respiration avant de lancer :

— Tu as des enfants ?

Je suis tellement sidérée que je reste sans voix. Des enfants ? J'ai peine à retenir un rire de soulagement.

— Non, je n'ai pas d'enfants. Qu'est-ce que tu crois ? Que j'ai fichu le camp en abandonnant cinq bambins affamés ?

— Je ne sais pas. Pourquoi pas, après tout ?

Il fronce les sourcils, d'abord timidement puis presque agressivement.

— Est-ce que j'ai l'air d'avoir eu cinq marmots ?

Devant mon air indigné, il éclate de rire.

— Peut-être pas cinq mais…

— Qu'est-ce que tu insinues ?

Je m'apprête à le battre avec son tee-shirt quand une voix connue déchire le silence du jardin.

— Samantha ? Vous êtes là ?

C'est la cata ! Je suis à moitié à poil, couverte de framboises écrasées et de terre. Et Nathaniel, même en jean, n'est pas plus présentable. Paniquée, je marmonne :

— Vite, mes vêtements.

— Où sont-ils ? demande Nathaniel en les cherchant du regard.

— Je ne sais pas. On va se faire virer, dis-je en essayant de réprimer un énorme fou rire.

— Samantha ?

Cette fois, on entend les portes du jardin d'hiver qui s'ouvrent.

— Merde, la voilà !

— Du calme ! s'exclame Nathaniel, qui récupère son tee-shirt accroché à un framboisier et l'enfile en vitesse.

Il a tout de suite l'air plus convenable.

— Je vais faire diversion. Tu n'as qu'à t'échapper par là. File derrière les buissons jusqu'à la porte de la cuisine, grimpe dans ta chambre et change-toi. D'accord ?

— D'accord, dis-je hors d'haleine. Qu'est-ce que tu vas leur raconter ?

— Que…

Il fait semblant de réfléchir et reprend :

— Que… nous n'avons pas baisé dans le jardin ni piqué des bières dans leur frigo.

Je pouffe :

— Super idée !

— Va vite, Petit Ours brun !

Il m'embrasse et je décampe derrière une haute haie de rhododendrons.

J'avance donc cachée derrière les buissons. Mes pieds nus sentent le froid du sol ombragé. Quand j'arrive à l'allée de gravillons pointus, je sursaute en silence. Je suis à la fois enchantée et terrifiée, comme quand j'avais dix ans et que je jouais à cache-cache.

Parvenue à dix mètres de la maison, je me recroqueville derrière un petit arbuste et j'attends. Au bout d'une ou deux minutes, Nathaniel apparaît sur la pelouse, suivi des Geiger. Apparemment ils se dirigent vers l'étang aux nénuphars.

— Je crois que nous avons un cas de mildiou. Je voudrais que vous voyiez ça par vous-mêmes, leur explique-t-il.

Dès qu'ils ont disparu, je me rue vers le jardin d'hiver, rentre dans la maison et grimpe l'escalier quatre à quatre. Une fois à l'abri dans ma chambre, je m'écroule de rire sur le lit. Je ris de soulagement et de la stupidité de toute cette situation. Puis je me relève et jette un coup d'œil par la fenêtre. Nathaniel est en train de montrer quelque chose avec un bâton.

Je cours dans la salle de bains, j'ouvre la douche à plein jet et me débarbouille en une minute. Puis je m'habille : sous-vêtements et jean propre, un haut sobre à manches longues et une paire d'espadrilles. Un peu de rouge à lèvres et hop, je dégringole les marches et sors dans le jardin.

Nathaniel et les Geiger reviennent vers la maison. Les talons de Trish s'enfoncent dans la pelouse. Elle a l'air de mauvaise humeur, ainsi que son mari d'ailleurs.

— Bonjour, dis-je, très décontractée.

— Ah ! te voilà, s'exclame Nathaniel. Je ne t'ai pas vue de tout l'après-midi.

— J'étudiais des recettes.

Je me tourne vers Trish et lui demande :

— Vous avez bien profité de la fête, Madame ?

Je ne vois que trop tard le geste genre « tais-toi-ou-tu-es-morte » que fait Nathaniel avec son index derrière le dos des Geiger.

— C'est gentil à vous de me le demander, dit Trish en se tamponnant le nez avec un mouchoir en papier. Mais je préfère ne pas en parler.

À cet instant, Eddie éructe de fureur :

— Bon sang, tu vas arrêter, oui ou non ? Tout ce que j'ai dit, c'était…

— C'est la façon dont tu l'as dit. J'ai parfois l'impression que ton unique but dans la vie est de me faire honte.

Eddie se retire dignement vers la maison, son panama de travers sur la tête.

— Oh, oh, ça barde, fais-je discrètement à Nathaniel qui me répond en louchant.

— Une tasse de thé vous ferait plaisir, Madame ? Ou alors un bloody mary ?

— Merci, Samantha, répond Trish en se redressant. Va pour un bloody mary !

Sur le chemin vers le jardin d'hiver, Trish a l'air de s'être un peu calmée. Elle confectionne son bloody mary elle-même au lieu de tournicoter autour de moi comme elle le fait quand je le lui prépare. Elle nous en sert aussi un, à Nathaniel et à moi.

Nous sirotons tranquillement, assis au milieu des plantes vertes, quand elle m'annonce :

— Samantha, nous allons avoir de la visite.

— Très bien, dis-je le plus sérieusement possible tandis que Nathaniel, assis à côté de moi, me fait du pied sous la table.

— Ma nièce arrive demain et restera quelques semaines. Elle vient pour profiter du calme de la campagne. Comme elle a beaucoup de travail, nous lui avons proposé mon mari et moi de séjourner ici. Soyez gentille de préparer la chambre d'amis.

— Bien sûr, Madame.

— Elle aura besoin d'un bureau. Je pense qu'elle emportera son ordinateur portable.

— Entendu.

— Melissa est une fille très intelligente. Extrêmement haut placée. Une fille typique de la City.

— Pas de problème, fais-je sans broncher alors que Nathaniel a réussi avec ses manigances à m'enlever une de mes espadrilles. Qu'est-ce qu'elle fait ?

— Elle est avocate.

Je reste sans voix. Avocate ?

Une avocate va séjourner dans cette maison ?

Quelle horreur ! Nathaniel me chatouille la plante du pied, mais je souris à peine.

Et si je la connais, que va-t-il se passer ?

Pendant que Trish se concocte un deuxième bloody mary, je réfléchis à toute vitesse. Melissa ? Ça peut être Melissa Davis du cabinet Freshwater. Ou Melissa Christie de chez Clark Forrester. Ou encore Melissa Taylor qui travaille sur la fusion de DeltaCo. Nous avons passé des heures dans la même pièce. Elle me reconnaîtra au premier coup d'œil.

— C'est une nièce de votre côté, Madame ? Elle s'appelle Geiger aussi ?

— Non, Hurst.

Melissa Hurst. Ça ne me dit rien.

— Et où travaille-t-elle ?

S'il vous plaît, s'il vous plaît, s'il vous plaît ! Faites que ce soit à l'étranger !

— Oh, dans un endroit très réputé de Londres.

Bon. Apparemment je ne la connais pas. Mais si elle bosse dans un gros cabinet, elle a dû entendre parler de moi et de mes exploits. Elle doit savoir par le menu les circonstances de mon éviction.

Tout à coup, une pensée me glace les sangs : en entendant mon nom, elle n'aura qu'à réfléchir deux secondes, et toute l'histoire lui reviendra en mémoire. Je serai humiliée comme je l'ai été à Londres. Tout le monde ici saura ce qui s'est passé chez Carter Spink. Tout le monde apprendra que j'ai menti. Je regarde Nathaniel, je suis paralysée de peur.

Impossible de laisser tout gâcher. Pas maintenant. Nathaniel me fait un clin d'œil et j'avale une bonne gorgée de bloody mary. C'est bien simple, je dois faire tout ce qui est en mon pouvoir pour garder mon lourd secret.

18

Si cette avocate me reconnaît, c'est la cata. Le lende-main, dans l'après-midi, après avoir préparé la chambre d'amis, je fonce dans la mienne pour m'attacher les che-veux en chignon. Mais je fais exprès de laisser de grandes mèches encadrer mon visage pour le masquer le plus possible. Ensuite, je mets des lunettes de soleil très années quatre-vingt qui traînaient dans un tiroir de la coiffeuse. Ce n'est pas le déguisement le plus subtil mais, au moins, je suis relativement méconnaissable.

En descendant, je croise Nathaniel qui sort de la cui-sine, l'air furax. Il stoppe net en me voyant.

— Samantha… Ben qu'est-ce qui t'arrive ?

— Mes cheveux ? Je voulais changer de tête.

— Et ces lunettes noires ?

— J'ai un peu mal à la tête… et toi, comment va ?

— Ah cette Trish ! J'ai eu droit à un sermon parce que je faisais trop de bruit. Il m'est interdit de tondre le gazon entre dix heures et deux heures. Je dois la prévenir avant d'utiliser le taille-haie. Je suis prié de marcher sur la pointe des pieds dans le gravier !

— Pourquoi ?

— À cause de sa nièce ! Il faut être aux petits soins pour elle. Une salope d'avocate ! Son travail est telle-ment important ! Et le mien, alors ?

— La voilà ! crie Trish depuis la cuisine en s'avançant vers nous. Tout est prêt ?

Elle ouvre la porte d'entrée. Une portière claque.

L'heure fatidique a sonné. Je ramène encore quelques mèches devant mon visage et serre les poings. Si je la reconnais, je baisserai les yeux, je grommellerai quelques mots et je jouerai mon rôle. Je suis la bonne. Je n'ai jamais rien été d'autre.

— Melissa, tu auras la paix ici, promet Trish. J'ai fait la leçon au personnel pour qu'il prenne vraiment soin de toi…

Nathaniel me regarde et lève les yeux au ciel.

Je retiens mon souffle. Une fille en jean et petit haut blanc passe devant moi en tirant une valise.

C'est ça, l'as du barreau de Londres ?

De longs cheveux bruns, un joli visage espiègle, elle ne doit même pas avoir vingt ans.

— Melissa, voici Samantha, notre merveilleuse bonne à tout faire…

Trish arrête les présentations sous le coup de la surprise.

— Samantha, c'est quoi ces lunettes grotesques ? On dirait Elton John !

— Bonjour, dis-je, mal à l'aise en retirant mes lunettes. Ravie de faire votre connaissance.

— C'est le pied d'être ici, dit Melissa. Londres me tuait. Je suis naze.

— Madame m'a dit que vous étiez avocate dans un… grand cabinet de Londres ?

— Ouais, fait-elle d'un air suffisant. Je suis à la fac de droit de Chelsea.

Comment ?

Elle n'a même pas prêté serment ? Juste une étudiante. Encore un bébé ! Je me risque à lever la tête et la regarde dans les yeux – elle ne bronche pas. Dieu merci ! Je n'ai rien à craindre de cette fille. J'ai envie d'éclater de rire.

— Et lui, c'est qui ?

Melissa bat des cils comme pour vamper Nathaniel qui a l'air de plus en plus renfrogné.

— Nathaniel, notre jardinier. Mais ne t'en fais pas. Il a reçu des instructions précises pour ne pas te déranger. Il sait que tu as besoin d'une paix totale pour travailler.

— Exact. J'ai apporté des tonnes de révisions.

Elle pousse un soupir à fendre l'âme tout en passant une main dans ses cheveux.

— Tante Trish, tu ne t'imagines pas l'énormité du travail. J'ai été tellement, tellement stressée.

— Que tu t'en sortes, ça m'épate ! s'exclame Trish en la serrant affectueusement contre elle. Par où veux-tu commencer ? Nous sommes à ta disposition.

— Pourriez-vous déballer mes affaires ? demande Melissa en se tournant vers moi. Elles doivent être froissées. Il faudra les repasser.

Elle est trop occupée pour défaire sa valise ? Je dois être sa femme de chambre particulière ?

— Je vais apporter quelques livres dans le jardin, dit-elle d'un ton dégagé. Le jardinier pourrait sans doute m'installer une table à l'ombre.

Trish, béate d'admiration, observe sa nièce qui sort quelques livres de cours de son sac.

— Samantha, regardez tous ces livres ! s'exclame Trish quand Melissa brandit le *Guide des litiges pour débutants*. Regardez ces mots difficiles !

— Euh… oui, dis-je poliment.

— Commencez donc par nous faire du café. Nous le prendrons sur la terrasse. Et apportez des biscuits.

— Bien, Madame, dis-je en faisant mon habituelle révérence.

— J'aimerais le mien mi-normal et mi-déca, précise Melissa. Je ne veux pas être trop énervée.

Et comment, espèce de petite conne prétentieuse !

— Mais avec plaisir ! fais-je avec un sourire crispé.

Dix minutes plus tard, Trish, Melissa et Eddie m'attendent sur la terrasse, confortablement installés sous un parasol.

— Vous avez fait la connaissance de Melissa ? demande Eddie. Notre étoile montante ! Notre génie juridique !

— Oui. Voici votre café, Mademoiselle. Comme vous le désiriez.

— Melissa est sous tension, explique Eddie. Nous devons faire de notre mieux pour lui faciliter la vie.

— Vous ne pouvez imaginer à quel point je suis surmenée. Je bosse le soir et les week-ends. Je ne sors pratiquement plus.

Elle prend une gorgée de café et se tourne vers moi.

— Au fait, je n'ai pas retenu votre nom.

— Samantha.

— C'est ça ! Samantha, vous ferez très attention avec mon haut rouge à perles, vu ?

— Je ferai de mon mieux. Ce sera tout, Madame ?

— Une seconde ! s'écrie Eddie. J'ai quelque chose pour vous. Je n'ai pas oublié notre conversation de l'autre jour !

Il sort de sous son siège un sac en papier d'où dépassent deux livres.

— Vous n'allez pas vous en sortir aussi facilement, ajoute-t-il. C'est notre petit projet.

Oh ! non ! Dites-moi que ce n'est pas ce que je crois !

— Monsieur, c'est très gentil de votre part, mais…

— Pas un mot de plus, intervient-il en levant la main. Un jour, vous me remercierez.

— De quoi parlez-vous ? demande Melissa en fronçant le nez.

— Samantha va préparer un examen !

D'un geste plein de panache, Eddie extrait les deux manuels du sac en papier. Les couvertures sont illustrées de couleurs vives. *Mathématiques, Anglais* et *L'Éducation de l'adulte,* proclament les titres en lettres bien voyantes.

J'en reste sans voix.

— Melissa pourra vous aider si vous avez des difficultés, ajoute Trish, n'est-ce pas, mon trésor ?

— Bien sûr, répond la sale gamine avec un sourire condescendant. Bravo, Samantha, il n'est jamais trop tard. Au fait, préparez-moi un autre café. Le premier était faiblard.

Quand arrive le lendemain midi, Melissa me sort par les yeux. Je lui ai fait une cinquantaine de tasses de café dont elle a laissé la moitié. Je lui ai apporté de l'eau glacée. Je lui ai concocté des sandwichs. J'ai lavé toutes les affaires sales que contenait sa valise. Je lui ai repassé une chemise blanche pour le soir. Dès que j'attaque une de mes tâches habituelles, sa voix stridente me convoque.

Pendant ce temps, Trish marche sur la pointe des pieds comme si nous avions Cherie Blair[1] dans le jardin en train de préparer une plaidoirie sur les droits de l'homme. Pendant que je fais la poussière du salon, elle regarde Melissa, assise à une table dans le jardin.

— Elle travaille tellement dur. Et quelle fille intelligente.

---

1. Avocate et femme du Premier ministre britannique.

— Ouais, dis-je, peu convaincue.

— Vous savez, ce n'est pas facile de faire son droit. Surtout dans une bonne école ! Melissa a été choisie parmi des centaines de candidats.

Je continue d'épousseter le téléviseur.

— Fantastique ! Vraiment formidable ! À propos... combien de temps va-t-elle rester ?

— Ça dépend. Elle passe ses examens dans quelques semaines mais je lui ai dit qu'elle pouvait séjourner ici aussi longtemps qu'elle le voudrait.

Des semaines ! Il lui a suffi de vingt-quatre heures pour me rendre folle !

Le reste de l'après-midi, je fais semblant d'être atteinte de surdité sélective. Dès que Melissa me hèle, je branche le mixeur, j'augmente le son de la radio, je remue des casseroles. Si elle me veut, elle n'a qu'à venir me chercher.

Et c'est ainsi qu'elle surgit dans la cuisine, rouge de fureur.

— Samantha, je n'arrête pas de vous appeler !

— Ah bon ? dis-je en cessant de couper du beurre en morceaux pour un gâteau.

— Il faudrait un système de sonnettes. C'est ridicule que je sois obligée de m'arrêter de travailler.

— Vous vouliez quoi ?

— Ma carafe d'eau est vide. Et j'ai envie d'un truc à grignoter. Pour reprendre des forces.

— Vous auriez pu apporter votre carafe. Et faire votre sandwich.

— Écoutez, je n'ai pas de temps à perdre, vu ? Je suis sous pression en ce moment. J'ai un travail effarant, les examens approchent... vous n'imaginez pas ma vie !

Je me tais, le temps de me calmer.

— Je vous apporterai votre sandwich.

— Mille mercis, dit-elle sur un ton sarcastique.

Et elle reste plantée là, les bras croisés, attendant quelque chose.

— Quoi encore ?

— Allez. Faites-moi la révérence !

Non mais, elle est tombée sur la tête ou quoi !

— Pas question de vous faire la révérence à vous ! dis-je en riant presque.

— Vous la faites bien à ma tante. Et à mon oncle.

— Ce sont mes patrons. C'est différent.

Et croyez-moi, si je pouvais revenir en arrière, la révérence ne serait pas au programme.

— J'habite ici. Je suis donc comme vos patrons. Vous devez faire preuve de respect à mon égard.

Si seulement je pouvais la gifler ! Chez Carter Spink, je l'écrabouillerais !

— Bien, dis-je en posant mon couteau. Je vais aller en parler à Madame.

Sans lui laisser le temps de répliquer, je me propulse hors de la cuisine. Cette fille me tape sur le système. Si Trish prend son parti, c'est dit, je m'en vais.

Ne trouvant pas Trish au rez-de-chaussée, je monte au premier avec le cœur qui bat à cent à l'heure. Je frappe à sa porte.

— Madame, j'aimerais vous parler !

Au bout d'un moment, Trish entrouvre la porte, glisse sa tête. Elle est tout ébouriffée.

— Que voulez-vous ?

— Je ne suis pas contente de la situation actuelle, dis-je du ton le plus courtois possible. J'aimerais en discuter avec vous.

— Qu'est-ce qui ne va pas ?

— C'est Melissa. Elle est trop exigeante… Je ne peux plus faire mon travail. La maison va aller à vau-l'eau si je dois m'occuper d'elle constamment.

Trish ne paraît pas m'écouter.

— Écoutez… Samantha, ce n'est pas le moment ! On en parlera plus tard.

Eddie marmonne quelque chose du fond de la chambre. Formidable ! Ils devaient s'envoyer en l'air. Elle veut peut-être essayer une autre position des *Joies du sexe*.

— Bon, dis-je, frustrée. Je vais… continuer comme si de rien n'était, c'est ça ?

— Une seconde, dit Trish en me regardant enfin. Nous prendrons le champagne sur la terrasse dans une demi-heure avec… des amis. J'aimerais que vous mettiez autre chose que votre uniforme. Vous devez bien avoir quelque chose d'un peu plus seyant !

Merde alors, c'est vous qui l'avez choisi ! ai-je envie de lui rétorquer. Mais je m'abstiens, lui fais la révérence et me précipite dans ma chambre, folle de rage.

Salope de Trish ! Salope de Melissa ! Elle peut toujours attendre son sandwich.

Je ferme la porte, me jette sur le lit, regarde mes mains rougies et gercées par le lavage des affaires, ô combien fragiles, de Melissa.

Qu'est-ce que je fiche ici ?

Je suis déçue, désenchantée. Moi qui croyais que les Geiger me respectaient non seulement en tant qu'employée mais en tant qu'être humain. Quelle naïveté ! La façon dont Trish vient de se conduire montre qu'à ses yeux je ne suis bien que la bonne. Une sorte d'appareil ménager, légèrement supérieur à un aspirateur. J'ai envie de faire ma valise et de me tirer.

Je m'imagine descendant l'escalier quatre à quatre et criant à Melissa avant de claquer la porte : « Eh, au fait, j'ai un diplôme de droit bien supérieur au vôtre ! »

Mais ça manquerait de classe. Pire, ça serait pathétique.

Je me masse les tempes et recouvre peu à peu mes esprits.

Je suis ici volontairement. Personne ne m'a forcée. Ce n'était peut-être pas une décision très logique et ce ne sera pas éternel. Mais à moi d'en tirer le maximum. À moi de me conduire en pro.

Du moins… d'être aussi pro que possible, étant donné que j'ignore toujours le bon usage d'un moule à savarin.

Je rassemble mes forces et me lève. Je retire mon uniforme, enfile une robe, me coiffe. J'envoie un texto à Nathaniel :

Salut ! où es-tu ? Sam.

J'attends la réponse mais rien n'arrive. En fait, je ne l'ai pas vu de l'après-midi. Qu'est-ce qu'il fabrique ?

Je descends. La maison est silencieuse. J'ignore à quelle heure arrivent les invités de Trish, mais ils ne sont pas encore là. J'ai peut-être le temps de finir mon gâteau. Et d'éplucher des légumes.

Je fonce vers la cuisine quand Nathaniel apparaît.

— Ah ! te voilà !

Il m'étreint, m'embrasse, me pousse sous l'escalier, une cachette qui s'est révélée fort pratique à plusieurs reprises.

— Miam, tu m'as manqué.

Je proteste :

— Nathaniel !

Mais il me serre encore plus fort et il me faut un peu de temps pour me libérer.

— Nathaniel, j'ai un gâteau à préparer. Je suis déjà en retard et il faut que je serve à boire à des gens…

— Attends !

Il me retient et consulte sa montre.

— Encore une minute et nous irons ensemble.

Je n'y comprends rien.

— Nathaniel, de quoi parles-tu ?

Tout ça a l'air de l'amuser.

— Samantha, tu nous prenais vraiment pour des idiots ? Chérie, nous avons découvert ton grand secret. On est au courant !

J'ai la trouille. Que savent-ils ?

— Au courant de quoi ?…

Nathaniel me pose un doigt sur les lèvres.

— Non, non. Ce ne serait plus une surprise.

— Une surprise ?

— Allons, ils nous attendent. Ferme les yeux…

Il passe un bras autour de ma taille et pose sa main sur mes yeux.

— Viens par ici… je vais te guider…

Alors que j'avance à l'aveugle, la peur me saisit. Je me demande ce qu'ils ont manigancé derrière mon dos. Qui est dehors ?

Seigneur, ne me dites pas qu'ils ont essayé d'arranger ma vie. Ou d'organiser une rencontre. J'imagine Ketterman posté sur la pelouse, ses lunettes d'acier étincelant au soleil. Ou Arnold. Ou ma mère.

— La voilà ! prévient Nathaniel en me faisant sortir par la porte-fenêtre et descendre les marches du jardin.

Le soleil me frappe le visage et j'entends une sorte de claquement… du jazz ?

— Ouvre les yeux maintenant !

Non, je ne peux pas. Je ne veux pas savoir ce qui m'attend.

— Allons, tout va bien, insiste Nathaniel, personne ne va te manger ! Ouvre les yeux !

J'obéis enfin et je cligne plusieurs fois des yeux : est-ce que je rêve ?

C'est quoi tout ce cirque ?

Une immense banderole *Joyeux anniversaire, Samantha* est tendue entre deux arbres et claque au vent. Plusieurs bouteilles de champagne, un saladier de fraises et un bouquet de fleurs sont disposés sur la table de jardin recouverte d'une nappe blanche. Des ballons, gonflés à l'hélium et portant mon nom, sont attachés à une chaise. Eddie et Trish sont sur la pelouse ainsi qu'Iris, Eamonn et Melissa. Tout le monde me sourit, sauf Melissa qui fait la gueule.

Aurais-je débarqué dans un univers parallèle ?

— Surprise ! crient-ils à l'unisson. Et joyeux anniversaire !

J'ouvre la bouche, mais aucun son n'émerge. Je suis trop abasourdie pour parler. Pourquoi les Geiger pensent-ils que c'est mon anniversaire ?

— Regardez-la, dit Trish. Elle est stupéfaite ! N'est-ce pas, Samantha ?

— Euh… oui.

— Elle ne se doutait de rien, confirme Nathaniel en souriant.

— Joyeux anniversaire, mon petit !

Iris s'approche de moi, me prend dans ses bras et m'embrasse.

— Eddie, débouche le champagne ! Allez, vite, s'impatiente Trish.

Que faire ? Que dire ? Comment annoncer à ces gens qui ont organisé une fête surprise que ce n'est pas mon anniversaire.

Qu'ont-ils inventé ? Ou alors c'est moi qui leur aurais donné une date bidon lors de notre premier entretien ? Je ne m'en souviens pas…

— Du champagne pour l'héroïne du jour !

Eddie ouvre une bouteille et m'en sert une coupe.

— Mes meilleurs vœux ! déclare Eamonn en m'offrant des fraises. Tu aurais dû voir ta tête !

— C'était impayable, déclare Trish. Bon, et maintenant, un toast !

Il faut que j'arrête cette comédie.

— Euh… Monsieur et Madame… c'est merveilleux et je suis très émue.

J'ai du mal à continuer mais je m'y oblige.

— Mais… ce n'est pas mon anniversaire.

Tout le monde éclate de rire.

— Je vous l'avais bien dit ! s'exclame Trish ravie. Elle nous a prévenus qu'elle nierait.

— Ce n'est pas si terrible que ça de prendre un an, se moque Nathaniel. Allez, sois bonne joueuse ! Bois un coup et amuse-toi !

Je n'y comprends rien.

— Qui a dit que je nierais ?

— Lady Edgerly, bien sûr, répond Trish. C'est elle qui a dévoilé votre petit secret !

Freya ? Freya est dans le coup !

— Qu'a-t-elle dit exactement ?

— Que votre anniversaire approchait, explique Trish contente d'elle. Elle m'a avertie que vous voudriez le cacher. Vilaine fille !

Freya ! Me faire ça !

— Elle m'a également dévoilé, dit Trish en baissant la voix, que votre dernier anniversaire avait été un fiasco. Elle m'a même suggéré de vous faire la surprise. Et voilà, joyeux anniversaire !

Trish lève son verre et les autres l'imitent en criant eux aussi « Joyeux anniversaire ».

Je ne sais si je dois rire ou pleurer. Ou les deux. Je contemple la banderole, les ballons argentés, les bouteilles de champagne, les sourires. Je ne peux rien dire. Je dois faire semblant.

— Eh bien… merci. Je suis très gâtée.

— Désolée d'avoir été un peu sèche avec vous cet après-midi, dit Trish. On avait du mal avec ces ballons. On a été obligés d'en jeter tout un lot.

Elle fixe Eddie d'un regard accusateur.

— As-tu déjà essayé de faire entrer des ballons gonflés dans le coffre d'une Porsche ? se justifie Eddie en colère. J'aurais voulu t'y voir ! J'ai pas trois mains, tu sais.

En imaginant Eddie se bagarrant avec une grappe de ballons brillants pour les faire entrer dans sa voiture, je me mords les lèvres pour ne pas rire.

— On n'a pas écrit votre âge sur les ballons, murmure Trish. Je pense que vous appréciez cette solidarité féminine.

Je passe du visage expressif et trop maquillé de Trish à celui rose et poupin d'Eddie, et je suis trop chamboulée pour parler. Dire qu'ils ont tout planifié, préparé la banderole, commandé les ballons.

— Madame… Monsieur… je suis sidérée…

— Ce n'est pas tout ! fait Trish en regardant au-dessus de mon épaule.

— *Bon anniversaire, mes vœux les plus sincères…*

La chanson s'élève derrière moi, bientôt reprise par tous. Je me retourne. Iris traverse la pelouse en portant un gâteau gigantesque. Il est recouvert d'un glaçage rose pâle et piqué de fraises et de framboises et d'une jolie et unique bougie. Un bandeau en lettres d'argent proclame *Joyeux anniversaire de notre part à tous*.

Quelle beauté ! J'en ai la gorge serrée. Personne ne m'a jamais offert de gâteau d'anniversaire.

— Soufflez la bougie ! dit Eamonn quand la chanson s'arrête.

Je m'exécute tant bien que mal. Lorsque Iris dépose le gâteau sur la table, Eddie tapote sa flûte avec son stylo.

— Silence, s'il vous plaît. Samantha, nous sommes tous ravis que vous soyez entrée dans notre famille. Vous travaillez magnifiquement et nous vous en sommes reconnaissants. Bravo…

— Merci, Monsieur.

Je bégaie en regardant tous ces visages amicaux sur fond de ciel bleu et de feuillage.

— Moi aussi… je suis heureuse d'être venue. Vous avez fait preuve de tant de bonté à mon égard.

Mon Dieu, j'en ai les larmes aux yeux. Mais je poursuis :

— Je n'aurais pu souhaiter de meilleurs patrons…

— Oh, ça suffit, fait Trish en se tamponnant les yeux avec une serviette.

— *Car c'est une bonne camarade*…, entonne Eddie.

— Eddie, l'interrompt Trish, personne n'a envie d'écouter tes vieilles chansons stupides. Débouche donc du champagne !

C'est une des soirées les plus chaudes de l'été. Tandis que le soleil se couche, nous nous allongeons dans l'herbe et nous continuons à boire du champagne. Eamonn me parle de sa petite amie Anna qui travaille dans un hôtel de Gloucester. Iris apporte des tartelettes ultrafines au poulet et aux fines herbes. Nathaniel installe une guirlande électrique dans un arbre. Melissa répète à voix haute qu'elle doit rentrer travailler, mais accepte quand même « un doigt de champagne ».

Le ciel vire au bleu nuit et l'odeur du chèvrefeuille envahit l'air. Une musique se fait entendre au loin et Nathaniel pose nonchalamment sa main sur ma cuisse. Je n'ai jamais été aussi bien de ma vie.

— Les cadeaux ! s'exclame Trish. On ne lui a pas offert ses cadeaux !

Trish a exagéré sur le champagne. Elle titube jusqu'à la table, cherche son sac, en sort une enveloppe qu'elle me donne.

— Voici un petit bonus ! Faites-vous plaisir.

— Merci, dis-je surprise, comme c'est généreux de votre part !

— Mais comprenez bien qu'on ne vous augmente pas ! ajoute-t-elle, méfiante. Ça ne se reproduira pas.

— Je comprends. Merci mille fois, Madame.

— Moi aussi j'ai quelque chose pour vous !

Iris prend dans son panier un paquet emballé dans du papier kraft. À l'intérieur, il y a quatre moules à pain et un tablier à fleurs roses. J'éclate de rire.

— Merci ! J'en ferai bon usage.

Trish contemple les moules.

— Mais... Samantha a déjà tout ce qu'il lui faut.

— J'ai acheté ça au hasard, dit Iris, en me faisant un clin d'œil.

— Samantha, voilà pour vous !

Melissa m'offre une série de shampooings de chez Body Shop que j'avais vus traîner dans un des placards de Trish.

— Merci, dis-je, c'est trop !

— Ah ! Au fait Melissa, claironne soudain Trish, arrête de donner un surcroît de travail à Samantha. Elle ne peut pas passer son temps à bosser pour ta petite personne. Pas question de la perdre à cause de toi !

Melissa ouvre la bouche pour répliquer.

— Et ça, c'est de ma part, l'interrompt Nathaniel.

Il me donne un petit paquet emballé dans du papier de soie blanc. Tout le monde se penche pour voir ce que c'est.

Je l'ouvre et un ravissant bracelet en argent me glisse dans la main. Il ne comporte qu'une seule breloque, une minuscule cuiller en argent. J'éclate de rire à nouveau ! Un tablier fleuri et maintenant une cuiller.

Ni Nathaniel ni Iris ne sont au courant de mon passé – pourtant j'ai l'impression qu'ils me connaissent mieux que quiconque. Ils m'ont vue éreintée, incompétente, terriblement vulnérable. Je n'ai pas eu à leur jouer la comédie ni à prétendre que je savais tout sur tout.

— Ça m'a rappelé notre première rencontre, fait Nathaniel en me souriant.

— Merveilleux !

Je jette mes bras autour de son cou et l'embrasse en lui murmurant merci à l'oreille.

Trish ne nous quitte pas des yeux.

— Nathaniel, je sais ce qui vous a attiré chez Samantha. Sa cuisine, n'est-ce pas ?

— Oui, surtout ses pois chiches.

Eamonn redescend de la terrasse et me tend une bouteille de vin.

— De ma part. Ce n'est pas grand-chose, mais…

— Tu es trop gentil, dis-je émue. Merci.

— Je voulais te demander, serais-tu d'accord pour être serveuse ?

— Au pub ?

— Non, pour des réceptions privées. On a une petite affaire dans le village. Ce n'est pas une vraie société, plutôt une façon de fournir du travail à des amis. Et d'arrondir les fins de mois.

Sa proposition tellement désintéressée me va droit au cœur.

— Avec plaisir. Merci d'avoir pensé à moi.

— Si tu veux venir au pub, un verre ou deux t'y attendent.

Je jette un œil hésitant à Trish.

— Euh… Peut-être plus tard…

— Allez-y ! Amusez-vous ! Oubliez votre travail ! Je mettrai les verres sales dans la cuisine, vous vous en occuperez demain.

— Merci, Madame. Vous êtes… très gentille.

— Au fait, Samantha, j'ai repensé à ce que vous m'avez dit l'autre jour. De faire quelque chose d'utile. Non pas que je ne sois pas déjà terriblement débordée…

— Bien sûr !

— Qu'importe ! J'ai décidé d'organiser un déjeuner pour l'Aide à l'enfance malheureuse.

— Bonne idée !

— Et vous pourrez m'aider à l'organiser. Avec toute l'expérience que vous avez accumulée chez lady Edgerly, vous devez être une experte !

— Bien sûr, dis-je, la gorge serrée, j'en serai ravie !

À vrai dire, mon expérience est assez limitée. J'ai assisté à quelques ventes de charité avec des clients. L'événement consistait à les voir se soûler et surenchérir les uns sur les autres pour montrer qui était le plus généreux.

— Je dois vous quitter, dit Iris en se levant. Bonsoir à tous et merci.

— Laissez-vous tenter par le pub, lui propose Eamonn.

— Pas ce soir, fait-elle souriante, le visage illuminé par la guirlande. Bonsoir Samantha, bonsoir Nathaniel.

— Allons, dit Nathaniel en me prenant la main, allons voir ce qui se passe au pub.

Lorsque nous passons devant la maison, Melissa et Eddie sont assis à une table de la terrasse, couverte de papiers et de brochures.

— C'est trop difficile, se plaint Melissa. De cette décision va dépendre ma vie entière. Ça craint !

— Monsieur, dis-je un peu gênée, je voulais vous remercier pour cette soirée. C'était formidable.

— On s'est bien amusés, rétorque Eddie.

— Passez une bonne soirée, soupire Melissa. Moi, j'ai encore des tonnes de travail.

— Tes efforts seront récompensés, mon chou, l'encourage Eddie… Quand tu seras chez…

Il prend une brochure au hasard sur la table et déchiffre le titre.

— Chez Carter Spink.

Melissa veut entrer chez Carter Spink ?

— C'est ça ? C'est là que vous postulez ?

— Oh, je ne sais pas, répond Melissa l'air boudeur. C'est le meilleur cabinet. Mais il est atrocement sollicité. Personne n'y arrive.

— Sacrément chicos ! s'exclame Eddie en feuilletant la brochure sur papier glacé, une photo à chaque page. Regarde ces bureaux !

Je suis pétrifiée : voici une photo de l'accueil, une vue de l'étage où je travaillais. Je ne peux détourner mon regard de la brochure et, en même temps, je ne veux rien voir. C'est mon ancienne vie. Elle n'a rien à faire ici. Soudain, Eddie tourne une page et je sursaute !

Une photo de moi ! Moi !

En tailleur noir, avec un chignon, assise lors d'une réunion avec Ketterman, David Elldrigde et un type venu des États-Unis. Je me souviens du jour où on a pris ce cliché. Ketterman était fou de rage qu'on le dérange.

J'ai l'air si pâle, si sérieuse.

— Et puis… je ne sais pas si je veux leur consacrer tout mon temps, gémit Melissa. Les gens là-bas bossent toutes les nuits. Et ma vie personnelle, alors ?

Je suis bien visible sur la photo. J'attends le moment où quelqu'un va dire : « Minute, mais on dirait... »

Mais rien n'arrive. Melissa n'arrête pas de jacasser en gesticulant, Eddie hoche la tête, Nathaniel fixe le ciel, s'ennuyant à mourir.

— Bien sûr, on est vraiment très bien payé..., continue Melissa.

Elle soupire et tourne la page.

La photo est partie. Je suis partie.

— On y va ?

Nathaniel me prend la main et je serre la sienne.

— Oui, allons-y !

19

Pendant quinze jours, je ne revois pas la brochure de chez Carter Spink. Je n'ai pas vu le temps passer. Les heures et les minutes ne se décomptent plus en intervalles régimentés mais tourbillonnent et prennent la fuite. Je ne porte même plus de montre. Hier, je suis restée couchée tout l'après-midi dans le foin avec Nathaniel à regarder les aigrettes de pissenlits voler au vent et à écouter les stridulations des criquets.

Je ne me reconnais pas non plus. J'ai bronzé à force de m'étendre au soleil à l'heure du déjeuner. J'ai des mèches blondes. Mes joues sont rondes. J'ai musclé mes bras à force de nettoyer, briquer, astiquer, porter de lourds faitouts.

L'été atteint sa plénitude et la température augmente chaque jour. Le matin, avant le petit déjeuner, Nathaniel et moi quittons son appartement du village et marchons jusque chez les Geiger – et il fait déjà chaud. J'y passe la plupart de mes nuits – et c'est comme ma maison. Le salon est spacieux, meublé de vieux canapés couverts de cotonnades, et Nathaniel a construit de ses mains une terrasse au-dessus du pub.

Le soir, au moment du coucher du soleil, quand nous nous y tenons, le brouhaha de la salle nous parvient. Parfois, Nathaniel fait les comptes du pub, mais ça ne l'empêche pas de me parler : de l'histoire des villageois, des plantes qu'il a l'intention de semer dans le jardin des Geiger. Une fois, il m'a même expliqué la géologie des terrains avoisinants. Je lui raconte ma journée chez les Geiger et les soirées passées à faire la serveuse pour Eamonn. Je suis devenue une de ses « régulières ». Il vient me chercher, ainsi que deux autres filles du village, dans sa Honda toute déglinguée. J'enfile un tablier noir et passe des plateaux de petits sandwichs lors de cocktails plus ou moins chic.

Désormais, la vie est lente et tranquille. Les gens autour de moi se croient en vacances, sauf Trish qui s'agite dans tous les sens. Son déjeuner de charité a lieu lundi prochain : elle fait tant d'histoires qu'on dirait qu'elle va recevoir la reine d'Angleterre.

Je suis descendue dans la cuisine préparer le déjeuner quand je repère sur la table, parmi une masse de papiers laissés par Melissa, la fameuse brochure de Carter Spink. Je ne peux résister à la tentation de revoir les photos. Voici les marches que j'ai gravies pendant sept ans de mon existence. Voici Guy, toujours aussi séduisant. Voici Sarah, cette fille du département des litiges qui espérait être promue. Je me demande si elle y est arrivée.

— Vous faites quoi ? demande Melissa méfiante, qui est entrée sans que je l'entende. C'est à moi !

Elle pense que je vais la voler ou quoi ?

— J'essaie de mettre de l'ordre dans vos affaires. J'ai besoin de cette table.

Puis je repose la brochure.

— Ah bon ! Merci.

Elle frotte son visage hagard. Ses yeux sont cernés, ses joues creusées par la fatigue.

Avais-je cette mine de papier mâché à son âge ?

— Vous travaillez dur, hein ?

— Ouais, en effet. Mais ça vaut la peine. Ils vous tuent au début et ensuite, quand vous avez votre diplôme, ça s'arrange.

Je regarde ses traits tirés, son air pincé et arrogant. Si je lui disais ce que je sais, elle ne me croirait pas !

— Oui, vous avez certainement raison.

La brochure est restée ouverte à la page d'Arnold. Sur la photo, il porte une cravate bleu vif à pois, une pochette et il sourit au monde entier. De tous les gens de chez Carter Spink, c'est le seul que j'aimerais revoir.

J'empile les dossiers de Melissa sur le bar et je lui demande :

— Alors, vous avez posé votre candidature pour ce cabinet ?

— Ouais, c'est le meilleur, répond-elle en prenant un Coca Light dans le réfrigérateur. Voici le type avec qui je devais avoir un entretien, mais il s'en va.

Elle me désigne la photo d'Arnold.

J'en reste bouche bée. Arnold quitte Carter Spink ?

— Vous en êtes sûre ? dis-je sans m'en rendre compte.

— Oui, mais qu'est-ce que ça peut bien vous faire ?

— Oh, rien ! Mais… il n'a pas l'air d'avoir l'âge de prendre sa retraite.

— En tout cas, c'est ce qu'il fait.

Elle s'empare de la brochure et sort.

Je ne comprends pas. Arnold a toujours claironné qu'il ne prendrait jamais sa retraite. Il se vantait de pouvoir encore tenir vingt ans. Pourquoi part-il maintenant ?

Je ne suis vraiment plus dans le coup. Toutes ces dernières semaines, j'ai vécu dans une bulle. Je n'ai pas lu *The Lawyer*, ni d'ailleurs aucun autre journal. Je ne suis plus au courant des derniers cancans et je m'en contrefous. Mais revoir le visage d'Arnold a piqué ma curiosité.

Après avoir débarrassé le déjeuner, je me glisse dans le bureau d'Eddie, branche son ordinateur et vais sur Google. Je cherche *Arnold Saville* – et, comme je m'y attendais, je trouve un entrefilet au sujet de sa retraite. Il ne fait que trois lignes mais je les relis plusieurs fois, espérant éclaircir ce mystère. Qu'est-ce qui lui prend ? Serait-il malade ?

Je cherche encore, sans rien trouver de plus. Je devrais en rester là, mais je tape *Samantha Sweeting*. Immédiatement, des milliards d'articles s'étalent sous mes yeux. Cette fois-ci, je ne panique pas. Je ne suis plus la personne dont il est question.

Je regarde les entrées, l'une après l'autre, mais elles répètent toutes la même chose. Au bout de cinq pages, j'ajoute *Third Union Bank*. Puis *BLLC Holdings* et *Glazerbrooks*. Enfin, avec un peu d'appréhension, j'entre *Samantha Sweeting + cinquante millions de livres + carrière terminée* et j'attends de voir apparaître les vilaines histoires. Comme si je regardais ma voiture se crasher contre un mur.

Me voici accro à Google. Totalement intoxiquée, je clique, je cherche, je lis page après page, utilisant le mot de passe de Carter Spink quand j'en ai besoin. Au bout d'une heure, je m'affale sur ma chaise, tel un zombie. J'ai le dos en compote, le cou raide et la tête dans le coaltar. J'avais oublié comme c'était dur de rester une heure devant un ordinateur. Comment ai-je pu faire ça des journées entières ?

Je me frotte les yeux et parcours la page ouverte devant moi, en me demandant comment j'ai atterri là. Il s'agit d'une liste obscure d'invités à un déjeuner, au début de l'année. Au milieu figure le nom de BLLC Holdings qui doit être le lien. Sans y penser je continue à descendre le curseur et je tombe sur *Nicholas Hanford Jones, administrateur.*

Une sonnette se déclenche dans mon cerveau fatigué. Nicholas Hanford Jones. Ce nom me dit quelque chose. Mais pourquoi ? Et pourquoi est-ce que je l'associe à celui de Ketterman ? La BLLC Holdings serait-elle un de ses clients ? Impossible. J'aurais été au courant.

Je me concentre de toutes mes forces. Nicholas Hanford Jones. Je revois ce nom écrit quelque part. Je cherche un rapport… une image… je réfléchis…

Voilà l'inconvénient d'avoir une mémoire visuelle. Les gens croient que c'est un atout mais ça me rend folle.

Et soudain, eurêka ! Un faire-part de mariage. Épinglé dans le bureau de Ketterman il y a trois ans. Il y est resté pendant des semaines. Je le voyais chaque fois que j'entrais.

Monsieur et Madame Arnold Saville
vous prient d'assister à la réception de mariage
de leur fille Fiona avec
Monsieur Nicholas Hanford Jones

Il serait donc le gendre d'Arnold Saville ? Arnold a un lien familial avec BLLC Holdings ?

Je me redresse, totalement médusée. Pourquoi n'en a-t-il jamais parlé ?

Une autre chose me frappe. Quand j'ai regardé la composition du conseil d'administration de BLLC Holdings, Nicholas Hanford Jones n'y figurait pas. Voilà qui est parfaitement illégal.

Curieuse comme une fouine, je tape le nom de Nicholas Hanford Jones. L'écran est plein de réponses.

Bon Dieu ! Quelle merde, le Net ! Il y a une foule de Nicholas, de Hanford et de Jones occupant des situations nombreuses et variées. Mais rien qui m'intéresse ! Que Greg Hanford fasse partie de l'équipe canadienne d'aviron me laisse de marbre. Franchement.

Je ne vais jamais rien trouver.

Cependant, je continue mes recherches, page après page. Et lorsque je suis sur le point d'abandonner, je vois en bas d'une page :

William Hanford Jones, directeur financier de Glazerbrooks, a remercié Nicholas Jenkins pour son discours...

Incroyable ! Le directeur financier de Glazerbrooks s'appelle lui aussi Hanford Jones ? Ils font partie de la même famille ? M'inspirant des meilleurs détectives privés, je vais sur Photo-de-classe.com et, deux minutes plus tard, j'ai la réponse : ils sont frères !

Ahurissant ! Voilà une parenté inopinée ! Le directeur financier de Glazerbrooks qui a fait faillite. Le directeur de BLLC Holdings qui a prêté cinquante millions de livres trois jours avant. Et Arnold qui représentait la Third Union Bank. Tous parents faisant partie d'une même grande famille !

Personne ne doit être au courant. Arnold ne l'a jamais mentionné. Chez Carter Spink nul n'en a jamais parlé. Et je ne l'ai vu figurer dans aucun rapport.

Je me masse les épaules et j'essaie d'y voir clair. N'y a-t-il pas un conflit d'intérêts ? Arnold aurait dû en faire état immédiatement, non ? Pourquoi a-t-il gardé un tel secret ? À moins que...

Non. Mille fois non ! C'est impossible !

J'ai l'impression d'être passée par-dessus bord et de me noyer. Mon esprit échafaude les plus sinistres hypothèses pour les rejeter aussitôt.

Arnold a-t-il découvert quelque chose ? Cache-t-il un truc ? Est-ce la raison de son départ ?

Je me lève et me passe la main dans les cheveux. Bon, il faut que j'arrête. C'est Arnold dont je parle. Arnold ! Je suis en train d'inventer une sombre conspiration. Bientôt, je vais me persuader que des extraterrestres vivent parmi nous…

Enfin, je prends une décision. Je vais téléphoner à Arnold. Pour lui souhaiter une agréable retraite. C'est le seul moyen de faire le ménage dans ma tête.

Je dois m'y reprendre à six fois avant de réussir à composer son numéro complet et d'attendre qu'on décroche. Je suis malade rien qu'à l'idée de parler à quelqu'un de chez Carter Spink – et surtout à Arnold.

Enfin, prenant mon courage à deux mains, j'y arrive. C'est le seul moyen de connaître la vérité. Je peux lui parler. Je peux garder la tête haute.

Au bout de trois sonneries, Lara répond :

— Le bureau d'Arnold Saville.

J'imagine sa silhouette boulotte, ses cheveux brillants, son éternelle veste bordeaux, assise à son bureau en bois clair et pianotant sur son clavier. Elle est à des milliards de kilomètres d'ici.

— Salut, Lara ! Samantha à l'appareil… Samantha Sweeting.

— Samantha ? répète Lara ahurie. Ben ça alors ! Où êtes-vous donc ? Que devenez-vous ?

— Ça va, merci, ça va très bien, dis-je tandis que mon estomac fait des siennes. J'appelle parce que j'ai appris qu'Arnold s'en allait. C'est vrai ?

— Mais oui. J'en suis restée scotchée ! Ketterman l'a invité à dîner pour le dissuader de partir, mais il n'a rien voulu entendre. Vous ne le croirez jamais, mais il s'en va aux Bahamas !

— Aux Bahamas !

— Il a acheté une maison là-bas. Elle est ravissante. Son pot d'adieu a lieu la semaine prochaine. Je vais être transférée chez Derek Green – vous vous souvenez de lui ? Un spécialiste des impôts. Un type charmant qui pique parfois des colères…

— Euh… formidable !

Je l'interromps car je sais qu'elle peut cancaner pendant des heures.

— Lara, je voulais transmettre à Arnold mes meilleurs vœux. Vous pourriez me le passer ?

— Ah oui ? fait Lara l'air surprise. C'est incroyablement… gentil de votre part. Surtout après ce qui est arrivé.

— Oh, vous savez, fais-je mal à l'aise, ce n'était pas sa faute. Il a fait ce qu'il a pu.

Un étrange silence s'ensuit.

— Bien, je vous le passe, dit enfin Lara.

Quelques secondes plus tard, la voix retentissante d'Arnold me parvient.

— Samantha chérie, c'est bien toi ?

— Ben… oui… Je n'ai pas complètement disparu de la surface de la terre.

— J'espère bien. Alors comment va ?

— Oh… bien. J'ai appris que tu prenais ta retraite.

— Oui, je ne suis pas maso ! dit-il en riant. Trente-trois ans au fond de la mine, ça suffit pour un seul homme. Et plus encore pour un avocat !

Son ton jovial me rassure. Je dois être folle. Arnold ne peut être impliqué dans une affaire douteuse. Ce n'est pas le genre à dissimuler quoi que ce soit.

Il faut pourtant que je lui en parle. Juste pour en avoir le cœur net.

— Bon… j'espère que tout ira bien. Et… tu auras plus de temps pour la famille ?

— Ah ! maintenant je vais me les coltiner à plein temps ! dit-il en partant d'un gros rire.

— J'ignorais que ton gendre était un administrateur de BLLC Holdings, dis-je d'un ton léger. Quelle coïncidence !

Silence au bout de la ligne.

— Pardon ?

La voix d'Arnold est toujours aussi charmante mais elle manque de chaleur.

— BLLC Holdings ! Tu sais, l'autre société impliquée dans le prêt de la Third Union Bank ? Celle qui s'est portée garante…

— Samantha, je dois te quitter, m'interrompt-il gentiment. J'ai été ravi de bavarder avec toi, mais je pars la semaine prochaine et je suis plutôt débordé. Il y a beaucoup de travail ici, je te conseille donc de ne pas rappeler.

Il raccroche sans me laisser le temps de placer un mot. Je pose le combiné et suis du regard les évolutions d'un papillon devant la fenêtre.

Ça ne colle pas. Il n'a pas eu une réaction naturelle. Il s'est débarrassé de moi dès que j'ai évoqué son gendre.

Il y a anguille sous roche. C'est évident.

Cet après-midi, j'ai laissé tomber le ménage. Assise sur mon lit avec un papier et un crayon, j'essaie d'envisager toutes les possibilités.

À qui profite le crime ? Je contemple les faits et les flèches qui les relient. Deux frères. Des millions de livres transférées depuis des banques à des sociétés. Réfléchis ! Réfléchis !

Frustrée, je pousse un petit cri en déchirant la page. Reprenons tout à zéro. Suivons un ordre logique. Glazerbrooks a fait un emprunt. La Third Union Bank a perdu son argent. BLLC Holdings est devenu le créancier le mieux placé…

Je tapote nerveusement ma feuille de papier. Et alors ? Ils n'ont fait que récupérer l'argent qu'ils ont prêté. Ils n'en retirent aucun avantage, aucun bénéfice, ça ne rime à rien.

À moins que… à moins qu'ils n'aient jamais versé un centime !

D'où m'est venue cette idée ? Je me redresse, le souffle coupé. Et si j'avais raison ? Et si c'était une escroquerie ?

Mon esprit s'emballe. Imaginons deux frères. Ils savent que Glazerbrooks a de graves ennuis financiers. Ils savent que la banque a payé cinquante millions mais qu'elle n'a pas enregistré la créance. Ce qui veut dire que ce prêt non garanti peut être empoché par quiconque enregistrera la créance…

Je ne tiens plus en place. J'arpente ma chambre de long en large, le cerveau en ébullition. Ça colle. Ils ont bricolé les chiffres. BLLC Holdings reçoit l'argent que la Third Union Bank a versé, les assureurs de Carter Spink paient les dégâts…

Je m'arrête. Non. Ça ne colle pas. Quelle idiote je suis ! Les assureurs ne paient que parce que je n'ai pas fait mon boulot. On ne pouvait me forcer à oublier de faire quelque chose, on ne pouvait m'obliger à merder…

Je stoppe net. J'ai la chair de poule. Le mémo !

Ce mémo, je ne l'ai jamais vu sur mon bureau avant qu'il ne soit trop tard. J'en suis certaine.

Et si…

Bon Dieu !

Je m'effondre sur ma chaise, les jambes en coton. Et si on l'avait dissimulé ? Si on l'avait glissé dans une pile de dossiers après la date limite ?

Et si je n'avais jamais fait cette erreur ?

J'ai l'impression que tout prend un sens nouveau.

Et si Arnold avait fait exprès de ne pas enregistrer la créance – et m'avait collé ça sur le dos ?

Je me repasse la conversation que j'ai eue avec Arnold ce jour-là. C'est comme un disque rayé. Je lui ai dit que je ne me souvenais pas d'avoir vu le mémo sur mon bureau. Et il a changé de sujet, immédiatement.

Je partais du principe que le mémo avait toujours été là. Que j'étais responsable. Et si je m'étais trompée ? Chez Carter Spink, tout le monde savait que mon bureau était bordélique. Il aurait été facile de glisser un papier dans une pile. Et de faire croire qu'il était là depuis des semaines.

Tout à coup je suffoque. Je me mets à haleter. Un début de crise de spasmophilie. Je me rends compte à quel point je suis encore stressée par cette erreur qui m'obsède depuis deux mois. J'y pense en me réveillant, j'y pense en m'endormant. Comme une rengaine : *Samantha a merdé, Samantha a foutu sa vie en l'air !*

Et… si on m'avait utilisée ? Et si ce n'était pas ma faute ? *Et si ce n'était pas ma faute ?*

Il faut que je sache. Il me faut découvrir la vérité. Tout de suite. Tremblante, je compose le numéro d'Arnold une nouvelle fois.

— Lara, il faut que je parle à Arnold.

— Samantha, fait-elle gênée, Arnold refuse de vous parler. Et il m'a prié de vous dire qu'il ne veut plus être dérangé au sujet de votre job.

Je suis sous le choc. Quelles salades a-t-il pu raconter à mon sujet ?

— Lara, je ne l'appelle pas au sujet de mon job. C'est autre chose. S'il ne veut pas me prendre au téléphone, je vais venir au bureau. Pouvez-vous me fixer un rendez-vous ?

— Écoutez, fait Lara, apparemment dans ses petits souliers, Arnold m'a dit que si vous cherchiez à venir au cabinet, il vous ferait expulser par le service de sécurité.

M'expulser, moi ? Incroyable !

— Désolée, je suis vraiment navrée, reprend Lara. Je n'y suis pour rien. Ce qu'Arnold vous a fait est honteux. Et je ne suis pas la seule à le penser.

Que m'a-t-il fait ? Lara serait-elle au courant pour le mémo ?

— Que... voulez-vous dire ?

— La façon dont il vous a fait virer !

— Comment ? Mais de quoi parlez-vous ?

— Je me demandais si vous étiez au courant, ajoute-t-elle en baissant la voix. Comme il s'en va, je peux vous le dire. J'ai assisté à la réunion qui a suivi votre départ. Arnold a persuadé les associés que vous étiez un handicap pour le cabinet et qu'il serait imprudent de vous laisser revenir. Beaucoup d'entre eux voulaient vous donner une nouvelle chance. J'ai été scandalisée. Bien sûr, je ne pouvais rien dire !

— Évidemment. Merci en tout cas de m'avoir mise au courant. Je ne me doutais de rien.

Tout bascule. Arnold ne s'est pas battu pour moi. Il m'a enfoncée. Je me suis gourée dans les grandes largeurs. Cette gentillesse, ce charme, ce n'était que du flan. Quel dégueulasse !

Soudain je me souviens de l'avoir appelé le lendemain de ma fuite : il avait insisté pour que je reste où j'étais, pour que je ne revienne pas. Je comprends maintenant. Il ne voulait pas de moi dans ses pattes. En mon absence, il lui était plus facile de me crucifier.

Dire que je lui faisais confiance ! Totalement. Aveuglément. Comme une idiote ! Quelle conne je fais !

J'ai mal partout. Mais je n'ai plus de doutes. Arnold est en train de monter une arnaque. Il a dissimulé le mémo, sachant que ça ruinerait ma carrière.

Dans une semaine, il se sera planqué aux Bahamas. Je panique. Il faut que j'agisse.

— Lara, pouvez-vous me passer Guy Ashby ?

Je sais que nous nous sommes accrochés, mais c'est la seule personne qui puisse m'aider à l'heure actuelle.

— Guy est à Hong Kong, fait Lara surprise. Vous ne le saviez pas ?

— Ah non.

— Mais il a emporté son Palm. Vous pouvez lui envoyer un mail.

— Oui, merci, bonne idée.

20

Je n'arrive pas à rédiger ce mail. Je vais passer pour une folle et pour une parano.

J'en suis à mon dixième essai.

> **Cher Guy,**
> **J'ai besoin de ton aide. Je crois que j'ai été piégée par Arnold. Je pense qu'il a planqué le mémo sur mon bureau. Il y a quelque chose de louche. Il a des liens familiaux avec ceux de la BLLC Holdings et de Glazerbrooks, tu le savais ? Pourquoi n'en a-t-il jamais parlé à personne ? Et voilà qu'il m'a fait interdire l'accès au cabinet, ce qui ajoute à mes soupçons…**

J'ai l'air de délirer, comme une ancienne employée aigrie qui en veut à ses patrons.

Ce que je suis.

En relisant mon texte, j'ai l'impression de ressembler à la vieille toquée qui avait l'habitude de se tenir au coin de la rue en hurlant : « Ils vont venir me chercher ! »

Je me sens proche de cette femme. Et elle avait probablement raison.

Guy va se marrer. Je l'imagine très bien. « Arnold Saville, un escroc ? C'est dingue. » Peut-être suis-je dingue. Ce n'est qu'une hypothèse. Je ne possède aucune preuve. Rien de solide. Je me prends la tête dans les mains. Personne ne me croira jamais. Ni même ne m'écoutera.

Si seulement j'avais une preuve. Mais comment l'obtenir ?

Mon portable bipe et je sursaute. J'ai oublié où j'étais. Un texto m'attend :

Suis en bas. Avec une surprise à te montrer. Nat.

En descendant, je n'ai pas encore recouvré mes esprits. Je suis folle de rage contre Arnold, qui m'a manipulée. Qui m'a encouragée à avoir un bureau bordélique. Qui m'a menti en me disant qu'il se battrait pour moi. Qui m'a écoutée d'un air compatissant quand je me maudissais d'avoir commis cette erreur, quand je lui demandais de m'excuser et me mettais à plat ventre...

Comble de l'horreur, je n'ai jamais essayé de me justifier. Je n'ai jamais remis en question le fait que je n'avais jamais vu ce mémo. J'ai tout de suite admis que c'était ma faute.

Arnold me connaissait bien. Il comptait sur ma réaction !

Salaud ! Ordure !

— Salut ! dit Nathaniel en passant sa main devant mes yeux ! Bienvenue sur terre !

— Oh... désolée, bonjour.

Je m'efforce de lui sourire.

— Viens par ici.

Il m'entraîne dans sa vieille coccinelle décapotable. Comme d'habitude, la banquette arrière est encombrée de pots et de vieux outils de jardin.

— Si Mademoiselle veut bien monter, dit-il en m'ouvrant la portière.

— Que veux-tu me montrer ?

— Un endroit mystérieux et magique.

Nous sortons du village et prenons une route que je ne connais pas. Nous traversons un autre village et grimpons dans les collines. Nathaniel est d'excellente humeur. Il fait des commentaires sur toutes les fermes et tous les pubs que nous voyons. Mais je l'écoute à peine. Je suis sur le sentier de la guerre.

Que faire ? Je ne peux même pas entrer dans l'immeuble. Je n'ai plus de badge. Je suis impuissante. Et il ne me reste que trois jours. Ensuite Arnold aura disparu aux Bahamas et je serai refaite.

— Nous sommes arrivés !

Nathaniel quitte la route et s'engage dans une allée en gravier. Il se gare près d'un petit mur en brique.

— Qu'en penses-tu ?

— Euh… c'est charmant, dis-je en essayant de redescendre sur terre.

Que dois-je regarder ?

— Samantha, tu vas bien ? Je te sens ailleurs.

— Oh, juste un peu fatiguée.

Je sors de la voiture pour éviter son regard scrutateur. Je referme la portière et jette un coup d'œil autour de moi.

Nous sommes dans une sorte de cour. Un écriteau *À vendre* est accroché à une maison de pierre délabrée. Un peu plus loin, des serres étincellent au soleil couchant. Il y a des rangées de plants de légumes et un bâtiment en préfabriqué avec une pancarte *Jardinerie*…

Holà, qu'est-ce que c'est que ce traquenard ?

Je me retourne : Nathaniel est sorti de la voiture et tient une liasse de papiers à la main. Il se met à lire à voix haute :

— *Occasion horticole à saisir. Terrain de deux hectares et possibilité de dix hectares supplémentaires. Mille mètres carrés de serres. Ferme disposant de quatre chambres à rénover…*

Je reviens à la réalité.

— Tu vas l'acheter ?

— J'y pense. Je voulais d'abord te la montrer. C'est une bonne affaire. Il y a des travaux à faire, mais le terrain est là. On pourrait installer l'arrosage automatique, agrandir les bureaux…

J'ai du mal à tout assimiler :

— Et les pubs ? Tu as soudain…

— C'est à cause de toi. Ce que tu as dit dans le jardin, l'autre jour. Tu as raison. Je ne suis pas un tenancier de pub mais un jardinier. Je serais plus heureux à faire ce que j'aime.

Il se tait un instant. Le vent ébouriffe ses cheveux.

— Alors… j'ai eu une longue conversation avec maman et elle a compris. Eamonn pourrait reprendre l'affaire. Sauf qu'il ne le sait pas encore.

— Formidable !

Je contemple des piles de vieux cageots et de plateaux à graines, un panneau déchiré annonçant des sapins de Noël à vendre.

— Alors, qu'est-ce que tu vas faire ?

Ses yeux brillent d'excitation.

— Ce genre de chance ne se présente qu'une fois.

— Mais c'est fantastique !

— Et puis il y a la maison. Disons plutôt qu'il y aura une maison. Pour le moment, elle est en mauvais état.

Je la regarde mieux. La peinture s'écaille, un volet ne tient plus que par une charnière.

— Elle a besoin d'un coup de neuf, dis-je.

— Avant tout, je voulais que tu la voies. Avoir ton feu vert. Un jour, tu pourrais…

Il ne finit pas sa phrase.

Tout à coup, mes antennes vibrent follement, comme lorsque Hubble découvre une nouvelle planète. Qu'allait-il me dire ?

— Tu veux dire que je pourrais… y séjourner, dis-je à sa place.

— Voilà, c'est ça, dit-il en se frottant le nez. Allons la visiter.

Plus grande qu'elle n'y paraît de l'extérieur, elle possède des poutres apparentes, des cheminées anciennes et un escalier en bois qui craque sous les pieds. Les murs d'une des pièces n'ont plus de plâtre et la cuisine est complètement démodée, avec des placards qui datent des années trente.

— Quelle superbe cuisine ! dis-je pour le taquiner.

— Je pourrais la rénover pour qu'elle soit digne de tes prouesses d'ancienne élève du Cordon bleu.

Au premier étage, nous découvrons la vaste chambre principale qui donne sur les champs. Plantés de légumes et découpés en carrés, ils ressemblent à un immense échiquier. À mes pieds, j'aperçois une petite terrasse et, contre la maison, un minuscule jardin d'agrément, qui accueille clématites et roses.

— Quel bel endroit, dis-je en me penchant par la fenêtre. Ça me plaît beaucoup.

Vu d'ici, j'ai l'impression que Londres est sur une autre planète. Que Carter Spink, Arnold et toute la bande font partie d'une autre vie.

Pourtant, malgré la douceur du paysage, je n'arrive pas à me détendre. Un seul coup de fil à la personne idoine et…

Si seulement j'avais une preuve…

N'importe quel petit indice…

Je commence à retourner les faits dans ma tête. Je vais devenir folle si ça continue.

— Je me demandais…

Je me rends compte soudain que Nathaniel me parle. Depuis combien de temps ? Je n'en ai aucune idée. Je me retourne : il m'observe. Ses joues sont rouges et, alors que d'habitude il est si sûr de lui, il paraît hésitant. On dirait qu'il a du mal à s'exprimer.

— … tu éprouves la même chose que moi ?

Il tousse et se tait, attendant ma réponse.

Je le regarde en silence. Que dois-je ressentir ?

Oh, merde et remerde. L'homme dont je suis tombée amoureuse vient de me faire une déclaration – sans doute la seule et unique de ma vie – et je ne l'écoutais pas ! Je l'ai ratée !

J'ai envie de me tuer d'être aussi stupide.

Et voilà qu'il attend ma réponse. Que lui dire ? Il vient de m'ouvrir son cœur. Et moi, qu'est-ce que je vais lui répondre : « Navrée, mais je n'ai pas tout compris ! »

— Euh… dis-je en repoussant mes cheveux pour gagner du temps, tu m'as donné de quoi réfléchir.

— Mais tu es d'accord ?

Bon, il s'agit de Nathaniel. Je suis sûre d'être d'accord avec lui, quoi qu'il ait pu me dire.

— Oui, dis-je en le fixant dans les yeux. De tout mon cœur… J'y ai souvent pensé aussi.

Nathaniel me dévisage attentivement.

— Tu en es certaine ? Pour tout ?

— Euh… oui.

Je commence à avoir des doutes.

— Même au sujet des chimpanzés ?

— Quels chimpanzés ?

Nathaniel éclate de rire : il se moque de moi.

— Tu n'as pas entendu un traître mot de ce que je t'ai dit, hein ?

— Je ne savais pas que c'était important, dis-je en gémissant. Tu aurais dû me prévenir.

Nathaniel n'arrive pas y croire.

— Il m'a fallu beaucoup de courage pour te dire tout ça.

— Répète-le-moi ! Je t'en prie. Je t'écouterai.

— Ouais, ouais, une autre fois.

— Je suis vraiment désolée, dis-je en posant mon front contre la vitre, j'avais la tête… ailleurs.

— J'ai vu.

Il s'approche de moi et m'enlace. Je sens son cœur contre le mien, cela me calme.

— Samantha, quel est le problème ? C'est cette vieille histoire ?

— Eh oui !

— Parle-m'en, je pourrais t'aider.

Le soleil se reflète dans ses yeux et sur son visage bronzé. Il n'a jamais été aussi beau.

Je sais que je ne peux pas me taire éternellement. Je pourrais tout lui déballer, maintenant, ici. Mais, si j'accepte, il ne me verra plus jamais de la même façon. Plus rien ne sera comme avant. Je ne serai plus Samantha. Mais une avocate.

Entre nous, tout est trop parfait. Je ne veux pas risquer de tout faire foirer.

— Mon ancien monde n'a rien à faire ici, dis-je.

Nathaniel s'apprête à répliquer mais je lui tourne le dos. Je contemple la vue idyllique, éblouie par le soleil, l'esprit en ébullition.

Et si j'abandonnais ce cauchemar. Si je l'oubliais. Il y a peu de chances pour que je puisse rassembler des preuves. Arnold est tout-puissant. Je n'ai aucun atout en main. Le jeu n'en vaut pas la chandelle. Je ne peux qu'y gagner de nouvelles humiliations.

Ne rien faire me serait facile. Je pourrais chasser l'affaire de mon esprit, comme j'essaie de le faire depuis longtemps, jeter mon ancienne vie aux oubliettes. J'ai un boulot. J'ai Nathaniel. J'ai de l'avenir.

Mais c'est totalement impossible.

21

J'avais oublié à quoi ressemblait Londres. C'est crasseux, surpeuplé. En arrivant à la gare de Paddington, je suis éberluée par la foule des banlieusards qui se déplacent comme dans une fourmilière. Les vapeurs d'essence me suffoquent. Je remarque les ordures. Avant, je n'y faisais pas attention. Les avais-je éliminées de ma vue ? Ou bien y étais-je habituée ?

En même temps, une certaine excitation me gagne. En descendant dans le métro, j'ai retrouvé mon rythme. Je suis aussi pressée que les autres. J'introduis ma carte de transport sans hésiter et je la retire du lecteur électronique sans perdre une seconde.

Installée au comptoir près de la fenêtre du café au coin de la rue où se trouve Carter Spink, je regarde passer les gens : ils marchent vite, parlent en gesticulant, leur portable collé à l'oreille. Mon cœur se met de la partie. Il accélère – et je n'ai pas encore pénétré dans l'immeuble !

Je consulte ma montre une nouvelle fois. C'est presque l'heure. Je ne veux surtout pas arriver trop tôt. Moins j'y passerai de temps et mieux ça sera.

Tandis que j'avale mon café au lait, mon téléphone sonne, mais je ne réponds pas. Ce doit être un nouvel appel de Trish. Elle était verte quand je lui ai annoncé que je devais m'absenter pendant deux jours. En fait, elle a essayé de m'empêcher de partir. Il a fallu que j'invente une histoire de spécialiste à voir à Londres pour une maladie de pied.

La gaffe ! Elle a voulu connaître les détails les plus saignants. Elle m'a même obligée à me déchausser. J'ai passé dix minutes à lui parler d'un « os mal aligné » qui commençait à percer.

— Tout me paraît normal, m'a-t-elle assuré, avec son air méfiant.

Le reste de la journée, elle m'a regardée de travers. Puis elle a laissé traîner un numéro de *Cosmopolitan* ouvert à la page « Enceinte ? Quelques conseils confidentiels ». Je rêve. Il va falloir que je fasse un démenti officiel, sinon tout le village va s'imaginer des trucs et Iris tricotera des chaussons.

Sous le sceau du secret, j'ai confié à Nathaniel que je devais mettre de l'ordre dans mon ancienne vie. Il était évident qu'il aurait voulu en savoir plus, qu'il souffrait de se sentir exclu, mais il ne m'a pas pressée de questions. J'étais suffisamment sur les nerfs comme ça.

Je regarde encore l'heure. Il est temps d'y aller. Je vais aux toilettes et m'inspecte dans la glace. Nouvelle coiffure blonde : OK. Lunettes noires : OK. Rouge à lèvres violet : OK. Je suis méconnaissable !

Il faut vraiment me regarder de très près pour savoir qui je suis !

Mais personne ne va m'approcher. Du moins je l'espère.

— Bonjour ! dis-je d'une voix gutturale pour m'exercer. Ravie de vous connaître.

Je parle comme un travelo. Tant pis. Au moins je n'ai pas la voix d'une avocate.

Je quitte le café et me dirige tête baissée vers le cabinet. En tournant le coin m'apparaissent les marches en granite et les portes en verre de Carter Spink. La dernière fois que je les ai vues, je sortais, totalement paniquée, convaincue que ma carrière était terminée, ma vie foutue.

J'enrage, rien que d'y penser, et je ferme les yeux pour reprendre mon calme. Je n'ai pas encore la preuve que je cherche. Je ne dois pas perdre ma concentration. Allez, Sam ! Tu peux le faire.

Certes mon plan est un peu tordu, et mes chances de réussite assez maigres. Il est peu probable qu'Arnold ait laissé traîné la preuve de son méfait. Mais il m'était impossible de baisser les bras, de rester tranquillement à Lower Ebury et de le laisser s'en tirer. Ma colère me booste. Je trouverai tout ce que je peux.

Et si on ne me laisse pas entrer en tant qu'avocate… je me ferai passer pour quelqu'un d'autre.

Je traverse la rue et grimpe les marches d'un pas résolu. Je me revois, tel un fantôme, descendre ces mêmes marches, blanche comme un linge. Dieu que c'est loin ! Je ne ressemble plus à l'ancienne Samantha, je ne me sens plus comme elle. Je suis une nouvelle femme.

Je respire à fond, me drape dans mon imper et pousse les portes vitrées. En mettant le pied dans l'entrée, j'ai un moment de doute. Est-ce bien moi qui essaie de pénétrer incognito chez Carter Spink ?

Les jambes tremblantes, les mains moites, je traverse le grand hall de marbre en gardant les yeux baissés. Mélanie, la réceptionniste, est nouvelle. Elle n'a commencé que quinze jours avant mon départ.

— Bonjour, dis-je de ma voix de travelo.

— Oui ? dit Mélanie en souriant.

Dans ses yeux, pas le moindre signe qu'elle m'ait reconnue. Comme c'est facile.

J'en suis presque blessée. J'étais aussi transparente que ça, avant ?

Je murmure en gardant la tête baissée :

— Je viens pour la réception. Je suis serveuse. Avec Bertram Traiteur.

— Ah oui. Ça se passe au quatorzième étage. Elle tape sur son ordinateur. Votre nom ?

— Euh… Trish. Trish Geiger.

Elle consulte l'écran, fronce les sourcils.

— Vous n'êtes pas sur la liste.

— Je devrais y être. Il doit y avoir une erreur.

— Je vais téléphoner…

Elle parle brièvement à une certaine Jan.

— Elle descend, dit-elle en me désignant les canapés en cuir. Asseyez-vous, je vous prie.

Je prends un virage sur l'aile en apercevant David Spellman, du département Droit des sociétés, assis avec un client sur un des canapés. Il n'a pas l'air de me reconnaître. Je prends une des brochures du cabinet et me plonge dans « Résoudre les différends ».

Je ne l'avais jamais lu. Franchement, quel charabia merdique !

— Trish ?

— Euh… oui !

Une femme au visage peinturluré, portant un smoking, me dévisage. Elle a une liste à la main et n'a pas l'air contente.

— Jan Martin, chef du personnel. Vous n'êtes pas inscrite. Vous avez déjà travaillé pour nous ?

— Je suis nouvelle, dis-je de ma voix de basse. Mais j'ai travaillé pour Ebury Traiteur. Dans le Gloucestershire.

— Connais pas !

Elle parcourt à nouveau sa liste.

— Écoutez, vous ne figurez nulle part. Je ne vois pas ce que vous fichez ici.

— J'ai parlé à un type, réponds-je sans me démonter, il m'a dit que vous aviez besoin d'une extra.

— Un type ? Qui ça ? Tony ?

— Je ne sais plus son nom. Mais il m'a dit de venir ici.

— Il ne vous aurait pas dit…

— C'est bien Carter Spink, non ? 95 Cheapside ? Une grosse réception pour un départ en retraite ?

— Oui.

Là, Jan commence à douter.

— Eh bien, c'est ici qu'on m'a dit de venir.

J'ai légèrement haussé le ton.

Je vois qu'elle réfléchit : si elle me renvoie, je risque de faire une scène, elle a d'autres chats à fouetter, alors une serveuse de plus…

— Bon, admet-elle enfin d'un ton peu aimable. Mais vous devez vous changer. Quel est votre nom, déjà ?

— Trish Geiger.

— Bien, dit-elle en le notant. Montez donc.

Triomphante, j'emprunte l'ascenseur de service avec Jan qui a collé sur le revers de ma robe un badge *Trish Geiger*. Désormais, il me suffit de garder la tête baissée, de patienter et, au bon moment, de redescendre au onzième étage.

Nous arrivons aux cuisines attenantes aux salles à manger privées. J'ignorais leur existence. C'est comme pénétrer dans les coulisses d'un théâtre. Les chefs se démènent et les serveurs s'agitent dans leurs uniformes à raies blanches et vertes.

— Les tenues sont là, m'indique Jan en me montrant un vaste panier en osier. Pour vous changer.

— D'accord !

Je choisis un uniforme à ma taille et vais l'enfiler dans les lavabos. Je rectifie mon rouge à lèvres violet et dissimule mon visage derrière des mèches.

Il est cinq heures moins le quart. La réception commence à six heures. Dix minutes plus tard, le onzième étage va commencer à se vider. Arnold est très populaire parmi le personnel. Personne ne voudra rater son discours d'adieux. En général, les discours débutent de bonne heure, ce qui permet aux gens de retourner travailler si besoin est.

Et, pendant que les gens écouteront Arnold, je me glisserai au onzième étage. Ça devrait marcher. Il le faut. En regardant cette inconnue dans la glace, je me sens plus résolue que jamais. Arnold ne partira pas en laissant l'image d'un gros ours drôle et inoffensif.

À six heures moins dix, on nous réunit dans les cuisines pour nous donner nos instructions. Canapés chauds, canapés froids… j'écoute à peine. Je n'ai pas l'intention de jouer les serveuses. Quand Jan en a terminé, je sors de la cuisine comme tout le monde. On me donne un plateau chargé de coupes de champagne que je pose dès que je peux. Je retourne à la cuisine, m'empare d'une bouteille de champagne et d'une serviette et, quand je suis sûre que personne ne m'observe, je fonce dans les toilettes.

Bon. Voici la partie la plus difficile. Je m'enferme à clé dans une des cabines et j'attends en silence pendant un quart d'heure. Sans bouger, sans éternuer, sans glousser, même quand j'entends une fille qui répète devant la glace son discours de rupture avec un certain Mike. Les quinze minutes les plus longues de ma vie.

Enfin, je sors de ma cachette et regarde dans le couloir : une foule d'invités est réunie à l'entrée de la salle de réception. Ils rient et parlent fort. De nouveaux arrivants se joignent à eux en une file ininterrompue. Je reconnais des filles des Relations publiques… deux stagiaires… Oliver Swan, un associé.

Le couloir est enfin vide. En avant !

Tremblante, je longe l'entrée de la salle et les ascenseurs pour atteindre l'escalier. Trente secondes plus tard, je le descends sans faire de bruit. Personne de chez Carter Spink ne l'emprunte, mais on ne sait jamais.

Le onzième étage me paraît désert. Ce qui ne veut rien dire. Il pourrait y avoir quelqu'un dans un bureau.

C'est un risque à prendre. Je respire à fond pour me donner du courage. Personne ne me reconnaîtra dans mon uniforme. Et j'ai une histoire toute prête si l'on m'arrête : je dois déposer une bouteille de champagne dans le bureau de M. Saville, comme surprise.

Allons. Pas de temps à perdre.

Sur le qui-vive, j'emprunte le couloir moquetté de bleu sans croiser un chat. Ils doivent tous être en haut. Les bureaux sont vides.

Je dois être efficace. Je commencerai par son ordinateur et on verra ensuite. Ou dois-je commencer par ses dossiers ? J'y jetterai un coup d'œil pendant que son ordinateur démarrera. Ou je fouillerai dans ses tiroirs. Il y aura peut-être laissé son Palm. Je n'y avais pas pensé avant.

Soudain, j'entends des voix sortant de l'ascenseur. Paniquée, j'accélère le pas. J'arrive au bureau d'Arnold, me glisse à l'intérieur et m'agenouille sous la cloison en verre. Les voix se rapprochent. David Elldridge, Keith Thompson et un inconnu. Ils passent devant le bureau sans que je bouge d'un poil, et ils s'éloignent. Ouf !

Je me relève lentement et regarde enfin autour de moi.

Le bureau a été vidé !

Je n'en crois pas mes yeux. Les tiroirs sont vides, les étagères sont vides. Sur les murs, de légères marques témoignent de l'emplacement de photos. Il n'y a rien à voir, rien à fouiller, rien à inspecter !

Il doit bien y avoir des cartons quelque part ! Oui, en attente du déménagement. Mais où ? Je sors du bureau et je cherche un peu partout. Rien. Je suis arrivée trop tard. Je suis si frustrée que je casserais bien la gueule à quelqu'un.

— Excusez-moi ?

Je me fige sur place. Merde de merde !

— Oui ? dis-je en me retournant.

— Que faites-vous ici ?

C'est un stagiaire. Bill… je ne sais plus quoi. À l'occasion, il a fait des petits boulots pour moi.

Tout va bien. Il ne m'a pas reconnue.

— J'apportais du champagne, dis-je de ma voix de travelo en pointant la bouteille que j'ai laissée par terre. Une surprise pour l'avocat. Je me demandais où la mettre.

— Laissez-la sur le bureau et allez-vous-en !

— Je m'en allais !

Je lui obéis, baisse la tête et décampe. Bon Dieu ! Je l'ai échappé belle !

La réception bat son plein quand je remonte à l'étage et me précipite dans la pièce où j'ai laissé mes affaires. Je ne vais pas perdre mon temps à me changer. Je renverrai l'uniforme par la poste…

— Trish ? C'est vous ? demande Jan d'une voix perçante.

Pitié ! Elle a l'air folle de rage.

— Où étiez-vous passée, bon sang ?

— Je… faisais le service.

— Ça m'étonnerait. Je ne vous ai pas vue depuis le début de la soirée ! Vous ne travaillerez plus jamais pour moi, vu ! Allez, prenez ça et bougez-vous !

Elle me fourre dans les mains un plateau d'éclairs et me pousse vers la pièce où la réception bat son plein.

Impossible, je ne peux pas y aller.

— Bien sûr ! Mais je dois… d'abord… prendre des serviettes en papier.

Elle ne veut rien entendre et me saisit le bras.

— Pas question ! Vous vouliez ce boulot ! Alors démenez-vous !

Elle me pousse si fort que j'atterris au milieu de la foule des invités. Je suis un gladiateur dans l'arène. Jan me surveille de la porte, les bras croisés. Je n'ai aucune issue. Il faut que j'obtempère. Je serre le plateau et, gardant les yeux fixés sur le sol, je m'avance lentement.

Impossible de marcher normalement. J'ai les jambes comme du coton. Les poils de ma nuque se dressent. Le sang bat dans mes oreilles. Je frôle des costumes luxueux sans oser lever le nez ni m'arrêter, de peur d'attirer l'attention sur moi. Est-ce que je rêve ? Me voici en tenue de serveuse, passant des petits fours à mes anciens collègues.

Heureusement, j'ai appris en travaillant pour Eamonn que le personnel de service était transparent. Et c'est vrai que personne ne fait attention à moi.

Des mains se tendent pour saisir des éclairs, sans même me jeter un coup d'œil. Tout le monde rit et bavarde. Le vacarme est assourdissant.

Mais pas d'Arnold en vue ! Pourtant il doit être là. Je dois relever la tête et le localiser. Mais c'est risqué. Je me contente de passer mon plateau à la ronde. Je reconnais pas mal de têtes et surprends quelques bribes de conversation.

— Où est Ketterman ? demande quelqu'un.

— Il passe la journée à Dublin, répond Oliver Swan. Mais il assistera demain au dîner des associés seniors pour le départ d'Arnold.

Je respire mieux. Si Ketterman était là, ses yeux au laser m'auraient immédiatement identifiée.

— Des éclairs ! Extra !

Huit mains plongent sur mon plateau et je m'immobilise. Un groupe de stagiaires, s'empiffrant comme toujours dans les cocktails.

Je deviens nerveuse. Je dois me déplacer, sinon je serai repérée. Mais je suis clouée sur place. Ils n'arrêtent pas de se resservir.

— Il reste des tartelettes aux fraises ? demande un type aux lunettes sans monture.

— Euh… je ne sais pas, dis-je en baissant la tête.

Oh, merde. Il me regarde attentivement. Il se penche vers moi pour me dévisager. Impossible de ramener mes cheveux en avant car mes deux mains sont prises.

— Vous êtes… Samantha Sweeting ? dit-il tout agité. C'est bien vous ?

— Samantha Sweeting ? reprend une fille en laissant choir son éclair.

Une autre a l'air suffoquée.

Je rougis jusqu'aux oreilles et je bredouille :

— Euh… oui. Mais je vous en prie, n'en parlez à personne. Je veux rester incognito.

— Ah !… c'est ça votre nouveau boulot ? reprend le type aux lunettes sans monture, vous êtes serveuse ?

Les stagiaires me regardent comme si j'étais le fantôme de l'avocat déchu.

— Ça pourrait être pire, dis-je en essayant de plaisanter. J'ai des petits fours à l'œil.

316

— Alors, vous faites une seule erreur et… hop !… à la porte ! constate la fille qui a laissé tomber son éclair. Votre carrière est foutue !

— Oui, à peu près, dis-je en hochant la tête. Vous désirez encore un éclair ?

Mais ils ont perdu leur appétit. En fait, ils sont verts.

— Je ferais mieux… de retourner à mon bureau, dit l'homme aux lunettes sans monture en bégayant un peu. Vérifier si je n'ai pas de dossier en retard…

— Moi aussi, dit une fille tout en se débarrassant de son verre.

— Samantha Sweeting est ici ! proclame un autre stagiaire à un groupe de jeunes avocats. Regardez ! Elle sert les petits fours !

— Non ! Ne dites rien…

Mais c'est trop tard. Ils se tournent vers moi, l'air absolument horrifiés.

Pendant un instant, je suis tellement humiliée que j'aimerais rentrer sous terre. Je travaillais avec ces gens ! Ils me respectaient ! Et me voici en uniforme, à les servir !

Mais, lentement, la moutarde me monte au nez.

Allez tous vous faire foutre ! Ça vous déplaît que je sois devenue serveuse ?

— Bonjour, dis-je avec provocation. Quelqu'un aimerait-il une pâtisserie ?

De plus en plus de gens me dévisagent. Je les entends murmurer. Les autres serveurs, rassemblés dans un coin, me regardent les yeux ronds. Je suis devenue la vedette de la soirée. Mais pas le moindre sourire sur tous ces visages.

— Ça alors ! murmure quelqu'un, vise sa tête !

— Qu'est-ce qu'elle fout là ? s'irrite un autre.

— Non, vous avez raison, je ne devrais pas être ici.

J'essaie de partir mais je suis encerclée, cernée de partout. Soudain, c'est comme si je recevais un coup à l'estomac. J'aperçois une tête bouclée qui m'est familière. Des joues rougeaudes. Un sourire enjoué.

Arnold Saville en personne.

Nos regards se croisent. Bien qu'il continue à sourire, ses yeux sont devenus durs comme de l'acier. C'est nouveau. Et ça m'est réservé.

J'en suis malade. Et proche de la panique. Ce n'est pas sa colère qui me rend dingue mais sa fourberie. Il a trompé son monde. Pour tous dans cette salle, il est l'*alter ego* du Père Noël. Il traverse facilement la foule et se dirige vers moi.

— Est-ce bien convenable ? me demande-t-il, un verre de champagne à la main.

— Vous m'avez fait interdire l'entrée de l'immeuble, je n'avais pas le choix.

Mon Dieu ! Mauvaise réponse. Je me suis montrée trop susceptible.

Il faut que je me ressaisisse, sinon je vais perdre ce duel. Déjà qu'avec ma tenue de serveuse, et tous ces yeux braqués sur moi comme si j'étais à mettre à la poubelle, je ne suis pas à mon avantage. Non, je dois être sûre de moi, inflexible, inspirée. Mais revoir Arnold après tout ce temps me déstabilise. Je n'arrive pas à retrouver mon calme. J'ai le visage en feu, je me sens oppressée. Les traumatismes des semaines passées me remontent à la gorge et je n'ai plus que de la haine pour cet homme.

— Vous m'avez fait virer. Vous avez menti.

Les mots jaillissent de ma bouche comme la lave d'un volcan.

— Samantha, je sais que c'est un moment difficile pour toi, réplique Arnold, tel un proviseur s'adressant à un mauvais élève. Mais vraiment…

Il se tourne vers quelqu'un qui m'est inconnu et ajoute :

— Une ancienne employée… déséquilibrée mentale.

Comment ?

— Je ne suis pas une déséquilibrée mentale ! Je veux que vous répondiez à une simple et unique question. À quelle date exactement avez-vous mis ce mémo sur mon bureau ?

Arnold se met à rire, n'en croyant pas ses oreilles.

— Samantha, je prends ma retraite. Est-ce bien le moment ? Quelqu'un peut-il m'en débarrasser ? demande-t-il à la ronde.

— C'est pour ça que vous m'avez conseillé de ne pas revenir au cabinet, exact ?

Ma voix tremble d'indignation mais je continue :

— Parce que j'aurais pu poser des questions embarrassantes ? Parce que j'aurais pu dévoiler toutes vos combines ?

Un léger frisson parcourt l'assistance. Hélas, il m'est hostile. Des gens murmurent :

— Bon Dieu, comment est-elle entrée ?

Si je veux conserver ma dignité ou ma crédibilité, je dois me taire. Mais impossible de m'arrêter.

— Je n'ai pas fait d'erreur, n'est-ce pas ? dis-je en m'approchant de lui. Vous vous êtes servi de moi. Vous avez bousillé ma carrière, vous avez été le témoin de ma dégringolade…

— Ça tourne à la farce ! s'exclame Arnold d'un ton sec en se détournant de moi.

Mais je crie dans son dos :

— Répondez à ma question ! Quand avez-vous mis ce mémo sur mon bureau ? Je ne pense pas que c'était avant la date d'échéance !

— Tu dérailles ! fait Arnold en se retournant et en prenant un air blasé. Je suis venu dans ton bureau le 28 mai !

Le 28 mai ?

D'où sort-il cette date ? Pourquoi sonne-t-elle faux ?

— Je ne vous crois pas, dis-je impuissante. Vous m'avez piégée. Je…

— Samantha ?

On me tapote l'épaule. Je me retourne pour découvrir Ernest, le préposé à la sécurité. Il fait une drôle de tête.

— Je dois vous demander de quitter les lieux.

Ils me fichent à la porte ? Alors que je leur ai consacré sept ans de ma vie ? J'en perds mon sang-froid. Des larmes de rage et d'humiliation me montent aux yeux.

— Retirez-vous gentiment, conseille Oliver Swan d'un air compatissant. Arrêtez de vous donner en spectacle.

Je le fixe quelques secondes puis je regarde dans les yeux chacun des associés, espérant découvrir une lueur de sympathie. Mais je ne trouve rien. Je leur lance alors en tremblant :

— J'étais une bonne avocate. J'ai fait du bon boulot et vous le savez bien. Vous m'avez éliminée comme si je n'avais jamais existé. Vous ne l'emporterez pas au paradis !

L'assistance ne bronche pas tandis que je pose mon plateau sur une table et que je quitte la salle. Dès que j'ai tourné les talons, les conversations reprennent. Je dois les faire encore plus rire qu'avant.

Je descends en ascenseur avec Ernest, sans échanger un mot avec lui. Si j'ouvrais la bouche, j'éclaterais en sanglots.

En sortant de l'immeuble, je vérifie mes appels. Nathaniel m'a laissé un message me demandant comment ça s'est passé. Je le relis plusieurs fois, incapable de lui répondre. Comme je suis incapable de retourner chez les Geiger. Il doit encore y avoir un train, mais je ne pourrais pas les affronter.

Sans réfléchir, je prends un métro. Dans une des vitres je vois mon reflet. Je suis pâle et vidée. Et je ressasse une date : 28 mai, 28 mai…

La réponse me frappe lorsque j'arrive chez moi. Le 28 mai, c'était l'exposition florale de Chelsea. Bien sûr. Nous y avons passé toute la journée : Arnold, Ketterman, Guy et moi, pour faire plaisir à des clients. Arnold est arrivé directement de Paris et on l'a ramené ensuite en voiture chez lui. Il n'est même pas passé au bureau ce jour-là.

Il m'a menti. Bien sûr. La colère me reprend. Mais je ne peux plus rien faire. Personne ne me croira. Jusqu'à la fin de ma vie, les gens croiront que j'ai fait une erreur.

J'arrive à mon étage, espérant que Mme Farley ne m'entendra pas. J'ai envie d'un bain, d'un long bain. Devant ma porte, je stoppe net. J'ai encore une chance et plus rien à perdre.

Je grimpe deux étages supplémentaires en ascenseur. Le palier est identique – même moquette, même papier peint, mêmes lampes. Seuls les numéros des appartements sont différents. 31 et 32. Je ne sais plus quel est le sien. Finalement je choisis le 31, parce que le paillasson a l'air plus doux. Je me laisse tomber par terre, m'appuie contre la porte. Et j'attends.

Lorsque Ketterman sort de l'ascenseur, je suis vidée. Je n'ai pas mangé ni bu depuis trois heures. Mais en le voyant, je bondis sur mes pieds, en me soutenant au mur tellement je suis fatiguée.

Un instant, Ketterman est sous le choc de la surprise. Puis il reprend son visage impassible.

— Samantha, que faites-vous ici ?

Je me demande soudain s'il est au courant de ce qui s'est passé au bureau ? Sans doute. On lui a certainement raconté tous les détails sordides. Quoi qu'il en soit, il reste imperturbable.

— Samantha, que faites-vous ici ? répète-t-il.

Il porte une énorme mallette métallique. Je m'approche de lui.

— Je sais que je suis la dernière personne sur terre que vous avez envie de voir. Croyez-moi, je donnerais cher pour ne pas être ici. Vous êtes sans doute… la dernière personne à qui je m'adresserais en cas de besoin.

Je me tais un instant. Ketterman n'a pas cillé.

— Ma présence devrait… vous le prouver, dis-je d'un ton désespéré. Je suis tout à fait sérieuse. J'ai quelque chose à vous dire et vous devez m'écouter.

Dans la rue, une voiture freine sec et quelqu'un explose d'un rire gras. Ketterman n'a pas changé d'expression. Impossible de savoir ce qu'il pense. Au bout d'un moment, il sort un trousseau de clés de sa poche. Il passe devant moi, ouvre la porte – du 32 – et me fait signe d'entrer.

22

En me réveillant, je suis confrontée à un plafond sale et craquelé. Une immense toile d'araignée me nargue du coin de ma chambre et je contemple sans plaisir des étagères branlantes pleines de livres, de cassettes, de lettres, de vieilles décorations de Noël et de quelques sous-vêtements défraîchis.

Comment ai-je pu vivre dans un bordel pareil pendant sept ans ?

Et dire que ça ne m'a jamais gênée !

Je repousse le couvre-lit, me lève et fais une sorte d'inventaire. La moquette, dégoûtante, aurait besoin d'un bon coup d'aspirateur. La femme de ménage n'a pas dû venir depuis que j'ai arrêté de lui envoyer de l'argent.

Parmi les fringues qui traînent par terre, je dégote un peignoir. Je l'enfile pour aller dans la cuisine. J'avais oublié à quel point elle est nue, froide, spartiate. Le réfrigérateur est vide, bien sûr. Je trouve pourtant un sachet de camomille. Je mets de l'eau à chauffer et, perchée sur un tabouret de bar, je contemple le mur en brique qui me fait face.

Il est déjà neuf heures et quart. Ketterman est probablement arrivé à son bureau. Il prendra les mesures qu'il voudra. Malgré tout, je demeure étrangement calme. Les choses ne sont plus de mon ressort. Je ne peux rien faire de plus.

Il m'a écoutée. Non seulement il m'a écoutée, mais il m'a posé des questions et m'a même offert une tasse de thé. J'ai passé plus d'une heure avec lui. Sur ce qu'il en pensait ou ce qu'il allait faire, il n'a pas dit un mot. Il ne m'a pas dit s'il me croyait ou non. Mais l'important c'est qu'il m'ait prise au sérieux.

La sonnette retentit au moment où la bouilloire se met à siffler. En regardant par l'œilleton, je distingue Mme Farley, les bras chargés de paquets.

Ça ne pouvait être qu'elle !

— Bonjour, dis-je en lui ouvrant.

— Samantha, j'ai bien pensé que c'était vous ! Après tout ce temps ! J'ignorais… Ne croyez pas que…

— Je me suis absentée, dis-je en lui adressant un sourire de bon voisinage. Navrée de ne pas vous avoir avertie de mon départ. Mais tout a été si précipité…

— Je comprends !

Mme Farley m'inspecte de la tête aux pieds, s'arrête sur mes cheveux blonds, mon teint bronzé, et cherche une explication en examinant l'appartement.

— Merci d'avoir gardé mes paquets, dis-je en voulant la débarrasser. Puis-je… ?

— Oh ! bien sûr.

Elle me tend des enveloppes matelassées et un carton. Sa curiosité est toujours aussi aiguillonnée :

— Quand on a une situation importante, ça doit arriver d'être envoyée à l'étranger sans préavis…

— Je n'étais pas à l'étranger, dis-je en posant mes affaires par terre. Merci encore.

— Oh, mais de rien. Je sais ce que c'est quand on a… des problèmes familiaux ?

— Hors de propos, fais-je ironique.

— Bien sûr ! Bon, enfin, vous êtes de retour. D'où… que vous reveniez.

— Chère madame, aimeriez-vous savoir où j'étais ? J'essaie de garder mon sérieux.

Elle fait machine arrière.

— Oh, mais non ! Je ne veux pas me mêler de vos affaires… Pas du tout… Je n'y pensais même pas… Je dois m'en aller.

— Merci encore, dis-je alors qu'elle disparaît dans son appartement.

À ce moment-là le téléphone sonne. Je décroche en me demandant combien de personnes m'ont appelée ces dernières semaines. Le répondeur était saturé. Mais, après avoir écouté les trois premiers messages, émanant tous de ma mère et tous plus furieux les uns que les autres, j'ai renoncé.

— Allô ?

— Samantha, fait une voix ferme et posée, ici John Ketterman.

— Oh ! Bonjour !

Du calme, je passe à une nervosité extrême.

— J'aimerais vous demander de rester à notre disposition, aujourd'hui. Il sera sans doute nécessaire que vous parliez à certaines personnes.

— Quelles personnes ?

Ketterman semble hésiter avant de lâcher :

— Des enquêteurs.

Oh, mon Dieu ! Je ne sais pas si je dois sauter de joie ou éclater en sanglots. Résultat, je ne moufte pas.

— Alors, vous avez découvert quelque chose ?

— Il est trop tôt pour en parler, dit-il de son ton distant. J'ai seulement besoin de vous savoir disponible.

— Bien sûr. Où devrai-je aller ?

— Nous aimerions que vous veniez à nos bureaux, dit-il sans la moindre trace d'ironie.

Là, j'ai vraiment envie de rire.

Veut-il parler des bureaux de Carter Spink dont j'ai été expulsée hier ? Je meurs d'envie de lui demander : Ces bureaux dont l'accès m'a été interdit ?

— Je vous tiens au courant, ajoute Ketterman. Prenez votre portable avec vous. Ça risque d'être long.

— Très bien, dis-je en prenant mon courage à deux mains. Je vous en prie, dites-moi une chose. Sans entrer dans les détails, ma théorie… était-elle exacte ?

Silence au bout de la ligne. Je retiens mon souffle.

— Pas à cent pour cent, admet Ketterman.

Mon sentiment de triomphe est teinté de déception. Mais au moins j'ai raison sur certains points.

Il raccroche. Je me regarde dans la glace, mes yeux brillent.

J'avais raison et ils le savent !

Ils vont vouloir me réintégrer. Faire de moi une associée. Cette perspective m'excite et me fait peur à la fois.

Le moment venu, j'aviserai.

En attendant, je retourne à la cuisine où je ne tiens pas en place. Que faire pour tuer le temps ? Je me prépare ma camomille et, soudain, j'ai une idée.

Il ne me faut que vingt minutes pour acheter ce dont j'ai besoin : beurre, farine, œufs, vanille, sucre glace. Des moules à pâtisserie. Des fouets. Une balance. Enfin, le grand jeu. Comment ai-je pu m'en tirer dans une cuisine dépourvue du minimum ? Comment ai-je pu cuisiner ?

Ah oui ! c'est vrai : je ne faisais pas la cuisine.

Comme je n'ai pas de tablier j'utilise une vieille chemise. Comme j'ai oublié de me procurer un grand bol, j'utilise le récipient en plastique prévu pour l'aromathérapie. Deux heures plus tard, j'ai confectionné un gâteau. Un biscuit de Savoie fourré de crème au beurre et recouvert d'un glaçage au citron, le tout orné de fleurs en sucre.

Je suis fière de moi. Ce n'est que mon cinquième gâteau mais c'est le plus élaboré. J'enlève mon tablier, vérifie que j'ai mon portable sur moi et sors de mon appartement, portant le gâteau en triomphe.

Quand Mme Farley m'ouvre, elle s'étonne de me voir.

— Rebonjour ! Je vous ai apporté quelque chose. Pour vous remercier d'avoir gardé mon courrier.

— Oh ! fait-elle en admirant le gâteau, il a dû vous coûter une fortune !

— Je ne l'ai pas acheté. Je l'ai fait moi-même.

Elle reste ébahie.

— Pas possible !

— Eh oui. Vous me permettez d'entrer et je vous prépare du café ?

Trop surprise pour me répondre, elle me laisse pénétrer chez elle. J'ai honte de me rendre compte que je n'y ai jamais mis les pieds. L'appartement est immaculé, plein de petites tables couvertes de bibelots. Un vase de pétales de rose trône sur la table basse.

— Asseyez-vous ! Je me débrouillerai dans la cuisine.

Toujours aussi ébaubie, elle se laisse tomber dans une bergère.

— Je vous en prie, ne cassez rien, fait-elle.

— Je vous le promets ! Préférez-vous un cappuccino ? Avez-vous de la cannelle ?

Dix minutes plus tard, j'apporte au salon le gâteau et deux tasses de café.

— Voilà, dites-moi ce que vous en pensez.

— Vous avez fait ça toute seule ?

— Oui !

Elle en prend une bouchée, l'air inquiet.

— Il n'y a pas de poison dedans, dis-je en mordant dans un morceau. Vous voyez, je sais faire de la pâtisserie !

Elle se lance enfin et son expression de méfiance se change en ravissement.

— Mais il est délicieux ! Si léger ! C'est réellement vous qui l'avez confectionné ?

— J'ai battu les blancs en neige. La pâte est ainsi plus légère. Je peux vous donner la recette. Prenez un peu de café. J'ai utilisé votre batteur électrique pour faire mousser le lait. L'important c'est que le lait soit à la bonne température.

Mme Farley me regarde comme si je lui parlais chinois.

— Samantha, où étiez-vous ces derniers temps ?

— Oh… quelque part…

J'aperçois un plumeau jetable et une boîte de lingettes dépoussiérantes sur une petite table. Elle devait être en train de faire le ménage quand j'ai sonné.

— À votre place, je changerais de marque de plumeau, dis-je poliment. Je peux vous en indiquer une meilleure.

Ma voisine semble encore plus abasourdie :

— Samantha, vous êtes entrée dans une secte ?

— Non ! dis-je en éclatant de rire. J'ai juste fait quelque chose de différent. Encore du café ?

Quand je reviens de la cuisine, Mme Farley attaque sa seconde part de gâteau.

— Il est vraiment délicieux. Merci beaucoup.

— Oh, de rien ! Et merci encore d'avoir veillé sur moi pendant tout ce temps.

Elle finit son assiette, la pose sur la table et m'observe en penchant la tête de côté comme un oiseau.

— Ma chère, je ne sais pas où vous étiez. Ni ce que vous faisiez. Mais en tout cas, vous êtes transformée.

— Je sais, j'ai changé de coiffure…

— Mais non, ce n'est pas ça. Je vous voyais aller et venir en coup de vent, rentrant tard l'air hagard. Et tellement soucieuse. On aurait dit que vous étiez une coquille vide. Comme une feuille séchée. Une cosse vide.

Moi ? Elle se fiche de moi !

— Mais vous vous êtes épanouie ! poursuit-elle. Vous avez l'air d'être en meilleure forme, plus saine… plus heureuse. En un mot, vous êtes superbe !

— Oh, je vous remercie, dis-je timidement. C'est vrai que j'ai changé un peu. Je suis plus détendue. Je profite mieux de la vie. Je remarque ce que je ne voyais pas auparavant…

— Vous n'avez pas remarqué que votre téléphone sonnait, m'interrompt-elle.

— Oh ! dis-je en sortant en vitesse mon portable de ma poche. Excusez-moi, mais je dois répondre.

Ketterman est au bout du fil.

— Samantha !

Je passe trois heures chez Carter Spink à parler avec un type de la Law Society, puis avec deux associés seniors, puis avec un des patrons de la Third Union Bank. Quand j'en ai terminé, je suis vidée d'avoir répété mon histoire à des visages impassibles. Les lumières artificielles m'ont flanqué la migraine. J'avais oublié à quel point on est confiné dans ces bureaux.

Je n'ai toujours pas réussi à savoir ce qui se passait. Les avocats sont muets comme des carpes. J'ai seulement appris que quelqu'un avait vu Arnold à son domicile. Mais, même si personne ne l'admet, je sais que j'ai raison. J'ai été disculpée.

Après le dernier entretien dans la salle de réunion, on m'apporte un plateau de sandwichs, un muffin et une bouteille d'eau minérale. Je me lève, m'étire et regarde par la fenêtre. Comme si j'étais prisonnière. On frappe discrètement à la porte et Ketterman entre.

— En avons-nous terminé ?

— Ce n'est pas certain. Mais mangez, fait-il en me désignant le plateau.

Il faut que je bouge, que je me dégourdisse les jambes.

— Je vais d'abord me refaire une beauté, dis-je en sortant sans attendre sa permission.

Quand j'entre dans les toilettes, les filles se taisent. Dès que je m'enferme dans une cabine, les conversations reprennent. L'excitation semble à son comble. Lorsque j'en sors, on me regarde comme une apparition surnaturelle.

— Alors, vous voici de retour ? dit une associée du nom de Lucy.

— C'est vrai que vous étiez serveuse ? désire savoir une secrétaire.

— Pas tout à fait, dis-je en m'approchant d'un lavabo.

— Vous avez tellement changé ! remarque une autre assistante.

— Vos bras ! s'exclame Lucy. Ils sont si bronzés. Vous avez fait une cure ?

— Euh… non, dis-je en me séchant les mains. Et vous ? Comment ça va ici ?

— Bien, bien. Toujours aussi occupée. Cette semaine j'ai enregistré soixante-six heures facturables. Dont deux nuits.

— J'en ai fait trois, surenchérit une autre.

Dans ses yeux, je lis de la fierté. Et sous ses yeux, je vois des cernes. Je leur ressemblais dans le temps ? Exténuée, vidée, tendue ?

— Bravo, dis-je. Eh bien, il faut que parte. À bientôt.

Je regagne la salle de réunion, perdue dans mes pensées. Soudain, on m'appelle :

— Oh, c'est pas vrai, Samantha !

— Guy ?

Je relève la tête et voici qu'il court à ma rencontre, un sourire plus éblouissant que jamais aux lèvres.

Je ne m'attendais pas à le voir. En fait, je suis un peu désarçonnée.

— Waouh !

Il me prend fermement par les épaules et me dévisage :

— Tu as l'air en pleine forme.

— Je te croyais à Hong Kong.

— Revenu ce matin. On vient de me mettre au courant. Bon Dieu, Samantha, c'est à peine croyable. Tu étais la seule à pouvoir démêler l'écheveau, ajoute-t-il en baissant la voix. Arnold coupable ! J'en suis resté par terre. Comme tout le monde. Enfin, ceux qui sont au courant. C'est encore secret.

— J'ignore ce qui se passe, dis-je avec une trace d'amertume. On ne me dit rien.

— Ça ne durera pas.

Il sort son Palm de sa poche.

— Tu es la star du mois. Ce qui ne m'étonne pas. J'étais persuadé que tu ne pouvais pas commettre d'erreur.

Quel culot de me dire ça !

— C'est faux. Tu m'as dit toi-même que j'avais fait des erreurs. Tu as ajouté qu'on ne pouvait pas compter sur moi.

Ma vieille douleur et mon humiliation resurgissent.

— Je ne faisais que répéter ce que les autres disaient, se défend Guy. Quoi, merde, je t'ai soutenue, j'ai toujours été dans ton camp. Demande à qui tu veux !

C'est pour ça que tu as refusé que j'habite chez toi !

Mais je garde ça pour moi. Je ne veux plus en parler. C'est de l'histoire ancienne.

— Bon, laisse tomber.

On suit le couloir ensemble, Guy toujours absorbé par son Palm sur lequel il pianote comme un dératé. C'est vraiment une idée fixe chez lui.

— Alors, où donc t'es-tu cachée ? dit-il quand il a fini d'envoyer ses messages. T'es pas vraiment serveuse, si ?

— Non, dis-je, et je souris en voyant son expression de dégoût. Mais j'avais un boulot.

— Je savais qu'on ne te laisserait pas sur le marché, fait-il, satisfait de lui. Pour quelle boîte bosses-tu ?

— Oh… personne que tu connaisses.

— Mais dans la même branche ? Le même boulot ?

Je me vois une seconde dans mon uniforme bleu, passant la serpillière dans la salle de bains de Trish.

— Euh… en fait, pas vraiment…

Guy est surpris.

— Mais tu t'occupes toujours de droit financier, quand même ? Ne me dis pas que tu as changé complètement. Tu ne fais quand même pas du droit commercial ?

— Euh, non. Mais il faut que je te quitte. À plus tard.

J'entre dans la salle de réunion.

Je mange les sandwichs, bois l'eau minérale. Pendant une demi-heure, personne ne me dérange. Comme une pestiférée mise en quarantaine ? Ils auraient pu me fournir des trucs à lire. Depuis que, grâce à Trish,

j'évolue au milieu d'un stock inépuisable de magazines people, genre *Gala* et *Voici*, j'ai pris goût aux
cancans.

On frappe enfin à la porte et Ketterman fait son
entrée.

— Samantha. On aimerait vous voir dans la salle du
conseil.

Bigre !

Je suis Ketterman dans les couloirs, consciente des
coups de coude et des murmures sur mon passage. Il
ouvre les doubles portes en grand. Six associés
m'attendent debout dans le plus grand silence. Guy me
fait un petit signe d'encouragement, mais sans rien
dire.

Dois-je faire un discours ? Est-ce au programme ?
Ketterman se tourne vers moi.

— Samantha, comme vous le savez une enquête
sur… les récents événements se déroule à l'heure qu'il
est. On ignore encore la totalité des faits.

Il se tait, l'air tendu, tandis que les autres semblent
préoccupés.

— Cependant, reprend-il, nous en sommes arrivés à
une conclusion : vous avez été grugée.

Je suis stupéfaite. Il l'avoue ! Qu'un avocat admette
qu'il a commis une erreur est aussi courant qu'une
actrice confessant qu'elle a subi une liposuccion.

— Pardon ? dis-je pour le forcer à répéter.

— Vous avez été trompée, fait-il en fronçant les
sourcils.

Je vois que cette situation ne l'amuse pas. Moi, j'ai
envie de rire.

— Je me suis… trompée ? fais-je un peu perdue.

— Non, pas du tout, on vous a trompée !

— Ah ! Je préfère ça !

Ils vont sans doute m'offrir un genre de bonus. Un panier-surprise. Ou même un congé exceptionnel.

— Par conséquent, continue Ketterman, nous aimerions vous proposer de revenir en tant qu'associée à part entière. Promotion prenant effet immédiatement.

J'en tomberais presque sur le cul. Associée à part entière ?

J'ouvre la bouche – mais rien ne sort. J'ai le souffle coupé. Je cherche une bouée de sauvetage. Le sommet de la gloire ! Le poste le plus élevé dans un cabinet. Je n'ai jamais, jamais rêvé d'un tel honneur.

— Heureux de vous revoir parmi nous, dit Greg Parker.

Tous reprennent la même phrase en chœur. David Elldridge me fait un beau sourire. Et Guy lève le pouce en signe de victoire.

— Nous avons prévu un peu de champagne, annonce Ketterman en faisant signe à Guy.

Celui-ci ouvre les doubles portes et deux serveuses de la salle à manger privée entrent avec des plateaux pleins de coupes. Un de ces messieurs m'en met une dans la main.

Tout va trop vite.

— Euh… un instant. Je n'ai pas dit que j'acceptais.

Tous se figent comme un magnétoscope qu'on aurait mis sur « pause ».

— Pardon ? demande Ketterman.

Mon Dieu, je ne sais pas s'ils vont prendre ça bien.

— Le problème…

Je me tais, le temps de boire un peu de champagne pour me donner du courage et trouver une façon élégante de présenter les choses.

Je n'ai pas arrêté d'y penser de la journée. Devenir associée chez Carter Spink a été le rêve de ma vie. La cerise sur le gâteau. Tout ce que je désirais…

Mais j'ignorais tellement de choses. Des choses dont je ne soupçonnais pas l'existence il y a encore quelques semaines. Comme l'air frais. Les soirées libres. Les week-ends sans soucis. Sortir avec des amis. S'asseoir dans un pub après une journée de travail, boire du cidre, sans rien faire, sans menace dans l'air.

Devenir associée à part entière ne change rien à ce que je ressens. Et ne me change pas. Mme Farley a raison : je me suis épanouie. Je ne suis plus une cosse vide.

Alors pourquoi revenir en arrière ?

Je me racle la gorge.

— Je vous remercie pour cet honneur exceptionnel et je vous en suis terriblement reconnaissante. De tout mon cœur. Cependant… si je suis revenue… ce n'était pas pour récupérer mon travail. Mais pour me disculper. Pour prouver que je n'avais pas commis d'erreur.

Je ne peux m'empêcher de jeter un coup d'œil à Guy.

— En vérité, depuis mon départ, j'ai… évolué. J'ai un travail. Qui me plaît beaucoup. Donc, je ne vais pas accepter votre proposition.

On entendrait une mouche voler.

— Merci encore, et… merci pour le champagne.

— Elle plaisante ? demande quelqu'un au fond de la salle.

Ketterman et Elldridge échangent des regards inquiets.

Ketterman s'avance vers moi.

— On vous a peut-être fait des propositions avantageuses ailleurs. Mais vous faites partie de Carter Spink. C'est là que vous avez acquis votre expérience, là que vous avez grandi.

— Si c'est une question de salaire, ajoute Elldridge, je suis certain qu'on peut faire aussi bien.

Il se tourne vers Guy.

— Pour quel cabinet travaille-t-elle ?

— Dans tous les cas, je parlerai à votre grand patron, reprend Ketterman. Ou au directeur du personnel… On s'arrangera. Si vous voulez bien me donner son numéro.

Il a déjà sorti son Palm.

Je suis à deux doigts d'éclater de rire.

— Il n'y a ni l'un ni l'autre, dis-je.

— Comment ça ?

— Je n'ai jamais prétendu travailler comme avocate.

On dirait que le ciel leur est tombé sur la tête. Ils sont abasourdis.

— Comment ça ? demande enfin Elldridge. Que faites-vous alors ?

J'espérais qu'on n'en viendrait pas là. D'un autre côté, pourquoi ne pas les mettre au courant ?

— Je travaille comme bonne à tout faire, dis-je en souriant.

— Une bonne à tout faire ? répète Elldridge. C'est un genre de « médiateur » ? Je n'arrive plus à suivre, avec toutes ces nouvelles appellations ridicules.

— Vous vous occupez de conformité, c'est ça ? reprend Ketterman.

— Non, pas du tout. Je suis une bonne à tout faire. Je fais les lits. La cuisine. Je suis une domestique.

Oh, si seulement je pouvais les filmer ! La tête qu'ils font !

— Alors, c'est… c'est vrai…, insiste Elldridge en bégayant.

— Oui, fais-je en regardant l'heure. Je suis satisfaite, détendue, heureuse. En fait, je dois partir. Merci, Ketterman, de m'avoir écoutée. Vous avez été le seul.

— Vous rejetez notre offre ? demande Oliver Swan, toujours pas remis du choc.

— Mais oui. J'en suis désolée. Adieu à tous.

En sortant du conseil, j'ai les jambes flageolantes. Et je me demande si je ne suis pas un peu folle. J'ai refusé. J'ai refusé d'être une associée à part entière de Carter Spink.

Ma mère va me tomber dessus !

Mais rien que d'y penser, j'ai envie de hurler de rire.

Trop agitée pour attendre l'ascenseur, je me précipite dans l'escalier en faisant claquer mes talons sur les marches en pierre.

— Samantha !

Je lève la tête. Guy est penché au-dessus de la rampe. Quelle barbe ! Que me veut-il encore ?

— Je m'en vais ! Laisse-moi tranquille.

— Tu n'as pas le droit de partir !

Il descend quatre à quatre, me forçant à descendre plus vite. J'ai dit ce que j'avais à dire – pourquoi jouer les prolongations ? Mais Guy me rattrape peu à peu.

— Samantha, c'est de la folie !

— Pas du tout !

— Je ne te laisserai pas ruiner ta carrière par… dépit.

Je me retourne, manquant me casser la figure.

— Ce n'est pas par dépit !

— Je sais que tu nous en veux à tous ! insiste Guy en me rejoignant sur le palier. Tu as été ravie de rejeter notre offre, de nous dire que tu fais la bonne…

— Mais c'est la pure vérité ! Et je ne suis pas en colère. J'ai refusé parce que je ne veux plus de ce travail.

— Samantha, c'était le but de ta vie ! me rappelle Guy en me saisissant le bras. Je le sais ! Tu as trimé toutes ces années pour y arriver. Tu ne peux pas tout foutre en l'air. C'est trop précieux.

— Et si ça m'est égal, à moi ?

— Mais c'était il y a deux mois ! Tu n'as pas pu changer en si peu de temps.

— Eh bien, si.

Guy hoche la tête, perplexe.

— Tu es vraiment sérieuse quand tu parles de faire la bonne ?

— Oui, absolument. Ça n'a rien de honteux !

— Oh, bon sang ! Écoute, remonte au cabinet. On en parlera. Les gens des Ressources humaines sont dans la salle du conseil. Tu as perdu ton boulot… tu as été maltraitée… normal que ça ne tourne pas rond dans ta tête. Ils pensent que tu devrais voir un psy.

— Pas besoin ! dis-je en reprenant l'escalier. Je serais dingue juste parce que je n'ai pas envie d'être avocate ? C'est ça ?

J'arrive au rez-de-chaussée, je fonce dans le hall, avec Guy sur les talons. Hilary Grant, la directrice des Relations publiques, est assise dans un des canapés en cuir avec une femme en rouge qui m'est inconnue. Elles sont surprises de me voir.

— Samantha, tu ne peux pas continuer ainsi ! crie Guy à tue-tête. Tu es une des avocates les plus douées que je connaisse. Il est impossible que tu refuses ta promotion juste pour rester… une pauvre bonniche.

— Et alors, si ça me plaît ?

Je m'arrête et fais demi-tour pour affronter Guy :

— J'ai découvert le goût de vivre ! Comme ne pas avoir à travailler pendant les week-ends. Ne pas être sans cesse sous pression.

Guy ne m'écoute pas. Il ne cherche même pas à comprendre ce que je lui dis.

— Tu vas me dire que tu préfères nettoyer des chiottes plutôt que de travailler pour Carter Spink ?

Il est rouge de colère.

— Oui ! Mille fois oui !

— Qui est-ce ? demande la femme en rouge.

— Samantha, tu fais la plus grosse connerie de ta vie ! crie-t-il alors que j'atteins les portes d'entrée. Si tu pars maintenant…

Je refuse d'en entendre plus. Je sors. Je descends les marches. C'est terminé !

Tu fais la plus grosse connerie de ta vie ! Assise dans le train qui me ramène dans le Gloucestershire, la phrase de Guy résonne dans ma tête.

Il fut un temps où j'aurais paniqué. Mais c'est fini.

Des derniers événements, j'ai appris une chose : la plus grosse erreur de sa vie, ça n'existe pas. Rien ne peut ruiner votre existence pour toujours. La vie a un sacré ressort qui vous permet de rebondir.

En arrivant à Lower Ebury, je vais directement au pub. Nathaniel, en chemise de jean que je n'ai jamais vue, se tient derrière le bar où il bavarde avec Eamonn. Pendant quelques instants, je l'observe depuis le seuil. Ses mains vigoureuses. La forme de son cou. La ride qui se forme quand il fronce les sourcils. Je devine immédiatement qu'il n'est pas d'accord avec ce qu'Eamonn lui dit. Mais il attend avec tact pour exprimer son point de vue. Il sait comment parler aux gens.

Comme s'il sentait que je le regarde, il se retourne et sursaute. Il me fait un sourire de bienvenue – mais je vois qu'il est tendu. Ces deux derniers jours n'ont pas dû être faciles pour lui. Il a sans doute cru que je retomberais dans les filets de mon ex, que je ne reviendrais pas.

Un hurlement s'élève parmi les joueurs de fléchettes. Bill, un fermier qui fait partie de mes nouvelles connaissances, me lance :

— Samantha ! Enfin ! On a besoin de toi dans notre équipe.

— Une seconde, dis-je sans me retourner. Salut, fais-je à Nathaniel, jolie chemise !

— Salut, fait-il très décontracté, ça s'est bien passé ?

— Pas mal.

Il soulève le panneau d'accès pour me permettre de le rejoindre derrière le bar. Tout en ne me quittant pas des yeux.

— Alors… c'est fini.

— Oui, dis-je en l'enlaçant et en le serrant très fort. Oui, c'est réglé.

À cet instant, j'en suis sincèrement persuadée.

23

Il ne se passe rien jusqu'au lendemain matin.

Comme d'habitude, je prépare le petit déjeuner pour Trish et Eddie. Comme d'habitude, je passe l'aspirateur et fais la poussière. Puis je mets le tablier qu'Iris m'a offert, sors une planche à découper et presse des oranges. Je dois préparer une mousse au chocolat amer et à l'orange pour le déjeuner de charité du lendemain. Je la servirai sur un lit de tranches d'oranges confites et chaque assiette sera décorée d'un ange aux ailes d'argent provenant d'un catalogue de décorations de Noël.

C'est l'idée de Trish. Tout comme les anges qui pendent du plafond.

— Ça avance ? demande-t-elle en entrant dans la cuisine l'air paniquée. Les mousses sont prêtes ?

— Pas encore, mais ne vous en faites pas, Madame, je tiens le bon bout.

— Vous savez ce que j'ai enduré, ces derniers jours ? De plus en plus de gens acceptent mon invitation. J'ai dû changer les plans de table…

— Tout ira bien, voyons. Essayez de vous détendre.

— Vous avez raison, dit-elle en se tenant la tête avec ses mains aux ongles parfaitement vernis. Je vais aller vérifier les pochettes-surprises.

Incroyable, les sommes qu'elle dépense pour ce déjeuner ! Quand je lui ai demandé s'il était indispensable de tendre la salle à manger de soie blanche ou d'offrir à tous les invités une orchidée pour sa boutonnière, elle s'est écriée : « C'est pour une bonne cause ! »

Ce qui me rappelle que je dois lui poser une question qui me trotte dans la tête depuis un certain temps.

— Euh... Madame, faites-vous payer vos invités à l'entrée ?

— Mais sûrement pas ! Ça serait tellement vulgaire !

— Vous aurez une tombola alors ?

— Je ne crois pas. C'est tellement barbant.

Je me lance enfin :

— Alors... comment allez-vous récolter de l'argent pour l'enfance malheureuse ?

Silence dans la cuisine. Trish s'est figée, les yeux exorbités.

— Oh ! vacherie, lâche-t-elle enfin.

Je le savais. Elle n'y avait même pas pensé. Je parviens tant bien que mal à conserver le visage d'une employée modèle.

— Vous pouvez peut-être encourager les dons en faisant passer un petit panier en même temps que le café et les chocolats à la menthe ?

— Oui, oui ! acquiesce Trish en me regardant comme si j'étais géniale. C'est la solution. Oh, ces préparatifs me tuent. Comment gardez-vous votre calme ?

— Je ne sais pas.

Soudain, je ressens de la tendresse pour elle. Hier soir, en arrivant de Londres, j'ai eu l'impression de rentrer à la maison. Et je lui ai pardonné de m'avoir laissé des tonnes d'argenterie à faire avec une note : *À astiquer pour le déjeuner de demain.*

Une fois Trish partie, je bats mes œufs en neige. Puis je remarque un homme dans l'allée. Un type en jean et polo usé, avec un appareil photo autour du cou. Il disparaît et je me demande qui ça peut être. Un livreur ? Je pèse le sucre en poudre, et, tout en tendant l'oreille, je commence à l'incorporer aux blancs, comme Iris me l'a appris. Tout à coup, l'inconnu apparaît à la porte de la cuisine et tente de regarder à l'intérieur.

Je ne vais pas gâcher ma recette pour un représentant de commerce. Il attendra. Je termine d'incorporer le sucre – puis je vais ouvrir la porte.

— Vous désirez ?

— Vous êtes Samantha Sweeting ? dit-il en regardant un journal qu'il tient à la main.

— Pourquoi ?

— J'appartiens à la *Cheltenham Gazette*, explique-t-il en me fourrant sous le nez une carte de presse. J'aimerais que vous me donniez une interview exclusive. « Pourquoi j'ai choisi les Cotswolds comme cachette secrète. » Vous voyez le genre ?

Je le regarde sans comprendre.

— Euh… de quoi parlez-vous ?

— Vous n'êtes pas au courant ? Vos amis ne vous ont pas appelée ?

— Non, enfin, je ne sais pas.

J'ai laissé mon portable dans ma chambre. S'il a sonné, je ne l'ai pas entendu.

— C'est bien vous, non ?

Il me tend le journal et je me sens mal.

Il y a une photo de moi. Dans le *Daily Mirror*. Un journal à scandale et à gros tirage.

Je reconnais ma photo officielle prise chez Carter Spink. Je porte un tailleur noir et un chignon. Le titre de l'article en gros caractères annonce : « Je préfère nettoyer les chiottes plutôt que d'être une star chez Carter Spink ! »

C'est quoi ce bordel ?

Je tremble en saisissant le journal et en parcourant l'article.

Ce sont les maîtres de l'univers, les divas du barreau. Le cabinet Carter Spink est le cabinet d'avocats le plus prestigieux du pays. Mais, hier, une jeune femme a refusé un poste très important pour travailler comme simple bonne à tout faire.

Profiter de la vie

Les dirigeants sont restés sans voix quand Samantha Sweeting, une avocate star payée cinq cents livres de l'heure, a refusé un poste qui aurait fait d'elle une millionnaire. Ayant été licenciée, elle a découvert une escroquerie financière au sein du cabinet. Malgré la proposition de devenir associée à part entière, elle a refusé en évoquant la tension perpétuelle inhérente à cette situation et le manque de temps libre.

« Je me suis habituée à profiter de la vie », a-t-elle déclaré aux associés qui la suppliaient de revenir parmi eux.

Un ancien avocat de Carter Spink qui a demandé à conserver l'anonymat a confirmé les conditions de travail inhumaines du cabinet. « Ils s'attendent à ce que vous vendiez votre âme. J'étais si stressé que j'ai dû démissionner. Je comprends qu'elle préfère un travail manuel. »

Une porte-parole de Carter Spink a défendu les méthodes de travail de la firme. « Nous sommes modernes et souples, et nous ne demandons pas l'impossible. Nous aimerions discuter avec Samantha et nous ne nous attendons certainement pas à ce que notre personnel vende son âme. »

Disparue

Cette même personne nous a confirmé qu'elle espérait que Mlle Sweeting reviendrait sur sa décision. En attendant, les événements ont pris une tournure extraordinaire quand on sait que la Cendrillon moderne n'a pas été vue depuis qu'elle s'est enfuie du cabinet.

Où est-elle ?

(Voir la suite page 34)

Je suis prise de vertiges. Comment ? Ce n'est pas fini ? Toujours tremblante, je vais à la page 34.

Le prix du succès est-il trop cher ?

Une avocate au top de sa profession renonce à un salaire fabuleux pour s'adonner à de pénibles travaux domestiques. Quelle conclusion en tirer sur notre société à haute tension ? Les femmes qui font carrière sont-elles aux travaux forcés ? Est-ce le début d'une nouvelle ère ? Une chose est sûre. Seule Samantha Sweeting détient la réponse.

Je suis abasourdie. Comment ? Qu'est-ce que ça veut dire ?

L'éclair d'un flash m'interrompt. Je lève la tête : le type dirige son objectif vers moi.

Je cache mon visage derrière ma main et je crie :

— Pas de ça !

— J'aimerais une photo de vous tenant à la main le balai des toilettes, dit-il en s'approchant. C'est une serveuse de Cheltenham qui m'a mis sur le chemin. Elle a dû travailler avec vous. Quel scoop !

Je tressaille alors qu'il prend un autre cliché.

— Non ! Vous faites erreur, dis-je en lui renvoyant son journal à la tête. Je m'appelle Sarah. Je ne suis pas avocate. Ce que vous a raconté cette serveuse… c'est des foutaises.

Le journaliste compare ma tête à la photo du journal : il semble hésiter. Il est vrai que j'ai changé, avec mes cheveux blonds.

— Allez-vous-en, je vous prie. Mes patrons ne vont pas aimer ça.

J'attends qu'il soit sur le perron pour claquer la porte et fermer à clé. Puis je ferme les rideaux et je m'appuie contre le chambranle, le cœur battant. Merde, merde et remerde. Comment me tirer de ce guêpier ?

Bon. Ne pas paniquer. Rester logique.

D'une part, mon passé vient d'être révélé dans un journal à scandale. D'autre part, Trish et Eddie ne le lisent pas. Ils n'ouvrent pas non plus la *Cheltenham Gazette*. Cette histoire idiote parue dans un journal stupide sera oubliée dès demain. Inutile de les mettre au courant. Inutile de jouer les trouble-fête. Je vais continuer à faire mes mousses comme si de rien n'était. Oui. Dorénavant, je nierai tout.

Le moral en hausse, je commence à casser des morceaux de chocolat dans un saladier en verre.

— Samantha, qui était-ce ? s'informe Trish depuis le seuil de la cuisine.

— Oh, personne, dis-je avec un sourire figé. Rien du tout. Voulez-vous que je vous fasse du café et que je vous l'apporte au jardin ?

Rester calme. Nier. Tout ira pour le mieux...

Bon. Il faut que je trouve un nouveau plan d'attaque, car, vingt minutes plus tard, il y a trois autres journalistes dans l'allée.

J'ai abandonné ma mousse au chocolat et, de plus en plus consternée, je regarde par la fenêtre du hall. Ils ont tous des appareils photos et discutent avec l'homme au polo qui gesticule en montrant la cuisine. Parfois, l'un d'eux s'écarte du groupe et prend un cliché de la maison. D'une seconde à l'autre, quelqu'un va sonner.

Je ne peux pas les laisser continuer. Je dois trouver quelque chose. J'ai besoin...

D'une diversion ! Oui. Je gagnerai ainsi un peu de temps.

Je me dirige vers la porte d'entrée, saisissant un des grands chapeaux de paille de Trish au passage. Puis, prudemment, je me dirige vers les quatre journalistes qui s'agglutinent autour de moi.

— Vous êtes bien Samantha Sweeting ? demande l'un des reporters en me balançant un micro sous le nez.

— Regrettez-vous d'avoir refusé la proposition de Carter Spink ?

— Je m'appelle Sarah, dis-je la tête baissée. Vous vous êtes trompés de fille. Soyez gentils de partir.

Loin de prendre leurs jambes à leur cou, ils restent plantés là comme des statues.

— Vous vous trompez ! Si vous ne partez pas... je vais appeler la police !

Un des journalistes regarde sous le bord de mon chapeau :

— C'est elle, dit-il d'un ton méprisant. Ned ! Ramène-toi !

— Elle est ici ! Elle est sortie !

— C'est elle !

J'entends des voix qui proviennent de l'autre côté de la rue et une troupe de journalistes passe la grille, caméras et magnétophones en bandoulière.

— Merde ! D'où sortent-ils ?

— Mademoiselle Sweeting, Angus Watts du *Daily Express*.

Il porte des lunettes noires et me tend un micro.

— Avez-vous un message à faire passer aux jeunes femmes d'aujourd'hui ?

— Ça vous plaît vraiment de nettoyer les toilettes ? Quel produit utilisez-vous ?

— Arrêtez ! Fichez-moi la paix !

Je ferme les grilles, remonte l'allée en courant et me réfugie dans la cuisine.

Et maintenant ?

J'aperçois mon visage écarlate dans la surface chromée du réfrigérateur. J'ai l'air d'une folle et je porte toujours le chapeau de Trish.

Je l'enlève et le pose sur la table quand Trish fait son entrée. Elle tient un livre à la main (*Comment réussir un déjeuner de fête*) et une tasse vide de l'autre.

— Samantha, savez-vous ce qui se passe dehors ? Pourquoi toute cette agitation sur la route ?

— Ah oui ? Je n'ai… rien remarqué.

— On dirait une manifestation. J'espère qu'ils ne seront pas encore là demain. Les manifestants sont si égoïstes… Au fait, avez-vous terminé les mousses ? Samantha, allons, vous lambinez !

Je commence à verser le mélange dans les rame-quins.

— Je suis en plein dedans, vous voyez ?

J'ai l'impression de vivre dans deux mondes parallèles. Toute mon histoire va éclater au grand jour. Ce n'est qu'une question de temps. Que faire ?

— Tu as vu cette manifestation ? demande Trish à Eddie qui entre tranquillement dans la cuisine. Ils sont à notre grille. On devrait les prier de déguerpir.

— Ce n'est pas une manif, dit-il en ouvrant le réfrigérateur, mais des journalistes.

— Des journalistes ? reprend Trish. Qu'est-ce qu'ils peuvent bien faire ici ?

— Nous avons peut-être une voisine célèbre, suggère Eddie en se servant une bière.

Trish en reste comme deux ronds de flan.

— Joanna Lumley[1] ! J'ai entendu dire qu'elle avait acheté une maison dans le village. Samantha, vous êtes au courant ?

— Euh, non...

J'ai les joues en feu.

Je dois dire quelque chose. Mais quoi ? Par où commencer ?

— Samantha, j'ai besoin que vous repassiez cette chemise avant ce soir !

Melissa arrive dans la cuisine, une chemise imprimée sans manches à la main.

— Et faites attention au col, d'ac ? Que se passe-t-il dehors ?

— On n'en sait rien, répond Trish. Mais c'est sans doute pour Joanna Lumley !

On sonne à la porte ! Pendant un instant j'envisage de décamper par la porte de service.

---

1. Actrice britannique, connue pour ses rôles de Purdey (*Chapeau melon et bottes de cuir*) et Patsy Stone (*Absolutely Fabulous*).

— C'est peut-être eux ! s'exclame Trish. Eddie, va leur ouvrir. Samantha, préparez du café. Allons, dépêchez-vous !

J'aimerais lui expliquer mais je suis paralysée.

— Samantha, vous ne vous sentez pas bien ?

Dans un effort suprême, je lève la tête.

— Madame… il y a quelque chose… je devrais vous…

— Melissa ! crie Eddie en rentrant dans la cuisine à toute vitesse, un immense sourire aux lèvres. Melissa, mon trésor, ils te veulent !

— Moi ? fait Melissa surprise. Que veux-tu dire, oncle Eddie ?

— C'est le *Daily Mirror*. Ils veulent t'interviewer.

Eddie, fier comme un paon, se tourne vers Trish.

— Savais-tu que Melissa est un des plus brillants cerveaux juridiques du pays ?

Oh, non !

— Comment ? s'étonne Trish en reposant son livre.

— « Êtes-vous surpris d'apprendre que vous hébergez une avocate d'un tel niveau ? » m'ont-ils demandé. « Pas du tout ! » leur ai-je rétorqué.

Il passe son bras autour des épaules de Melissa.

— Nous avons toujours su que tu étais une star !

— Madame…, dis-je d'une voix pressante, mais personne ne s'occupe de moi.

— Ce doit être ce prix que j'ai remporté à la fac ! Ils ont dû l'apprendre, je ne sais comment ! Mon Dieu ! Le *Daily Mirror* !

— Ils veulent te photographier aussi, ajoute Eddie. En exclusivité !

— Il faut que je me maquille, alors. J'ai quelle tête ?

— Voilà tout ce qu'il te faut, dit Trish en ouvrant son sac à main. Du mascara… du rouge à lèvres…

Il faut que ça cesse. Je dois tout leur raconter.

— Monsieur, êtes-vous sûr… qu'ils ont demandé Melissa… qu'ils ont prononcé son nom ?

— Inutile. Il n'y a qu'une avocate dans cette maison !

— Préparez le café, Samantha, dit Trish sèchement. Et sortez les tasses roses. Rincez-les. Allez, vite.

— Mais… j'ai quelque chose… à vous dire.

— Ce n'est pas le moment ! Lavez les tasses, m'ordonne Trish en me fourrant des gants en caoutchouc dans les mains. Je ne sais pas ce que vous avez aujourd'hui, mais…

— Ils ne sont pas venus voir Melissa, dis-je désespérément, j'aurais dû vous le dire avant…

Personne ne fait attention à moi. Ils sont obsédés par Melissa.

— De quoi ai-je l'air ? fait-elle en lissant ses cheveux.

— Tu es ravissante, ma chérie, la rassure Trish. Un peu plus de rouge à lèvres et tu seras vraiment d'un chic…

— Elle est prête pour l'interview ? demande une voix inconnue depuis la porte.

La famille se fige comme au garde-à-vous.

— Entrez donc ! lui propose Eddie.

Une femme d'une quarantaine d'années, en tailleur-pantalon, s'avance en admirant la cuisine.

— Voici notre star du barreau ! annonce fièrement Eddie en désignant Melissa.

Elle rejette ses cheveux en arrière, avance d'un pas, tend la main.

— Bonjour ! Je suis Melissa Hurst.

La femme la regarde, l'air ahurie.

— Non ! Pas elle, dit-elle, celle-là.

Et elle pointe son doigt dans ma direction.

S'ensuit un lourd silence durant lequel tout le monde me regarde. Melissa avec méfiance, les Geiger avec effarement.

— Mais c'est Samantha, notre bonne, finit par cracher Trish.

— C'est donc bien vous, Samantha Sweeting ? demande la femme en sortant un carnet de notes. Puis-je vous poser quelques questions ?

— Vous allez interviewer la bonne ! ricane Melissa.

La journaliste fait comme si elle n'avait pas entendu.

— Vous êtes bien Samantha Sweeting, insiste-t-elle.

— Oui. Mais je ne veux pas donner d'interview. Ni faire aucun commentaire.

— Des commentaires ? répète Trish encore plus perdue. Sur quel sujet ?

— Que se passe-t-il, Samantha, ma chère, s'inquiète Eddie. Vous avez des ennuis ?

— Vous ne leur avez rien dit ? s'étonne la journaliste du *Daily Mirror*. Ils ne sont au courant de rien ?

— De quoi parlez-vous à la fin ? fait Trish d'un ton irrité.

— C'est une immigrante illégale ! répond Melissa d'une voix triomphale. Je le savais bien ! Il y avait quelque chose…

— Votre soi-disant « bonne à tout faire » est une des plus brillantes avocates de Londres, déclare la journaliste en jetant un exemplaire du *Daily Mirror* sur la table.

Une grenade aurait explosé dans le jardin qu'ils en auraient été moins soufflés. Eddie titube. Trish chancelle sur ses escarpins à hauts talons et se retient à une chaise. Melissa ressemble à un ballon dégonflé.

— Je voulais vous le dire, dis-je en me mordant les lèvres. J'allais… le faire…

Les yeux de Trish lui sortent de la tête tandis qu'elle lit les titres du *Daily Mirror*. Elle ouvre la bouche comme un poisson hors de l'eau mais aucun son n'en sort.

— Vous êtes… avocate ? bégaie-t-elle enfin.

— Pas une avocate ordinaire, claironne la journaliste en parcourant son carnet. Meilleure note de sa promotion à la fac de droit… plus jeune associée chez Carter Spink…

— C'est vrai ? s'étonne Melissa.

— Non ! dis-je. Enfin… oui… c'est-à-dire… Qui veut une tasse de thé ?

Personne.

— Savez-vous que votre domestique a un QI des plus élevés ? Que c'est une sorte de génie ?

— On savait qu'elle était intelligente, se défend Eddie. On s'en est aperçus. On l'aidait à passer…

Il se tait, par peur du ridicule. Il ajoute pourtant :

— À passer son bac !

Je le rassure :

— Et je vous en suis reconnaissante. C'est vrai !

Eddie s'essuie le front avec un torchon. Trish continue à s'accrocher à sa chaise.

— Je ne comprends pas, fait Eddie en lâchant son torchon. Comment avez-vous pu mener de front une activité d'avocate et d'employée de maison ?

— C'est ça ! renchérit Trish qui revient à la vie, comment avez-vous réussi à devenir avocate… et à être formée en même temps par Michel de la Roux de la Blanc ?

Mon Dieu ! Ils ne pigent pas encore.

— Je ne suis pas une vraie bonne à tout faire, dis-je, désespérée. Je n'ai pas non plus suivi les cours du Cordon bleu. Michel de la Roux de je ne sais quoi n'existe pas. Et j'ignore totalement comment s'appelle cet engin.

Et je brandis le fouet à truffes.

— Je suis… bidon.

Je n'ai pas le courage de les regarder en face. Je suis dans mes petits souliers.

— Je comprendrais si vous vouliez que je parte. J'ai pris ce travail en vous racontant des bobards.

— Partir ? s'inquiète Trish horrifiée. On ne veut pas que vous nous quittiez ! N'est-ce pas, Eddie ?

— Surtout pas ! Vous travaillez très bien. Tant pis si vous êtes aussi avocate.

— « Je suis bidon », répète la journaliste en le notant. Vous sentez-vous donc coupable ?

— Arrêtez ! Je ne veux pas être interviewée.

— Mlle Sweeting dit qu'elle préfère nettoyer les toilettes plutôt que d'être associée chez Carter Spink. Pourrais-je les voir ?

— Nos toilettes ? s'étonne Trish en rougissant et en me regardant, hésitante. Oh, on les a refaites récemment. Tout est en porcelaine Royal Doulton.

— Combien y en a-t-il dans la maison ? poursuit la journaliste.

— Arrêtez ! Bon… je vais faire une déclaration à la presse. Ensuite vous partirez tous et vous laisserez mes patrons tranquilles.

Je me dépêche de sortir de la cuisine avec la journaliste sur mes talons et j'ouvre en grand la porte d'entrée. Une foule de journalistes patiente de l'autre côté de la grille. Je rêve, ou ils sont encore plus nombreux que tout à l'heure ?

— Tiens, Sarah se ramène ! dit le type au polo pour amuser la galerie.

— Mesdames et messieurs. Je vous serais reconnaissante de me laisser tranquille. Je n'ai rien à vous raconter.

— Vous allez continuer à faire la bonne ? demande un gros en jean.

— Mais oui, réponds-je fièrement. J'ai fait un choix personnel, pour des raisons personnelles et je suis très heureuse ici.

— Et le féminisme alors ? demande une toute jeune femme. Les femmes se sont battues pendant des années pour être traitées à l'égal des hommes. Et maintenant vous leur dites de retourner à la cuisine ?

— Je ne leur dis rien du tout. Je mène ma vie comme je l'entends.

— Mais ça ne vous choque pas que les femmes soient enchaînées à leurs fourneaux ? insiste une journaliste aux cheveux gris.

— Je ne suis pas enchaînée. Je suis payée pour un travail que j'ai choisi…

Le reste de ma réponse est noyé sous un barrage de questions et de flashs.

— Chez Carter Spink vous viviez un enfer sexiste ?

— Essayez-vous de faire monter les enchères ?

— Les femmes doivent-elles avoir de l'ambition ?

— Nous aimerions que vous collaboriez régulièrement à notre journal en donnant vos trucs pour la maison, propose une blonde joviale vêtue d'un imperméable bleu. Votre rubrique s'intitulerait « Les conseils de Samantha ».

— Quoi ? Mais je n'ai aucun conseil à donner.

— Une recette alors ? Votre plat préféré ?

— On peut avoir une photo de vous avec votre tablier ?

— Non ! fais-je, horrifiée. Je n'ai rien à dire. Partez !

Sans faire attention aux cris de « Samantha, Samantha », je fais demi-tour et remonte vers la maison. Les jambes en coton.

Ils sont tous fous !

Dans la cuisine, je tombe sur Trish, Eddie et Melissa qui est hypnotisée par l'article du *Daily Mirror*.

— Oh, non, ne lisez pas ça. C'est un… journal… stupide…

Ils me regardent tous comme si je débarquais de la planète Mars.

— Vous vous faites payer cinq cents livres de l'heure ? demande Trish d'une voix tremblante.

— Ils vous ont proposé de devenir associée à part entière ? fait Melissa qui devient verte. Et vous avez refusé ? Vous êtes dingo ?

— Ça suffit avec ce journal, dis-je en l'arrachant. Madame, j'aimerais continuer mon service comme par le passé. Je suis toujours votre domestique…

Trish me coupe :

— Mais vous êtes un des plus brillants cerveaux juridiques du pays ! C'est écrit !

— Samantha ?

On frappe à la porte et Nathaniel entre, portant une brassée de pommes de terre nouvelles.

— Ça suffira pour le déjeuner ?

Je le fixe sans rien dire, le cœur serré. Il n'a aucune idée de ce qui se passe. Il ne sait rien. Oh, mon Dieu !

J'aurais dû le mettre au courant. Pourquoi ne l'ai-je pas fait ? Pourquoi ?

— Et vous ? Vous êtes qui ? l'interroge Trish. Un spécialiste des missiles ? Un agent secret ?

— Pardon ? fait Nathaniel en me regardant l'air stupéfait.

— Nathaniel…

Je me tais, incapable de continuer. Nathaniel dévisage tout le monde, fronçant de plus en plus les sourcils.

— Que se passe-t-il ? Il est arrivé quelque chose ?

Quel gâchis ! Les explications que je fournis à Nathaniel sont un horrible gâchis. Je bégaie, je cherche mes mots, je tourne en rond.

Nathaniel m'écoute en silence. Il s'appuie contre un pilier en pierre face au banc isolé où je suis assise. Son profil se détache sur fond de soleil couchant. Impossible de savoir ce qu'il pense.

Quand j'en ai terminé, il relève la tête. J'attends de lui un sourire, mais en vain. Je ne l'ai jamais vu aussi décontenancé.

— Tu es avocate !

Ses yeux sont comme éteints.

— Oui.

— Je n'arrive pas à y croire, dit-il d'une voix hostile que je ne lui connais pas.

— Je sais que tu as eu des problèmes avec des avocats. Je suis désolée pour ton père. Mais... je ne suis pas comme ça. Tu sais bien que...

Il m'interrompt avec une rare violence.

— Comment ça ? Je ne sais plus à qui j'ai affaire. Tu m'as menti !

— Je ne t'ai pas menti... Je ne t'ai pas tout dit, c'est différent.

— Je croyais que tu sortais d'une histoire d'amour douloureuse. Que c'était la raison qui t'empêchait de parler du passé. Et tu me l'as laissé croire. Quand tu es allée à Londres, j'étais fou d'inquiétude. Bon sang !

— Navrée. Je suis navrée. Je ne voulais... pas que tu saches la vérité.

— Pourquoi ? Tu n'as pas confiance en moi ?

— Mais si ! Au contraire ! S'il s'était agi d'autre chose... Comprends-moi. Quand on s'est connus, comment te le dire ? Tout le monde sait que tu détestes les avocats. C'est même écrit dans ton pub !

— Une simple plaisanterie !

— Mais non ! Pas complètement. Admets-le ! Si je t'avais avoué le premier jour que j'étais une avocate de Londres, tu m'aurais traitée différemment, non ?

Nathaniel ne répond pas. Il recule de quelques pas, se tourne vers la maison, comme s'il ne supportait plus de me voir.

Tout est fichu entre nous. Ce que je redoutais le plus est arrivé. Les larmes me montent aux yeux, mais j'arrive à les contenir.

— Nathaniel, je ne t'ai pas dit la vérité à mon sujet car c'était trop douloureux. Et comme les choses étaient merveilleuses, je n'ai rien voulu gâcher. Et puis… tu m'aurais regardée autrement.

Il se tourne lentement vers moi, le visage fermé, implacable.

— Comme tu me regardes en ce moment même ! Je mourais de trouille.

J'essuie une larme.

Un silence s'installe et semble ne jamais vouloir finir. Enfin Nathaniel pousse un profond soupir, comme pour marquer la fin de ses réflexions.

— Viens ici, dit-il en m'ouvrant ses bras. Viens !

Il m'enlace et je me presse contre lui, merveilleusement soulagée. Je murmure :

— Je suis toujours la même. Même si j'étais avocate… je suis toujours Samantha.

— Samantha Sweeting, avocate d'affaires ! Non, je ne te vois pas en avocate.

— Moi non plus. Cette partie de ma vie est révolue. Nathaniel… je suis désolée. Je n'avais pas prévu que ça se passerait ainsi.

Une feuille de laurier tombe dans ses cheveux et je la lui enlève. Machinalement, je l'écrase pour exhaler son parfum.

— Et maintenant ?

— Rien. L'intérêt des médias va s'estomper. Ils vont laisser tomber.

Je pose ma tête sur son épaule.

— Ce boulot me plaît. Ce village me plaît. Tu me plais. Tout ce que je veux c'est que rien ne change.

24

Je me suis trompée. L'intérêt des médias ne faiblit pas. À mon réveil, le lendemain, il y a deux fois plus de journalistes sur la route et deux fourgons de télévision. Je descends à la cuisine, où Eddie et Melissa sont assis à la table, laquelle est couverte de journaux.

— Salut, fait Melissa. Vous avez vu tous les journalistes ?

— Oui. C'est dingue, dis-je tout en ne pouvant m'empêcher de jeter un coup d'œil à la fenêtre pour voir l'étendue du désastre.

— Vous devez vous sentir submergée – Melissa fait une pause, rejette ses cheveux en arrière et examine ses ongles d'un air pénétré avant d'ajouter : Mais vous savez… je suis là pour vous.

L'espace d'une seconde, je crois avoir mal entendu.

— Pardon ?

— Je suis là pour vous – Melissa me regarde. Je suis votre amie. Je vais vous aider à franchir ce cap.

Je suis tellement estomaquée que rire ne me vient même pas à l'esprit.

— Melissa, vous n'êtes pas mon amie, dis-je aussi poliment que possible.

— Bien sûr que si, rétorque-t-elle nullement décontenancée. Je vous ai toujours admirée, Samantha. En fait, j'ai su depuis le début que vous n'étiez pas réellement une gouvernante. J'avais deviné que vous étiez plus que cela.

Incroyable ! Comment ose-t-elle être aussi culottée ?

— Votre amitié est bien soudaine – je ne cherche plus à cacher mon scepticisme. Bien sûr, cela n'a rien à voir avec le fait que je sois avocate. Ou que vous désiriez le devenir ?

— Je vous ai toujours trouvée super, répond-elle, butée.

— Voyons, Melissa.

Je lui décoche mon regard le plus cynique et j'ai la satisfaction de voir une très légère rougeur se dessiner autour de ses oreilles, mais son visage reste impassible. Ça me fait mal de l'admettre, mais cette fille va faire des malheurs à la barre !

— Donc, vous voulez m'aider ? Je prends un air sérieux, les sourcils froncés.

— Oh oui ! – son visage s'est illuminé. Je pourrais faire la liaison avec Carter Spink… ou devenir votre porte-parole…

— D'accord. J'ai un chemisier à repasser. Faites attention au col en dentelle, voulez-vous, il craint les faux plis.

Le regard assassin qu'elle me jette est un vrai régal. Essayant de ne pas éclater de rire, je me tourne vers Eddie.

— Vous êtes partout, m'informe-t-il. Regardez !

Il me montre une double page que me consacre le *Sun*. Je figure devant un évier et on m'a dessiné dans la main une balayette à toilettes. « JE PRÉFÈRE NETTOYER LES CHIOTTES », lit-on en caractères énormes à côté de mon visage.

Mon Dieu ! Je me laisse tomber sur une chaise en regardant le cliché.

— Pourquoi me fait-on un coup pareil ?

— On est en août, répond Eddie en feuilletant le *Telegraph*. Aucune nouvelle palpitante à l'horizon. Dans celui-ci, on dit que vous êtes victime d'une société obsédée par le travail.

Il me tend le journal en me désignant un court article titré « Un as de Carter Spink choisit les tâches ménagères après des rumeurs de scandale ».

— Ici, on vous accuse de trahir la cause des femmes, relève Melissa dans le *Herald*. Cette éditorialiste, Mindy Morrell, est très remontée contre vous.

— Remontée ? Mais je ne lui ai rien fait !

— Mais pour le *Daily Mirror*, vous êtes la garante des valeurs traditionnelles, trompette Melissa : « Samantha Sweeting trouve que les femmes doivent retourner au foyer pour leur bien et celui de la société. »

— Mais je n'ai jamais rien dit de tel ! Ils ne pourraient pas me lâcher les baskets ?

— C'est la saison creuse, reprend Eddie en parcourant l'*Express*. Est-il vrai que, toute seule, vous avez réussi à découvrir les liens de la Mafia avec Carter Spink ?

— Mais non ! Qui prétend ça ?

— Je ne me souviens plus où je l'ai lu. Ah ! j'ai sous les yeux une photo de votre mère. Une belle femme.

— Ma mère ! Oh, non !

— « La fille ambitieuse d'une mère ambitieuse, lit Eddie à voix haute, était-elle soumise à trop de stress ? »

Pitié ! Elle va me tuer !

— Tiens, ils proposent un référendum à leurs lectrices, annonce Eddie en ouvrant un autre journal : « Samantha Sweeting, héroïne ou idiote ? Votez par téléphone ou par mail. »

Il prend le téléphone et hésite.

— Je me demande ce que je vais choisir…

— Ne sois pas bête, s'énerve Melissa en saisissant l'appareil. Je vais les appeler.

— Samantha, vous êtes déjà levée !

Trish entre dans la cuisine avec un tas de journaux sous le bras. Elle me regarde avec la même expression abasourdie qu'hier. Comme si j'étais une œuvre d'art inestimable qui aurait soudain atterri dans sa cuisine.

— J'ai appris plein de choses sur vous ! dit-elle.

— Bonjour, Madame, fais-je en posant le *Daily Mirror* et en me levant. Que désirez-vous pour votre petit déjeuner ? Une tasse de café pour commencer ?

— Ce n'est pas à vous de le faire ! Eddie, tu peux le préparer, non ?

— Pas question !

— Alors… Melissa. Fais-nous un bon café. Samantha, asseyez-vous pour une fois. Vous êtes notre invitée.

Son rire est forcé. Je proteste :

— Pas du tout, je suis votre bonne.

Eddie et Trish se regardent, perplexes. Qu'est-ce qu'ils croient ? Que je vais m'en aller ?

— Rien n'a changé ! Je suis toujours votre domestique. Je veux continuer à travailler comme avant.

— Vous êtes dingo ? demande Melissa. Vous savez combien ils sont prêts à vous payer chez Carter Spink ?

— Vous ne pouvez pas comprendre. Mais Monsieur et Madame, eux… me comprendront. J'ai beaucoup appris en vivant ici. J'ai changé. Je me suis épanouie. Certes, je pourrais gagner plus à Londres. Certes, j'aurais un poste important où je serais constamment sous tension. Mais je n'en veux pas.

J'ouvre les bras.

— Ce que je veux se trouve ici. Rien d'autre.

Je m'attends à ce que les Geiger soient émus par mon petit discours, mais ils me regardent, atterrés.

— Vous devriez réfléchir à nouveau à leur proposition, suggère Eddie. On dit dans le journal qu'ils sont prêts à tout pour vous récupérer.

— On ne sera pas vexés si vous nous quittez, ajoute Trish. On se met à votre place.

C'est tout ce qu'ils ont à dire ? Ils devraient être contents que j'aie envie de rester. Ils ne veulent plus de moi comme bonne ?

— Je ne veux pas m'en aller ! dis-je, presque fâchée. Ici, j'ai une vie où je me sens bien, et à un rythme qui me plaît.

Le téléphone sonne et Trish répond :

— Allô ! fait-elle, et elle écoute un moment. Oui, pas de problème, Mavis. Et Trudy. À plus tard !

Elle raccroche.

— Deux de plus à mon déjeuner.

— Bon, dis-je en regardant ma montre. Je dois m'occuper des hors-d'œuvre.

Je commence à sortir mes ustensiles quand le téléphone sonne à nouveau. Trish répond.

— Si c'est encore des invités de dernière minute… Allô ?

Elle écoute son interlocuteur, change d'expression et pose sa main sur le combiné.

— Samantha, c'est une agence de pub. Voulez-vous figurer dans un spot télé pour un produit genre Canard WC ? Vous seriez en robe d'avocat et perruque, et vous auriez à dire…

— Non ! Il n'en est pas question.

— Vous ne devriez pas refuser une offre de la télé, dit Eddie sur le ton de la réprimande, on ne sait jamais.

— Non ! Impossible ! Je refuse de faire de la pub ! Ou de donner des interviews. Je ne veux pas être montrée en exemple. J'aimerais seulement que les choses se calment.

Quand arrive le déjeuner, c'est de la folie furieuse.

J'ai reçu trois propositions de la télé et une du *Sun* pour poser à poil, revêtue seulement d'un tablier de soubrette. Trish a donné au *Daily Mirror* une interview exclusive. Les auditeurs d'une radio que Melissa adore m'ont traitée de « stupide antiféministe », de « sous-Martha Stewart[1] », et de « parasite qui a profité de l'argent des contribuables qui ont financé son éducation ». Je suis tellement furax que j'ai envie d'appeler la radio.

Finalement, je préfère éteindre le poste et respirer à fond. Je ne vais pas me laisser empoisonner la vie. D'autres choses sont plus importantes. Quatorze invitées, arrivées pour le déjeuner, se promènent dans le jardin. Après avoir mis au four des tartelettes aux champignons sauvages, je dois finir la sauce pour les asperges et faire griller les filets de saumon.

Si seulement Nathaniel était là pour me réconforter ! Hélas ! À la demande de Trish, il est allé à Buckingham chercher des carpes chinoises pour l'étang. Apparemment, ces poissons sont du dernier chic et coûtent une fortune. Ridicule ! Personne ne regarde jamais l'étang.

On sonne à la porte au moment où j'ouvre le four. Zut ! Encore une invitée. J'ai été obligé de changer mon menu à cause des quatre convives de dernière minute. Sans parler de la journaliste du *Mirror* en tailleur rose à fleurs qui a essayé de faire croire à Eddie qu'elle venait de s'installer dans le village.

---

1. Femme d'affaires, fondatrice du magazine *Martha Stewart Living*, qui place le foyer au cœur de la réussite personnelle.

Je mets les tartelettes au four, j'essuie les miettes et commence à nettoyer le rouleau à pâtisserie.

— Samantha ? crie Trish depuis la porte. Encore un invité !

Je râle et je me retourne en essuyant la farine sur ma joue :

— Un autre ? Mais je viens de mettre les hors-d'œuvre…

— Il s'agit d'un de vos amis. Il veut absolument vous parler. Pour votre job peut-être ?

Et Trish m'adresse un regard qui se veut plein de sous-entendus.

C'est Guy. Dans la cuisine de Trish. Avec son costume impeccable sur mesure et sa chemise aux poignets amidonnés.

Je n'en reviens pas. Et, vu sa tête, lui non plus !

— C'est pas croyable ! s'exclame-t-il en m'inspectant de la tête aux pieds. Tu fais vraiment la bonne !

— Oui, et je n'en ai pas honte !

— Samantha…, intervient Trish du seuil de la cuisine, je ne veux pas vous déranger, mais vous servirez les hors-d'œuvre dans dix minutes !

— Oui, Madame.

Sans y penser, je lui fais ma petite révérence.

Guy a les yeux qui lui sortent de la tête.

— Tu lui fais la révérence ?

— Une erreur, je l'avoue. Enfin, Guy, qu'est-ce que tu fous là ?

— Je veux te persuader de revenir.

J'aurais pu m'en douter.

— Il n'en est pas question. Pousse-toi !

Je prends une balayette et une pelle et je ramasse la farine et les morceaux de pâte qui sont tombés par terre.

— Attention à tes pieds !

— Oui, excuse !

Je jette le tout à la poubelle, sors la sauce des asperges du réfrigérateur, la verse dans une casserole que je mets à feu doux. Guy m'observe, sidéré.

— Samantha, il faut qu'on parle.

— Je suis occupée.

Le minuteur du four fait entendre sa sonnette aigrelette et je récupère mes petits pains à l'ail et au romarin. Fière de leur aspect doré et de leur arôme, j'en grignote un petit morceau et j'en offre un à Guy.

— Tu as fait ça ? J'ignorais que tu cuisinais !

— Je ne savais pas mais j'ai appris.

Je prends du beurre dans le réfrigérateur et en ajoute une noix dans la sauce qui mijote.

— Passe-moi un fouet, Guy, s'il te plaît.

Guy est complètement perdu à côté des ustensiles :

— Euh… lequel ?

— Laisse tomber !

— J'ai une proposition à te faire, dit Guy alors que je commence à remuer la sauce. Je pense que tu devrais l'étudier.

— Ça ne m'intéresse pas.

— Tu ne l'as même pas vue, s'indigne-t-il en sortant de sa poche intérieure une lettre. Tiens, lis ça !

— J'en ai rien à faire ! Pigé ? Je ne veux plus faire ce métier !

— Tu préfères faire la bonniche ?

Son ton est si méprisant que je suis piquée au vif.

— Et comment ! Je suis heureuse ici, détendue. T'as pas idée. Je mène une autre vie !

— Ouais, je vois ça, s'exclame-t-il avec un œil sur ma balayette. Allons, ressaisis-toi !

Il sort son portable et compose un numéro.

— Voici quelqu'un à qui tu dois parler. J'ai été en contact avec ta mère à ton sujet.

— Tu ne manques pas d'air ! Comment as-tu osé ?

— Je ne veux que ton bien. Elle aussi. Bonjour, Jane. Je suis avec Samantha. Je vous la passe.

Je n'arrive pas y croire. Pendant une seconde, j'ai envie de jeter le téléphone par la fenêtre. Mais c'est inutile, je vais m'en tirer.

— Bonjour maman, il y a longtemps qu'on ne s'est pas parlé.

— Samantha !

Sa voix est glaciale. Mais ça ne me fait ni chaud ni froid. Elle ne sait rien de ma vie actuelle et ne peut plus diriger mon existence.

— Tu es tombée sur la tête, ma fille ! attaque-t-elle. Travailler comme domestique ?

— C'est ça. Je suis bonne à tout faire. Et si tu crois que je veux redevenir avocate, sache que je suis heureuse ici et que je n'en bougerai pas.

Je goûte ma sauce et j'y ajoute une pincée de sel.

— Tu trouves ça drôle de jouer les décontractées, mais c'est ta vie. Ta carrière. Tu sembles ne pas bien te rendre compte…

— C'est toi qui ne comprends pas ! Personne n'a l'air de vouloir comprendre, d'ailleurs !

Je regarde Guy, baisse le feu et m'appuie au comptoir.

— Maman, j'ai découvert une autre façon de vivre. Quand j'ai terminé ma journée de travail, c'est fini. Je ne rapporte pas de dossiers à la maison. Je n'ai pas besoin de laisser mon Palm branché vingt-quatre heures sur vingt-quatre, sept jours sur sept. Je peux aller boire un verre au pub, faire des plans pour le week-end, me détendre dans le jardin – personne ne viendra me déranger. Je ne suis plus sous pression. Je ne suis plus stressée. Et j'en suis heureuse.

Je bois un verre d'eau et je continue sur ma lancée :

— Désolée mais j'ai changé. Je me suis fait des amis, j'ai appris à connaître les gens d'ici. Avec mes patrons, j'ai l'impression d'être en famille ! Tiens, il y a quinze jours, ils ont donné une fête formidable pour mon anniversaire.

Silence. Ai-je touché une corde sensible ? Elle va peut-être se sentir coupable… comprendre enfin ce que je dis…

— Comme c'est bizarre, ton anniversaire tombait il y a deux mois.

— Je le sais bien, dis-je en soupirant. Écoute, maman, ma décision est prise.

Le minuteur sonne et j'enfile une manique.

— Maman, il faut que je te laisse.

— Samantha, je n'ai pas fini ! s'exclame-t-elle furieuse. Nous n'en avons pas terminé !

— Mais si, nous avons terminé.

Je raccroche et flanque le portable sur le comptoir.

— Guy, merci mille fois ! Tu as d'autres petites surprises de ce genre ?

— Écoute, dit-il en ayant l'air de s'excuser, j'essayais de te faire comprendre…

— Inutile, dis-je en lui tournant le dos. Et maintenant j'ai du travail. C'est mon boulot.

J'ouvre le four, sors les tartelettes que je dispose sur des assiettes chaudes.

— Je vais t'aider, propose Guy.

— Tu en es incapable !

— Tu vas voir !

À mon grand étonnement, il enlève sa veste, roule ses manches et passe un tablier orné de cerises.

— À tes ordres !

Il est tellement hors de son élément que j'éclate de rire.

— Parfait, prends ce plateau et aide-moi à servir les hors-d'œuvre.

Dès que nous pénétrons dans la salle à manger aux murs tendus de soie blanche, les conversations cessent et quinze visages surmontés de cheveux teints et laqués se tournent vers nous. Assises autour de la table, les invitées de Trish, en tenues multicolores, sirotent du champagne. J'ai l'impression d'être face à un nuancier de couleurs pastel.

— Ah, voici Samantha, annonce Trish dont les joues sont un peu trop roses. Vous connaissez toutes notre bonne à tout faire et… brillante avocate.

Un tonnerre d'applaudissements me salue, à ma grande honte.

— On vous a vue dans les journaux ! dit une femme en crème.

— J'aimerais vous parler, me dit une femme en bleu en se penchant vers moi. Au sujet de ma procédure de divorce.

Je fais semblant de n'avoir rien entendu.

— Je vous présente Guy qui va m'aider aujourd'hui, dis-je en servant les tartelettes.

— Il fait aussi partie de Carter Spink, proclame Trish, gonflée de fierté.

Ces dames échangent des regards impressionnés. Une femme âgée se tourne vers Trish et demande d'une voix intriguée :

— Tous les membres de votre personnel sont avocats ?

— Non, pas tous, répond Trish en se pavanant. Mais vous savez, après avoir eu une bonne sortie de Cambridge… je ne pourrai jamais faire mieux.

— Où les trouvez-vous ? se renseigne une rousse. Il y a une agence spécialisée ?

— Ça s'appelle Domestiques d'Oxford et de Cambridge, répond Guy en la servant. Très sélect. Seuls les meilleurs étudiants peuvent s'y inscrire.

— Extraordinaire ! s'exclame la rousse en émoi.

— Moi, en revanche, j'ai fait Harvard, poursuit Guy. J'appartiens donc à Harvard Assistance. Nous avons pour devise : « C'est à ça que servent des études hors pair. » N'est-ce pas, Samantha ?

— Ferme-la et contente-toi de passer les plats !

Quand toutes ces dames sont servies, nous regagnons la cuisine.

— Très drôle, dis-je en balançant le plateau dans un bruit d'enfer. Tu es vraiment plein d'humour.

— Bon sang, tu ne voulais tout de même pas que je prenne ça au sérieux !

Il défait son tablier et le jette sur la table.

— Servir cette bande de vieilles rombières ! Tu as vu leur air méprisant ?

— J'ai du travail. Alors, si tu ne veux plus m'aider…

Je vérifie la cuisson du saumon.

— Ce boulot est indigne de toi ! explose-t-il. Bordel ! Mais c'est le monde à l'envers. Tu es plus intelligente que n'importe laquelle de ces bonnes femmes, et tu les sers ! Tu leur fais la révérence ! Tu nettoies leurs chiottes !

Fini les plaisanteries. Guy s'emporte carrément.

— Samantha, tu es une des personnes les plus brillantes que je connaisse. Tu comprends le droit mieux que quiconque. Je ne peux pas te laisser bousiller ta vie… pour des chimères merdiques !

— Je t'interdis de dire ça ! Le fait de ne plus être derrière un bureau à faire du droit financier ne veut pas dire que je gâche ma vie. Je suis heureuse ici ! Jamais je ne me suis sentie aussi bien ! J'aime cuisiner. J'aime m'occuper d'une maison. J'aime ramasser des framboises dans le jardin…

— Tu vis en plein fantasme ! Tout beau, tout nouveau ! Mais tu vas te lasser ! Incroyable que tu ne t'en aperçoives pas !

Un vague doute m'envahit que je préfère ignorer.

— Non, dis-je en remuant la sauce, j'adore cette vie.

— Dans dix ans, tu aimeras toujours récurer des toilettes ? Allons, redescends sur terre ! D'accord, tu avais besoin de vacances, de paix. Mais il est temps de revenir à la réalité.

— Tu te trompes, c'est ici ma vraie vie. Bien plus réelle que la précédente.

Guy ne semble pas convaincu.

— L'année dernière, je suis allé en Toscane avec Charlotte où nous avons pris des cours d'aquarelle. J'ai adoré notre séjour. L'huile d'olive… les couchers de soleil, enfin tout. Mais ça ne veut pas dire que je vais devenir un putain de peintre toscan !

— Ça n'a rien à voir ! Je ne vais pas retourner au bagne. J'en ai marre de cette pression. J'ai travaillé sept jours par semaine pendant sept ans…

— Absolument, et juste au moment où tu en recueilles les fruits, tu veux te tirer ! Écoute, Samantha, tu vas être au sommet de la hiérarchie, avec le salaire que tu souhaites. Tu es en position de force !

— Comment ? Quoi ?

Guy lève les yeux au ciel comme s'il implorait l'aide d'une puissance supérieure.

— Tu te rends compte du chaos que tu as créé ? Carter Spink est en mauvaise posture. La presse nous bouffe tout cru. Il n'y a pas eu de plus grand scandale depuis l'affaire Storesons dans les années quatre-vingt.

— Je n'y suis pour rien, dis-je sur la défensive. Je n'ai pas demandé aux journaux de venir…

— Je le sais bien. Mais ils sont venus malgré tout. Et la réputation de Carter Spink s'est effondrée. Les gens des Ressources humaines s'arrachent les cheveux. Ils se décarcassent pour mettre au point des programmes pour le bien-être du personnel, des ateliers de recrutement pour les étudiants… et tu cries partout que tu préfères nettoyer les chiottes… Tu parles d'une belle campagne de pub, conclut-il en riant jaune.

— Ce n'est que la stricte vérité.

— Arrête ton cinéma ! reprend Guy en cognant du poing sur la table. Carter Spink est à ta botte. On te demande seulement de réintégrer la boîte et que le monde entier en soit témoin. Tu peux exiger la lune ! Tu serais dingue de refuser une si belle occase.

— L'argent ne m'intéresse pas. J'en ai suffisamment…

— Mais tu es bouchée ou quoi ? Si tu reviens au cabinet, tu gagneras assez pour prendre ta retraite dans dix ans. Tu te la couleras douce le restant de tes jours. À ce moment-là, libre à toi de cueillir des framboises, de nettoyer des parquets ou je ne sais quelle connerie.

J'ouvre la bouche pour répondre, mais soudain j'ai de la bouillie dans la tête. Je ne sais plus que penser.

— Tu as gagné ta promotion, conclut Guy en se calmant, profites-en !

Guy n'ajoute plus rien. Il a toujours su s'arrêter à temps. Vraiment, il devrait plaider plus souvent. Il m'aide à servir le saumon, m'embrasse sur la joue et me demande de l'appeler quand j'aurai réfléchi. Restée seule dans la cuisine, j'essaie de rassembler mes idées.

J'étais si sûre de moi et maintenant…

Je ressasse ses arguments qui sonnent plutôt juste. Il est possible que je me sois fait des illusions. Tout ce nouveau bonheur n'est peut-être qu'une chimère. Et si je devenais une bonne femme insatisfaite et aigrie d'ici à quelques années ? Je me vois en train de laver les sols, un turban en nylon autour de la tête, en répétant à tout bout de champ : « Vous savez, autrefois j'étais une grande avocate d'affaires ! »

J'ai un cerveau. J'ai de l'avenir. Il a raison, j'ai bossé pour obtenir ma promotion. Je l'ai gagnée.

Les coudes sur la table, je cache ma tête dans mes mains et écoute les battements de mon cœur. Que faire ? Que faire ?

Je n'ai jamais connu le doute. J'ai toujours su ce que je voulais en me fixant des buts et des objectifs précis. Maintenant, je suis comme un pendule, allant de gauche à droite, croyant tout et son contraire.

Malgré la fatigue, je me sens poussée vers une issue. Une issue rationnelle. La plus logique.

Je la connais. Mais je ne suis pas encore prête à l'affronter.

Je tiens jusqu'à six heures. À ce moment-là, la réception est terminée et j'ai desservi. Les invitées de Trish se sont baladées dans le jardin, ont pris le thé et se sont évaporées. En sortant pour profiter de la douceur du soir, je vois Trish et Nathaniel au bord de l'étang. Nathaniel a une cuvette en plastique blanc à ses pieds.

Son visage s'illumine quand il se tourne vers moi et ça me bouleverse. Personne ne m'a jamais regardée ainsi. Personne ne me fait rire, ne me rassure, ne me fait découvrir de nouveaux mondes, comme il le fait.

— Voici un scare des Caraïbes, annonce Nathaniel en le sortant à l'aide d'une petite épuisette verte. Tu veux le voir ?

Le poisson frétille en donnant de furieux coups de queue. Nathaniel le présente à Trish qui recule en criant :

— Éloignez-le ! Mettez-le dans l'étang.

— Il vous a coûté deux cents livres, précise Nathaniel en haussant les épaules. J'ai cru que vous auriez envie de lui dire bonjour !

— Fourrez-les tous dans l'étang, dit Trish en frissonnant. Je viendrai les voir quand ils nageront.

Elle tourne les talons et rentre à la maison.

— Alors ? demande Nathaniel, comment s'est passé le grand déjeuner ?

— Très bien.

— Tu connais la nouvelle ? Eamonn s'est fiancé ! Il donne une fête ce week-end au pub.

— Oh… génial !

J'ai la bouche sèche. Allons, du courage. Dis-lui.

— Tu sais, on devrait avoir des poissons exotiques dans la jardinerie. Incroyable, les bénéfices qu'on peut en tirer…

— Nathaniel, je rentre ! dis-je en fermant les yeux pour atténuer ma douleur. Je rentre à Londres !

Il ne bouge pas pendant un long moment. Puis il se tourne vers moi, tenant toujours l'épuisette dans les mains, le visage impénétrable.

— Bien !

— Je retourne à mon ancien boulot. Un type de ma boîte est venu me voir aujourd'hui et m'a convaincue… Enfin, il m'a fait comprendre…

Je me tais, faute de savoir quoi dire.

— Fait comprendre ? répète Nathaniel.

Il ne sourit pas. Il ne m'a pas dit : « Quelle bonne idée, j'allais te le suggérer ! » Pourquoi ne me facilite-t-il pas la tâche ?

— Je ne peux pas faire la bonne toute ma vie ! dis-je, légèrement exaspérée. Je suis avocate ! J'ai un cerveau.

— Je le sais, que tu as un cerveau !

Ah, voilà qu'il se défend maintenant. Mon Dieu, ça ne se passe pas bien !

— Les grosses huiles de chez Carter Spink proposent de me nommer associée. Associée à part entière.

Je le regarde dans les yeux dans l'espoir de lui faire admettre que c'est un honneur exceptionnel qui m'est fait.

— C'est le poste le plus prestigieux… le plus lucratif… le plus extraordinaire. Je gagnerai assez d'argent pour prendre ma retraite dans quelques années.

Nathaniel ne semble nullement impressionné.

— Oui, mais à quel prix ?

— Que veux-tu dire ? fais-je en détournant les yeux.

— Quand tu es arrivée ici, tu étais une loque. Complètement paumée. Blanche comme un linge. Raide comme un piquet. On aurait dit que tu n'avais jamais vu le soleil, que tu ne t'étais jamais amusée…

— Tu exagères !

— Non. Te rends-tu compte comme tu as changé ? Tu ne vis plus sur les nerfs.

Il prend mon bras et le laisse retomber.

— Avant, ton bras serait resté en l'air !

— D'accord, je me suis détendue. Je sais que je ne suis plus la même. Je me suis calmée, j'ai appris à cuisiner, à repasser, à servir des bières… et je me suis bien amusée. Des vacances, en quelque sorte. Elles ne sont pas éternelles !

— Pourquoi pas ?

— Parce que ! Si je garde ce boulot de bonne à tout faire, je vais le regretter !

— C'est ce que ton copain avocat prétend ? dit-il avec une nuance d'hostilité dans la voix. Tu seras heureuse en travaillant vingt-quatre heures sur vingt-quatre ? Ta boîte ne songe sans doute qu'à ton bien !

— Écoute, il est évident que je ne vais pas passer ma vie à nettoyer des toilettes !

Nathaniel semble désespéré.

— Après tout ce qui s'est passé ici, tu retournes là-bas, pour reprendre le collier et continuer comme si de rien n'était.

— Ça sera différent cette fois-ci. Je vais m'aménager un bon équilibre de vie. Ils m'écouteront…

— Quelle blague ! s'exclame Nathaniel en me prenant par les épaules. Ils n'en ont rien à foutre de toi ! Tu ne piges donc pas ! Ce sera le même stress, la même vie…

Je suis soudain en colère contre lui. Il ne fait rien pour me comprendre, pour me soutenir.

— Au moins j'ai essayé quelque chose de neuf ! Une autre vie !

— C'est quoi ce sous-entendu ?

— Toi, tu as essayé quoi ? fais-je sur un ton agressif que je n'arrive pas à maîtriser. Tu n'as aucune envergure ! Tu habites le village où tu as grandi, tu t'occupes de l'affaire de famille, tu achètes une jardinerie au bout de la route… tu pourrais être encore dans le ventre de ta mère ! Alors, avant de me faire la leçon, sors de ton cocon ! Vu ?

Je me tais. Nathaniel a du mal à encaisser.

— Je… ne voulais pas.

Je m'écarte, les larmes aux yeux. Les choses ne devaient pas se passer comme ça. Pourquoi Nathaniel n'approuve-t-il pas ma décision ? Pourquoi ne m'embrasse-t-il pas ? Pourquoi sommes-nous à des kilomètres l'un de l'autre ?

— J'ai songé à élargir mon horizon, dit soudain Nathaniel d'un ton raide. Il y a une jardinerie en Cornouailles dont j'ai une folle envie. Un terrain fantastique, une affaire formidable… mais je ne l'ai pas encore vue. Je ne voulais pas être séparé de toi par six heures de route. Tu as raison. C'est la preuve de mon étroitesse d'esprit, de mon manque d'envergure.

Que lui répondre ? Le seul bruit qu'on entend est le roucoulement des pigeons. Le ciel se donne en spectacle. Le soleil couchant illumine le saule et l'herbe embaume.

— Nathaniel… je dois rentrer à Londres. Je n'ai pas le choix. Mais on pourra encore passer du temps ensemble. Juste nous deux. Ça peut marcher. Il y a les vacances… les week-ends… je reviendrai pour la fête d'Eamonn. Tu ne t'apercevras pas que je suis partie !

Nathaniel se tait. Quand il relève la tête, son expression me déchire le cœur.

— Si, fait-il d'une voix posée, je le verrai.

25

La nouvelle fait la une du *Daily Mirror*. Je suis une star ! « SAMANTHA PRÉFÈRE LE DROIT AU PETIT ENDROIT ! » Quand je descends dans la cuisine le lendemain matin, Trish lit l'article tandis qu'Eddie a le nez dans un autre journal.

— Trish, ton interview est parue ! Regarde ! « *J'ai toujours su que Samantha était un cran supérieure aux bonnes à tout faire habituelles, déclare Trish Geiger, trente-sept ans. Nous avons souvent discuté de philosophie et de morale pendant qu'elle passait l'aspirateur.* »

Trish lève les yeux et son visage change.

— Samantha, ça va ? Vous avez l'air lessivée ?

— J'ai mal dormi.

J'allume la bouilloire.

J'ai passé la nuit chez Nathaniel. On s'est fait une omelette aux champignons et on a regardé un vieux film de guerre. Puis nous avons fait l'amour tendrement. On n'a pas reparlé de mon départ. Mais à trois heures du matin, lui non plus ne dormait pas et il fixait le plafond.

— Prenez des forces, me conseille Trish. C'est un grand jour pour vous ! Il faut que vous soyez au mieux de votre forme !

— Ne vous inquiétez pas. J'irai mieux après une tasse de café.

Un grand jour ! Et comment ! Les Relations publiques de Carter Spink se sont débrouillées pour faire de mon retour un événement médiatisé. Il y aura une grande conférence de presse à midi devant chez les Geiger, durant laquelle j'annoncerai que je suis ravie de revenir au cabinet. Plusieurs associés seniors me serreront la pince devant les caméras et je donnerai de brèves interviews. Et nous prendrons tous ensemble le train pour Londres.

— Alors ? demande Eddie tandis que je prépare le café, votre valise est prête ?

— Plus ou moins. Ah, Madame… tenez !

Je tends à Trish mon uniforme bleu.

— Je l'ai lavé et repassé. Il est prêt pour ma remplaçante.

— Merci, Samantha, fait Trish, très émue, en se tamponnant les yeux.

— Allons, allons, la réconforte Eddie en lui caressant le dos.

Soudain, moi aussi j'ai envie de pleurer.

— Je vous suis reconnaissante pour tout. Désolée de vous laisser en plan.

— Nous savons que vous avez pris la bonne décision, affirme Trish. C'est pas ça.

— Nous sommes très fiers de vous, renchérit Eddie d'un ton bourru.

Trish se ressaisit et prend une gorgée de café.

— Enfin, bon ! J'ai décidé de prononcer un discours lors de la conférence de presse. Je suis sûre que les journalistes s'attendent à ce que je m'exprime.

— Absolument, fais-je, légèrement perplexe. Bonne idée.

— Maintenant que nous sommes en train de devenir des personnalités médiatiques…

— Des personnalités médiatiques ? l'interrompt Eddie d'une voix incrédule. Nous ne sommes pas des personnalités médiatiques !

— Bien sûr que si ! Mon nom est imprimé dans le *Daily Mail* – Trish s'empourpre. C'est peut-être le démarrage d'une carrière, Eddie. Si nous engageons le bon agent, on pourra faire de la télé-réalité. Ou… faire de la pub pour Campari.

— Campari ? éructe Eddie. Trish, voyons, tu ne bois jamais de Campari !

— Je pourrais m'y mettre, rétorque Trish sur la défensive, ou ils pourraient le remplacer par de l'eau colorée…

À cet instant, on sonne à la porte. Je vais ouvrir. Toutes les filles de l'équipe des RP de Carter Spink se tiennent sur le perron. Toutes habillées de la même façon, en tailleur-pantalon.

Hilary Grant, la chef, m'inspecte de la tête aux pieds.

— Vous êtes prête ?

Quand arrive midi, je suis en tailleur noir, collant noir, chaussures à talons noires et chemisier blanc étincelant. Une pro m'a maquillée et j'ai retrouvé mon chignon.

Hilary a amené avec elle une coiffeuse et une maquilleuse. Nous sommes maintenant dans le salon où elle me fait répéter ce que je dois dire à la presse. Pour la millionième fois.

— Quelle est la chose essentielle à ne pas oublier ?

— Je ne dois pas parler des toilettes. Promis. Juré.

— Et si on vous demande des recettes ?

— Je répondrai : je suis avocate. Ma seule recette est la voie de la réussite.

J'arrive à répéter mon texte sans broncher.

J'avais oublié combien les gens des RP prenaient les choses au sérieux. Ce qui est sans doute normal. Surtout qu'ils viennent de vivre un cauchemar. Hilary fait tout pour m'être agréable, mais je ne serais pas étonnée d'apprendre que, sur son bureau, elle a une petite poupée en cire à mon effigie qu'elle transperce d'aiguilles.

— Je désire seulement m'assurer que vous ne direz rien de... fâcheux.

— Ne vous en faites pas ! Je m'en tiendrai à ce qui est prévu.

— Le journal télévisé vous suivra à Londres.

Elle consulte son Palm.

— Nous leur avons donné l'autorisation de venir dans nos bureaux cet après-midi. Ça vous convient ?

— Oui... sans doute.

Je n'arrive pas à croire qu'on fasse une telle montagne de mon histoire. Un talk-show veut tourner un reportage sur mon retour. Il ne se passe donc rien de plus passionnant dans le monde ?

— Ne regardez jamais la caméra, m'avertit Hilary en me donnant ses instructions. Soyez souriante et sûre de vous. Vous parlerez des chances de carrière que Carter Spink vous a offertes et du plaisir de retourner travailler. Pas un mot sur votre salaire...

— On peut avoir un café ? nous interrompt Guy en entrant, lunettes de soleil de luxe sur le bout du nez.

Il les enlève et me sourit.

— Tu pourrais peut-être nous préparer des petits pains ?

— Très drôle !

— Ah, Hilary, on a des ennuis dehors ! dit Guy. Un type de la télé fait tout un foin.

— Oh, merde ! Samantha, il faut que je vous abandonne un instant.

— Ne vous en faites pas ! Je ne bouge pas !

Dès qu'elle sort, je pousse un soupir de soulagement.

— Alors ? s'inquiète Guy, comment te sens-tu ? Excitée ?

— Mais bien sûr !

En vérité, je trouve tout ça plutôt surréaliste. Je n'ai pas vu les Geiger depuis des heures. C'est comme si Hilary Grant avait pris possession de leur maison.

— Tu as pris la bonne décision, tu sais !

— Je sais, dis-je en enlevant une poussière de ma jupe.

— Tu es superbe. Tu vas les séduire en un clin d'œil.

Il s'assied sur un bras du canapé en face de moi :

— Oh, Samantha, c'est dingue ce que tu m'as manqué. C'était tellement différent sans toi.

Il vaut mieux entendre ça que d'être sourde ! Est-ce à Havard qu'il a perdu tout son amour-propre ?

— Tu es donc redevenu mon meilleur ami. C'est plutôt marrant, non ?

— Qu'est-ce que tu veux dire par là ? fait-il en fronçant les sourcils.

J'ai presque envie de rire.

— Allons, Guy, quand j'ai eu des problèmes, je n'existais plus pour toi. Et tout à coup, je dois refaire ami-ami ?

— Ne sois pas injuste ! J'ai fait tout ce que j'ai pu pour toi. Je me suis battu à cette réunion. Mais Arnold a refusé mordicus que tu reviennes. À l'époque on en ignorait la raison…

383

— Tu ne voulais pas de moi chez toi, tu te souviens ? On avait donc cessé d'être copains.

Guy semble vraiment ému.

— J'en ai été très malheureux. Ce n'était pas de mon fait. C'était Charlotte. J'étais furieux contre elle…

— Évidemment !

— C'est vrai !

— Mais oui ! Et vous vous êtes violemment disputés et vous avez rompu !

— C'est exactement ça.

J'en ai le souffle coupé.

— Quoi ?

— Nous ne sommes plus ensemble. Tu n'étais pas au courant ?

— Non ! Pas du tout. Je suis navrée. Mais ce n'était pas à cause de moi, quand même ?

Il ne répond pas. Mais son regard brun se fait plus intense.

— Samantha, j'ai toujours pensé que nous… avions raté le coche.

Oh, non ! Pas ça ! C'est maintenant qu'il le dit ?

— Je t'ai toujours admirée. Et j'ai toujours pensé qu'il y avait eu quelque chose entre nous. Une sorte d'étincelle. Je me demandais… si c'était réciproque.

Je n'en crois pas mes oreilles. Dire que des millions de fois j'ai imaginé que Guy me tiendrait ce genre de discours ! Et maintenant… il est trop tard. C'est raté.

— Samantha ?

Je sursaute tout en me rendant compte que je le regardais comme un zombie.

J'essaie de redescendre sur terre.

— Bon, j'ai pu penser la même chose. Mais maintenant, j'ai rencontré quelqu'un. Depuis que je suis ici.

— Le jardinier.

— Oui ! Comment es-tu… ?

— Des journalistes en parlaient entre eux.

— C'est vrai. Il s'appelle Nathaniel, fais-je en rougissant.

— Oh, rien qu'une amourette de vacances !

— Pas du tout ! C'est bien plus sérieux !

— Il va vivre à Londres ?

— Euh… non, il déteste Londres.

Pendant quelques secondes, Guy semble incrédule, puis il éclate de rire.

— Samantha, tu prends tes désirs pour la réalité !

— Mais non ! On s'arrangera pour que ça marche. Si on en a envie tous les deux…

— Je crois que tu ne vois pas les choses très concrètement. Samantha, tu vas quitter ta cambrousse. Tu retournes à Londres, tu replonges dans le monde réel, le monde du travail. Crois-moi, il te sera impossible de poursuivre ta petite amourette.

— Ce n'est pas une amourette, dis-je en hurlant.

À ce moment Hilary revient et nous regarde d'un air méfiant.

— Il y a un problème ?

— Non, non, tout va bien.

— Parfait, l'heure approche.

La terre entière semble s'être rassemblée chez les Geiger. Quand je sors sur le perron en compagnie d'Hilary et de deux de ses collaborateurs, je vois des centaines de personnes dans l'allée. Une batterie de caméras de télévision est braquée sur moi, des photographes et des journalistes sont massés derrière, les assistantes des RP sont éparpillées un peu partout pour faire régner un semblant d'ordre. Un petit stand où l'on sert du café et des rafraîchissements s'est soudain matérialisé. J'adresse un sourire triste aux habitués du pub, venus en curieux et qui se tiennent près de la grille.

— Encore quelques minutes de patience, dit Hilary, l'oreille collée à son portable. Nous attendons le *Daily Telegraph*.

David Elldridge et Greg Parker se tiennent près du stand de café : ils pianotent furieusement sur leurs Palm. Les RP auraient souhaité un plus grand nombre d'associés, mais ils étaient les seuls disponibles. Ce qui n'est déjà pas mal ! Soudain, je n'en crois pas mes yeux. Melissa, en tailleur beige, s'approche d'eux et leur tend… son CV !

— Bonjour ! dit-elle. Je suis une grande amie de Samantha Sweeting. Elle m'a conseillé de poser ma candidature chez Carter Spink.

Je ne peux m'empêcher de sourire ! La gamine ne manque pas de culot.

Nathaniel vient à ma rencontre, l'air tendu.

— Comment ça va ?

— Oh, pas mal !

Il me prend la main et entrecroise ses doigts avec les miens aussi fort qu'il le peut.

— Tu sais, c'est un peu la folie.

Guy a tort. Ça va marcher et durer. C'est sûr.

Nathaniel me caresse avec son pouce, comme il l'avait fait le premier soir. Une sorte de code secret. Le contact de nos deux épidermes.

— Tu me présentes ? propose Guy en nous rejoignant tranquillement.

— Voici Guy, fais-je à contrecœur. Je travaille avec lui chez Carter Spink. Guy, voici Nathaniel.

— Ravi de faire votre connaissance !

Guy lui tend la main et Nathaniel est obligé de lâcher la mienne.

— Merci d'avoir pris grand soin de notre Samantha, fait Guy.

Pourquoi ce ton protecteur ? Et ce « notre » Samantha ?

— C'était avec plaisir, lance Nathaniel d'un air renfrogné.

— Vous vous occupez donc du jardin. Beau travail !

Nathaniel serre les poings.

Mon Dieu, s'il vous plaît, faites qu'il ne lui casse pas la gueule.

Heureusement, j'aperçois Iris à la grille, en train de jeter un regard plein d'intérêt aux journalistes, et je m'empresse de dire :

— Oh, Nathaniel, regarde, ta mère arrive !

Je lui fais signe de nous rejoindre. Elle porte un pantacourt, des espadrilles et a toujours ses nattes. En venant vers moi, elle détaille ma tenue de femme d'affaires.

— Eh bien ! fait-elle en guise de commentaire.

— Je sais, il y a du changement !

— Alors, vous avez trouvé votre voie ?

— Oui, c'est la bonne. Je suis avocate et je l'ai toujours été. C'est une chance à saisir. Je… serais folle de la laisser passer.

— Nathaniel m'en a parlé. Je suis sûre que vous avez raison. Bon, eh bien adieu mon petit. Et bonne chance. On vous regrettera.

En me penchant pour l'embrasser, les larmes me montent aux yeux.

— Iris… je ne sais comment vous remercier pour tout.

— Je n'y suis pas pour grand-chose. Mais je suis très fière de vous.

Je m'essuie les yeux avec un kleenex en espérant que mon maquillage ne va pas couler.

— Et ce n'est pas un véritable adieu. Je serai de retour très vite. Je reviendrai aussi souvent que possible pour les week-ends…

— Laissez-moi faire !

Elle saisit mon mouchoir et me tamponne les yeux.

— Merci ! Il faut que ce maquillage tienne toute la journée.

— Samantha ? Vous pouvez venir un instant.

Hilary, qui est près du stand avec David Elldridge et Greg Parker, m'appelle.

— Je reviens tout de suite.

— Avant de partir…, commence Iris en me prenant les deux mains. Je suis sûre que vous savez ce que vous faites, mais n'oubliez pas, vous ne serez jeune qu'une fois. Ces précieuses années ne reviennent pas.

— Je m'en souviendrai, dis-je en me mordant les lèvres. Je vous le promets.

— Alors bon vent !

Nathaniel m'accompagne au stand en me tenant la main. Dans deux heures, ce sera le moment des adieux.

Non, je ne veux pas y penser.

Hilary semble stressée.

— Vous avez votre déclaration ? Prête ?

— Tout à fait.

Je sors une feuille de papier pliée en quatre.

— Ah, Hilary, je vous présente Nathaniel.

Elle le regarde à peine.

— Samantha, revoyons le déroulement des opérations. Lecture de votre déclaration, réponse aux questions, séance de photos. On commence dans trois minutes. Mon équipe est en train de distribuer les dossiers de presse.

Soudain, elle me regarde de près.

— Qu'est-il arrivé à votre visage ?

— Oh, je disais au revoir à quelqu'un. Ce n'est pas la cata, j'espère.

— Il va falloir vous remaquiller, dit-elle furax. On avait vraiment besoin de ça.

Elle s'éloigne pour appeler une de ses assistantes.

Trois minutes ! Trois minutes avant de reprendre mon ancienne vie.

— Bon… je serai de retour pour la fête d'Eamonn, dis-je en m'accrochant à la main de Nathaniel. Dans quelques jours seulement. Je prendrai le train vendredi soir, passerai le week-end…

— Impossible, intervient Guy en saupoudrant son cappuccino de chocolat, le week-end prochain tu seras à Hong Kong !

— Pardon ? dis-je bêtement.

— Les gens de Samatron sont ravis de ton retour. Ils veulent que tu t'occupes de leur fusion. Tu t'envoles demain pour Hong Kong. Personne ne t'en a parlé ?

— Non. Absolument personne !

Guy hausse les épaules.

— Ça m'étonne. Enfin, cinq jours à Hong Kong, et après Singapour. Nous allons tous les deux à la conquête de nouveaux clients. Il va falloir que tu te remettes dans le bain, mademoiselle l'associée à part entière ! Tu ne dois pas t'endormir sur tes lauriers.

Je n'ai pas encore recommencé mon job qu'ils m'accusent déjà de m'endormir sur mes lauriers !

— Et… on rentrera quand ?

— Oh, dans une quinzaine.

— Samantha, appelle Elldridge en s'approchant de moi, Guy vous a-t-il prévenue que nous avions besoin de vous pour une chasse avec des clients en septembre ? En Écosse. Ça devrait être amusant.

— Bien. Mais justement, j'essayais d'avoir quelques week-ends à moi… pour tenter d'équilibrer ma vie…

Elldridge semble ne pas comprendre.

— Mais vous venez de prendre des vacances. Maintenant, on bosse. Et je dois aussi vous parler de New York.

Il me tapote l'épaule et commande un café.

— Il y a peu de chances que tu aies un week-end libre avant Noël, m'avertit Guy avant de rejoindre Hilary.

Silence. Que dire ? Tout va trop vite. J'espérais pouvoir mieux contrôler mon emploi du temps.

— Noël ! répète Nathaniel, comme si le ciel venait de lui tomber sur la tête.

— Mais non, il exagère. Je m'arrangerai. Crois-moi, je reviendrai avant Noël. Promis. Je serai occupée, mais je me débrouillerai. Je trouverai un moyen.

— Il ne faut pas que ça devienne une corvée.

— Une corvée ? Mais t'es fou. Je n'ai jamais voulu dire ça.

— Deux minutes !

Hilary arrive précipitamment avec une maquilleuse mais je ne fais pas attention à elle.

— Nathaniel…

— Samantha ! crie Hilary en me tirant par la manche, vous n'avez plus le temps de discuter.

— Vas-y ! dit Nathaniel. On te demande.

Quel cauchemar ! J'ai l'impression que tout se désintègre entre nous.

— Juste une chose, je veux savoir une chose avant de partir. L'autre jour, à la ferme, tu m'as dit quoi ?

Nathaniel me dévisage longuement et son regard s'éteint.

— C'était long, ennuyeux et mal formulé.

Il se détourne en haussant les épaules.

— Je vous en prie, arrangez-moi ce maquillage qui a coulé. Et vous, éloignez-vous ! ordonne-t-elle à Nathaniel.

— Je ne veux pas te gêner !

Il lâche ma main et part sans attendre ma réponse.

— Mais tu ne me gênes pas !

Il est déjà loin et j'ignore s'il m'a entendue.

Pendant que la maquilleuse fait son travail, c'est la tempête dans mon crâne. Soudain, je ne suis plus sûre de rien. Ai-je raison, ai-je tort ?

Mon Dieu, je suis folle ou quoi ?

— Fermez les yeux.

Elle m'applique de l'ombre à paupières.

— Ouvrez les yeux.

J'aperçois alors Nathaniel en compagnie de Guy. Nathaniel l'écoute, les traits tendus. Je me sens mal à l'aise. Que lui raconte Guy ?

— Fermez les yeux !

J'enrage d'avoir à lui obéir alors qu'elle me met une nouvelle couche d'ombre à paupières. Elle en met un temps ! Mon look est-il vraiment si important que ça ?

— Ouvrez !

Guy n'a pas bougé mais Nathaniel a disparu. Où est-il allé ?

— Pincez les lèvres…

J'ai droit à un peu plus de rouge.

Paniquée, je cherche partout Nathaniel des yeux. J'ai besoin de lui. Il faut que je lui parle avant la conférence de presse.

— Fin prête ? Vous avez votre déclaration ?

Décidément, Hilary me couve comme une mère poule. Elle vient de se parfumer à nouveau.

— Voilà qui est mieux ! s'exclame-t-elle. Allez, on se redresse. Menton levé ! – elle tapote mon menton avec une telle énergie que je grimace. Une dernière question à me poser ?

— Euh… oui. Je me demandais s'il était possible de retarder le début. Oh, seulement de quelques minutes.

Elle se fige.

— Comment ?

Je crois qu'elle est sur le point d'exploser.

— Je me sens un peu perdue. J'aimerais pouvoir réfléchir…

Hilary fonce sur moi comme si elle allait m'avaler tout cru. Elle est toujours souriante, mais ses yeux lancent des éclairs. Effrayée, je me recule, mais elle m'attrape si violemment par l'épaule que je sens ses ongles s'incruster à travers ma veste.

— Samantha, vous allez venir devant les caméras, vous allez lire votre déclaration et affirmer que Carter Spink est le meilleur cabinet de droit du monde. Sinon, je vous tue !

Elle n'a pas l'air de plaisanter !

— Tout le monde est paumé. On a tous besoin de réfléchir. C'est la vie, continue-t-elle en me secouant. Reprenez-vous.

Elle respire à fond, lisse son tailleur.

— Bien, je vais vous annoncer.

Elle traverse la pelouse vers le micro tandis que je reste clouée sur place, atteinte de tremblote aiguë.

— Mesdames et messieurs les journalistes, déclare-t-elle, je suis enchantée de vous accueillir ici ce matin.

Soudain, je repère Guy qui se sert un verre d'eau minérale.

— Guy, où est Nathaniel ?

— Je n'en ai aucune idée.

— Que lui as-tu raconté ?

— Oh, je n'ai pas eu besoin de lui en dire beaucoup. Il était bien conscient que le vent avait tourné.

— Qu'est-ce que tu veux dire ?

— Samantha, ne sois pas naïve ! Il est adulte ! Il a compris.

— … la nouvelle associée de chez Carter Spink, Samantha Sweeting !

La voix d'Hilary me parvient très vaguement. Son annonce est suivie d'un tonnerre d'applaudissements.

— Il a compris quoi ? dis-je horrifiée.

— Samantha ! intervient Hilary avec un sourire carnassier. Ces gens vous attendent ! Ils n'ont pas que ça à faire !

Elle prend ma main et me tire avec une force herculéenne à travers la pelouse.

— Voilà, amusez-vous bien ! dit-elle en me donnant une grande claque dans le dos et en s'éloignant.

Me voici plantée devant la presse nationale au grand complet.

— Allez, avancez !

Le rappel à l'ordre d'Hilary est si violent que je sursaute. Je suis comme sur un tapis roulant, je ne peux qu'avancer.

Je parviens, tremblante, jusqu'au micro planté au milieu de la pelouse. Le soleil, qui se reflète dans les objectifs, m'aveugle à moitié. Je cherche Nathaniel dans la foule, mais en vain. En revanche, je vois Trish à droite, en tailleur rose fuchsia, qui me fait des grands signes d'amitié. Eddie, à côté d'elle, me filme.

Je déplie lentement ma déclaration.

— Bonjour, dis-je d'une voix guindée, je suis ravie de partager une grande nouvelle avec vous. Après avoir accepté la merveilleuse proposition de Carter Spink, j'y retourne dès aujourd'hui en tant qu'associée. Inutile de dire à quel point… je suis enchantée.

Impossible d'avoir l'air joyeux. Les mots sonnent creux. Je continue pourtant en hésitant :

— J'ai été bouleversée par l'accueil chaleureux et la générosité des membres du cabinet Carter Spink, et je suis honorée de retrouver une firme aussi prestigieuse…

Étant donné que je cherche toujours Nathaniel des yeux, je n'arrive pas à me concentrer sur ce que je dis.

— Par le talent et l'excellence, me souffle Hilary.

— Ah… oui.

Je retrouve le passage de la déclaration.

— Talent et excellence.

Quelques journalistes ricanent discrètement. Je ne suis pas très convaincante.

— Les performances de Carter Spink sont d'une qualité incomparable, dis-je en essayant d'y croire.

— Meilleures que les toilettes que vous récuriez ? demande un journaliste rougeaud.

— Nous ne prenons pas de questions pour le moment, intervient Hilary en prenant le micro. Et nous ne répondrons à aucune question concernant les lavabos, les salles de bains ou les appareils sanitaires. Samantha, continuez !

— Un sujet dégoûtant ? insiste le même journaliste en rigolant.

— Samantha, reprenez ! ordonne Hilary, livide.

— Elles ne sont pas dégoûtantes ! s'écrie Trish en traversant la pelouse, ses talons fuchsia s'enfonçant dans le sol. Il n'est pas question qu'on critique mes toilettes. Ce sont des Royal Doulton. Vous entendez, de la porcelaine Royal Doulton, répète-t-elle dans le micro. Ce qu'il y a de mieux.

Elle me tapote l'épaule.

— Samantha, vous êtes très bien.

Les journalistes hurlent de rire. Hilary est verte.

— Pardonnez-moi, dit-elle à Trish en maîtrisant sa colère, nous sommes au milieu d'une conférence de presse. Auriez-vous l'obligeance de partir ?

— C'est ma pelouse ! rétorque Trish en levant le menton. De toute façon, la presse attend ma déclaration. Eddie, où est mon discours ?

— Il est hors de question que vous prononciez un discours, balbutie Hilary, de plus en plus verte.

Eddie arrive en trottinant avec un paquet de feuilles imprimées que Trish lui arrache des mains.

— Je voudrais remercier mon mari Eddie pour son soutien indéfectible, commence-t-elle, sans se soucier d'Hilary qui fait des bonds à côté. Et puis je voudrais remercier également le *Daily Mail*…

Hilary est au bord de l'apoplexie.

— Nous ne sommes pas aux foutus oscars !

— Ne m'injuriez pas, rétorque Trish avec fermeté. Dois-je vous rappeler que je suis ici chez moi ?

Je décide d'intervenir.

— Madame Geiger, avez-vous vu Nathaniel ? Il a disparu.

— Qui est Nathaniel ? veut savoir un journaliste.

— Le jardinier, répond le rougeaud. Son petit ami. Alors, tout est fini entre vous ?

— Non, dis-je, piquée au vif, nous continuerons à nous voir.

— Comment allez-vous faire ?

Tout à coup, les journalistes font attention à ce que je dis.

— On se débrouillera !

En fait, j'ai envie de pleurer.

— Samantha, intervient Hilary au bord de l'apoplexie, revenez à la déclaration officielle.

Elle pousse Trish loin du micro.

— Dites donc, vous ! Ne me touchez pas ! braille Trish. Sinon je vous poursuis devant les tribunaux. Samantha Sweeting est mon avocate, vous savez.

— Alors Samantha, que pense Nathaniel de votre retour à Londres ? demande quelqu'un.

— Votre carrière est-elle plus importante que l'amour ? s'inquiète une fille assez jeune.

— Mais non ! J'ai seulement besoin de lui parler. Où est-il ? Guy ?

Je viens de localiser Guy au bord de la pelouse. Je cours le rejoindre.

— Où est-il ? Que lui as-tu dit ? Il faut que je sois au courant !

— Je lui ai conseillé d'être digne. Franchement, je lui ai dit la vérité. Que tu ne reviendrais pas.

— Comment as-tu osé ? Tu te prends pour qui ? Je reviendrai. Et il pourra venir à Londres…

— Oh, arrête ! Tu crois qu'il voudra être pendu à tes basques comme un pauvre type, te gêner, te faire honte ?…

— Tu es fou ! Il est parti à cause de toi, alors ?

— Bon sang, Samantha, laisse tomber. Ce mec est jardinier !

Avant que j'aie pu réfléchir, mon poing est parti. J'atteins Guy au menton.

Des gens hoquettent de surprise, des caméras cliquettent, mais je m'en fiche. En fait, je suis même plutôt contente de ce geste.

— Oh, merde ! s'exclame Guy ! C'était quoi ce coup de poing ?

Les journalistes nous entourent, hurlent leurs questions, mais je ne fais pas attention à eux.

— C'est toi qui me fais honte, dis-je à Guy d'un ton méprisant. Tu ne lui arrives pas à la cheville.

Pitié ! Je sens que je vais éclater en sanglots. Il faut que je retrouve Nathaniel. Immédiatement.

— Tout va bien, tout va bien ! s'écrie Hilary en nous rejoignant. Samantha est un peu stressée aujourd'hui.

Elle m'agrippe méchamment le bras et sa bouche se tord en un affreux rictus.

— Un simple malentendu entre deux associés, improvise-t-elle. Samantha est ravie d'avoir à diriger une équipe constituée des meilleurs avocats du monde. N'est-ce pas Samantha ?

Elle me serre encore plus fort.

— N'est-ce pas Samantha ?

— Je ne sais pas, fais-je désespérée. Je suis désolée, Hilary.

Je m'arrache à son étreinte.

Elle se cramponne à moi mais je lui échappe et fonce vers la grille.

— Arrêtez-la ! hurle Hilary à son équipe, empêchez-la de sortir.

En voyant une armée de filles en tailleur-pantalon s'agiter, je me crois dans un film policier. Je réussis à me faufiler. L'une d'elles parvient à attraper ma veste mais je me dégage. J'envoie promener mes chaussures et pique un sprint sur les gravillons sans même les sentir sous mes pieds. Quand je parviens enfin à la route, je continue à galoper sans me retourner.

Mon collant est en lambeaux, mon chignon est à moitié défait, mon maquillage est un désastre, et je suis à bout de souffle. Mais qu'importe ! Je suis arrivée au pub.

Où est Nathaniel ? Je dois lui dire qu'il est la chose la plus importante de ma vie. Qu'il est plus important que mon boulot.

Je dois lui dire que je l'aime.

Je me demande pourquoi je ne m'en suis pas aperçue plus tôt. C'est tellement évident, tellement aveuglant.

Je crie en entrant dans le pub :

— Eamonn ! Je dois parler à Nathaniel. Il est ici ?

— Ici ? dit-il en cherchant ses mots. Tu viens de le manquer. Il est déjà parti.

— Parti ? Mais où ?

— Voir l'affaire qu'il veut acheter. Il est parti en voiture il y a un petit moment.

— L'affaire de Bingley ? Pourrais-tu m'emmener là-bas ? Il est important que je lui parle.

— Non ! pas là…

Eamonn, de plus en plus gêné, se masse la nuque. J'ai un pressentiment.

— Samantha, il est parti pour la Cornouailles.

La nouvelle me laisse KO.

— Je croyais que tu étais au courant. Il pense y rester une quinzaine de jours. Il ne t'en a pas parlé ?

Les mots me viennent difficilement.

— Non, je ne savais pas.

Tout à coup, je m'effondre, moralement et physiquement. Je m'affaisse sur un tonneau. Il est parti sans rien dire, sans même me dire au revoir. Sans en discuter avec moi.

— Il m'a laissé un mot au cas où tu repasserais, précise Eamonn en sortant une enveloppe de sa poche revolver. Je suis vraiment désolé pour toi.

— Ça ira, lui réponds-je en m'efforçant de sourire. Merci pour tout.

Je parcours la lettre :

S.
Nous savons tous les deux que nous sommes au bout du chemin. Mieux vaut arrêter maintenant.
Sache que cet été fut parfait.
N

Je relis dix fois le mot en chialant. Je n'arrive pas à croire qu'il soit parti. Comment a-t-il pu tout laisser tomber ? Après avoir écouté Guy, il doit penser que je suis un monstre.

On aurait trouvé une solution. Ne le savait-il pas ? N'en était-il pas conscient, au fond de son cœur ?

En entendant du bruit, je lève la tête : Guy et une foule de journalistes m'entourent. Je ne les avais pas remarqués.

— Allez-vous-en, laissez-moi tranquille !

— Samantha, s'excuse Guy de sa voix diplomatique, je sais que tu souffres. Désolé de t'avoir fait de la peine.

— Tu veux un autre coup de poing ? dis-je en essuyant mes yeux du revers de la main. Je ne plaisante pas.

— Ne vois pas les choses trop en noir, me console Guy en lisant la note de Nathaniel. Un brillant avenir t'attend.

Je ne lui réponds pas. Je me tasse sur mon tonneau, mon nez coule tandis que mes cheveux me masquent le visage en mèches laquées.

— Sois raisonnable. Tu ne vas pas recommencer à nettoyer des toilettes. Il n'y a plus rien qui te retienne ici.

Guy s'avance et pose mes chaussures vernies à hauts talons sur la table à côté de moi.

— Allez, associée ! Tout le monde t'attend.

26

Je suis hébétée. C'est vraiment terminé. Je suis assise dans un wagon de première classe qui me ramène à Londres, en compagnie des autres associés. J'ai enfilé un nouveau collant. Mon maquillage a été rafistolé. J'ai fait une nouvelle déclaration à la presse qu'Hilary avait concoctée à toute vitesse : « J'aurai toujours une grande tendresse pour mes amis de Lower Ebury, pourtant rien n'est plus excitant et plus important que ma carrière chez Carter Spink. »

J'ai été plutôt convaincante. J'ai même réussi à sourire en serrant la main de David Elldridge. Il est possible qu'ils publient cette photo plutôt que celle où je flanque une beigne à Guy. Mais sait-on jamais ?

Lorsque le train quitte la gare, j'ai un coup au cœur. Je ferme les yeux et lutte pour ne pas m'effondrer. J'ai choisi la bonne voie. Tout le monde est d'accord. Je bois une gorgée de cappuccino puis une autre. Si j'en bois suffisamment, je vais me réveiller. Et cesser de penser que je rêve.

Coincés en face de moi, il y a les deux types du reportage télé : le cameraman et Dominic, le producteur, un type avec des lunettes branchées et une veste en jean. L'objectif ne me quitte pas, suit chacun de mes mouvements, ne cesse de faire des zooms arrière et avant, enregistre toutes mes expressions. Je m'en passerais bien !

— Ainsi, l'avocate Samantha Sweeting quitte le village où on la connaissait en tant que domestique, dit Dominic dans son micro sur le ton lugubre des commentateurs télé. Une question est sur toutes les lèvres : a-t-elle des regrets ?

Il semble attendre ma réponse.

— Vous m'aviez dit que vous seriez aussi discrets qu'une petite souris, fais-je, l'air sinistre.

— Et voilà ! intervient Guy en me fourrant une pile de papiers sur les genoux. C'est la fusion Samatron. Tu vas pouvoir t'en donner à cœur joie !

Un sacré paquet ! Naguère, quand je voyais un nouveau contrat, j'étais excitée comme une puce. Je voulais être la première à trouver une anomalie, à poser une question sur les points délicats. Aujourd'hui, je reste amorphe.

Dans le wagon, tout le monde est au travail. Je parcours le contrat, espérant qu'il va me captiver. Allez Sam ! Ça fait partie de ta nouvelle vie. Pourtant, je ne pense qu'à Nathaniel. J'ai essayé de l'appeler mais il ne décroche pas. Il ne répond pas à mes textos. Comme s'il m'avait effacée de sa vie.

Impossible que tout soit terminé, qu'il soit parti pour toujours !

Les larmes me montent aux yeux mais je les refoule de toutes mes forces. Une associée ne pleure pas. Pour me ressaisir, je regarde par la vitre. C'est bizarre, on ralentit.

Les haut-parleurs diffusent soudain un message.

« Avis à tous les passagers. Ce train est désormais omnibus jusqu'à Londres. Il s'arrêtera en gare de Hitherton, Marston Bridge, Bridbury... »

— Comment, un omnibus ! s'indigne Guy.

— Oh, la barbe ! dit David Elldridge exaspéré, on va perdre combien de temps ?

« ... et nous arriverons en gare de Paddington avec une demi-heure de retard sur l'horaire prévu. Nous nous excusons... »

— Une demi-heure ! répète Elldridge, livide, en sortant son portable. Il faut que je retarde ma réunion.

— Je vais annuler les gens de Pattinson Lobb, dit Guy, tout aussi furieux, en pianotant à toute allure sur son portable. Salut, Mary. Guy à l'appareil. Écoutez, je suis dans ce foutu train. Il aura une demi-heure de retard...

— Prenez un autre rendez-vous avec Derek Tomlinson, exige Elldridge.

— Il faudra remettre Pattinson Lobb, annuler le type du *Lawyer*...

— Davina, dit Greg Parker au téléphone, ce putain de train est un omnibus. Prévenez le reste de l'équipe que j'aurai une demi-heure de retard. J'envoie un mail...

Il pose son téléphone et commence immédiatement à taper sur son Palm. Quelques instants plus tard, Guy l'imite.

Je n'en crois pas mes yeux ! Ils ont tous l'air tellement stressés. Bon, le train sera en retard. D'une demi-heure. Et alors ? Ce n'est jamais que trente minutes. Comment peuvent-ils s'affoler pour si peu ?

Dire que je suis censée leur ressembler ! Je l'avais oublié. Et si j'avais oublié le métier d'avocate ?

Le train ralentit et s'arrête en gare de Hitherton. Je jette un coup d'œil au-dehors et je crie de surprise. Une montgolfière rouge et jaune se balance à quelques mètres au-dessus de la gare avec des gens dans la nacelle qui agitent leurs bras. On se croirait dans un conte de fées.

— Hé ! Regardez ! Regardez dehors !

Personne ne lève la tête. Ils pianotent tous comme des malades sur leurs Palm.

— Mais regardez donc ! C'est merveilleux !

Aucune réponse. Ils ne sont fascinés que par leurs minuscules écrans. Le ballon s'élève dans les airs. Dans un instant il aura disparu. Ils l'auront raté.

Je les observe, les grosses huiles du monde juridique, dans leurs costumes sur mesure à mille livres pièce, serrant dans leurs mains le dernier cri de l'informatique. Ne profitant de rien. Se foutant de ce qu'ils ratent. Vivant dans leur monde étriqué.

Je n'en fais pas partie. Ce n'est plus mon univers. Je n'appartiens pas à leur clan.

Soudain, c'est comme une évidence. Soudain, j'en suis totalement consciente. Je ne suis pas taillée pour ça. Je n'ai plus aucun rapport avec eux. À une époque, j'étais pareille, mais terminé. Je refuse de passer ma vie en réunion. Je ne veux plus être obsédée par les secondes qui passent. Je veux profiter de l'existence.

Une certaine angoisse m'envahit. Je me suis trompée. J'ai fait une énorme erreur. Je n'ai rien à faire ici. Ce n'est pas moi, ni la façon dont je veux vivre.

Il faut que je descende du train. Maintenant.

Les gens montent dans les wagons, claquant les portières, portant des valises. Gardant mon calme, je prends ma valise, saisis mon sac et me lève.

— Désolée, je me suis trompée. Je viens de m'en apercevoir.

— Quoi ? s'étonne Guy.

— Désolée de t'avoir fait perdre ton temps. Mais… je ne peux pas rester. Impossible.

— Bon sang ! Tu ne vas pas recommencer ton cirque !

— N'essaie pas de me faire changer d'avis. Ma décision est prise. Ce boulot ne me convient pas. Navrée, je n'aurais jamais dû venir.

— C'est à cause de ton jardinier ? Tu sais, franchement…

— Non, c'est moi toute seule ! Je… ne veux pas devenir quelqu'un qui ne regarde pas par la fenêtre.

Il n'a pas l'air de comprendre. Le contraire m'aurait étonnée.

— Au revoir !

J'ouvre la portière et je suis à moitié descendue quand Guy m'attrape le bras.

— Pour la dernière fois, arrête tes conneries ! Je te connais. Tu es avocate !

— Eh bien tu me connais mal !

Je me dégage, furieuse, et claque la portière. Un instant plus tard Dominic et son cameraman me rejoignent.

— Dans un rebondissement de dernière minute, Samantha Sweeting met fin à sa brillante carrière ! chuchote Dominic tout excité dans le micro.

Le train redémarre. Tous les associés sont penchés aux fenêtres et me regardent avec des têtes d'enterrement. J'ai torpillé à tout jamais mes chances de revenir chez Carter Spink.

Je suis maintenant seule sur le quai. Seule en gare de Hitherton avec pour unique compagne ma valise. Où se trouve ce bled ? La caméra n'a pas cessé de tourner.

Et maintenant ?

— En contemplant le quai désert, Samantha se retrouve au fond du gouffre, reprend Dominic, toujours murmurant dans son micro.

— C'est faux !

— Ce matin, la perte de l'homme de sa vie l'a bouleversée. Et à l'instant… elle a mis fin à sa carrière.

Dominic marque une pause avant de reprendre d'un ton funèbre :

— Quelles sombres pensées hantent son esprit ? Nul ne le sait.

Que cherche-t-il à insinuer ? Que je vais me jeter sous le prochain train ? Il adorerait ça ! Les images lui feraient remporter un Emmy Award.

— Je vais m'en sortir, dis-je en levant la tête et en prenant ma valise. Tout ira bien… j'ai pris la bonne décision.

Mais en y repensant, la panique me saisit.

J'ignore à quelle heure passe le prochain train. J'ignore surtout où je veux aller.

— Vous avez des projets ? demande Dominic en me tendant le micro. Un but dans la vie ?

Les conseils d'Iris me reviennent à l'esprit. Je réponds à la caméra :

— Parfois, on n'a pas besoin de se fixer un but, ni d'avoir une vue d'ensemble. Il suffit de savoir ce que l'on doit faire au moment présent.

— Alors ?

— J'y… songe.

Je m'éloigne de la caméra et m'avance vers la salle d'attente. Je croise un préposé.

— Euh… bonjour. J'aimerais savoir comment me rendre…

Me rendre où ? Je dois lui indiquer une destination.

— Je voudrais aller… à…

— Où ça ?

— En… Cornouailles, dis-je sans réfléchir.

— En Cornouailles ! dit-il étonné. Mais où en Cornouailles ?

— Je ne sais pas. Pas exactement. Mais je dois m'y rendre le plus vite possible.

Il ne peut pas y avoir tellement de jardineries à vendre en Cornouailles. J'arriverai bien à le retrouver. D'une façon ou d'une autre.

— Bon, laissez-moi consulter l'indicateur.

Il disparaît dans un bureau et en ressort, un papier dans les mains.

— Vous avez six changements pour Penzance. Et cela vous coûtera cent vingt livres. Le train ne part pas avant vingt heures deux. Vous en avez pour un moment.

Je lui donne une liasse de billets.

— Il s'arrêtera quai n° 2.

— Merci beaucoup.

Je prends mon billet, l'itinéraire qu'il a inscrit, ma valise, et je me dirige vers la passerelle.

J'entends Dominic qui court derrière moi. Je l'entends commenter d'une voix haletante dans son micro :

— Samantha a perdu la raison. La difficulté de la situation qu'elle vit à l'heure actuelle a perturbé son équilibre mental. Qui sait quelle action extrême peut s'ensuivre ?

Il veut vraiment que je me suicide, ce taré, c'est ça ? Bien décidée à l'ignorer, je reste plantée sur le quai, tournant le dos à sa caméra. Je l'entends qui continue à déblatérer :

— Samantha se prépare à affronter un long voyage plein d'incertitudes pour rejoindre l'homme qui l'a quittée ce matin. Celui-là même qui est parti sans lui dire au revoir. Est-ce bien raisonnable ?

Je sais que je commets une folie. Je n'ai pas d'adresse. Aucun moyen de retomber sur mes pieds. En plus, Nathaniel n'a peut-être aucune envie de me revoir.

Mais… je vais essayer.

J'ai l'impression que j'attends des heures avant d'entendre le bruit d'une locomotive. Ce train-là arrive du mauvais côté. Encore un omnibus pour Londres. Dès qu'il s'arrête, j'entends les voyageurs descendre sur l'autre quai.

— Train pour Londres, crie le chef de gare. Quai n° 1.

Je devrais être dans ce train. Ce serait sensé. Si je n'avais pas perdu la tête. Je contemple vaguement les gens assis dans leurs compartiments, bavardant, lisant, branchés sur leurs iPod…

Et puis soudain tout semble s'arrêter. Est-ce que je rêve ?

C'est Nathaniel ! Dans le train pour Londres ! Il est à trois mètres de moi, regardant droit devant lui.

Comment ? Pourquoi est-il… ?

— Nathaniel !

Je crie à pleins poumons, mais ma voix tourne au croassement.

— Nathaniel !

Je fais de grands mouvements avec mes bras pour attirer son attention.

— Incroyable ! C'est lui ! s'exclame Dominic. Nathaniel ! hurle-t-il de sa voix de stentor. Par ici, vieux !

— Nathaniel ! Na-tha-niel !

Ma voix porte enfin. Il entend et tourne la tête. L'espace d'une seconde, toute l'incrédulité du monde apparaît dans ses yeux ! Puis son visage reflète une joie intense.

Les portières se ferment. Le train va partir.

— Dépêche-toi ! dis-je en signe d'encouragement.

Je le vois se lever, saisir son sac à dos, se faufiler entre les voyageurs. Puis il disparaît de ma vue au moment où le train s'ébranle.

— Trop tard, commente le cameraman d'une voix lugubre. Il n'aura pas eu le temps de descendre.

Je ne peux plus bouger, plus respirer. Chaque wagon défile devant moi, prenant de la vitesse... encore plus de vitesse. Le train s'évanouit au loin.

Et Nathaniel est là, sur l'autre quai. Il est là.

Mes yeux rivés sur lui, j'avance sur le quai, j'arrive à la passerelle. Nathaniel fait de même. Nous atteignons ensemble le sommet des marches. J'avance vers lui. Il avance vers moi. À quelques pas l'un de l'autre nous nous arrêtons. Je suis bouleversée, ivre de bonheur et incertaine à la fois.

— Je croyais que tu allais en Cornouailles acheter ta jardinerie ?

— J'ai changé d'avis.

Nathaniel a l'air passablement bouleversé lui aussi.

— Je pensais... rendre visite à une amie à Londres. Et où allais-tu avec ta valise ?

Je m'éclaircis la voix.

— Je pensais... à la Cornouailles.

— C'est vrai ?

— Ouais.

Je lui montre l'horaire, prête à éclater de rire devant le ridicule de la chose.

Nathaniel s'appuie à la balustrade, les pouces dans ses poches, et observe les planches de la passerelle.

— Bon... et où sont tes amis ?

— J'sais pas. Partis. Ce ne sont pas mes amis. Je te rappelle que j'ai cassé la figure à Guy.

Nathaniel se tord de rire.

— Alors, ils t'ont virée !

— Non, c'est moi qui les ai virés de ma vie !

— Pour de bon ?

Étonné, il me tend la main, mais je ne la prends pas. Je ne suis pas encore rassurée. Je ne suis pas remise du choc de ce matin. Je ne peux pas faire semblant de ne pas souffrir.

— J'ai eu ton mot.

Nathaniel tressaille.

— Samantha… je t'ai écrit une autre lettre dans le train. Au cas où tu aurais refusé de me voir à Londres.

Il la sort de sa poche avec difficulté : plusieurs feuillets rédigés des deux côtés d'une écriture serrée. Je la prends, sans la lire cependant.

— Que dit-elle ?

— C'est… long et ennuyeux. Et mal tourné.

Je la feuillette pourtant et je découvre des mots qui remplissent mes yeux de larmes.

— Alors ?

— Alors ?

Nathaniel me prend par la taille, sa bouche couvre mes lèvres. Tandis qu'il me serre fort contre lui, je sens des torrents de larmes couler sur mes joues. Voilà où est ma place. C'est là que je suis bien. Je m'écarte enfin et sèche mes yeux.

— Où allons-nous ?

Il regarde les rails. Ils partent dans deux directions. Jusqu'à l'horizon.

— Vers où ?

Je regarde à mon tour la voie sans fin. Le soleil m'éblouit. J'ai vingt-neuf ans. Je peux aller où je veux. Faire ce que je veux. Être qui je veux.

— On a tout le temps, dis-je en lui offrant mes lèvres.

Remerciements

Je suis infiniment reconnaissante envers toutes les personnes qui m'ont aidée. Mes sincères remerciements vont à Emily Stokely, extraordinaire déesse domestique qui m'a appris à faire du pain. À Roger Barron, qui m'a accordé tellement de temps et m'a guidée dans le monde secret des avocats d'affaires (sans oublier le savoir de Jo Malone !). Et surtout à Abigail Townley, pour son rôle de conseillère ès intrigues juridiques, qui m'a permis de la suivre comme son ombre et a eu la patience de répondre à des millions de questions saugrenues.

Je remercie tout spécialement Patrick Plonkington-Smyth, Larry Finlay, Laura Sherlock, Ed Christie, Androulla Michael, Kate Samano, Judith Welsh et les gens de Transworld. À la merveilleuse Araminta Whitley dont l'enthousiasme pour ce livre fut sans bornes, à Lizzie Jones, Lucinda Cook, Nicki Kennedy, et Sam Edenborough. À Valerie Hoskins, Rebecca Watson et Brian Siberell. Merci aussi comme d'habitude à toute la bande et à mes garçons, grands et petits.

Ces remerciements seraient incomplets sans une mention spéciale pour Nigella Lawson, que je ne connais pas personnellement mais dont les livres devraient être obligatoires pour toutes les bonnes… à rien faire.

Garçon ou fille ?
Dans le doute,
acheter en double !

SOPHIE KINSELLA

L'accro du shopping attend un bébé

(Pocket n° 13943)

Rien n'est trop beau pour le plus adorable des bébés à venir au monde. Et puis Becky l'affirme : le shopping soigne les nausées matinales ! Alors, c'est sûr, son nourrisson sera le plus branché, le plus *fashion*, le plus *hype* de tous, que ce soit un garçon ou une fille. Et en attendant tant pis pour la carte bleue. Becky n'en démord pas : il lui faut Venetia Carter, l'accoucheuse des stars ! Mais qui se révèle aussi être l'ex-*girlfriend* de son mari, et déterminée à le reprendre. La guerre est déclarée...

Il y a toujours un Pocket à découvrir

Avant de vider votre sac, sachez à qui vous avez affaire...

SOPHIE KINSELLA

Les petits secrets d'Emma

POCKET

par l'auteur de
L'accro du shopping

(Pocket n° 12695)

Ce n'est pas qu'Emma soit menteuse, non, c'est plutôt qu'elle a ses petits secrets. Par exemple, elle fait un bon 40, pas du 36. Elle a très légèrement embelli son CV. Et avec Connor, son petit ami, au lit ce n'est pas franchement l'extase. Rien de bien méchant, en somme, mais plutôt mourir que de l'avouer. Mourir ? Justement... Lors d'un voyage en avion, Emma croit voir sa dernière heure arriver. Paniquée, elle déballe tout à son séduisant voisin, tout et plus encore. Sans imaginer que l'inconnu en question est l'un de ses proches. Très proche même...

Il y a toujours un Pocket à découvrir

Composé par Nord Compo
à Villeneuve-d'Ascq (Nord)

Imprimé en France par

MAURY-IMPRIMEUR
à Malesherbes (Loiret)
en décembre 2010

POCKET – 12, avenue d'Italie - 75627 Paris cedex 13

N° d'impression : 160348
Dépôt légal : mai 2010
Suite du premier tirage : décembre 2010
S18138/03